帝国、国际法与普遍历史

郭绍敏◎著

当代世界出版社
THE CONTEMPORARY WORLD PRESS

图书在版编目（ＣＩＰ）数据

帝国、国际法与普遍历史/郭绍敏著.—北京：当代世界
出版社，2021.1
 ISBN 978-7-5090-1602-2

Ⅰ.①帝… Ⅱ.①郭… Ⅲ.①随笔－作品集－中国－当代
Ⅳ.①I267.1

中国版本图书馆 CIP 数据核字(2021)第 006521 号

书　　名：帝国、国际法与普遍历史
出版发行：当代世界出版社
地　　址：北京市东城区地安门东大街 70-9 号
网　　址：http://www.worldpress.org.cn
邮　　箱：ddsjchubanshe@163.com
编务电话：（010）83907528
发行电话：（010）83908410
经　　销：新华书店
印　　刷：英格拉姆印刷(固安)有限公司
开　　本：880 毫米×1230 毫米　　1/32
印　　张：11.75
字　　数：270 千字
版　　次：2021 年 1 月第 1 版
印　　次：2021 年 1 月第 1 次
书　　号：978-7-5090-1602-2
定　　价：58.00 元

目 录

第一辑

第一辑

从地图上抹去的名字

我已遗忘是谁把阿姆拉特、阿兹特克、阿契美尼德、安息、安提柯、塞琉古、塞尔柱、高卢、贵霜、萨珊、哈扎尔、哈布斯堡、莫卧儿、金帐、马木留克、奥斯曼、幽州这些一度凝重的名字从地图上轻描淡写地抹去。[1]

邯郸这个名字三千年来倒是从未更改，现今人的步姿却不如畴昔的耐看。

有诗人自诩撰述了皇皇巨著，把"步姿"界定为"一个人在平地上用仅有的两只脚使自己向前行进时的全身动作"，并将其归纳为十二大类，图解六百八十五页，实例两千七百三十三则，书名定为"人类步姿比较学发凡"。[2] 可是，我遍览亚历山大图书馆、通天塔图书馆和美国国会图书馆，却未觅得此书的影子。

戏谑，打趣，普莱鸠柯斯（play jokes），并非上帝专享的特权。

不必充任电影或戏剧演员，我就有机会紧随阿喀琉斯的脚步冲锋陷阵，有缘品味特洛伊与爱琴海之间真实而虚幻的黄昏，俯瞰沉沉暮霭笼

---

〔1〕《汉书·地理志》曰："先王之迹既远，地名又数改易……"大卫·休谟曰："世界的版图不停地变动，小王国联合为大帝国，大帝国解体为小王国，殖民扩张，族群迁徙。除了血腥和暴力，我们还能从中学到什么？"（转引自 ［美］克里尚·库马尔：《千年帝国史》，石炜译，中信出版社 2019 年版，第 1 页）

〔2〕 木心：《琼美卡随想录》，广西师范大学出版社 2006 年版，第 127 页。

罩的温泉关，有幸成为罗马重装步兵军团的一员，在维苏威火山爆发的前夜来一场倾城之恋，有幸在远离长城的青冢之畔的蒙古包歇歇脚，[1]顺便聆听又一位外嫁宫女的委屈、苦吟和呻唤——我怯于问她有否到过北海以及子卿先生是否还活着，我不想从美梦中醒来。

史载苏武牧羊时经常做梦（毕竟太无聊了），梦中出现北海道的雪、鱼丽阵和黑羊白羊[2]隐喻的太极之道。而我每次入梦，不是梦见恶人、恶龙，便是梦见与浮士德交战的魔菲斯特。同为漂泊之人，我们的梦竟如此不同。我羡慕他。我知他也羡慕我。毕竟，我不必冒着被草原饿狼袭击的风险，就能用谷歌地图领略贝加尔湖之美。

贝加尔湖除了水草丰美、盛产鲈鱼[3]之外，还葬有历任安北都护府都护的尸骸。

贝加尔湖、长津湖、鄱阳湖、萨拉米斯海湾、莱特湾、勒班托海角、日德兰半岛和珍珠港都曾经被士兵的鲜血染红。[4]

---

〔1〕 青冢，即王昭君墓。杜甫《咏怀古迹》（其三）："群山万壑赴荆门，生长明妃尚有村。一去紫台连朔漠，独留青冢向黄昏。"纳兰容若《蝶恋花·出塞》："铁马金戈，青冢黄昏路。"

〔2〕 黑羊王朝（1375-1468）和白羊王朝（1378-1502）都是古代土库曼人建立的王朝。

〔3〕 辛弃疾《水龙吟·登建康赏心亭》："休说鲈鱼堪脍，尽西风，季鹰归未？求田问舍，怕应羞见，刘郎才气。"真正的游牧（行吟）诗人，以四海为家，绝不像张翰（字季鹰）那样，以秋风起思吴中鲈鱼为由辞官而归，套用一句俗语：吾心安处即故乡。

〔4〕 "长津湖战役"（1950）是朝鲜战争的拐点，中国人民志愿军在东西两线同时取得大捷。"鄱阳湖之战"（1363）是中世纪的一次大规模水战，朱元璋大败陈友谅。"萨拉米斯海战"（公元前480）是希波战争中双方舰队在萨拉米斯海湾进行的一次决定性战斗，希腊联军取得胜利。"莱特湾海战"（1944）是历史上最大的海战，也是最后一次航母对战，美国彻底摧毁日本的航母力量。"勒班托海战"（1571）是欧洲联合舰队与奥斯曼舰队在勒班托海角发生的一场大战，欧洲联军大获全胜。"日德兰海战"（1916）是一战时英德双方在日德兰半岛附近北海海域爆发的海战，双方都宣称自己是胜利者。1941年12月，日军偷袭珍珠港，美国太平洋舰队损失惨重。

维京海盗与梅尔维尔歌颂过的白鲸〔1〕共享的并非同一个运命。

昨晚我教一位十九岁的匈奴姑娘认识西里尔字母，为她朗读托尔斯泰小说《战争与和平》的精彩段落，〔2〕彻夜未息，疲累不堪。所以，现在，一个阳光明媚的上午，我抱着张芝联先生主编的《世界历史地图集》〔3〕和一本14世纪斯里兰卡版的《耶柔韦陀》(*Yajur veda*)〔4〕睡着了。

---

〔1〕 参见［美］麦尔维尔：《白鲸》，罗山川译，国际文化出版公司2005年版。

〔2〕 参见托尔斯泰：《战争与和平》，草婴译，上海文艺出版社2007年版，第四卷第一部（第957-1007页）。

〔3〕 张芝联等主编：《世界历史地图集》，中国地图出版社2002年版。

〔4〕 韦陀 (veda) 的梵文本意是"知识之源"，其梵文字根 vid，意思是"知道"或"知识"。德语 wit 意为"智慧"，希腊语 widea 意为"思想"，拉丁语 video 意为"看到真理"，最初都来自 vid 这个梵文字根。参见徐达斯：《世界文明孤独史》，作家出版社2019年版，第81页。

阵亡将士葬礼上的演说

公元前431年，第二次伯罗奔尼撒战争的第一个年头，死了好多人，战争不能不死人。"当遗骨埋葬之后，雅典城市选择一个他们认为最有智慧和最享盛名的人发表演说，以歌颂死者……桑西巴斯的儿子伯里克利被推举来发表演说……"[1]

确实，不是每个人都有资格在阵亡将士的葬礼上发表演说，他必须是"最有智慧和最享盛名的"。

也并非每个人都敢在阵亡将士的葬礼上发表演说，因为"同声相应，同气相求"[2]，"每一种形式里潜藏的精神/都呼唤着同类精神的回应/每一颗原子都点燃自己/隐约照见它未来的轨迹"[3]。演讲者必须直面在眼前穿梭的一个个亡灵的可怕面孔。亡灵在召他赴约。林肯发表《葛底斯堡演说》时已经看到从不远的远处射来的子弹，并真切地感到自己就是另一个伯里克利。

阵亡将士葬礼上的演讲者高贵如一，不管是出身贵族（如伯里克利），抑或出身农户（如林肯）。

---

〔1〕 [古希腊] 修昔底德：《伯罗奔尼撒战争史》，谢德风译，商务印书馆1960年版，第145页。

〔2〕 《易·乾卦》。

〔3〕 [美] 爱默生：《自然》，载林以亮编选：《美国诗选》，张爱玲等译，生活·读书·新知三联书店1989年版，第180页。

凡伟大政治家，无不是超凡魅力[1]、演说能力和史诗气质的统一。

　　我既不想做划破剧院氛围的那颗传奇子弹，也不想迷失于修昔底德的历史修辞[2]。但我无法摆脱宿命。

---

　　[1]　有一个更加诗意的同义词：克里斯玛（charisma）。
　　[2]　参见魏朝勇：《自然与神圣：修昔底德的修辞政治》，华东师范大学出版社2010年版。

比塞弗勒斯

格雷夫斯的诗集《白色女神》[1]，你或许没有忘记。其中一首诗的情节如下：

亚历山大三十二岁时并没有死于巴比伦。一次极其惨烈的战役后，他昏厥了。醒来后什么都忆不起来了。他迷了路，在森林、草原和戈壁滩上闯荡了无数个日夜。最后，他望见了营地的篝火堆。长着丹凤眼、黄皮肤的人接纳了他，后来让他参加了他们的军队。作战时他比所有人都要勇猛，毕竟，他是天生的战士。一天，军队发饷。一枚银币的侧面头像突然让他想起什么，他对长官道：当我是马其顿的亚历山大时，为了庆祝阿尔贝拉[2]的胜利，我下令铸造了这种纪念币。

格雷夫斯的叙述基本符合史实，但忽略了一个细节：是比塞弗勒斯故意引亚历山大迷路的。比塞弗勒斯是他的战马，像玄奘法师的白龙马一样富有灵性。它曾经和自己的主人一起聆听亚里士多德的教诲："当一个人在美德和政治能力上如此高于众人时，将他只作为平等的人对待，乃是错误。因为如此杰出的一个人，在世界上类似神灵了"；"人天生是

---

[1] 格雷夫斯（Robert Graves，1895－1985），英国诗人、作家，著有《耶稣王》《向一切告别》、《白色女神》、《他们吊死了我的圣洁的比利》、"古罗马帝国三部曲"（《我，克劳狄斯》《克劳狄斯神和他的妻子梅萨利纳》《贝利萨里乌斯伯爵》）等。

[2] 阿尔贝拉，西亚古国亚述城市名，即现在伊拉克的埃尔比勒。公元前331年亚历山大大帝在此打败波斯帝国的大流士三世。

城邦的动物，凡人而不属于任何城邦，且他孤立的原因是自然而非偶然的，那他不是一个超人就是一个不够文明资格的人，犹如棋盘上的一个'闲子'孤零零地待在那里。荷马所辛辣描写的那个'没有氏族、没有法律、没有圣灶的人'就是这样的人，他没有自己的祖国，是个战争的热爱者"。[1] 依古希腊的宗教观念，人们无法崇拜仍然活着的统治者，亦即说，活人无法封神。为了让"如此杰出"的"超人"亚历山大获得应有的尊重，比塞弗勒斯只好故意引他迷路，让臣下误以为他死了。

当迷路后的亚历山大对黄皮肤的长官说自己是马其顿的亚历山大时，长官笑而不语。

对了，长官的名字叫左宗棠。[2]

聪明如你的读者肯定问，比塞弗勒斯去哪儿了？

哦，它先是化名"赤兔"，参加了官渡之战，后又化名"马伦哥"[3]，翻越了阿尔卑斯山圣伯纳隘口。

---

〔1〕 转引自［美］威廉·弗格森：《希腊帝国主义》，晏绍祥译，上海三联书店2005年版，第66页。

〔2〕 马其顿军队曾抵达锡尔河（中国古称药杀水，源于天山，注入咸海）和巴克特里亚（今阿富汗巴尔赫），与收复新疆的左宗棠元帅近在咫尺。

〔3〕 "马伦哥"（Marengo）是拿破仑的战马。

春秋国际公法

晏子使楚时遭到刁难。他使出浑身解数，把楚国君臣羞辱得斯文扫地。除了靠天生的巧舌如簧，他需要一本正经地引用礼仪、传统和《春秋国际公法》[1] 作为反击辩驳的法理依据吗？

曰：然！

诞生于弱肉强食时代的张仪[2]喜欢像猪一样吃（拱）白菜吗？

曰：NO！

孔子第 81 代后裔端坐上海财经大学的报告厅讲授国际法，谈到王铁崖、王世杰、周鲠生时会声泪俱下吗？[3]

曰：会！

宋襄公在泓水之战中不趁敌军之危，堪谓仁义；陆秀夫背着八岁的

---

[1] 晚清民国时期，比利时传教士望海（Ven Hee）曾在中国居住 20 年之久，他在题为《春秋国际公法》的法文著作的序言中认为古代中国存在国际法（参见洪均培编著：《春秋国际公法》，台北中华书局 1971 年版，第 9-10 页）。另一位传教士丁韪良曾在北京东方学会发表演讲，指出："在著名的周代，随着圣人的出现，他们的著述支配了帝国的思想，外交也由此产生。……外交可以定义为国家间交往的艺术。它预设在平等前提下进行相互交往的国家的存在。"（转引自汪晖：《现代中国思想的兴起》上卷第二部，生活·读书·新知三联书店 2004 年版，第 711-712 页）

[2] 张仪（？—公元前 309 年）：战国时期的纵横家、外交家、谋略家。

[3] 王铁崖（1913-2003）、王世杰（1891-1981）、周鲠生（1889-1971）均是近代中国著名的国际法专家。其中，王世杰曾出任国民政府外交部长，于 1945 年 8 月赴苏联代表蒋介石签订《中苏友好同盟条约》，被迫承认外蒙古自决（独立）。

宋少帝跳崖，忠义至极。然而，自以为是的仁义和颟顸于大势的忠义真的值得称颂？迂人治国，文人报国，似也只能如此，仅限乎此。

不必言宋襄公手下的士兵可怜，他们好歹参加过大战。不必说八岁的孩子无辜，他好歹青史留名。生而为王，便不能像凡人那样死去。生而为赵孟頫（与宋少帝赵昺同宗），就不会亦不必以羸弱之躯抗击铁骑，把字写好了也是不世的豪杰、了不起的英雄。生而为盛世大耳猪，便该去拱几棵小白菜（菜心未必是白的）[1]。生而为乱世丧家狗（如孔丘），便应"不义而富且贵，于我如浮云"。生而为司马错，便该力排张仪之议，率兵攻打蜀国。生而为品达罗斯，便去阿波罗、狄奥尼索斯和奥林匹亚唱几首意悠味长的赞美诗。生而为尤利西斯，便注定要先忍耐海上颠簸之苦，然后行进于都柏林忧郁的大街上。[2] 生而为 19 世纪的爱尔兰人（凯尔特人），便应在大不列颠帝国治下别出心裁，缔造一个遍布诗歌、音乐和精灵的不死帝国。

不赴爱尔兰，不去格陵兰，不下南洋，不莅北疆，我宁愿老死在中原小城（曾经的大城——但那已是一千年前的悠悠往事了），不仅因为这里曾经是群雄逐鹿的四战之地[3]，更因它四季分明，秋天和春天一样漫长，且美。在这里，我不必皓首穷经（《周易正义》《白虎通疏证》

---

〔1〕 杨乃武的小白菜可不算，她活在衰世，而非盛世。参见黄南丁：《杨乃武与小白菜案》，中国文联出版社 1996 年版。

〔2〕 "忍耐海上颠簸之苦"的尤利西斯，是指荷马史诗《奥德赛》中的奥德修斯（罗马人将"奥德修斯"译为"尤利西斯"）；"行进在都柏林的大街上"的尤利西斯，是指乔伊斯小说《尤利西斯》中的男主角尤利西斯。

〔3〕 开封（大梁）曾经是"战国七雄"之一的魏国的都城。

《瑜伽经》《神学大全》〔1〕 等等）即可明晓"天地革而四时成"〔2〕 的微言大义〔3〕及其政治哲学和国际法意涵。副教授还多。让我觉得读书无用。

"我感激马云〔4〕，让我在哥哥你面前能直起腰来。以前我爸总把你树为学习的标杆，动辄骂得我狗血淋头。"他说。

"我感激秦始皇、马克思，以及那位现代伟人，正是他们实现了古典和现代的书同文（官话和普通话）〔5〕、车同轨（驿道和人民铁路），让中国成为互联网革命和 ALOT〔6〕时代的领跑者，并让你这样自食其力的中国农民也过上了嗨皮〔7〕的中产生活。

〔1〕 参见（魏）王弼、（晋）韩康伯注，（唐）孔颖达正义：《周易正义》，中国致公出版社 2009 年版；（清）陈立撰，吴则虞点校：《白虎通疏证》，中华书局 1994 年版；（印度）室利·阿罗频多：《瑜伽论》，徐梵澄译，华东师范大学出版社 2005 年版；（意）托马斯·阿奎那：《神学大全》，段德智等译，商务印书馆 2014 年版。

〔2〕《易·革卦》："天地革而四时成；汤武革命，顺乎天而应乎人：革之时大矣哉！"

〔3〕 春秋笔法可能意味着微言大义，可能意味着微言微义，也可能意味着微言乏义，能否"运用之妙"，端看笔握在谁的手中。

〔4〕 马云（1964-），阿里巴巴集团创始人。一位没有评上副教授的大学教师，一位富可敌国的成功巨贾。

〔5〕 1956 年，国务院发布《关于推广普通话的指示》。1982 年，"国家推广全国通用的普通话"写入宪法。

〔6〕 ALOT 就是"AI+LOT"，即"人工智能+物联网"。

〔7〕 英文 happy 的中文谐音。

高卢女神

早在罗马人的剑、盾牌和头盔抵达塞纳河畔之前，塞奎娜女神就已经在那里护佑这条浪漫的河流了。[1] 罗马人和你可以以帝国的方式霸道地称她为狄安娜或者密涅瓦，反正这位静若处子的女神不在意对她的冒犯（视而不见是一种了不起的智慧，一种高贵的姿态），更不屑于干预人间事务。她对帕里斯的金苹果、尼龙伯根的指环、贞德、第二次世界大战时为情郎守贞的巴黎少女，以及路易十一与勃艮第公爵之间的冲突[2]毫无兴趣。

你肯定以为她只存在于虚构的神话中，但你错了。

倘若你来到塔塞洛山谷[3]，就能在一口许愿井旁看到她的倩影。倘若你跨入富丽堂皇的凡尔赛宫或弥漫着古典情调和立体主义色彩的康

---

〔1〕 塞奎娜女神是塞纳河的保护神。参见荷兰时代生活图书公司编：《史前英雄：凯尔特神话》，费云枫等译，中国青年出版社2006年版，第26页。

〔2〕 15世纪六七十年代，法王路易十一为了完成法兰西统一，（挑唆瑞士和奥地利）发动对勃艮第公爵（"大胆查理"）的战争。在南锡战役中，勃艮第公爵战死，勃艮第公国被法国和哈布斯堡王朝瓜分。

〔3〕 塔塞洛山是塞纳河的发源地。

维勒画廊[1]，就能看到她正目不转睛地凝视着你（艺术从来是相互凝视）。倘若你走进左岸咖啡馆，或许有幸请她喝一杯摩卡（Mocca）、拿铁（Latte）或玛琪雅朵（Macchiato）。她不在意咖啡的牌子，只注重眼前人的心灵、德性和相貌（对的，包括相貌）。她会和你聊上五分钟，十五分钟，五十分钟，并告诉你她现在使用的名字是皮雅芙·阿佳妮·苏菲玛索[2]。聊得惬意了，她会愉快地跟你走，与你一起消逝于忘记了时间的时间之夜里。

翌晨是去塞纳河畔感受墨洛温王朝[3]的历史温度，还是去瞻仰一度与恺撒对决的维钦托利的石刻雕像[4]，吃完玛德琳蛋糕[5]再做决定。

---

〔1〕 康维勒（D. H. Kahnweiler，1884-1979），生于德国曼海姆一个生活优裕的金融世家。1907 年在巴黎开设"康维勒画廊"，致力于收藏、推广毕加索、保罗·克利等人的作品，是当时最伟大的画商。毕加索曾感叹："如果康维勒不具备经商的头脑，我们会变得怎样呢？"参见［法］皮埃尔·阿苏林：《康维勒：一个巴黎画商的传奇》，韦福德译，上海人民美术出版社 1999 年版，第 55 页。

〔2〕 皮雅芙（1915-1963）：法国女歌手，著名歌曲有《玫瑰人生》《爱的礼赞》等。阿佳妮（1955-），法国女演员，主演影片有《阿黛尔·雨果的故事》《罗丹的情人》等。苏菲·玛索（1966-），法国女演员，主演影片有《初吻》《勇敢的心》《安娜·卡列尼娜》等。

〔3〕 墨洛温王朝（481-751），法兰克王国的第一个王朝，创建者为克洛维（466-511）。

〔4〕 维钦托利（约前 82-前 46），高卢阿维尔尼人的部落首领，曾领导高卢对抗恺撒。在公元前 52 年的阿莱西亚战役中败北，后被处决。维钦托利长期被人遗忘。19 世纪中叶，拿破仑三世发起民族寻根运动，将其塑造成法兰西民族英雄，在全国各地为其树立雕像。

〔5〕 仅仅一块玛德琳蛋糕的味道就触发了普鲁斯特的漫长追忆。参见［法］普鲁斯特：《追忆似水年华》（第 1 卷），徐和瑾译，译林出版社 2010 年版，第 45 页及以下。

迦太基必须毁灭

1998 年，美国历史学家弗兰茨·舒尔曼曾发表如下言论：

> 两千年前罗马政治家老加图一直在咆哮：迦太基必须毁灭！
> (Delenda est Carthago!）对于加图而言，事实很清楚，罗马和迦太基
> 是不可能共同统治西地中海的。罗马成了胜利者，而迦太基被夷为
> 平地。现在，伊拉克成了华盛顿的"迦太基"。[1]

是呵，迦太基必须毁灭！一切邪恶轴心必须毁灭！

一切敌对的族群都是虚伪、贪婪、狡猾、傲慢、奸诈、嗜血、野蛮、
无信仰、不虔诚、残暴不仁的，其政体都是邪恶、极邪恶的，因此都是、
不能不是迦太基，而己方则是、不能不是"条条大路"通向的新罗马。

西地中海太小，无法兼容罗马和迦太基。那，大西洋足够大?

当法兰西人与英格兰人在大西洋争锋时，为了诋毁英国自封的"新

---

〔1〕 转引自〔英〕理查德·迈尔斯：《迦太基必须毁灭》，孟驰译，社会科学文献
出版社 2016 年版，第 14 页。

罗马帝国"形象，遂动用宣传机器描写和塑造"背信弃义的阿尔比昂人"〔1〕。在法兰西人看来，英格兰人乃地地道道的欧洲迦太基人。

伊拉克是否有资格成为华盛顿的"迦太基"？

"新罗马帝国"的历史学家将曾经的文明古国、现今的西亚小国伊拉克比作迦太基，显然是高估且高看它了。萨达姆不是汉尼拔，〔2〕美国亦无法将整个伊拉克"夷为平地"，最多把城市局部炸成废墟——现今已是国际法"支配"下的 21 世纪，不是清教徒刚刚踏上北美大陆的野蛮时代，灭族是不允许的，划定"保留地"也是不允许的。

太平洋足够辽阔？能否兼容肤色迥异的两大帝国？

从未驾驶歼-20 战机飞临太平洋上空的我无权指手画脚。我只想搂着白人女友在珍珠港和中途岛度个假。

像我的女友一样，迦太基的狄多女王也是个痴情的女人。她付出了身体和灵魂，却遭到负有创建罗马帝国使命的特洛伊人埃涅阿斯背叛（我从不背叛女友）。女王哭诉道："难道我对你的爱情、我们的山盟海誓以及我的惨死都不能留得住你吗？"〔3〕

自问向来只能自答。女王缓慢而坚定地走向熊熊大火。

埃涅阿斯继续他的航程和神圣使命。

---

〔1〕 阿尔比昂是英国的古代称呼。新生的美利坚合众国第三任总统托马斯·杰斐逊对英国评价道："现代迦太基的迦太基式的诚信！一个商店老板组成的民族实在没法让人指望他们会信守承诺！"（［英］理查德·迈尔斯：《迦太基必须毁灭》，孟驰译，社会科学文献出版社 2016 年版，第 11 页）；希特勒也把注重贸易的英国视作"现代迦太基"，而德意志人无疑是"北欧罗马人"的后裔（［美］克里尚·库马尔：《千年帝国史》，石炜译，中信出版社 2019 年版，第 41 页）。

〔2〕 汉尼拔·巴卡（公元前 247-前 183），迦太基统帅，多次以少胜多，重创罗马军队。萨达姆·侯赛因（1937-2006），伊拉克共和国前总统。2003 年伊拉克战争中，萨达姆在逃亡半年后被美军俘获，2006 年 12 月 30 日被执行绞刑。

〔3〕 洪佩奇等编著：《埃涅阿斯》，江苏人民出版社 2014 年版，第 124 页。

迦太基活在罗马长长的阴影里，终尔变成它的影子，终尔把罗马变成影子的影子。[1]

〔1〕 这些影子和一个叫马道的骑士一起消逝于女祭司萨郎宝的眼中。"她眼中只有马道。灵魂深处一片寂静，——全世界都在这一个思想、一个回忆、一个注视的压迫下消逝于一个无底深渊。这个向她走过来的男人吸引着她。"（福楼拜：《萨郎宝》，李健吾等译，上海译文出版社 2017 年版，第 401 页）狄多不是迦太基的武则天，萨郎宝却是迦太基的虞姬。

罗马法的"鸿沟"

那时，罗马是奉行罗马法的共和国。毫不起眼的卢比孔河是罗马法的一条"鸿沟"。将帅若未经许可率军跨越这条黑色小河，将被视为共和国之敌。是故，渡河之前，谨慎的恺撒不能不徘徊犹豫。[1]

他沉默良久，进行着激烈的思想斗争。他为所冒的巨大危险焦虑不安。他的决心来回摇摆，算盘改来改去。他想：若不渡河，我将遭罹空前灾难；如果渡河，罗马人民必祸患连连，然而，我将留给子孙后代至上威名。他想：宁可我负天下人，休教天下人负我；我负天下人正是为了重建共和，很显然，正常手段已经失效。他想：法令滋彰，盗贼多有，制度和法律无法使人事恒久良善。[2] 他想：我手中的笔固然是剑，但手中的剑更是剑[3]……在一股激情的推动之下，他抛开顾虑，对在场

---

〔1〕 关于恺撒的徘徊犹豫，参见［古罗马］普鲁塔克：《古典共和精神的捍卫——普鲁塔克文选》，包利民等译，中国社会科学出版社2005年版，第389页；万邦咸宁：《无冕之帝恺撒》，陕西人民出版社2016年版，第151页。

〔2〕 "盖正常手段已非良善，故而正常手段已不足以竟其功；人必借反常手段，譬如暴力和军队，才能在城市里人人各行其是之前，按自己的方式加以整饬。"（［意］尼科洛·马基雅维里：《论李维》，冯克利译，上海人民出版社2005年版，第100页）

〔3〕 参见李世祥编/译：《凯撒的剑与笔》，华夏出版社2009年版。

的部下阿西尼阿斯、西塞罗、阿庇安、吉本和蒙森等人[1]宣布："骰子已经掷下，就这样吧！"

于是他跨越了卢比孔河。

导师[2]向我叙述这段历史时脸色凝重，宛若他就是当年的恺撒，尽管他长得一点都不潇洒。为了让他放松神经，我提议晚上陪他去看音乐剧《霸王别姬》。"还是打麻将吧，让新入门的刘季和刘基作陪。"他说。

---

〔1〕 此处多有虚构。阿西尼阿斯当时在场，但西塞罗、阿庇安（约95-165，著有《罗马史》）、吉本（1737-1794，英国历史学家，著有《罗马帝国衰亡史》）、蒙森（1817-1903，著有五卷本《罗马史》）并未在场，也不可能在场。当然，说蒙森在场亦无不可，因为他是荣膺诺贝尔文学奖的史学家和法学家，想象力发达。恺撒在现代西方和世界的形象基本上就是由蒙森奠立的。他说："罗马的新君主、罗马-希腊文明整个领域的始皇帝盖乌斯·尤里乌斯·恺撒……由塔普苏斯一战，掌握了世界前途的决定权。……他是罗马所产唯一不二的、上古世界所产最末的创造天才，因此上古世界循着他所定的轨道进行，直到末日。"（［德］蒙森：《罗马史》第5卷，李稼年译，商务印书馆2014年版，第388页）

〔2〕 中原科技大学神话学系的一位博士生导师。

云雀叫了一整天

　　叫了一整天的云雀在空中盘旋。它俯瞰着塔普苏斯[1]地面上疾如风、动如雷的"云雀军团"。这支由非公民[2]的高卢土著组成的军团，头戴凯尔特头盔，上插高高的羽翎，英气逼人，杀气腾腾。云雀军团向敌人的骑兵、步兵和战象投掷密集的箭矢飞石，然后与恺撒麾下的其他军团一起发起全线冲锋。这时，恺撒的癫痫及时地发作了——就像陀思妥耶夫斯基经常表现的那样；如您所知，大人物常常偶染痼疾[3]——，

---

　　[1]　塔普苏斯位于突尼斯海湾东部。公元前46年，恺撒与庞培在此决战。

　　[2]　在罗马，并非所有人都享有公民权（civitas）——它意味着文明化（civilised）。具体分三种情形：罗马公民权、拉丁公民权和无公民权。其中，拉丁公民权是非罗马人获得完整的罗马公民权的一个中间步骤。"罗马法学家用他们的爱国作品来描写ius gentium——《万国法》，如何可通行于各国。其实《万国法》是为了适应罗马统治权而制定的部分法令，事实上它是地方法（local law），其目的是用来统治意大利各民族和各属地，而不给他们公民资格与权利。"（［美］威尔·杜兰：《恺撒与基督》，东方出版社2003年版，第518页）关于罗马的"万民法"，又参见［意］朱塞佩·格罗索：《罗马法史》，黄风译，中国政法大学出版社1994年版，第229-239页。

　　[3]　参见［法］皮埃尔·阿考斯等：《病夫治国》，郭宏安译，江苏人民出版社2005年版。

因此无法约束军队的残暴。[1] 失去节制的恺撒军团开始追击并屠杀敌人。[2]

　　叫了一整天的云雀落在了大剧院的廊柱上。它看到一个叫嚣着"罗马人永远不甘为奴"的年轻人把闪着寒光的匕首猛刺入一位衣饰华贵的老人的胸口。老人一脸惊愕，喊道："你也在，我的儿!"年轻人名叫布鲁图斯，老人名叫恺撒——两人并无血缘关系，但后者视前者如同己出。布鲁图斯经由"弑父"的举动成了布鲁图斯，而恺撒因为被弑永远地活在科尔普尼娅、莎士比亚、萧伯纳和博尔赫斯的梦中[3]。当时和后来的人们忙于争辩孰善孰恶，惟冷眼看世界的云雀心底清楚：父与子都是怀揣良愿的天使，是天使刺杀了天使。只有天使才有资格杀掉天使。恺撒或可称作"傲慢的撒旦"（撒旦在反抗上帝前可是位列朝堂、正儿八经的天使，反抗上帝后则成了伊甸园、乌托邦和人心的试金石)[4]，

---

　　〔1〕　在大多时候，恺撒是仁慈的。罗马人库里奥（Curio）对西塞罗说，"恺撒对残酷加以克制不是出于天性禀赋，而仅仅是因为他认为仁慈对自己更有利"。恺撒的继承人屋大维从恺撒之死中得出一个教训："野心应由更为坚硬的材料构成。"屋大维残忍地赢得了内战的胜利，开创了罗马帝国。参见库尔特：《恺撒的仁慈》，载李世祥编译：《恺撒的剑与笔》，华夏出版社2009年版，第9-12页。

　　〔2〕　被威尔杜兰誉为"正人君子"的小加图（公元前95-46）在听说恺撒获胜后，意识到他钟爱的共和政体（其实它已被金钱严重腐化）即将不保，遂"饮恨自尽，身边堆着一大叠哲学书籍"（［美］威尔·杜兰：《恺撒与基督》，东方出版社2003年版，第184页）。

　　〔3〕　据说在恺撒被刺之前，其妻科尔普尼娅梦见元老院下令为他修建的高塔被推倒了。莎士比亚有剧本《尤里乌斯·凯撒》。萧伯纳有剧本《凯撒和克里奥佩特拉》。博尔赫斯的短篇小说《叛徒和英雄的主题》巧妙地将恺撒的历史形象与一个爱尔兰密谋者的历史形象勾连在一起（参见［阿根廷］博尔赫斯：《杜撰集》，王永年译，上海译文出版社2015年版，第25-30页）。

　　〔4〕　弥尔顿的《失乐园》塑造了恺撒式的撒旦形象："……能升到/如此高度，更引起他的雄心壮志/虽经对天交战而徒劳、败绩/却不灰心，向大众披露傲慢的退想"（［英］弥尔顿：《失乐园》（Ⅱ，7-10），朱维之译，译林出版社2013年版，第40页）。

绝非只是侥幸成功的"喀提林"〔1〕。

　　云雀打了个哈欠，飞走了，下一站：琼美卡〔2〕。

　　〔1〕 喀提林（约前108-62），曾任罗马大法官、非洲总督，因政途失意（两度竞选执政官，未成），发动武装政变，事败被杀。参见［古罗马］撒路斯提乌斯：《喀提林阴谋·朱古达战争》，王以铸等译，商务印书馆1994年版。

　　〔2〕 木心《王者》一文对恺撒的名言"我来，我见，我征服"揶揄道："如果说：'我来了，我见了，我够了。'这倒还像话。"（木心：《琼美卡随想录》，广西师范大学出版社2006年版，第10页）其实他们是一个意思。

李将军

"林暗草惊风，将军夜引弓"，"桃李不言，下自成蹊"，"但使龙城飞将在，不教胡马度阴山"，"冯唐易老，李广难封"，说的都是他。关于他的难以封侯，太史公借阴阳家王朔之口给的解释是：曾经杀降——"祸莫大于杀已降，此乃将军所以不得侯者也"[1]。说这话的太史公显得神神秘秘，宛然一位精通谶纬之学的政治哲人。

李广担任陇西太守时杀降的羌人中自然不包括另一位骁勇善战的李将军——罗伯特·李（Robert Edward Lee, 1807–1870）。罗伯特·李像隆美尔一样，是一位高明的统帅，擅长以少胜多，无奈他所属的农业化南方邦联与工业化北方联邦相比实力悬殊太大，最后，他不得不选择投降。内战结束后，他热衷于办教育，在弗吉尼亚州，有一所大学以华盛顿和他的名字命名（Washington and Lee University）。

办教育的闲暇之余，罗伯特·李爱上了读史，从希罗多德、波里比阿到《史记》（英文版），他无一不爱。他读《史记》时为李广"引刀自刭"的不幸结局再三叹惋。像李广那样的古典豪杰注定以悲剧收场（李广自杀乃因不愿复对"刀笔之吏"[2]），而罗伯特·李却被喜剧性

---

〔1〕《史记·李将军列传》。
〔2〕《史记·李将军列传》。相比于卫青和霍去病，李广更具悲剧英雄的意味。

的现代自由宪政精神所包容和拯救。

李广之死铸就了汉武大帝的伟业——外战转化成内战——夷夏之辨的喧嚣被广阔的疆域悄悄地消弭掉。

罗伯特·李的投降砥定了 20 世纪的美利坚霸权——从内战走向外战——"好战国家"的美誉其来有自。[1]

内敛也好，扩张也罢，帝国毕竟是帝国。这是往昔的朝鲜慕华馆[2]官员和现今的瑞士钟表匠所无法理解的。

日内瓦大学的相蓝欣教授启发我说：纵使读过再多古典作品（伪古典不算），现代人本质上仍是现代人。我问他计划何时将其名著《传统与对外关系》[3]译成流利的美式英文？他回复说：尚未在美国顶尖大学物色到恰切的译者。我听懂了他的潜台词：时机还不成熟。他设想的恰切时机或许是：当费城博物馆主动归还劫虏自颐和园的珍品，当罗伯特·李的后裔能熟背《百家姓》、《劝学篇》[4] 和《春秋公羊传》，当李广被比拟为"东方隆美尔"……然而，我不能同意他伧俗的观点，我期冀第三位李将军的出现。

〔1〕 参见［德］妮科勒·施莱等：《美国的战争：一个好战国家的编年史》，陶佩云译，生活·读书·新知三联书店 2006 年版。
〔2〕 朝鲜慕华馆建于 1407 年。它与迎恩门是朝鲜王朝郊迎中国敕使的场所，堪称"事大主义"的象征性建筑。
〔3〕 相蓝欣：《传统与对外关系》，生活·读书·新知三联书店 2007 年版。
〔4〕 此处指《荀子·劝学》和张之洞的《劝学篇》，而不是福泽谕吉的《劝学篇》。后者只是照抄西方"天赋人权"之类的动听惑辞，实不足道也。

从"盐铁论"到"金铁主义说"

一个初春的午后，一场激烈的辩论在帝国的文士（贤良文学）与大夫（御史大夫桑弘羊）之间展开。[1]

文士大谈"道德之端""仁义之利"，主张"罢盐铁、酒榷、均输"，"进本退末，广利农业"。大夫反驳道："匈奴背叛不臣，数为寇暴于边鄙。……边用度不足，故兴盐铁，设酒榷，置均输，蓄货长财，以佐助边费。今议进欲罢之，内空府库之藏，外乏执备之用，使备塞乘城之士，饥寒于边，将何以赡之?"[2]

文士普遍昧于边疆和世界史，并非今日特有的现象。从我的多引大夫之言、少引儒士之论，读者当已猜度出我的倾向和偏见。就像《盐铁论》的编者桓宽、《鲁迅选集》的编者[3]林贤治和《金铁主义说》的撰者杨度亦有其倾向和偏见一样。

---

〔1〕 类似的辩论经常展开，比如，在道格拉斯与林肯之间（参见［美］雅法：《分裂之家危机：对林肯-道格拉斯论辩中诸问题的阐释》，韩锐译，华东师范大学出版社2007年版）。

〔2〕 桓宽：《盐铁论》（乔清举注释本），华夏出版社2000年版，第2-3页。

〔3〕 "选本可以借古人的文章，寓自己的意见"，"选本既经选者所滤过，就总只能吃他所给与的糟或醨。况且有时还加以批评，提醒了他之以为然，而默杀了他之以为不然处"（鲁迅：《选本》，载《鲁迅杂文全集·集外集》，北京燕山出版社2011年版，第1298页）。

杨度在日本留学期间除了挑灯夜读孟德斯鸠、马基雅维利和格劳秀斯之外，并没有忘却本国的政治哲学经典《盐铁论》，而且，他还与时俱进，将"盐铁论"升华为"金铁主义说"："法由强者而立，例由强国而创，世界各国所谓博士、学士，乃取以为著书讲学之材料。其实所谓法者不过如此，所谓例者不过如此。故吾不知其为法耶、例耶，但以为国际法者铁炮的说话而已。"[1] 杨度在日本修的是法政速成科，没资格拿学士遑论博士学位，但其头脑却比而今的法学博士和学士们要清楚得多。他们读高深纯粹的法学理论书太多，失了基于自然的法则和常识。他们自以为寻得了启蒙的明灯，专注地投身于政治文艺的复兴。他们千方百计论证国际法和宪法的法律性，鄙夷以帝师自诩的宪制专家杨皙子先生。

　　看似鞭笞民众、与民争利[2]的，可能是真王者——立足于夯实的大地。

　　汉帝国的桑弘羊不可能预卜"洪宪"年号（洪范五行、弘扬宪法之意）的出现，写不出汪洋恣肆的《君宪救国论》[3]，亦无缘踮起脚来粗看美国航母[4]或目瞪口呆地参观克虏伯兵工厂的制造车间[5]，却深知礼仪、和亲和赎买都无法彻底解决边疆危机，以及"持剑经商"的

---

〔1〕 杨度：《金铁主义说》，载《杨度集》，湖南人民出版社1986年版，第219页。

〔2〕 在中国，"国进民退"是一个值得商榷的命题（倘若不是伪命题的话）。

〔3〕 《君宪救国论》是杨度的一篇政论文。

〔4〕 1980年5月，刘华清将军（1916-2011）访美时曾参观"突击号"和"小鹰号"航空母舰。刘华清将军去世的第二年，2012年9月，辽宁号航空母舰服役。2019年12月，山东舰服役（首艘自主建造的国产航母）。

〔5〕 1904年6月，康有为访德期间曾参观克虏伯兵工厂。早在1894年的《桂学答问》中，康有为开给学生的书单里，就有清廷出使欧洲大臣李凤苞主持翻译的《克虏伯炮说》。参见章永乐：《万国竞争：康有为与维也纳体系的衰变》，商务印书馆2017年版，第79页。

原理。

儒法斗争可以休矣！不会休的。愿它们缔结婚姻、阴阳互济：儒因法而成真儒，法因儒而成真法。

我钟爱熊十力笔下的张居正："江陵学术宗本在儒，而融摄佛老及法"，"江陵之法治思想，以尊主、庇民为两大基本观念"。[1] 我更钟爱伏特加和誓死捍卫伏尔加河的斯大林格勒的铁军。1961 年斯大林格勒易名为伏尔加格勒是对雅尔塔体系和帝国初心的背叛。我不像原来那么喜欢俄罗斯了。

"胖祖（猪），开饭啦！这次煮的虾米粥没有多放盐！"娜塔莎对我甜蜜地吼道。

她是我在莫斯科大学访学时结识的临时女友[2]，如今正在北大攻读博士学位，博士论文选题是"桑弘羊与彼得大帝政治经济学思想比较研究"。

---

〔1〕 熊十力：《韩非子评论·与友人论张江陵》，上海书店出版社 2007 年版，第100、124 页。

〔2〕 她是赫尔岑（1812-1870）的直系后裔。赫尔岑曾在莫斯科大学不远处的麻雀山立下为普世理想奋斗的誓愿。

西域的发现

　　龙城不出产龙，马邑亦不再养马，[1] 河西走廊以西河依旧流淌，风仍旧吹，走廊仍兀立着。张骞、班超、李广利、李陵、楼兰姑娘和彭加木[2]先后从缀满荆棘和鲜花的走廊穿过。

　　李陵《答苏武书》中所言的"夜不能寐侧耳远听胡笳互动牧马悲鸣"是自找的。楼兰姑娘已化作考古学家视若珍宝的无名干尸，四处展览——从1219年深冬的撒马尔罕兀鲁伯天文台到2001年初秋的纽约世贸中心。[3] 彭加木变成萧萧下的落木中的一根[4]，与秉持落木精神的哲学王一起撑起高耸入云的共和国大厦。

　　在乌鲁木齐的现代化大楼里，总有一个白领下班后不是在加班，而

---

　　〔1〕 龙城，今太原，亦泛指边关。常建《塞下》诗云："铁马胡裘出汉营，分麾百道救龙城。"马邑，今朔州。秦始皇的大将蒙恬曾在此围栏养马，故名马邑。唐初，曾与突厥在马邑进行拉锯战。李世民《饮马长城窟行》诗云："都尉反龙堆，将军旋马邑。"

　　〔2〕 李广利（？—前89），汉朝将领，主要成就是征伐大宛，威震西域。彭加木（1925-1980），生物化学家，1980年6月在罗布泊科考时不幸失踪。

　　〔3〕 1219年，成吉思汗的军队攻占撒马尔罕。2001年发生了"9·11事件"（基地组织的恐怖分子袭击了纽约世贸中心，造成近三千人罹难）。

　　〔4〕 杜诗：无边落木萧萧下，不尽长江滚滚来。

是满心欢喜地翻开《西域考古图记》[1]，他的名字可能叫陈祎、耶律大石、帖木儿[2]或孙悟空。在读过《李卓吾批评本西游记》的寥寥读者中，总有一个蠕变为"东方的拜伦"[3]。在与奥林匹斯山两两相望的天山之上挖雪莲的盗贼中，总有一个（不止一个）在距离奥克苏斯河一千英里的费尔干纳谷地被粟特商人或贵霜帝国的士兵杀死。[4]

是谁屹立于夕照下的帕米尔高原，迎风抽泣，祭奠死去的雪莲、盗贼、士兵、使者和"窃国者"[5]？

是谁最先提出"丝绸之路"的概念？并非抽丝破茧的中国人。[6]

是谁发现（准确说是发明）了西域？

长安的阿史那·社尔说：高昌是西域。[7] 奥斯曼一世宣布：希腊和罗马是西域。依循以欧洲为中心的墨卡托地图，遍布印第安人的北美

---

〔1〕 参见［英］奥雷尔·斯坦因：《西域考古图记》（修订版），中国社会科学院考古所译，广西师范大学出版社 2019 年版。

〔2〕 陈祎（602-664），玄奘的本名。耶律大石（1087-1143），西辽的建立者。帖木儿（1336-1405），突厥化蒙古人，创立了帖木儿帝国。

〔3〕 "孙悟空的成功，是写了一个异端，一个猴子中的拜伦"（木心：《文学回忆录》，广西师范大学出版社 2013 年版，第 431 页）。

〔4〕 奥克苏斯河，又名妫水、阿姆河，是中亚流量最大的河流。费尔干纳谷地，是天山和吉萨尔-阿赖山两大山系之间的盆地。粟特人，操中古东伊朗语的古老民族，长期往来于丝绸之路上，以擅长经商闻名于欧亚大陆。贵霜帝国（55-425），疆域从今天的塔吉克斯坦绵延至里海、阿富汗、印度河流域，被认为是古代四大强国之一，与汉朝、罗马、安息（帕提亚）并列。

〔5〕 《庄子·胠箧》："彼窃钩者诛，窃国者为诸侯；诸侯之门而仁义存焉。"

〔6〕 "19 世纪德国地理学家和探险家费迪南·冯·李希霍芬男爵［第一次世界大战中德国王牌飞行员曼弗雷德·冯·李希霍芬（外号"红男爵"）的叔叔］第一次提出了'丝绸之路'一词"（［英］拉乌尔·麦克劳克林：《罗马帝国与丝绸之路》，周云兰译，广东人民出版社 2019 年版，前言，第 1 页）。又参见［德］蒂森选编：《李希霍芬中国旅行日记》，李岩等译，商务印书馆 2016 年版。

〔7〕 阿史那·社尔（604-655），出身突厥王族的唐朝名将，曾追随侯君集将军平灭高昌（西域的一个佛教小国），死后陪葬昭陵。

是西域。依循以西半球为中心的米勒投影，黄种人主宰的东亚是西域。[1] 再次崛起的华夏族发现，西域的西域的西域才是西域——称"泰西"更具时代感。[2]

玉门关外再不传来幽怨的笛声。

敦煌再不燃起"闪耀的烽火"。

重庆再不是战时首都。

广岛市民吃上波音飞机[3]空运来的吐鲁番黑葡萄。我是天空的一片乌云，偶尔投影在世界岛的中心。

---

〔1〕 关于表现国家间政治关系的"世界地图的选择"，参见 ［美］尼古拉斯·斯皮克曼：《和平地理学：边缘地带的战略》，俞海杰译，上海人民出版社2016年版，第22-27页。

〔2〕 泰西，旧泛指西方国家。黄遵宪《八月十五夜太平洋舟中作歌》诗云："大千世界共此月，世人不共中秋节。泰西纪历二千年，祇作寻常数圆缺。"又参见 ［英］罗伯特·麦肯齐：《泰西新史揽要》（近代文献丛刊），李提摩太、蔡尔康译，上海书店出版社2002年版。《泰西新史揽要》原名《十九世纪史》，作者罗伯特·麦肯齐是英国学者、新闻记者。这本书是晚清时期普遍使用的世界历史教材。

〔3〕 1945年8月6日飞抵广岛上空的B-29轰炸机也是波音公司研制的。

法律东方主义

　　商鞅、韩非子和董仲舒当然知道他们作为立法者的名声早晚有一天会传至"东胜神洲"之外的地域,[1] 却无法想象那里的人会叫德尼·狄德罗、弗朗索瓦-马利·阿鲁埃（即伏尔泰）或夏尔·德·塞孔达（即孟德斯鸠）这样稀奇古怪的名字。毕竟,他们生活在怀抱各自天下视野的天下时代的本国,而非民族国家林立的帝国时代的世界。[2]

　　18世纪狄德罗主编的《科学、美术与工艺百科全书》第三百三十三卷（另册）对中国法律做过一个清晰的分类：①属于皇帝的；②被绑在沉船上的；③由良鹰或恶龙裁夺其味道的；④遭鸦片烟熏燎的；⑤憨厚的；⑥从伊斯坦布尔清真寺的晨祷声中传来的；⑦藏身豫西幽谷的；⑧有直觉吸引力的；⑨弥散茉莉花香味的；⑩疯如狂犬的；⑪专制的；

---

　　〔1〕 "东胜神洲"乃吴承恩神话世界中的四大部洲之一（参见《西游记》第一回）。

　　〔2〕 "从地理上讲,天下时代包括西方世界的波斯以及其后希腊罗马的发达,以及与之相并行的远东文明特别是中国的天下意识的发达","大一统事务的行动者与其同时代人把这些事务解释为对他们所谓的'天下'的发现和征服","'天下'这个符号成了这个时代的观念动力"（［美］沃格林：《自传体反思录》,段保良译,华夏出版社2018年版,第126页）。"帝国"是一个历史悠久的词汇,而"帝国主义"一词直到19世纪下半叶才在欧洲出现（尽管帝国主义作为一种现象、一种事物,其诞生的时间比"帝国主义"一词稍早）。参见［美］克里尚·库马尔：《千年帝国史》,石烨译,中信出版集团2019年版,第16页。

⑫差点改宗的；⑬破青瓷罐而出的；⑭远看像石猴的——当然，此处纯属杜撰，系戏仿阿根廷诗人博尔赫斯《约翰·威尔金斯的分析语言》一文关于动物的分类：（a）属于皇帝的；（b）涂香料的；（c）驯养的；（d）哺乳的；（e）半人半鱼的；（f）远古的；（g）放养的狗；（h）归入此类的；（i）骚动如疯子的；（j）不可胜数的；（k）用驼毛细笔描绘的；（l）等等；（m）破罐而出的；（n）远看如苍蝇的。[1] 这个分类曾启发法兰西思想家福柯写作《词与物》一书。福柯说："本书诞生于阅读这个段落时发出的笑声，这种笑声动摇了我的思想（我们的思想）所熟悉的东西，这种思想具有我们的时代和我们的地理的特征。这种笑声动摇了我们习惯于用来控制种种事物的所有秩序井然的表面和所有的平面，并且将长时间地动摇并让我们担忧我们关于同与异的上千年的作法。"[2] 美国法学家络德睦先生在引介福柯和博尔赫斯的相关论述后指出："中国法的缺陷，正如与中国的其他事物一般，经常被归咎为一种文化的范畴混淆"，"许多持久留存的关于中国法的西方观念，皆建立在东方主义寓言的基础之上，几乎没有表露出该事实的自明性（self-aware-

---

〔1〕 ［阿根廷］博尔赫斯：《探讨别集》，王永年等译，上海译文出版社2015年版，第145页。

〔2〕 ［法］福柯：《词与物》，莫伟民译，上海三联书店2002年版，前言，第1页。

ness）"。[1]

其实没有什么东西是自明的，否则，康德就不会鼓捣出饱受争议的
"物自体"理论。耶稣也说过："所以我用比喻对他们讲，是因他们看也
看不见，听也听不见，也不明白。"（《圣经·马太福音》13：13）法律
作为一种偶在的现象和事物，即使不是不可知、不可描述，也是不可尽
知、难以充分描述的。词语在面对现象和事物时总不免陷入词穷的尴
尬，[2] 而词穷意味着"理屈"。可是，掌握话语权的强者并不自以为
"理屈"，由是就有了"己之所欲必施于人"的霸权逻辑。[3]

嗓门太大的西方女人波伏娃被悲愤的波兰诗人米沃什形容为"败坏
了女权主义"的"母夜叉"。[4] 喋喋不休的东方男人萨义德是否应被中

---

〔1〕［美］络德睦：《法律东方主义：中国、美国与现代法》，魏磊杰译，中国政法
大学出版社2016年版，第29-30页。长期以来，西方和东方通过相互想象来界定自己。
关于西方想象（扭曲）东方，可参见周宁编注的系列丛书"中国形象：西方的学说与传
说"，包括《契丹传奇》等八卷（西苑出版社2004年版）；［法］艾田蒲：《中国之欧
洲》，许钧等译，河南人民出版社1994年版。西方想象中国（西藏）的精彩个案分析，
参见汪晖：《东西之间的西藏问题》（外二篇），生活·读书·新知三联书店2011年版。
关于东方想象（扭曲）西方，一百多年来，作为东方人的中国人感同身受，衍指符号
（语词）也经历了从"夷"到"洋"的跨越（参见刘禾：《帝国的话语政治》，生活·读
书·新知三联书店2009年版，第38-145页）。晚清使臣和文士（如郭嵩焘、王韬）以
及当代可哀的"媚西主义者"的态度，尤其值得关注。而今，制度移植主义者渐渐少
了，但观念上被殖民的知识精英仍大有人在，他们尽管读过托马斯·潘恩的小册子《常
识》，在常识上却不如站在黄河岸边高吼信天游的陕北老农。
〔2〕"所有想用文字把世界围住的企图，都是徒劳的，并将继续是徒劳的；语言与
现实之间有一种基本的不可兼容性。"（［波兰］米沃什：《诗的见证》，黄灿然译，广西
师范大学出版社2011年版，第90页）
〔3〕19世纪（尤其1860年），英国人曾以老师训学生的姿态，教导中国人如何遵
守国际法治。参见［美］何伟业：《英国的课业：19世纪中国的帝国主义教程》，刘天路
等译，社会科学文献出版社2007年版。
〔4〕［波兰］米沃什：《米沃什词典》，西川等译，广西师范大学出版社2014年版，
第94页。

国的主流法学家们判定为"败坏了东方主义"的"黑无常"呢？可惜中国的主流法学家们——他们言之谆谆地捍卫法律帝国疆界的纯粹——是不怎么读萨义德的（也读不懂），在他们看来，任何跨界都是违法的（好一个"法"字了得！）。可惜萨义德只有一支比椽细多了的笔，[1] 没有能力显示神迹（尽管他诞生于圣城耶路撒冷），不具备"黑无常"那样黑暗而又可怕的力量，既勾不走欧美人的魂，亦夺不去东亚人的魄。当然，以萨义德格格不入的性格，纵使他握有勾魂锁，八成也不忍做出什么残忍的举动。

人类天生的暴力倾向无处不在——从战场到语言。

人类建构了词语的秩序，却远离了真实的世界。

真实世界是不存在的。如梦幻泡影，如露亦如电。吾生也晚，无缘亲聆克尔凯郭尔对黑格尔的揶揄："如果黑格尔在写完了他的全部著作之后说……这仅仅是一种思想实验，那么，他无疑是最伟大的思想家。但现在，他只是一个滑稽演员。"[2]

---

〔1〕 萨义德（1935-2003）的职业身份是文学和文化批评家，哥伦比亚大学比较文学教授。著有《东方学》《文化与帝国主义》《格格不入——萨义德回忆录》等。

〔2〕 转引自［美］斯通普夫等：《西方哲学史：从苏格拉底到萨特及其后》（修订第8版），匡宏等译，世界图书出版公司2009年版，第334页。

长城

孟姜女哭倒的不是戈尔甘长城[1],《哈德良回忆录》也非出自哈德良皇帝之手[2]。

把自己设想为古罗马皇帝的当代奇女子无疑是可佩的,冒充冒顿或华莱士却不好玩,因为那意味着犯下"弑父"罪行或直面被砍头的危险。[3]

乔治·雷蒙德·理查德·马丁是地地道道的美国人,并非华莱士的苏格兰同乡,却以苏格兰边境的哈德良长城为原型,构思了更加雄伟的绝境长城,以及发生在绝境长城内外的宫廷斗争、爱恨情仇和权力

---

〔1〕 孟姜女是中国民间传说人物,由《列女传》(刘向著)中的"杞梁妻"演变而来。戈尔甘长城是世界第二长的长城,位于今伊朗东北边疆,系历史上的萨珊王朝为抵御白匈奴而筑建。

〔2〕 〔法〕玛格丽特·尤瑟纳尔:《哈德良回忆录》,陈筱卿译,东方出版社2002年版。玛格丽特·尤瑟纳尔(1903-1987),法国当代女作家,1980年当选为法兰西学院院士,是法兰西学院史上的第一位女院士。

〔3〕 冒顿单于(前234-前174)于公元前209年弑父自立,是匈奴史上的伟大统帅,首次统一了北方草原。威廉·华莱士(1270-1305):领导苏格兰独立战争的著名骑士,被苏格兰视为民族英雄。

游戏。[1]

惟有守夜人超然于权力游戏之外。他们的誓词是：长夜将至，我从今开始守望，至死方休。我将不娶妻、不封地、不生子。他们与帝国诞生前夜的大秦老兵一起合唱，唱词曰：岂曰无衣？与之同袍；王于兴师，修我戈矛；与子同仇！[2]听到唱词的阉人中的地缘战略大师中行说哭了，他觉得甚是孤独，他没有也没法享受友谊和爱情，还被当时和后世的族人扣上"汉奸"的帽子。[3]

中行说心底清楚得很：帝国与帝国共生共灭。[4]一个帝国灭亡了，其敌对帝国势必因失去对手而匮乏进取精神、放纵淫逸，不久亦将衰矣萎矣微矣亡矣。他之所以决然地投降匈奴、背叛大汉，正是为了缔造和成就更伟大的大汉。我们无法查知中行说准确的生卒年岁，关于他的有限记载列在《史记·匈奴列传》之中。[5]《史记》最出彩的篇章并非

---

〔1〕 哈德良长城位于不列颠岛，由罗马皇帝哈德良（76-138）下令修建，它一度是罗马帝国的西北边界。乔治·雷蒙德·理查德·马丁（1948-），美国作家，出生于新泽西州，代表作品是《冰与火之歌》。2011-2019年，《冰与火之歌》由美国HBO电视网改编为经典电视剧《权力的游戏》（共八季）。

〔2〕 《诗经·秦风·无衣》。

〔3〕 "帽子政治"是现时代帝国精神现象学的表征。

〔4〕 "当南方农业邦国凝聚成为华夏帝国，北方草原游牧部族也凝聚成'国家'以与前者对抗并获得资源"，"匈奴国家的产生，是北方草原部族对华夏帝国形成的一种因应之道"（王明珂：《游牧者的抉择：面对汉帝国的北亚游牧部族》，广西师范大学出版社2008年版，第149页），类似的观点，参见施展：《枢纽：3000年的中国》，广西师范大学出版社2018年版，第64-65页。

〔5〕 关于中行说，亦可参见［美］拉铁摩尔：《中国的亚洲内陆边疆》，唐晓峰译，江苏人民出版社2005年版，第311-312页。

《项羽本纪》，而是《匈奴列传》。[1]

包括匈奴在内的一切族群，包括八达岭长城在内的一切长城，都只是宇宙大空间的一个小小枝杈。

"不到长城非好汉"的意思是，纵使到了长城也未必是好汉。

毕竟，到过长城的人那么多（比长城墙砖还多）；毕竟，很少有人能理解作为时间起点的山海关；毕竟，只有爱因斯坦的梦才真的浩瀚无边。

---

[1] "即使我们认为开创了中国史学滥觞的司马迁的名声之所以能够较其他人更加高扬，就是由于他为后人撰写留下了《匈奴列传》也绝不过分"（［日］泽田勳:《匈奴：古代游牧国家的兴亡》，王庆宪等译，内蒙古人民出版社 2010 年版，作者前言，第 13 页）。木心认为《史记》最精彩的篇章是《项羽本纪》、《管晏列传》、《廉颇蔺相如列传》、《刺客列传》和《李将军传》（木心:《文学回忆录》，广西师范大学出版社 2013 年版，第 166 页）。

波斯的面纱

2020年1月3日被美国无人机发射的"地狱火"导弹强杀的伊朗传奇将军卡西姆·苏莱曼尼是鲁斯塔姆·法拉赫·霍尔莫兹德的化身。[1]至于他入天堂还是下地狱,伊斯兰世界和基督教世界肯定持不同看法,说不准马兹达[2]与耶和华还要为此脸红脖子粗地吵上一架。马兹达与耶和华的后裔所持的武器已经高度精密、智能、现代化了,但他们的思维仍旧是中世纪的,并将持久地是中世纪的。[3]

那片土地叫埃兰、米底、阿契美尼德、萨珊抑或巴列维已不重要,反正它一直神秘。

琐罗亚斯德是锡斯坦人、雷伊人、西部人抑或阿塞拜疆人已不重要,

---

[1] 卡西姆·苏莱曼尼(1957-2020):伊朗革命卫队"圣城旅"旅长。鲁斯塔姆·法拉赫·霍尔莫兹德是公元7世纪上半叶伊朗萨珊王朝的将军,曾率兵抵抗阿拉伯人入侵。

[2] 阿胡拉·马兹达是琐罗亚斯德教的最高神,依据琐罗亚斯德教义,善元和恶元皆由阿胡拉·马兹达创造(参见[伊朗]阿卜杜·侯赛因·扎林库伯:《波斯帝国史》,张鸿年译,复旦大学出版社2011年版,第39页;[伊朗]贾利尔·杜斯特哈赫选编:《阿维斯塔——琐罗亚斯德教圣书》,元文琪译,商务印书馆2010年版)。耶和华是《圣经》记载的至高无上的真神。

[3] 关于本·拉登(1957-2011,伊斯兰"基地组织"创始人)和小布什(1946-,美国第43任总统)异曲同工的中世纪思维,参见[英]汤姆·霍兰:《波斯战火》,于润生译,中信出版集团2016年版,序言,第Ⅷ页。

反正他已重生为隐入山林、与朝霞俱起的查拉图斯特拉，并获得"在熊中为熊，在鸟中为鸟"的神奇本领。他轻蔑肉体、禁欲者、学者、婚姻、偶像和市场之蝇，并指出：比起慈悲和怜悯来，战争与勇敢的功效更大。[1]

走向地平线的是薛西斯、狮子抑或赶骆驼的儿童已不重要，反正他们都要死的。

死于密谋或复仇无甚差别——密谋和复仇是同一个词。

但愿尼采不是第二个微笑着诞生的人（琐罗亚斯德是第一个）。

但愿我是一个超验占星家，有幸揭开古波斯女子的神秘黑纱，有幸埋入卡武斯高塔[2]的地下。

---

〔1〕 参见［德］尼采：《查拉图斯特拉如是说》，杨佩昌译，中国画报出版社 2012 年版，第 22-74 页。徐梵澄先生将此书书名译为"苏鲁支语录"（商务印书馆 1991 年版），"在熊中为熊，在鸟中为鸟"这个诗意的句子即出自他的译笔（第 5 页）。

〔2〕 贡巴德·卡武斯高塔位于伊朗东北部戈勒斯坦省的贡巴德·卡武斯市市中心，是一座巨大的砖制陵墓高塔，由齐亚尔王朝的统治者卡武斯于 1006 年下令修建。卡武斯本人是诗人和占星家。

三世纪的危机

公元三世纪，东方的汉帝国一分为三：魏、蜀、吴。汉帝国彻底退出历史舞台。西方的罗马帝国亦一分为三：高卢、帕尔米拉和罗马。罗马还在。

魏、蜀、吴三国终尔归晋。然而旋即爆发内讧（"八王之乱"），五胡内徙，帝国再度崩析。

罗马呢，短暂统一、中兴之后苟延残喘，直至西罗马末帝罗慕路斯·奥古斯都[1]被日耳曼雇佣兵首领奥多亚塞废黜（东罗马-拜占庭帝国光荣而又屈辱地活了一千年）。

三角形最稳定又最不稳定。人事与数学的原理毕竟有异。

---

[1] 颇为讽刺的是，罗马创建者和末帝的名字都叫罗慕路斯。

危机时刻存在。[1] 局部危机可用"裱糊匠"的方法[2]解决，全面危机则非得全能主义或总体方法不可。[3] 但用药过猛有可能导致灭国或灭史。

"分久必合，合久必分"的法则适用于东方亦适用于西方。

曹孟德早就看透了这个游戏，所以不称帝，对酒当歌。[4] 无冕之王比有冕之王洒脱。

波爱修斯看透了这个游戏，他说："权力让人不得安宁"，"权力固然很可贵，不过结果表明，它连自身都难保!"[5]

奥古斯丁看透了这个游戏，遂一本正经地在尘世筑造上帝之城。[6]

"兴，百姓苦；亡，百姓苦"[7] 不过是诗人多愁善感、嘤嘤咛咛的忧叹，并不完全契合真实历史。百姓期望兴，一直兴（兴了就不会苦），

---

〔1〕"布克哈特认为，历史是充满危机的事件的综合体，人一方面不间断地受到来自这些危机的威胁，但是另一方面，尽管时间处于永恒的变化之中，人却能够借助他的精神在人类社会的时空中获得认知力并保持独立的主体。"参见［瑞士］布克哈特：《世界历史沉思录》，金寿福译，北京大学出版社 2007 年版，序言（耶尔恩·吕森）。

〔2〕 李鸿章晚年自谓道："我办了一辈子的事，练兵也，海军也，都是纸糊的老虎，何尝能实在放手办理？不过勉强涂饰，不揭破犹可敷衍一时。如一间破屋，由裱糊匠东补西贴，居然成一净室，虽明知为纸片糊裱，然究竟决不定里面是何等材料，即有小小风雨，打成几个窟窿（窿），随时补葺，亦可支吾对付。乃必欲爽手扯破，又未预备何种修葺材料，何种改造方式，自然真相破露，不可收拾。但裱糊匠又何术能负其责？"参见吴永口述、刘治襄笔记：《庚子西狩丛谈》，中华书局 2009 年版，第 121 页。

〔3〕 关于全能主义，参见邹谠：《中国革命再解释》，牛津大学出版社 2002 年版；金观涛等：《开放中的变迁：再论中国社会超稳定结构》，法律出版社 2011 年版。

〔4〕 曹操《短歌行》："对酒当歌，人生几何！譬如朝露，去日苦多。慨当以慷，忧思难忘。何以解忧，唯有杜康。"

〔5〕［古罗马］波爱修斯：《哲学的慰藉》，范思哲译，新世界出版社 2011 年版，第 91 页。

〔6〕"敌人属于这座世俗之城，为了反对这些敌人，我必须捍卫上帝之城。"参见［古罗马］奥古斯丁：《上帝之城》，王晓朝译，人民出版社 2006 年版，第 2 页。

〔7〕 张养浩：《山坡羊·潼关怀古》。

"晨兴理荒秽"的兴，"兴致淋漓"的兴，"兴尽晚回舟"的兴。诗人也期望兴，一直兴，"赋比兴"的兴，"逸兴遄飞"的兴，"夙兴夜寐"的兴，"兴尽悲来"的兴。

倘若王弼、嵇康和奥勒良[1]还活着，我将带他们赏开封斗鸡，吃鼓楼桶子鸡——这道美食的寓意是：东方雄鸡，一统天下。

那，高卢雄鸡呢？

正双目噙泪地在"科西嘉怪物"[2]的尸体旁来回踱步。

---

〔1〕 王弼（226-249），经学家，以注释老子、周易闻名于世；嵇康（224-263），大诗人和大音乐家，竹林七贤之一；奥勒良，即鲁奇乌斯·多米提乌斯·奥勒里安努斯，西罗马皇帝（270-275在位），他初步解决了罗马帝国的三世纪危机，受赠"世界重建者"的称号。
〔2〕 指拿破仑。

阿提拉

锋利的长矛、高傲的锥形帽、缺肢少翅的鸟、螺旋形的鹿角、萨满教、驼背和马背上的箭囊、西伯利亚青铜匕首、晨空中的猎鹰、血色的月亮、有豹与蟒蛇搏斗雕纹的金饰、阿兰人和西哥特人敬献的皮革、被敲碎的罗马浮雕，共同编成了阿提拉[1]手中的鞭子。

他杀害了幼时与他一起玩鞭子的胞兄布莱达，只为统一兵权。既然天无二日，地亦不可有二王。

他如此睿智强悍，连上帝都让他三分。

他令人产生变态的恐惧（不变态的恐惧还叫恐惧？）。

---

[1] 阿提拉（406-453），古代匈人帝国的首领，被欧洲人称为"上帝之鞭"。勒内·格鲁塞认为让整个西方世界惊慌失措的匈人就是西迁的匈奴人（［法］勒内·格鲁塞：《草原帝国》，李德谋等译，江苏人民出版社 2011 年版，第 30-33 页）。关于匈人与匈奴是否同族的争论，参见 ［日］泽田勳：《匈奴：古代游牧国家的兴亡》，王庆宪等译，内蒙古人民出版社 2010 年版，第 192-197 页；[拜占庭] 约达尼斯：《哥特史》，罗三洋译，商务印书馆 2012 年版，译者序。孙隆基教授则认为这一争论甚是无聊："这个疑难不能用考证方式解决，亦即是以'匈奴'这个意符去找对号的意指，此乃执迷不悟的实证主义，罔顾认知对象乃建构之物，名号亦非存于历史真空之型。必须如此理解：即使原初的匈奴帝国已是草原上的一个大同盟，并非一个民族国家"，"以'匈奴'为一族群，不如视之为一时代更为恰当"（孙隆基：《新世界史》第 2 卷，中信出版集团 2017 年版，第 80-81 页）。

他伐谋伐交伐兵更攻城。[1]

他攻克一座又一座城，征服一个又一个国，却不是为了建立秩序和新秩序。[2] 他是神性的再临、诗性的偶存。

他越过了多瑙河，圆舞曲为他奏响。

他坚硬如重金属[3]，又轻逸如蝴蝶。

他先是出现在古典哲人庄周的白日梦中，后又暗示后现代文士罗伦兹[4]世界正变得越来越混沌。

他是对镜贴花黄的花木兰渴慕的情人[5]——花木兰不可能爱邻家二哥。

他活着的时候，恨他的人和爱他的人一样多。

他死的瞬间，全草原女巫的心窝都钻心地疼。

他用马蹄踏出的草原美学启发了拓跋焘[6]、伊戈尔[7]和铁木真，

---

[1] 《孙子兵法·谋攻》："上兵伐谋，其次伐交，其次伐兵，其下攻城。"

[2] 正是为了探索历史中的秩序（和无序），埃里克·沃格林写下了五卷本的"秩序与历史"。参见 [美] 埃里克·沃格林：《求索秩序》，徐志跃译，译林出版社2018年版，导言，第15页。

[3] 2004年美国重金属乐队冰冻地球（Iced Earth）发行专辑《辉煌的重负》，收录了一首以"阿提拉"命名的单曲，以纪念这位伟大的统帅。

[4] 爱德华·诺顿·罗伦兹（1917-2008），美国数学与气象学家，混沌理论之父、蝴蝶效应的发现者。混沌理论认为，非线性系统具有多样性和多尺度性。这与埃里克·沃格林所言的"单线史观的彻底崩溃"和博尔赫斯通过文学笔法建构的"时间分岔说"惊人的一致（朱熹曰：理一分殊）。参见 [美] 沃格林：《自传体反思录》，段保良译，华夏出版社2018年版，第103页；[阿根廷] 博尔赫斯：《小径分叉的花园》，王永年译，上海译文出版社2015年版，第92-97页。

[5] 《木兰辞》："脱我战时袍，著我旧时裳。当窗理云鬓，对镜贴花黄。"

[6] 拓跋焘（408-452），北魏第三位皇帝，他攻灭胡夏、北燕、北凉，降服鄯善、龟兹等西域诸国，驱逐吐谷浑，统一了中国北方，并南伐攻宋。

[7] 伊戈尔·留里科维奇（877-945），俄罗斯留里克王朝的实际创建者。俄罗斯有英雄史诗《伊戈尔远征记》（中译本，魏荒弩译，人民文学出版社1957年版），成书于12世纪下半叶。

印在了云冈和麦积山石窟大佛的眉角上，进入了但丁、威尔第和古日耳曼人的诗行[1]。

---

〔1〕 "神的正义在惩办那个阿提拉/他曾是人世间的鞭子……"（〔意〕但丁：《神曲·地狱篇》，黄文捷译，华文出版社 2011 年版，第 55 页）。1846 年，朱塞佩·威尔第谱写了歌剧《阿提拉》。阿提拉的形象还出现在古日耳曼英雄史诗《尼伯龙根之歌》之中。

476 年

帝国大厦将倾，我不得不躲避、流亡。

我曾在大厦底层一间雾气蒸腾的浴池里忙碌（泡澡、搓灰，以及其他一些无关紧要的风流韵事[1]）。然而，作为永恒的囚徒，纵使逸乐亦难畅怀。我经常想：写诗著文，自以为是的渊博，爱斯克勒庇俄斯[2]所开的赤脚走路的药方，廊下派[3]传授的技艺，北方蛮族歌颂荒原狼

---

[1] 在古罗马，浴池是一个重要的社交场所。参见［法］菲利普·阿利埃斯等：《私人生活史——从私人账簿、日记、回忆录到个人肖像全纪录》（第1卷），李群等译，北方文艺出版社2013年版，第190页；［德］奥托·基弗：《罗马风化史》，姜瑞璋译，海豚出版社2012年版，第113-158页；电影《罗马帝国艳情史》（丁度·巴拉斯执导，1979年）。

[2] 爱斯克勒庇俄斯（Aesculapius）：古罗马神话传说中的医药之神，手持灵蛇缠绕的木杖。

[3] 公元前300年左右，基提翁的芝诺开始在雅典集市西北角的一个画廊里讲学论道。起初那些听众被称为芝诺主义者，后来被唤作廊下派（Stoics，旧译斯多葛派）。参见［墨西哥］里卡多·萨勒斯编：《廊下派的神和宇宙》，徐健等译，华夏出版社2018年版。

的唱词[1]，图书馆里一排排楠木做的书架，沉思的思想者雕像[2]，贺拉斯的书信[3]，一代代枭雄的宣言[4]，热度只能持续半晌的丑闻，落满灰尘的七弦琴，亲人自戕时的眼神，残酷的母爱，日复一日的生活，姿态不一的盟誓，失眠催生的哲学梦，大梦初醒时的灵感，这一切护身法宝对我有什么意义呢。

我无法假装自己没有虚无感，身躯已变得和记忆一样沉重。

写诗著文是我惟一擅长的，不能不为之辩护："盖文章，经国之大业，不朽之盛事"[5]。帝王和统帅的功业，无论如何卓著恢伟，不出一代人的时间便会隳坏，湮没在永恒的无闻中，除非有硕学之士倾力将其付诸不朽。[6]

倾倒大厦的粉尘压迫得我喘不过气。

我结识过一位令我浑身酸痛的女人——"当心！不要落入圈套/避开维纳斯的迷蛊/以免陷入密匝匝的情网难以挣脱"[7]。

有一个角落只有我敢涉足。

----

〔1〕 德国作家黑塞曾受其启发，写下经典小说《荒原狼》（我藏有两种中译本：赵登荣等译，上海译文出版社 2009 年版；张睿君译，安徽文艺出版社 2016 年版）。

〔2〕 指马可·奥勒留（121-180，古罗马皇帝，著有《沉思录》）和奥古斯特·罗丹（1840-1917，"思想者"是他最著名的作品之一）的雕像。两件雕像的绝妙仿制品，分别树立在曾经的国立第二中山大学经济与管理学院大楼和国立第五中山大学法学院大楼前。

〔3〕 贺拉斯致皮索和奥古斯督（都）书，参见章安祺编订：《缪灵珠美学译文集》（第 1 卷），中国人民大学出版社 1987 年版，第 41-76 页。

〔4〕 最让我动容的是曹操的《让县自明本志令》（《曹操集》，中华书局 2012 年版，第 40-43 页）。

〔5〕 曹丕：《典论·论文》。

〔6〕 参见 [美] 沃格林：《记忆：历史与政治理论》，朱成明译，华东师范大学出版社 2017 年版，第 193-195 页。

〔7〕 [古罗马] 卢克莱修：《物性论》，方书春译，商务印书馆 1981 年版，第 253 页。译文有修正。

我在角落发现了暴民的脚印、童话的遗迹。

我还看到尼禄、图拉真、康茂德[1]和康德[2]的歪斜幻影，"道成"[3]"大同"[4]之类的巨大字符，向我奔袭而来。

我不会因帝国悄无声息地陨灭而悲恸（灭帝国者，帝国也）。

西方已不止一次没落。恰如东方。

我虽执古之道，却无御今之能。[5] 我只敢谨慎地断言：公元476年9月的某一天，西线无战事。[6]

---

〔1〕 尼禄（37-69）、图拉真（53-117）、康茂德（161-192）均为罗马帝国皇帝。

〔2〕 此处既可指哲学家康德，亦可指伪满洲国皇帝溥仪（"康德"是他1934-1945年间使用的年号）。

〔3〕 此处既可指建立了南齐王朝的萧道成（427-482），亦可指李耳和耶和华所言的"道"成了。

〔4〕 此处既可指古平城（今山西省大同市，公元494年，北魏孝文帝把都城从平城迁至洛阳），亦可指儒家经典《礼记》的"大同"篇。

〔5〕 "执古之道，以御今之有。能知古始，是谓道纪。"（《道德经》第十四章）

〔6〕 "那一天整个前线如此平静和沉寂，所以军队指挥部的战报上仅仅写着这样一句话：西线无战事"（［德］雷马克：《西线无战事》，李清华译，译林出版社2011年版，第200页）。

叛教者

罗马是帝国，罗马天主教亦是帝国——精神帝国。这个精神帝国由形体、组织和阶秩构成：从教宗、教廷、枢机、大主教、主教、副主教、神父到副主祭、副助祭、驱魔人、诵经人等等。[1] 还有那被无数有罪无罪之身的鲜血漂红染黑了的"光明"的"守护神"宗教裁判所。[2]

一个活生生的利维坦！凡有井水处，皆咏柳永词。凡有井水处，皆有利维坦。政治霸权演绎为文-教霸权，文-教霸权衍变为政治霸权——向来如此——让人清晰又把人搞晕了的政制与文化、霸权与反霸权的辩证牵连。

我奋力淡忘黑格尔营构的辩证法和普世秩序，[3] 想象基督和基督徒频遭迫害的岁月。

---

〔1〕 孙隆基：《新世界史》第2卷，中信出版集团2017年版，第171-172页。"长期以来，天主教会一直自豪地宣称，在其内部结合了一切国家形式和政府形式"（〔德〕卡尔·施米特：《罗马天主教与政治形式》，载氏著《政治的概念》，刘宗坤等译，上海人民出版社2004年版，第51页）。民国初期的国教运动未尝不是受罗马天主教（罗马公教）组织和阶秩体系的启发，当然，直接诱因是迎战西方的文教和意识形态。参见韩华：《民初孔教会与国教运动研究》，北京图书馆出版社2007年版。

〔2〕 参见董进泉：《黑暗与愚昧的守护神——宗教裁判所》，浙江人民出版社1988年版；〔英〕爱德华·伯曼：《宗教裁判所：异端之锤》，何开松译，辽宁教育出版社2001年版。

〔3〕 参见邱立波编译：《黑格尔与普世秩序》，华夏出版社2009年版。

当皇帝也好，做基督或基督徒也罢，都是命中注定。每一个有缘承受天命的人都应无愧于天[1]。没能成为君士坦丁之前的基督既是我的大幸，又是我的大不幸，毕竟，庸常时代罕有机会跻身基督的行列（不止有一个基督）。没能成为君士坦丁之后的基督山伯爵[2]既是我的大幸，又是我的大不幸。毕竟，阅读小说的快感怎比得上手刃夙仇？圣人怎么说的来着："伸冤在我，我必报应"（《新约·罗马书》12：19)[3]。

我致力于宣扬阿里乌教派[4]的教义，以失败告终，不得不转而从事象征主义的文学和"圣灵降临的叙事"。[5] 我竭力理清天主教与共济会斗争的脉络，毫无头绪。因为莫扎特在梦中拒绝为我吹响魔笛，而华盛顿、门罗和皮埃尔认为我不值一提。[6] 我拼力从俗儒、犬儒和教父播撒的层层灰尘之下挖掘"叛教者"尤里安的文字，并予以重释，恰如

---

〔1〕 孟子曰："仰不愧于天，俯无怍于人"（《孟子·尽心上》）。君士坦丁（275-337）常常说："当皇帝乃命中注定；但假如命运的力量已经将统治重担责无旁贷地赋予一个人，那么他必须力争显得无愧于最高权力。"参见［瑞士］布克哈特：《君士坦丁大帝时代》，宋立宏等译，上海三联书店2006年版，第275页。正是君士坦丁大帝于公元313年颁布《米兰敕令》，使基督教合法化。此后，基督教日渐"国教化"。

〔2〕 大仲马小说《基督山伯爵》的男主角。

〔3〕 托尔斯泰小说《安娜·卡列尼娜》将此句列在卷首。

〔4〕 阿里乌教派是基督教历史上的"异端"派别。

〔5〕 参见刘小枫：《圣灵降临的叙事》，生活·读书·新知三联书店2003年版，第109-229页。

〔6〕 莫扎特是共济会会员，他的歌剧《魔笛》具有丰富的共济会元素。华盛顿（1732-1799），美国"建国之父"和首任总统，共济会会员。门罗（1758-1831），美国第五任总统，共济会会员，曾出台"门罗主义"，把西半球纳入美国势力范围（据统计，先后共有十五位美国总统加入了共济会）。皮埃尔是托尔斯泰小说《战争与和平》的男主角之一，曾入共济会，刺杀拿破仑。关于共济会的入会程序、等级，以及如何通过修身成为"内在圣殿"的"自由工匠"，参见［美］彼得·布莱克斯托克编著：《共济会的秘密》，王宇皎译，人民文学出版社2011年版。

当年梅列日可夫斯基所做的那样。[1]

　　有人说"叛教者"尤里安虽有信仰，其品质却属于无爱的。然而我固执地以为，凡信仰者皆有爱。作为一位有耐心用滔滔雄辩驳斥犬儒的"天子"，一位能与哲人建立殷挚友谊的皇帝，一位意识到政治生活中不可能彻底根除罪恶的作家，一个拥有"丰满灵魂"、致力于探索世界整全性原理的诗人[2]，尤里安不可能是无爱的。我想象自己有一天也被抨击为无爱、自私、无情——如此想未免显得狂妄自大。而我的反应呢，可能是气愤填膺，坚决否认——如是做未免意气用事。对来自人间的（善意和恶意的）误解，最好是既不承认，亦不否认，沉默是金，尅谐萨义勒恩斯（keep silence）。一旦较真就输了，一旦回应就输了。输得连文字都难得有刊出机会[3]，输得连一双梵高画过的靴子都买不起。在一个唯"物"主义占据支配地位的技术时代，除了与"叛教者"在想象

---

　　[1]　[俄] 德·梅列日可夫斯基：《诸神之死：叛教者尤里安》，刁绍华等译，北方文艺出版社 2009 年版。尤里安（331/332-363），罗马帝国皇帝，也是最后一位多神信仰的皇帝。他被基督教会宣布为"叛教者"，长期饱受谴责。为他"平反"的，除了俄罗斯哲人梅列日可夫斯基，还有挪威剧作家易卜生（他有剧本《皇帝与加利利人》，中译本参见《易卜生戏剧选》，潘家洵译，人民文学出版社 1997 年版）。现今的人们很难想象两人在当时为"叛教者"辩护所需担负的风险、所需具备的勇气。

　　[2]　"这个世界是一个理智的世界，先于所有的时代就存在，它将万物联结成'一'。难道我们的整个世界不是一个有机体吗？——丰满的灵魂和理智完全遍及全体，'完美，所有的部分都是完美的'。……整全的创造者是'一'，'多'是在苍天中旋转的能动的诸神。"参见马勇编译：《尤利安文选》，华夏出版社 2017 年版，第 70-71 页。

　　[3]　梅列日可夫斯基说："《叛教者尤里安》很长时间找不到任何地方发表；所有的编辑部都拒绝了我。最后终于在《北方导报》上刊出，那也费了很大劲，可以说是出于编辑的慈悲。总体说来，俄国文坛对我的出现是不友好的，这种不友好的态度至今（1911 年）还在继续。"参见 [俄] 德·梅列日可夫斯基：《诸神之死：叛教者尤里安》，刁绍华等译，北方文艺出版社 2009 年版，附录"自传随笔"，第 312 页。

中同声相应,除了勉力接受来自"千年帝国"诞生之前的"千年帝国"[1]的不合时宜的漫游者的告诫——做一个敌"敌'敌基督者'者"者[2]——之外,似乎别无选择。

还是可以选择的。什么样的选择?

莫告诉我只是与一个叫安娜的俄罗斯女郎在死堡[3]僵硬的地床上打发无聊时光。

莫告诉我可以在一本题名《经济落后的历史透视》的经济史著作中发现关于《日瓦戈医生》和新宗教文化精神的评论。[4]

---

[1] 希特勒希望他建立的"第三帝国"能够永久存续,故"第三帝国"又有"千年帝国"之称(参见[德]贝恩德·吕特尔斯:《卡尔·施米特在第三帝国》,葛平亮译,上海人民出版社2019年版,第二版前言)。文中后一个"千年帝国"与前一个不能完全等同。

[2] 尼采著作《偶像的黄昏》有一节题名为"一个不合时宜者的漫游"(李超杰译本,商务印书馆2009年版,第67-123页)。不合时宜的漫游者可能是疯子尼采,可能是灵知派或诺斯替教的某个现代信徒,可能是佛罗伦萨的薄伽丘(他的风俗小说《十日谈》对中世纪的修道院极尽讽刺之能事),可能是爱尔兰的圣帕特里克(约385-461,曾被抓为奴,后逃走。他冒着生命危险到爱尔兰传教,被尊为"圣人"),也可能是死于狱中的李贽(1527-1602)。文中对"敌基督者"的修辞演绎源自尼采的同名著作(《敌基督者——对基督教的诅咒》,余明锋译,商务印书馆2016年版)。

[3] 参见[俄]陀思妥耶夫斯基:《死堡手记》,张永全译,载钱中文编选:《陀思妥耶夫斯基选集》,山东文艺出版社1998年版,第274-363页;[英]丹尼尔·比尔:《死屋:沙皇统治时期的西伯利亚流放制度》,孔俐颖译,四川文艺出版社2019年版。

[4] [美]亚历山大·格申克龙:《经济落后的历史透视》,张凤林译,商务印书馆2009年版,第十四章"关于小说《日瓦戈医生》的评注"。格申克龙(1904-1978),出生于俄罗斯的敖德萨,后移民美国。关于帕斯捷尔纳克的新宗教文化精神,还可参见刘小枫:《圣灵降临的叙事》,生活·读书·新知三联书店2003年版,第117页。帕斯捷尔纳克在其荣膺诺贝尔奖的小说《日瓦戈医生》中写道:"一个人可以是无神论者,可以否定上帝存在,而仍然相信人并非自生自灭,而是生活在历史中","历史又是什么呢?历史是若干世纪以来对死亡之谜有系统的探索,并且一直希望克服死亡"(黄燕德译本,湖南文艺出版社2012年版,第7页)。

莫告诉我可以做红与黑之间的高贵的人。[1]

---

〔1〕 你可能想到了司汤达小说《红与黑》的男主角于连。"红"指军装,"黑"指
教袍 (影射组织化教会的世俗力量)。

作为拦阻者的基督教帝国

　　饱受争议的政治法学家、"反革命的末日预言家"[1] 卡尔·施米特说："最能体现基督教帝国之历史延续性的重要概念就是'拦阻'(Katechon)。'帝国'在这里意味着能够拦阻反基督者和现世永恒之终结的历史性力量，这正是使徒保罗在《帖撒罗尼迦后书》第二节[2]中的表述"，"所有中世纪的国际法主体都被称为基督教共同体和基督教人民，他们有着明确的秩序和场域"，"伊斯兰世界的土地则被认为是敌人的疆域，要用十字军东征的武力方式去吞并和征服。这类战争不仅具有正当性，而且，只要经过教宗[3]的宣布，它们就是神圣的战争"。[4]

---

　　〔1〕 这是陶伯斯（Jacob Taubes, 1923-1987）对卡尔·施米特的评价。他还说："施米特是法学家，并非神学家，但却是一位涉足了神学家都从中抽身而出的棘手领域的法学家。"参见［德］陶伯斯讲述，阿斯曼编：《保罗政治神学》，吴增定等译，华东师范大学出版社2016年版，第223页。

　　〔2〕《新约·帖撒罗尼迦后书》(2: 7-8)："因为那不法的隐意已经发动，只是现在有一个拦阻的，等到那拦阻的被除去，那时这不法的必显露出来，主耶稣要用口中的气灭绝他，用降临的荣光废掉他。"

　　〔3〕 关于教会法学家中的教皇权威至上论者，参见彭小瑜：《教会法研究》，商务印书馆2003年版，第280页。

　　〔4〕［德］卡尔·施米特：《大地的法》，刘毅等译，上海人民出版社2017年版，第23、25页。

伊斯兰教视犹太教徒和基督徒为"经书[1]上的民族",给予他们不同于其他异教徒的优先地位,允许他们依其自身的律法和法律生活在伊斯兰国家(条件是缴纳人头税并接受一定的行为约束),表现出巨大的宽容。[2] 惟大,方能容。修其政,不易其教其俗其宜。

在脆弱的年代里,各有各的拦阻:或者拦阻异教徒的合法暴力,或者拦阻叛教者的"不法隐意"。也各有各的守护:有人守护复仇女神,有人守护活死人墓[3],有人守护尼古拉斯五世划定的一条线[4],有人守护兄弟会和兄弟情谊,有人守护撑过了一千零一夜危机的奇女子[5],有人守护负典[6],有人守护"王朝的子民"[7],有人守护"记恋冬妮

---

〔1〕 即《圣经》。

〔2〕 [美] 阿瑟·努斯鲍姆:《简明国际法史》,张小平译,法律出版社 2011 年版,第 22 页。

〔3〕 既可指终南山下的活死人墓(参见金庸小说《神雕侠侣》),亦可指阿伯拉尔与爱洛依丝在拉雪兹神父公墓的合葬之墓(参见 [法] 蒙克利夫编:《圣殿下的私语:阿伯拉尔与爱洛依丝书信集》,岳丽娟译,广西师范大学出版社 2001 年版;[法] 阿伯拉尔:《劫余录》,孙亮译,商务印书馆 2013 年版)。

〔4〕 尼古拉斯五世(1397-1455),罗马教皇,他在 1455 年自博哈多尔角至几内亚划出一条线,授予葡萄牙国王夺取此线以西新发现的土地的权力。

〔5〕 指《一千零一夜》中讲故事的山鲁佐德王后。

〔6〕 "负典"是相对于"正典"而言。关于"负典"的宗教和思想史地位,参见 [美] 马克·里拉:《搁浅的心灵》,唐颖祺译,商务印书馆 2019 年版;林国华:《灵知沉沦的编年史》,商务印书馆 2019 年版。

〔7〕 1896 年 9 月 3 日,正在美国访问的李鸿章对《纽约时报》的记者说:"排华法案是世界上最不公平的法案","所有的政治经济学家都承认,竞争促使全世界的市场迸发活力,而竞争既适用于商品也适用于劳动力","你们不是很为你们作为美国人自豪吗,你们的国家代表着世界上最高的现代文明,你们也因你们的民主和自由而自豪,但你们的排华法案对华人来说是自由吗?这不是自由!"(郑曦原编:《帝国的回忆:〈纽约时报〉晚清观察记》,李方惠等译,生活·读书·新知三联书店 2001 年版,第 340-341页)

娅"的记忆[1]，有人守护主义化的弥赛亚，有人守护帝国总统已无能守护的宪法[2]，有人守护臭名昭著的政治词汇，有人守护随时可能引爆的思想史地雷，有人守护与长时段[3]相得益彰的苍茫，有人守护作为文化遗迹的徽商[4]，而一队李商隐担任队长的游击队队员正遵循来自民间的王者（五百年才出现一位）的指令守护那也许永不落山的末日夕阳[5]。

---

〔1〕 参见刘小枫：《这一代人的怕和爱》（增订本），华夏出版社 2007 年版，第40-52 页。

〔2〕 "通过将总统当成具有公投性格，且在政党政治上中立之制度与权限体系核心的手段，现行宪法（指魏玛宪法）是在民主原则的考量下，尝试建立一个与社会经济权力团体相抗的制衡力量，并维护民族统一体能够继续具有政治整体的性质。"（［德］卡尔·施密特：《宪法的守护者》，李君韬等译，商务印书馆 2008 年版，第三章"帝国总统作为宪法守护者"，第 215 页）此处的"中立"是一个关键词。宪法的守护者必须中立、超然、无党（即使冠以政党之名），以及更重要的：使命感和强有力（魏玛宪制的崩溃在很大程度上源于总统兴登堡荏弱无力）。

〔3〕 "对历史学家来说，接受长时段意味着改变作风、立场和思想方法，用新的观点去认识社会。他们要熟悉的时间是一种缓慢地流逝、有时接近静止的时间。在这个层次上——不是别的层次——，脱离严格的历史时间，以新的眼光和带着新的问题从历史时间的大门出入便成为合理合法的了。总之，有了历史层次，历史学家才能相应地重新思考历史总体。"（［法］布罗代尔：《资本主义论丛》，顾良等译，中央编译出版社 1997年版，第 182-183 页）

〔4〕 左宗棠能打赢收复新疆之战（1876-1878），离不开徽商胡雪岩的后勤支持。

〔5〕 李商隐诗《登乐游原》："夕阳无限好，只是近黄昏。"歌曲《弹起我心爱的土琵琶》（1956 年电影《铁道游击队》插曲）首句曰："西边的太阳快要落山了/微山湖上静悄悄。"在卡尔·施米特看来，游击队理论的逻辑虽由克劳塞维茨首先间接提出，最终却"通过列宁和毛泽东臻于完成"（［德］卡尔·施米特：《游击队理论》，载氏著：《政治的概念》，刘宗坤等译，上海人民出版社 2004 年版，第 272 页）。

第二辑

日耳曼尼亚十八训导书

在一个美人、美人鱼和美人鱼雕像都感到欣悦欢畅的午后，在哥本哈根大学神学院一间敞亮的教室里（我记得是103），来自阿古利可拉的塔东佗先生[1]与本地哲学教授祁克果博士展开了一场关于"日耳曼尼亚"精神现象学的激情讨论[2]，最后一致同意，它至少涵括如下十八训条：

1. 当走出黑魆魆的黑森林，跨越雾气氤氲的沼泽，直面敌人的兵锋。

2. 兵器须臾不可离手。获得装备一支矛和一面盾的资格，乃一个人成年的标志，他自此不再属于小家庭。

3. 当驯如鸽，灵若蛇，猛若狮，狡若狐。[3]

4. 须到诡谲的海洋上或乖戾的希腊字母里进行一次无根漫游，但不

---

〔1〕"塔东佗"化自古罗马历史学家塔西佗（55-120）。阿古利可拉并非地名，而是人名，他是塔西佗的岳父，曾担任罗马帝国的不列颠总督，在苏格兰取得格劳皮乌斯山战役的胜利。参见［古罗马］塔西佗：《阿古利可拉传·日尔曼尼亚志》，马雍等译，商务印书馆1959年版。本文的十八训条，有不少演绎自塔西佗的《日耳曼尼亚志》。

〔2〕"一个人的爱越强烈，其祝愿就越充满激情。"（［丹麦］克尔凯郭尔：《十八训导书》，吴琼译，中国工人出版社1997年版，第5页）

〔3〕《新约·马太福音》（10：16）："我差你们去，如同羊入狼群；所以你们要灵巧像蛇，驯良像鸽子。"马基雅维利曰："君主既然必需懂得善于运用野兽的方法，他就应当同时效法狐狸与狮子。"（［意］马基雅维利：《君主论》，潘汉典译，商务印书馆1985年版，第83页）

可像阮籍那样恸哭和悲哀[1]。

5. 血统纯净是高明的文学隐喻和政治象征。仅仅是隐喻和象征。[2]

6. 切莫把人祭视作变态行为。迈锡尼国王阿伽门农曾经这样做[3]。一切正义战争也都这么做。

7. 对肉体的寒冷要安之若素，对灵魂的饥饿不可等闲视之。

8. 不可讲究衣着的装饰，不可穿护胸甲（那是为戚戚懦夫[4]而备的），但标枪必须能投得足够远。[5]

9. 穿荆棘做的衣服，在枪丛剑棘中跳舞。

10. 当提倡以物易物、以魂易魂的古风，避免被货币和货币经济变得无品质化[6]。

　　〔1〕《晋书》（卷49）：“（阮籍）时率意独驾，不由径路，车迹所穷，辄恸哭而反。”王勃《滕王阁序》：“阮籍猖狂，岂效穷途之哭？”

　　〔2〕纳粹党卫军头目海因里希·希姆莱误解了这一点，对《日耳曼尼亚志》及其中表述的“血统纯净”表现出过度痴迷。参见［美］克里斯托夫·B. 克里布斯：《一本最危险的书》，荆腾译，江西人民出版社2015年版。

　　〔3〕参见古希腊埃斯库罗斯的经典戏剧《阿伽门农》。

　　〔4〕“君子坦荡荡，小人长戚戚”（《论语·述而》）。“塔西佗眼中的日耳曼人是那个时代最坦率的人，由于缺乏狡诈和不懂世故，他们‘会不假思索地说出他们内心的想法……每一个灵魂都显露在外’”（［美］斯蒂文·奥茨门特：《德国史》，邢来顺等译，中国大百科全书出版社2009年版，第8页）。

　　〔5〕比鲁迅的匕首投得还远才行。·

　　〔6〕“货币经济每时每刻都把货币和货币价值的完全客观的、本身毫无品质的要求插入到人员和得到某种评定的物品之间”（［德］齐美尔：《社会是如何可能的》，林荣远编译，广西师范大学出版社2002年版，第68页）。

11. 不可被迟钝的常规束缚了手脚。[1]

12. 如果无法摆脱外在权力的影响，那就将自己置于自己的支配之下。[2] 对个人或集团而言，皆是如此。

13. 尊敬某人或某族，并非因为他有命令权，而是因为他有说服力。[3]

14. 随心所欲地选择相信或不相信卜筮。

15. 祭司、技师和政客只是诸神的仆役，而白马却是神的信使。即使征服不了信使，亦不可自甘为奴。

16. 凡可以流血方式获取的东西，不可用流汗的方式得之。[4]

17. 不可怠慢强权支撑的公义，不可有求永生的心理。

18. 当徒手攀登本布尔山，在这个过程中变身为觑清庐山、不列颠

---

〔1〕 英国法学家梅因写道："人们常说，现代文明的外貌所以如此地不规则和多样化，主要是由于日耳曼民族的丰富而多变的天才，这和罗马帝国那种迟钝的常规是完全不同的。真相是，罗马帝国把法律概念遗传给了现代社会，而这种不规则正是来自那些法律概念；如果说蛮族的习惯和制度有一个特点比另一个特点更为显著，那末这个特点就是它们的极端一致"（［英］梅因：《古代法》，沈景一译，商务印书馆1959年版，第206页）。然而，我不能完全同意梅因所言的"真相"——他在讽刺崛起中的德意志民族。（近代以来的）德意志民族在微观习惯和制度上可能是单调、死板和"极端一致"的，但在宏观行动上却是丰富和多变的，否则，它也不会被视作两次世界大战的祸首。

〔2〕 在日常生活中，"有些人受自己权力的支配，另有一些人受他人权力的支配"（［罗马］查士丁尼：《法学总论》，张企泰译，商务印书馆1989年版，第17页）。同样地，在国际关系中，有些民族—国家受自己权力的支配，另有一些民族—国家受他人权力的支配。

〔3〕 此处的"说服力"，类似于葛兰西倡导的"文化霸权"和约瑟夫·奈所言的"软权力"。参见［意］葛兰西：《狱中札记》，曹雷雨等译，河南大学出版社2016年版；［美］约瑟夫·奈：《硬权力与软权力》，门洪华译，北京大学出版社2005年版。

〔4〕 丘吉尔崇奉此条（1940年5月13日在下议院的演讲），尽管他动辄气喘吁吁、汗流浃背——太胖了的缘故。据说投向长崎的原子弹取名"胖子"即是向他致敬。

和世俗帝国真面目的日耳曼骑士。[1]

---

〔1〕 叶芝名诗《在本布尔山下》末句为："投出一道冷眼/向生，向死/骑士，策马向前！"这也是他的墓志铭。王国维《浣溪沙·山寺微茫背夕曛》曰："偶开天眼觑红尘，可怜身是眼中人。"

中世纪的第二天

芝诺登基的日子。芝诺不是指提出"芝诺悖论"的古希腊哲学家埃利亚的芝诺（前 490-425），而是指东罗马皇帝弗拉维·芝诺（425-491）。鉴于哲学家和诗人有时冒失地冒充立法者（雪莱说"诗人是未被承认的立法者"），说哲学家有登基的资格亦未尝不可。哲学王既属虚构，又无比真实。

黑死病尚未开始肆虐。这种荒诞的疾病既杀死多余的人，又杀死被多余的人视为多余的人。[1]

李靖将军一边研索灵州的军事地形图，一边抚摸着宠物老虎。[2]

---

〔1〕 木心诗《中世纪的第四天》："三天前全城病亡官民无一幸存/霾风淹歇沉寂第四天响起钟声/没有人撞钟瘟疫统摄着这座城"（参见木心：《西班牙三棵树》，广西师范大学出版社 2006 年版，第 5 页）。前一个"多余的人"，单纯地指"多余的人"；后一个"多余的人"，指屠格涅夫意义上的"多余人"（参见〔俄〕屠格涅夫：《多余人日记》，载《外国中短篇小说藏本：屠格涅夫》，巴金等译，人民文学出版社 2013 年版，第 1-59 页）。

〔2〕《新唐书·李靖传》："其舅韩擒虎每与论兵，辄叹曰：'可与语孙、吴者，非斯人尚谁哉！'"灵州，今宁夏灵武一带。关于李靖与灵州之战，可参见顾晓绿等：《大漠烽烟——唐帝国战争史（626-790）》，团结出版社 2016 年版，第 45-52 页。

这只金黄的老虎后来出没于景阳冈[1]、潘帕斯草原和马尔维纳斯群岛[2]。

爱尔兰的风笛声在海上湿漉漉的西风中游弋。[3]

第纳尔、PENNY 和索里德在集市上、手与手之间来回蹦蹿。[4] 它们都希望自己长寿，能挺过千年一遇的"千禧年"。

一位波斯奴隶出其不意地将匕首插入阿拉伯主子的心脏。[5]

维京群盗齐颂奥丁神谕："早醒者可占他人之城，夺他人之命。无地可获于慵懒，无战可胜于长眠。"[6]

---

〔1〕 参见施耐庵等：《水浒传》（第23回）。

〔2〕 潘帕斯草原，又称阿根廷草原。阿根廷诗人博尔赫斯有诗集曰《老虎的金黄》（林之木译，上海译文出版社2017年版）。马尔维纳斯群岛，英国称福克兰群岛，是位于南大西洋、距阿根廷约五百公里的群岛。1982年，阿根廷和英国为争夺此岛爆发战争，英国获胜。博尔赫斯认为"福克兰群岛那档子事是两个秃头男人争夺一把梳子"（［美］威利斯·巴恩斯通编：《博尔赫斯谈话录》，西川译，广西师范大学出版社2014年版，第374页）。在另一处，一篇题为《胡安·洛佩斯和约翰·沃德》的诗文中，酷爱英国文学的博尔赫斯以超然的态度再次评价这次战争："他们本可以成为朋友，但却只见过一面，是在一些过于著名的岛屿上面，而且，他们两个当中的每一个人都成了该隐又成了亚伯。他们被葬在了一起。他们一起在雪帐下面朽烂。我讲的这件事情发生在一个我们无法理解的时代。"（［阿根廷］博尔赫斯：《密谋》，林之木译，上海译文出版社2017年版，第78页）

〔3〕 雪莱有名的诗《西风颂》。

〔4〕 第纳尔（Denarius），倭马亚王朝打造的世界最早的金币。PENNY：盎格鲁-撒克逊银币。索里德（Solidus），拜占庭金币。

〔5〕 阿拉伯帝国第二任哈里发欧麦尔·伊本·哈塔卜（634-644年在位）被一名波斯奴隶刺杀。他在位的十年是阿拉伯帝国积极扩张的十年。

〔6〕 ［美］拉尔斯·布朗沃思：《维京传奇：来自海上的战狼》，豆岩等译，中信出版集团2016年版，引言。关于"占取"与法的关联，卡尔·施米特指出："法的原初意义，或者说法源自于占取，这一点始终清楚无误。"（［德］卡尔·施米特：《大地的法》，刘毅等译，上海人民出版社2017年版，第35页）

这一天，有人树立圣像。有人汲汲于销毁圣像。[1]

这一天，穆罕默德（第五位也是最后一位大先知[2]）清除克尔白圣殿[3]的360尊偶像，惟独留下黑色陨石[4]。

这一天，关羽的墓地冒出一根狗尾巴草，酷似一把青龙偃月刀。

这一天，一位名叫罗摩衍那的印度王子复国成功。

这一天，发生无数个英雄救美的故事——从东瀛、北极到南非。

这一天，贾希斯提出"食物链说"，公开宣扬"黑人优越于白人论"；牙买加的博尔特对此早已了然。[5]

这一天，加勒比海没有名字的礁岛懒洋洋地晒太阳。泰诺人正在岛上搭建稻草覆顶的土坯小屋。[6]

这一天，有一个落魄书生在寒山寺扫地。[7]

也是在这一天，勃艮第公国[8]南部小修道院的钟声敲醒了少女艾玛的春梦。她无法做到禁欲苦修，于是发挥想象力，"把信教比作结婚，提到未婚夫、丈夫、天上的情人和永久的婚姻，这使她在灵魂深处感到

──────────

〔1〕 拜占庭帝国伊索里亚王朝皇帝利奥三世在726-729年颁布了一系列禁止崇拜圣像的诏令。圣像销毁运动在他儿子君士坦丁五世时被推至高峰。参见孙隆基：《新世界史》第2卷，中信出版集团2017年版，第207页。

〔2〕 前四位是诺亚、亚伯拉罕、摩西、耶稣。

〔3〕 克尔白，阿拉伯语音译，立方体的意思，是麦加清真寺内的一座立方体殿宇（天房）。《古兰经》（4：96-97）："为世人而创设的最古的清真寺，确是在麦加的那所吉祥的天房、全世界的向导。其中有许多明证，如易卜拉欣的立足地，凡入其中的人都得安宁。"（马坚译本，中国社会科学出版社2013年版，第30页）

〔4〕 这块黑色陨石后来出现在电影《太空漫游2001》（库布里克导演）中。

〔5〕 贾希斯（781-868），具有东非血统的阿拉伯学者。博尔特（1986-），黑人，牙买加短跑名将，百米纪录的保持者（截至2020年4月24日）。

〔6〕 泰诺人是哥伦布抵达美洲之前的土著。参见［美］菲格雷多等：《加勒比海地区史》，王卫东等译，东方出版中心2016年版，第15-21页。

〔7〕 张继《枫桥夜泊》：姑苏城外寒山寺，夜半钟声到客船。

〔8〕 勃艮第公国建立于公元9世纪，于15世纪被法国和哈布斯堡王朝瓜分。

意外的甜蜜"〔1〕。对青春期的少女而言，钟声成了感官觉醒的标志，尽管"感官文化不可能革命"〔2〕。

更多人，健康而麻木的人，没有意识到自己正在度过中世纪的第二天。

中世纪的第二天其实并不存在。

因为中世纪没有起点，中世纪也只是人为概念。

老气横秋的史学家以不容置疑的口吻下结论：难道可以随便抓一个政治事件作为中世纪起点吗？在任何方面都不存在突发的、界限分明的或彻底的变革。〔3〕气定神闲的年轻物理学家跷起二郎腿，微微笑道：客观且统一的当下是不存在的的。〔4〕

时间是最大的奥秘。

真的难以预测当下试图找回国家〔5〕和统一并不存在的统一性的人为努力将会带来什么后果。

---

〔1〕 ［法］福楼拜：《包法利夫人》，许渊冲译，译林出版社1994年版，第25页。

〔2〕 ［法］阿兰·科尔班：《大地的钟声：19世纪法国乡村的音响状况和感官文化》，王斌译，广西师范大学出版社2003年版，第3页。

〔3〕 ［法］罗伯特·福西耶主编：《剑桥插图中世纪史》（上册），陈志强等译，山东画报出版社2018年版，第7页。20世纪以来，不少史家（如卡罗·金兹堡、勒华拉杜里）倡导微观历史学，关注日常生活史，有非政治化和解构宏观叙事的倾向（参见［美］伊格尔斯：《二十世纪的历史学——从科学的客观性到后现代的挑战》，何兆武译，辽宁教育出版社2003年版，第116-135页；［法］埃马纽埃尔·勒华拉杜里：《蒙塔尤：1297-1324年奥克西坦尼的一个山村》，许明龙等译，商务印书馆1997年版）。

〔4〕 ［意］卡洛·罗韦利：《时间的秩序》，杨光译，湖南科学技术出版社2019年版，第79页。该书第79页还引用了爱因斯坦的一句名言："像我们这样相信物理的人都知道，过去、现在与未来的区别只不过是持久而顽固的幻觉。"

〔5〕 ［美］埃文斯等编著：《找回国家》，方力维等译，生活·读书·新知三联书店2009年版。

狄奥多娜

征服阿拉曼、哥特、弗朗克、日耳曼、安特、阿兰、汪达尔、亚非利加的虔敬的、幸运的、光荣的、凯旋的、永远威严的胜利者，恺撒·弗拉维·查士丁尼皇帝，曾"以我主耶稣基督的名义"，"向有志学习法律的青年们致意"。[1]

而我，一个现代登徒子[2]，仅以（也只能以）我个人的名义，向你，狄奥多娜，致意。

你贵为查士丁尼的皇后，罗马帝国的共治女皇[3]，却出身于驯兽师家庭[4]，一度沦为生张熟魏皆可光顾的廉价艺伎。

你的皮肤发出比自然还自然的光泽，巧笑情兮的美目折倒了惯写讽

---

〔1〕〔罗马〕查士丁尼：《法学总论》，张企泰译，商务印书馆1989年版，第1页。关于查士丁尼大帝（527－565年在位）的辉煌战史，可参见《普洛科皮乌斯战争史》，王以铸等译，商务印书馆2010年版。

〔2〕年轻时，别人叫我"宋玉"；年老时，别人称我"加西亚·马尔克斯"。参见宋玉的《登徒子好色赋》和加西亚·马尔克斯的《苦妓回忆录》（轩乐译，南海出版公司2015年版）。

〔3〕狄奥多娜与查士丁尼在实际上共治，但她并没有称帝。东罗马（拜占庭）帝国历史上惟一的女皇帝是伊蕾妮·萨兰塔皮凯娜（797－802年在位）。

〔4〕〔英〕爱德华·吉本：《罗马帝国衰亡史》（下册），黄宜思等译，商务印书馆1997年版，第177页；〔英〕爱德华·吉本：《罗马帝国衰亡史》（V），席代岳译，吉林出版集团有限公司2016年版，第1806页。前者是节译本，后者是全译本。

刺诗文的骚客。

你不跳，不唱，亦不吹笛，你的技巧限于哑剧。你在纤细的沉默中观察尘世百态，审视一己的命运。

一旦领受天启，意识到帝宠将临，你便回归清苦、孤独、贞洁和万分虔诚。

你不是凭靠表演，亦非凭靠纤体的美、明眸的媚和性的狂喜取悦伟大的皇帝。你美好的性情、坚定的心志、行动的勇气[1]、强烈的责任心以及对他的理解，让他对你垂恋不已。他宁愿摒弃无数"最高贵""最纯洁"的处女，厮守你这个在剧院讨生活的娼妓。他为你修改了王公不得与戏子百年好合的法令。他命令整肃的官员、正统的主教、胜利的将军和虏获的君主向你朝拜。

你从容地从剧院走向皇宫——皇宫成了另一所剧院。

你仁慈——天使般地保护遭蹂躏的弱女和遭迫害的一性论教徒[2]。你残暴——比武则天有过之而无不及。[3]

皇帝说："皇帝的威严不但依靠兵器，而且须用法律来巩固。"[4]而你超越于兵器和法律之上。

---

〔1〕 在政治动乱期间（史称"尼卡暴乱"），查士丁尼一时惊慌失措，准备逃离，狄奥多娜对他说："你的寿衣应该是皇袍！"（又译"皇座是最光彩的坟墓"），坚定了皇帝直面危机的决心。

〔2〕 "一性论"，又称"基督一性论"，主张耶稣基督的人性完全融入神性，故只有一个本性，反对正统教会所主张的基督神人二性虽相互联合，但仍继续互不混淆地并存之说。"一性论"被卡尔西顿公会（451）议定为"异端"（参见卓新平主编：《基督教辞典》，上海辞书出版社2006年版，第343页）。

〔3〕 狄奥多娜曾派密探观察对她不敬的言行，对受到指控的人施以残酷刑罚。关于武则天的残暴，参见《新唐书·后妃则天武皇后传》。"请君入瓮"讲的是武则天统治时的残暴故事（参见司马光：《资治通鉴·唐纪二十·则天皇后天授二年》）。武则天"建大业者不拘小节"（《三国志·文帝纪》），正统史对她的评鉴未免刻薄。

〔4〕 ［罗马］查士丁尼：《法学总论》，张企泰译，商务印书馆1989年版，第1页。

你拥有最灵睿的理性、最审慎的直觉，从不侈谈爱和爱欲。

你不可避免地也会死亡。然而，圣索菲亚大教堂[1]并非为你而建，因为你不像耶稣那样需要有人供奉。你没有出现在《作为意志与表象的世界》一书中是叔本华的不幸。我不敢告诉世人，曾经在无草木的女烝山[2]发现过你的影踪，更不敢告诉世人，自从邂逅你，就一直深陷"我口渴"[3]的状态之中。

---

〔1〕 圣索菲亚大教堂始建于公元 325 年，后受损于暴乱。公元 537 年，查士丁尼大帝予以重建，作为基督教的宫廷教堂，直至 1453 年。

〔2〕《山海经·东次四经》："又东南三百里，曰女烝之山，其上无草木。石膏水出焉，而西注于禹水，其中多薄鱼，其状如鳣鱼而一目，其音如欧，见则天下大旱。"

〔3〕《新约·约翰福音》（19：28）："（耶稣）为要使经上的话应验，就说：'我口渴'。"

查理曼大帝的桌布

老普林尼的《自然史》第19卷记载了一种火焰烧不坏的亚麻（石棉）："它被认为是有生命的亚麻，我曾经在一个宴会上看见人们把这种亚麻餐巾投入熊熊燃烧的炉灶……比在水中洗濯之后更加白亮和干净。"[1] 熟读经典的查理曼大帝知道了这码子事，遂趁举办宴会之际向宾客们展示他那块烧不坏的神奇桌布。[2]

宾客来自五湖四海，其中有亚瑟王、哈伦·拉希德、罗兰、艾因哈德、苏维托尼乌斯和郭子仪。[3]

---

[1] ［古罗马］普林尼：《自然史》，李铁匠译，上海三联书店2018年版，第242页。

[2] ［英］尼科拉·弗莱彻：《查理曼大帝的桌布：一部开胃的宴会史》，李响译，生活·读书·新知三联书店2016年版，第1、262-266页。

[3] 亚瑟王，传说中的古不列颠国王（参见冯象：《玻璃岛：亚瑟与我三千年》，生活·读书·新知三联书店2013年版；［英］阿尔弗雷德·丁尼生：《亚瑟王传奇》，王剑南译，译林出版社2014年版）。哈伦·拉希德（764-809），阿拉伯帝国阿拔斯王朝最著名的哈里发，曾与查理曼大帝结盟，送给查理曼一头大象作为礼物。罗兰（？-778），查理曼大帝麾下的首席骑士，法国英雄史诗《罗兰之歌》即以他为原型（马振骋译本，吉林出版集团有限责任公司2011年版）。艾因哈德（770-840），查理曼大帝的宫廷秘书，著有《查理大帝传》（戚国淦译本，商务印书馆1979年版）。苏维托尼乌斯，罗马帝国早期的传记作家（大约出生于公元69年），艾因哈德的《查理大帝传》即模仿他的《罗马十二帝王传》（张竹明等译，商务印书馆1995年版）。郭子仪（697-781），唐朝名将，参与平定安史之乱。

查理曼大帝虽然生来慷慨，平常却只吃四道菜，饮酒也很节制。他常常一边吃东西，一边处理政务，或听宫廷学校校长艾尔奎因[1]讲解天文学、修辞学和辩论术，或听女儿吉色拉（Gisela）朗读奥古斯丁的《上帝之城》。用过午餐后，就在餐桌旁的躺椅上睡着了。他夜夜失眠（纳博科夫[2]亦如此），不得不补午觉。

公元800年（唐德宗神武圣文皇帝贞元十六年），为了赴罗马加冕为"受命于上帝统治罗马帝国的伟大皇帝奥古斯都查理陛下"，查理曼不得不暂时离开他的餐桌。他为此闷闷不乐了半天。[3]

---

〔1〕 艾尔奎因（735-804），出生于约克郡的英国学者，曾被查理曼请到宫中负责帝国的教育改革事宜，被誉为加洛林文艺复兴的"精神动因"。

〔2〕 纳博科夫说："像我这样的失眠症患者是最怕这种东西的。我一向讨厌充满陈词滥调的地方文学和模仿之作。《芬尼根守灵夜》的外表伪装了极寻常呆板的内容。"参见《固执己见：纳博科夫访谈录》，潘小松译，时代文艺出版社1998年版，第77页。

〔3〕 "查理曼肯定地说，假如他当初能够预见到教皇的意图，他那天是不会进教堂的，尽管那天是教堂的重要节日"（[法兰克] 艾因哈德：《查理大帝传》，戚国淦译，商务印书馆1979年版，第30页）。查理曼不可能意会不到教皇请他带兵急赴罗马的政治意图——羸弱的教廷冀望得到帝国军队的保护，毕竟，他是打败了凶残的阿瓦尔人和匈奴人、足以威慑拜占庭的查理曼。

他开创的帝国具有转型意义[1]，又只是昙花一现[2]——象征帝国解体的《凡尔登条约》[3] 就是在他死后三十年，在经常服侍他的餐桌上签订的。有人或许说，此餐桌已非彼餐桌也。或许还说，当年查理曼的餐桌上摆的是香根鸢尾[4]，不是昙花，大帝根本没有见过，因而也不可能知道昙花。然而，这并不意味着大帝不懂得"天下没有不散的筵席"的佛家义理。帝王多是天生的"活佛"。

查理曼活着的时候，诞生过一句希腊谚语：法兰克人是好朋友，但是是坏邻居。

类似于墨西哥人的无奈之言：离天堂太远，离美国太近。[5] 所有大国都是坏邻居——在小国看来是这样。

------

[1] "严格说来，神圣罗马帝国开端的日子应当从公元 800 年法兰克国王由教皇利奥三世加冕为罗马皇帝时算起"（[英] 詹姆斯·布赖斯：《神圣罗马帝国》，孙秉莹等译，商务印书馆 2016 年版，第 6 页）。"随着查理大帝的加冕，帝国的观念被创造出来，它将主导数百年的中世纪政治史"（[美] 沃格林：《中世纪：至阿奎那》，叶颖译，华东师范大学出版社 2018 年版，第 63 页）。

[2] "单凭一个人的一生，是无法建立一个新文明的。这个短暂的文艺复兴（加洛林文艺复兴）过分局限于教会，大众并没有参与其中，贵族也极少参加，他们中很少有人愿意学习、读书。帝国之崩溃，查理本人也应承担部分责任。他使得主教有太大的权力，一旦松开他强有力的控制，教会就比皇帝来得强大……他使帝国的财政依赖于这些粗俗贵族的廉正和忠心，以及自己土地和矿产的有限收入。他未能像拜占庭皇帝一样建立一个只对中央权力负责，或通过各层人员推行政事的官僚体制。他死后 30 年间，控制各郡的'皇帝的密使'制度瓦解，使得地方诸侯逃避中央的控制。查理的统治是天才创造的丰功伟绩，他在一个经济衰退的地区和萧条时期表现出了政治上的进步"（[美] 威尔·杜兰特：《信仰的时代》，台湾幼狮文化译，华夏出版社 2010 年版，第 493-494 页）。

[3] 843 年签订的《凡尔登条约》划分的疆界，形成西法兰克、中法兰克和东法兰克三个王国，经过 870 年《墨尔森条约》的调整，成为法兰西、意大利和德意志三国的雏形。

[4] 香根鸢尾是法国国花。

[5] 经由 1846-1848 年的美墨战争，美国夺取墨西哥 230 万平方公里的土地，成为美洲霸主。墨西哥却因此丧失大半国土，元气大伤。

世界一向如此：有人吃肉，有人喝汤。

查理曼大帝与桌布的故事纯属杜撰——不是我杜撰的。圣安德鲁大学的荣休教授唐纳德·布洛说："查理曼大帝的'石棉桌布'是绝对的虚构，是在18世纪末19世纪初，尤其在法国，添加到中世纪遗产上的许多故事中的一个——启蒙思想和其拿破仑效应的副产品，因为其中隐含了'科学'元素。"[1]

科学永远无法泯除政治神话。科学本身成了政治神话。

再也没有比政治神话更真实的东西了。我终于想清楚爱吃炖鸡蛋的埃里克·沃格林从政治科学转向政治神话学的缘由了。

---

〔1〕〔英〕尼科拉·弗莱彻：《查理曼大帝的桌布：一部开胃的宴会史》，李响译，生活·读书·新知三联书店2016年版，第265页。

黑斯廷斯的私生子

施特劳斯在题为《什么是政治哲学》的政治哲学论文中写道："一种并非政治哲学的政治思想可以在法律法典、诗歌故事、宣传手册和公共演说以及其中种种［形式］（inter alia）中得到恰当的表达；表述政治哲学的适当形式是论文（the treatise）。"[1] 依循这位令人尊敬的政治哲学大师的意见——与知识相对而言的意见——，则卡茨的《〈哈姆雷特〉中的命运之轮、国家之轮与道德抉择》[2] 是表述政治哲学的恰当形式，而《哈姆雷特》不是；赵敦华的《从自然状态到社会状态的历史过渡：从圣经的观点看》[3] 是表述政治哲学的恰当形式，而《圣经》不是；维多利亚时代的大作家查尔斯·狄更斯用春秋笔法写的《英国史》[4]亦谈不上是表述政治哲学的恰当形式。可，狄更斯的政治箴言，如"通过武力获取的东西只能用武力维持"，还是深深地震撼了我，他对征服

---

[1] ［美］施特劳斯：《什么是政治哲学》，李世祥等译，华夏出版社 2011 年版，第 4 页。

[2] 卡茨：《〈哈姆雷特〉中的命运之轮、国家之轮与道德抉择》，载罗峰编/译：《丹麦王子与马基雅维利》，华夏出版社 2011 年版，第 33-54 页。

[3] 赵敦华：《从自然状态到社会状态的历史过渡：从圣经的观点看》，载《哲学研究》2013 年第 1 期。

[4] ［英］查尔斯·狄更斯：《狄更斯讲英国史》，孙旻婕等译，北京时代华文书局 2014 年版。

英格兰的诺曼底公爵的嘲弄和挖苦更是令我啼笑皆非：

> 在一片混乱之中，国王（"征服者"威廉）和几个教士被扔在了教堂里，他们只好匆匆忙忙地完成了加冕仪式。

> 威廉对居民进行了无情的杀戮……他把火焰和剑的恐怖效果发挥到了极致……虽说威廉是个生性残暴的人，但我不认为这场大破坏是他入侵英格兰的初衷。

> 国王（威廉）的尸体被掀下床，在地上孤零零地躺了好几个钟头……威廉（的尸体）再次被孤零零地抛在了那里……第三次，威廉（的尸体）被一个人留下。

> 至于威廉的三个儿子，他们显然没有参加父亲的葬礼。那么他们又在哪儿呢？罗贝尔在法兰西或德意志，混迹于乐师、舞者和赌徒之间；亨利带着钱匣子走得远远的；而"红发"威廉正全速赶往英格兰，迫不及待地向他的王冠和皇家国库冲去。……有了这么大一笔财产，他没费多大劲就说服坎特伯雷大主教为他行了加冕礼。

在狄更斯的生花妙笔下，"征服者"威廉及其诸子成了一群无德无品的政治小丑，差点让我忘了"征服者"威廉曾经是一个不以私生子出身为耻的私生子，一位比爱德华八世[1]还痴情的乱世情郎[2]，一位有

---

〔1〕 爱德华八世，英国温莎王朝的第二位国王（1936.1.20-1936.12.11 在位），为迎娶辛普森夫人不惜逊位，逊位后被其弟乔治六世封为温莎公爵。

〔2〕 "他（威廉）爱上了弗兰德斯伯爵（Baldwin）之女美丽的玛蒂尔达（Matilda）。除了她已分居的丈夫之外，他对她的两个孩子及私生活并不在意。她无礼地打发走威廉，说她'宁愿做个遮面的修女，也不愿嫁给私生子'。他坚忍不屈，终于赢得了她的芳心。他不顾教士的指责，娶她为妻。"参见 ［美］威尔·杜兰特：《信仰的时代》，台湾幼狮文化译，华夏出版社 2010 年版，第 503 页。

着灵活手腕、坚定勇气和远大计划的人，一位充满幽默感的政治家，一个朋友的神明、敌人的恶魔。

纵使"征服者"威廉是个残忍之人，在我看来，他也比早于他的阿尔弗雷德大王[1]这位公认的"英国国父"更有资格尊为"英国国父"。[2]

何况，有不残忍的国父吗？有的！李世民，朱元璋，伊凡四世。[3]

仁慈与残忍之辨，大与小之辨，非俗儒和秀才[4]简单纯真的心灵所能理解。倘若让他们先浏览浏览"可尊敬的比德"所著的《英吉利教

---

〔1〕 阿尔弗雷德（Alfred，849-899），盎格鲁-撒克逊英格兰时期威塞克斯王国国王，曾率军民抵抗维京海盗入侵。关于他的事迹，可参见《盎格鲁-撒克逊编年史》（寿纪瑜译，商务印书馆 2004 年版）。

〔2〕 威廉颁布的《末日书》（*Domesday Book*，1086 年完成的人口、土地和财产调查），不仅不是英格兰的"末日"，而且直通 1215 年的《自由大宪章》，以及现代英国革命和宪制诸原则（"无代表不纳税"，"不经过国会同意不得征税"）。"征服者"威廉才是名正言顺的现代英国国父。

〔3〕 李世民残忍地杀害了其兄其弟，夺取皇位。朱元璋残忍地杀害了诸多开国功臣（也是骄兵悍将）。伊凡四世（1530-1584），俄罗斯历史上第一位沙皇，又称"伊凡雷帝""恐怖的伊凡"，他为人残暴，甚至怒而杀子，列宾（1844-1930）有名画《伊凡雷帝杀子》反映这一血腥事件。在斯大林看来，伊凡四世是前无古人的伟大沙皇（尽管"后有来者"）："伊凡雷帝为人凶残这无可否认，但你要找出他这样做的理由啊"；"伊凡雷帝可是个顶天立地、富于谋略的大公。国家的利益他谨记在心，不敢有丝毫大意。异族部落是休想到俄国分一杯羹的……他是个有远见卓识的沙皇，也是民族主义者"（[英] 马丁·西克史密斯：《BBC 看俄罗斯：铁血之国千年史》，张婷婷等译，重庆出版社 2018 年版，第 37-38 页）。谢尔盖·爱森斯坦执导的电影《伊凡雷帝》（1944 年）成功地塑造了斯大林心目中的伊凡雷帝。

〔4〕 "秀才只有秀才头脑和秀才眼睛，对于天下事，那（哪）里看得分明，想得清楚。"（鲁迅：《谚语》，载《鲁迅杂文全集·南腔北调集》，北京燕山出版社 2011 年版，第 723 页）

会史》[1]，再送至 1066 年的黑斯廷斯战场[2]历练一番，他们的心灵定然能变得理智一些，不至于被自由主义者以赛亚·伯林扭曲"苏联心灵"的举动[3]迷了心智、乱了阵脚，从而现实主义地把脉英法两国的千年纠缠，以及英国脱欧之事实上的不能。[4]

烈士暮年的英帝国脱欧不需要帮手。

壮心不已的苏格兰脱英不需要帮手。

手持"赫伦丁"宝剑的贝奥武夫不需要帮手。[5]

对抗诺曼底征服者达一个世纪之久、正史上默默无闻的罗宾汉[6]不需要帮手。

————————

〔1〕 ［英］比德：《英吉利教会史》，陈维振等译，商务印书馆 1991 年版。比德，诞生于公元 672 或 673 年，英国"七国时代"（公元 5 至 9 世纪）的史学家。他秉承"绝不愿意让我的子孙后代读到谎言"的精神撰写史书，孰不知，这成了他发明的最大谎言（他对此心底了然）。

〔2〕 黑斯廷斯，英国地名，1066 年诺曼底公爵威廉率领诺曼人在此大败英格兰国王哈罗德。

〔3〕 ［英］以赛亚·伯林：《苏联的心灵：共产主义时代的俄国文化》，潘永强等译，译林出版社 2010 年版。

〔4〕 "征服英格兰是诺曼底人的最大功绩。这次征服把英格兰的历史再次同欧洲联系起来，防止她滑入斯堪的纳维亚帝国的狭窄轨道。从此，英格兰的历史便同英吉利海峡彼岸的民族和国家一起前进"（［英］温斯顿·丘吉尔：《英语民族史》第 1 卷，薛力敏等译，南方出版社 2004 年版，第 148 页）。"诺曼征服就其本身而言是一个重大的成就，但其成就并非仅仅局限于一次成功的登陆，它同时还使海峡两岸在同一政权下连接在一起，不列颠群岛转向欧洲大陆"（［法］罗伯特·福西耶主编：《剑桥插图中世纪史》（中册），李增洪等译，山东画报出版社 2018 年版，第 112 页）。

〔5〕 佚名：《史诗与传说·贝奥武夫》，崔朝晖等译，北京理工大学出版社 2014 年版，第 47-48 页。《贝奥武夫》是英国古盎格鲁-撒克逊民族的长篇叙事诗。

〔6〕 罗宾汉是英国历史上的传说人物，以他为主角的小说和电影层出不穷（比较著名的有大仲马的《侠盗罗宾汉》）。

伊丽莎白一世和艾伦·图灵不需要异性帮手。[1]

初至黑斯廷斯访问的我需要帮手，因为我——赵匡胤——的英语口语极差（very poor），听不懂当地人的中世纪鸟语，更无法与陪同我的施特劳斯直接对话。

---

[1] 伊丽莎白一世（1533-1603），都铎王朝最后一位君主，终身未嫁的"童贞女王"。艾伦·图灵（1912-1954），英国数学家，计算机科学之父、人工智能之父，是一位同性恋，后自杀。

西游记

　　自学成才的约翰·密尔在其经典名著《论自由》中说道："现在全世界事物的一般趋势是把平庸性造成人类中占上风的力量。"[1] 正是为了克服这种平庸性，唐玄奘踏上了西游的漫漫旅程（long long journey[2]）。他的目的不止是"金镜扬辉，薰风被于有截""知示现三界，粤称天下之尊""帝猷宏阐，大章之步西极"，[3] 更是为了欣享"行深般若波罗蜜多"式的自由和自在。他知道，除了法显、耶律楚材、拔

---

　　[1]　［英］约翰·密尔：《论自由》，张友谊等译，外文出版社 1998 年版，第 73 页。亦可参见 ［英］约翰·密尔：《论自由》，许宝骙译，商务印书馆 1959 年版，第 77 页。

　　[2]　*Long Long Journey* 是收录于恩雅（Enya）2005 年发行的专辑 *Amarantine* 中的一首歌曲。屈原《离骚》曰：路漫漫其修远兮，吾将上下而求索。

　　[3]　玄奘：《大唐西域记》，"序二 尚书左仆射燕国公于志宁制"，中华书局 2012 年版。

都、伊本·白图泰、吴经熊等寥寥几人外，[1] 少有人能真切体味他困于异域时那种孤独凄清的感受。尽管他是一位"无所住也"的得道高僧，仍难免会想家。一次，他情不自禁地对看着他的圆月吟道："今宵静玩来山寺，何日相同返故园？"这时，另一个声音马上响起："师父啊，你只知月色光华，心怀故里，更不知月中之意，乃先天法象之规绳也……若能温养二八，九九成功，那时节，见佛容易，返故田亦易也。诗曰：前弦之后后弦前，药味平平气象全。采得归来炉里炼，志心功果即西天。"[2]

在抵达西天之前，他只能这样劝慰自己。伟大的孤独者多是自慰者，他想。

在路上，他遭遇几个高昌国的小民纠缠，因不愿交出御赐的袈裟，差点被杀了，是及时赶到的侯君集将军的部下救了他。[3] 为了报复高昌国的前恭后倨，大唐军队烧杀抢掠，无恶不作。目睹这一切的玄奘情绪凌杂，一方面他感激威武之师的救命之恩，另一方面又觉得他们无异于一群身处畜生道[4]的畜生，甚至对善恶之分和"普度众生"的可能性产生怀疑（就像托尔斯泰一度对基督教义产生怀疑）。多想无益！他

---

〔1〕 法显（334-420），曾于399年前往天竺（印度）求法。耶律楚材（1190-1244），曾两次追随成吉思汗西征花剌子模和西夏，著有《西游录》，记载其随军出征的经历。拔都（1209-1256），成吉思汗之孙，曾横扫东欧。伊本·白图泰（1304-1378），摩洛哥旅行家，曾到访世界很多地方，包括中国的刺桐（泉州）、惠城（广州）等地，著有《旅途各国奇风异俗珍闻记》（《伊本·白图泰游记》，李光斌等译，商务印书馆/中国旅游出版社2016年版）。吴经熊（1899-1986），著名法学家，著有《国际法方法论》《正义之发源：论自然法》等，后皈依天主教（1937年），一度移居罗马，并兼任"中华民国"驻梵蒂冈公使。关于他的心路历程，可参见其自传《超越东西方》（周伟驰译，社会科学文献出版社2002年版）。

〔2〕 这一段是孙悟空劝诫唐玄奘的话，参见《西游记》第36回。

〔3〕 贞观十四年（640），唐朝大将侯君集率军灭高昌国（参见《新唐书·高昌传》）。

〔4〕 佛家讲六道轮回，其中六道为：天人道、阿修罗道、人道、畜生道、饿鬼道、地狱道。后三者属于三恶道。

为死者默默念颂几遍《往生咒》，继续上路。

十几年后，玄奘告别戒日王、曲女城[1]和那烂陀寺，回到长安。

他开始系统地整理翻译经书，撰写《大唐西域记》。除此之外，他还计划完成一部题名《辩与机》的史诗小说[2]，反映驻守交河城[3]的普通官兵的爱恨情仇。未成。对于一个经历过九九八十一难仍能保持不可摧毁的天真[4]、主动禁欲的人而言，再没有比壮志未酬更令他伤心的了。

他死后转世成隐居于卡西诺修道院的圣本笃[5]（由一只心猿陪伴）。白天敷衍一下迭次前来拜访的"新大卫王"[6]（心情好时陪来客弈盘棋），黄昏则独自到伦巴第人开掘的明伦运河附近散步。

他想，一切西游、西征、出游（涵括出埃及）都只是一次散步罢了，散步散远了而已。

---

〔1〕 曲女城是印度戒日王朝（612-647）的首都。

〔2〕 "辩与机"化自辩机的名字。辩机（619-649）是帮助玄奘翻译经文的九名缀文大德之一，后因与高阳公主私通被处以腰斩。中国史诗小说《三国演义》的缺憾就是只写帝王将相的权谋韬略，忽略了他们的以及普通军官和士兵的日常生活，由此反观，可见托尔斯泰《战争与和平》以及《金瓶梅》和《红楼梦》的"现代性"。

〔3〕 640年9月，唐朝在交河城设安西都护府。交河城故址在今新疆吐鲁番西北约五公里处。

〔4〕 "王尔德尽管有恶习和不幸，却保持着一种不可摧毁的天真"（〔阿根廷〕博尔赫斯：《探讨别集》，王永年等译，上海译文出版社2015年版，第117页）。

〔5〕 本笃（480-547），西方修道院制度的创建者，后被封为圣徒。

〔6〕 "新大卫王"有奥托大帝、居鲁士（波斯帝国的建立者）、弗拉基米尔（俄罗斯大公，988年娶拜占庭公主为妻，皈依东正教）、伊什特万（匈牙利阿尔帕德王朝第一位国王）等。

天可汗

天可汗承天景命，谦冲而自牧，慎始而敬终，将直谏且有见识的大臣视若铜镜，在宪制上践行"胡汉双轨制"。[1]

天可汗辨方正位，体国经野[2]，不限于只从政治哲学的视角诠解"德配天命"。[3]

天可汗既以《春秋》又以《帕皮恩西斯教会法注疏》当新王。[4]

天可汗即使精疲力竭也对未来抱以希望，将野马现身当成神的恩赐，而非仅仅用来果腹的食物。[5]

---

〔1〕 参见魏征：《谏太宗十思疏》（载吴楚材等编，阙勋吾等译注：《古文观止》，岳麓书社 2001 年版，第 352-355 页）。《旧唐书·魏征传》："夫以铜为镜，可以正衣冠；以古为镜，可以知兴替；以人为镜，可以明得失。"如果说人是社会关系的总和，则一切他人皆可视作自己的铜镜（或曰镜像），但这一点，往往只有大政治家和大艺术家才能真正做到。关于征服王朝与胡汉双轨制，参见许倬云：《大国霸业的兴废》，上海文化出版社 2012 年版，第 25-39 页。

〔2〕 《周礼·天官冢宰第一》。

〔3〕 关于周人（中国人）的"天命"观，参见许倬云：《西周史》（增补本），生活·读书·新知三联书店 2001 年版，第 100-110 页；柯小刚：《古典文教的现代新命》，上海人民出版社 2012 年版。

〔4〕 参见杨向奎：《大一统与儒家思想》，北京出版社 2011 年版，第 61 页；［美］沃格林：《中世纪：至阿奎那》，叶颖译，华东师范大学出版社 2018 年版，第 195 页。

〔5〕 参见［美］杰克·威泽弗德：《成吉思汗与今日世界之形成》，温海清等译，重庆出版社 2006 年版，第 63 页。

天可汗每到冬天就在冰上凿九个洞，跳入第一个洞。[1]

天可汗无法避免臣民内部阶级之分化。

天可汗不怕被"新蛮夷"误解为"做任何重要的事情之前都要占卜"及"用法术召引魔鬼"。[2]

天可汗最喜爱的物什是青花瓷，因为它不是纯粹的 CHINA 产品，而将古埃及技术和波斯色彩完美掺进。[3]

天可汗在列宁格勒收到来自明朝的信，内容是讨论夜莺、瘟疫和"无意义"。[4]

天可汗因为独闯蛮荒而获得宇宙哲学的眼光。

天可汗一掌把尸骸楔入落寞的阿尔泰山。

天可汗品咂大雨落幽燕。

天可汗垂泪于即将消逝的冰川。

天可汗并非领导者，他只操纵领导权的归属。

天可汗敲定中原-海洋关系以及秩序的生成和传播线。[5]

天可汗不忧惧在女武神面前显得低贱，亦不垂涎莱茵黄金和尼伯根

〔1〕 这是古代满洲人"萨满领神"的一种仪式。参见［美］米尔恰·伊利亚德：《萨满教：古老的入迷术》，段满福译，社会科学文献出版社 2018 年版，第 113 页。

〔2〕 ［西班牙］儒安·贡萨列斯·德·门多萨：《大中华帝国志》，梅子满等译，载周宁编著：《大中华帝国》，学苑出版社 2004 年版，第 215 页。

〔3〕 关于青花瓷的历史及其普受欢迎之因，参见吴军：《文明之光》（第 1 册），人民邮电出版社 2014 年版，第 188-197 页。

〔4〕 参见［俄］布罗茨基：《来自明朝的信》，常晖译，载蔡天新主编：《现代诗110 首》（蓝卷），生活·读书·新知三联书店 2014 年版，第 292-294 页。布罗茨基出生于列宁格勒（1940 年）。

〔5〕 参见施展：《枢纽：3000 年的中国》，广西师范大学出版社 2018 年版，第 35页。

龙指环。[1]

天可汗头戴博爱的灵魂王冠，耐心地监视、督导和参与精神的婚恋。

天可汗是跨越世界之墙的局外者，像阿拉斯加狼一样发出野性的呼唤。

天可汗通过约阿希姆的临终遗言研习西方古代的天下观。[2]

天可汗在米迪欧兰尼恩[3]亲自主持翻译《汉穆拉比法典》《商君书》《吉尔美加什》《源氏物语》等东方文化遗产。[4]

天可汗是太阳神阿波罗的最后体现。[5]

天可汗书写撒旦诗篇。

天可汗是"总体的人"，最后的"总决断人"。[6]

天可汗知道天朝崩溃只是早晚。

天可汗意识到构建天下体系和关于天下的概念体系并非徒劳。

天可汗的梦境中偶尔浮现企望之地。想到自己即将接受审判，他哭了。[7]

---

〔1〕 参见［德］瓦格纳：《尼伯龙根的指环》，鲁路译，安徽人民出版社 2013 年版；《尼伯龙人之歌》，安书祉译，译林出版社 2017 年版。

〔2〕 参见刘小枫编：《西方古代的天下观》，杨志城等译，华夏出版社 2018 年版，第 308-337 页。约阿希姆是 12 世纪（约 1145-1202）的隐修士，著有《〈启示录〉释义》《新约与旧约的谐致》《驳犹太人》《十弦琴诗篇》等。

〔3〕 意大利第二大城市米兰在古罗马时期被称为米迪欧兰尼恩。

〔4〕 参见［美］威尔·杜兰：《东方的遗产》，东方出版社 2003 年版，第 661-928 页。

〔5〕 "拿破仑乃是太阳神阿波罗的最后的体现"（［俄］梅列日科夫斯基：《拿破仑传》，杨德友译，生活·读书·新知三联书店 2014 年版，第 23 页）。

〔6〕 参见李鹏程编：《葛兰西文选》，人民出版社 2008 年版，第 186 页。

〔7〕 "如果说我还没有做好准备到牢狱里去，那么我就更没有做好准备去受审判，然后再去受惩罚；想到这些事，我就禁不住要放声大哭"（［英］约翰·班扬：《天路历程》，陈沛林等译，东北师范大学出版社 1993 年版，第 15 页）。

天可汗有时无比悲观，有时又不可救药地乐观。

天可汗在蒙古包里给火性的女儿包包子、补袜子。

天可汗撕碎价值连城的《古今华夷区域总要图》《莱茨通往印度的道路鸟瞰图》《赫里福德·芒迪地图》。[1]

天可汗扮作塞维利亚的理发师，给该隐、蒙娜丽莎和莎士比亚修剪胡须。[2]

天可汗扮作爱因斯坦（仅限于被俄罗斯美女间谍勾引的瞬间）。

天可汗扮作船长，驾驶飞翔的荷兰船穿越动物农场和曼哈顿中转站[3]，在凯尔特三叶草上蹦跶得欢[4]。他笑得忒灿烂，慷慨高歌曰：横空出世若飞龙，阅不尽春色人间；欲把昆仑裁三截，安得倚天抽宝剑?[5]

---

〔1〕 参见 ［美］ 维森·特韦格：《绘出世界文明的地图》，金琦译，清华大学出版社 2013 年版，第 61、65—66、159 页。

〔2〕 《塞维利亚的理发师》是博马舍于 1775 年创作的剧本。《带胡须的蒙娜丽莎》是马塞尔·杜尚于 1917 年创作的绘画。

〔3〕 参见 ［美］ 约翰·多斯·帕索斯：《曼哈顿中转站》，闵楠译，重庆出版社 2006 年版。

〔4〕 参见 ［美］ 惠特曼：《啊，我的船长!》，载《草叶集》，代秦译，陕西师范大学出版社 2010 年版。

〔5〕 这首诗尽管不合韵律，且有拼凑抄袭之嫌，却被公认为那个时代最好的诗之一。又参见 ［美］ 迈克尔·格洛登等主编：《霍普金斯文学理论和批评指南》（第 2 版），王逢振等译，外语教学与研究出版社 2011 年版，第 2020 页。

十字军

在众意（而非卢梭所言的"公意"）裹挟之下把耶稣钉死于十字架的彼多拉总督及其邻人的子孙们聚集在法国南部的克莱蒙召开了一次激情的宗教会议（时值 1095 年），号召支援"东方基督教兄弟"，把异教徒（穆斯林）"从基督教世界里逐出"。由是，才有了路过处于十字路口的安条克城[1]某个十字路口的一队队十字军骑士。十字路口一角的石凳上坐着一位满头白发的老人[2]，手持一枝血色玫瑰，似乎要送给谁。

"是谁让玫瑰与十字结姻？"歌德如是问道。[3]

歌德之问合情且合理，因为玫瑰是爱的符号，而"十字"意味着寻

---

〔1〕 安条克城，位于安纳托利亚和叙利亚之间的交通线上，一度是十字军建立的安条克公国（1098-1268）的都城。关于十字军对安条克的围城和攻克，参见 ［法］塞西尔·莫里松：《十字军东征》，冯棠译，商务印书馆 2000 年版，第 25-27 页；［法］米肖等：《十字军东征简史》，杨小雪译，北京时代华文书局 2014 年版，第 41-50 页。

〔2〕 他曾自述道："作为罪人，我已人老发白，如今正苦度残年。同世上芸芸众生一样，我在沐浴着天使般智慧的神灵之光的同时，等待坠入寂寥荒凉的无底深渊，以了此残生"，"我要把所见所闻记录下来，虽不奢望勾勒出一幅蓝图，却也试图给子孙后代（倘若敌基督不在他们之前问世的话）留下符号之符号，以求他们作出诠释"（［意］翁贝托·埃柯：《玫瑰的名字》，沈萼梅等译，上海译文出版社 2015 年版，第 13 页）。

〔3〕 歌德崇拜的莎士比亚竟然是一位"玫瑰十字会"会员！参见 ［法］雷比瑟：《自然科学史与玫瑰》，朱亚栋译，华夏出版社 2019 年版，中译本说明，第 1 页。

索敌人——"十字"的敌人是"新月"〔1〕。新月是弯（而非圆）的，因而象征不义；月面不过在反射太阳光，因而是阴性、不够光明正大的（在正统、教条的基督徒看来是如此〔2〕）。宗教的敌人从前是宗教，而今是科学、伪科学、唯物论、泛神论和精神分析之类的东西。雅克·拉康信心十足地说："宗教不但会战胜精神分析，还会战胜很多其他东西。我们甚至无法想象宗教是多么的强大。"〔3〕

我晓得宗教的强大和顽固，却无法断定其是否必然凯旋——除非将宗教外延无边际地扩大。

十字路口的老人并不想把玫瑰送给谁，更不关心哪一方赢得哈丁之战和雅法之战。他只是在缅怀年轻时一个个过客般的恋人。〔4〕

歌德发明的亲和力这一炼金术语描述的是私情色欲中如胶似漆的男女，无涉政治友谊，而爱公敌绝无可能。

––––––––––––––––––

〔1〕 新月是伊斯兰的标志性符号。

〔2〕 倒是古罗马的普鲁塔克为伊斯兰的"新月"符号说过几句公道话："必定是出于对太阳的热爱，月亮自己才环绕游走并与他交合，渴望从他那里'得到'多产的东西"，"当具有生命力量的太阳再次将心智之神播撒在她里面，她接受这心智之种，并生出新的灵魂，而在第三个地方的地球则提供身体"（［古罗马］普鲁塔克：《论月面》，孔许友译，华夏出版社 2016 年版，第 74、76 页）。

〔3〕 ［法］雅克·拉康：《宗教的凯旋》，严和来等译，商务印书馆 2019 年版，第 61 页。

〔4〕 哈丁之战爆发于 1187 年，埃及苏丹萨拉丁（1138-1193）大败基督军，几乎将十字军建立的耶路撒冷王国彻底毁灭。雅法之战爆发于 1192 年，狮心王理查一世（1157-1199）以少胜多，战胜萨拉丁。双方签订《雅法和约》，宣布停战。参见王顺君编著：《天国王朝：十字军全史 300 年》，陕西人民出版社 2016 年版，第 221-242 页。

像拜伯尔斯、拜伦、塔索、布鲁姆那样的英俊男人[1]确实不应扼守在玫瑰色的床畔，就该厮杀于耶路撒冷以东的狼烟。

不为教皇而战，

不为圣地[2]而战，

不为妖冶动人的西比拉[3]、埃尔米尼娅[4]或杨玉环而战，

不为太初就有的"道"而战（它不需要我们为它而战），

不为"圣殿骑士"的美名或揭开"隐蔽的历史"而战[5]，

那，为何而战？你问乌尔班乌尔班问阿基米德阿基米德问赫克托尔赫克托尔问徐光启徐光启问我我问谁呐？

---

〔1〕 拜伯尔斯（约 1223-1277），埃及和叙利亚马穆鲁克王朝第四任苏丹，被尊称为狮子王，以战胜蒙古人和十字军闻名于世。拜伦（1788-1824），英国诗人，贵族，参加了希腊民族解放运动，并死在希腊。塔索（1544-1595），意大利诗人，著有《被解放的耶路撒冷》（杨顺祥译本，花城出版社 2005 年版），以十字军东征为题材。布鲁姆（Orlando Bloom, 1977-），英国演员，曾主演以耶路撒冷王朝与萨拉丁之战为背景的电影《天国王朝》（雷德利·斯科特执导，2005 年）。

〔2〕 参见［英］大卫·罗伯茨绘，刘和编著：《圣地》：陕西师范大学出版社 2006 年版。

〔3〕 西比拉是耶路撒冷国王鲍德温四世（1161-1185）的姐姐，她行为放荡，被萨拉丁用金钱和礼物收买，将十字军的人数和行动方向密报给萨拉丁。

〔4〕 艾尔米尼娅是塔索《被解放的耶路撒冷》塑造的伊斯兰女战士，她爱上了不该爱的十字军骑士坦克雷德。

〔5〕 参见李昊编著：《圣经隐蔽的历史：破译达·芬奇密码》，中国电影出版社 2004 年版；［美］丹·布朗：《达·芬奇密码》，朱振武等译，人民文学出版社 2013 年版。

威尼斯之死

吕不韦[1]惬意地坐在圣马可广场的咖啡店里翻看托马斯·曼的小说《威尼斯之死》（意大利文-中文对照版[2]），而他在纽约州立大学的同事，曾经参加过缅北之战的长沙人黄仁宇博士，此刻正在凤凰剧院（Teatro La Fenice，又称"不死鸟剧院"）痛苦地观赏由阿尔·帕西诺主演的莎士比亚肃剧《威尼斯商人》。之所以感觉痛苦，甚至悲情，除了因为刚刚从电话中得知自己将在下学期被解聘[3]之外，还因为他不由

---

[1] 与战国末期的大商人、《吕氏春秋》的编者吕不韦同名同姓。在中国政治传统中，商人居于四民（士农工商）之末，受到法律的种种限制，从属于官府或被排除在政治之外（参见瞿同祖：《中国封建社会》，上海人民出版社2003年版，第147-148页；瞿同祖：《汉代社会结构》，邱立波等译，上海人民出版社2007年版，第125页；《瞿同祖法学论著集》，中国政法大学出版社1998年版，第182页）。赵鼎新教授指出："与欧洲不同，商人阶级在帝制中国的舞台上不具有重要的政治地位，即使在商业化和城市化臻至顶峰的北宋时期，亦是如此"（赵鼎新：《东周战争与儒法国家的诞生》，夏江旗译，华东师范大学出版社2006年版，第2页）。吕不韦是罕见的具有政治意识且投机成功、攀至高位的大商人，但他只是个体意义上的成功，不代表商人阶级整体政治地位的飙升。

[2] 我不懂意大利文，手头只有一本中文版《威尼斯之死》（徐建萍译，陕西师范大学出版社2008年版）。

[3] 1979年4月，一流历史学家黄仁宇被三流大学纽约州立大学纽普兹分校从正教授的职位上解聘（当时他已61岁），据说直接原因是"人事缩编"（参见黄仁宇的回忆录《黄河青山》，张逸安译，生活·读书·新知三联书店2001年版，第67–71页）。然而，像黄仁宇这样个性的学者亦存在不适应学术体制的问题，他动辄搞"六经注我"（而非"我注六经"），犯了（史）学界大忌。

自主地想起在 1355 年被判处死刑的威尼斯总督法里罗。[1]

精明的犹太商人夏洛克上了更精明的鲍西亚小姐的当，被迫放弃辛苦积攒的财富（以高利贷的形式存在）；光明磊落的法里罗总督遭小人陷害，被判处死刑（被认为是民主法庭对专制总督的胜利）。这两件不大不小的事都切切表征了中世纪最负盛名的城邦国家威尼斯的短视、无道德和非政治性。威尼斯本质上是一个利欲熏心的商业社会："随着商业的扩展，利欲不可抑制地表现出来。威尼斯人从不瞻前顾后。他们的信仰是商人的信仰。只要同穆斯林做生意有利可图，尽管穆斯林是基督的敌人，这对他们来说是无关紧要的。"[2] 怪不得深谙威尼斯衰败根由的丹尼尔·笛福将商业交易与宪法爱国主义勾连起来，表现出远远超越时人的历史意识和政治远见。在丹尼尔·笛福看来，缺乏经济民族主义意识的商人阶层简直是魔鬼的侍从，"商人得到了金钱，而魔鬼得到了

---

〔1〕 参见黄仁宇：《资本主义与二十一世纪》，生活·读书·新知三联书店 1997 年版，第 40-44 页。法国浪漫主义大画家德拉克洛瓦曾专门画过这一事件（the Execution of Doge Marino Faliero, 1826）。比 1355 年更早的 1172 年，也发生过威尼斯总督米歇尔被暴民杀死的事件。参见〔美〕威廉·戈兹曼：《千年金融史》，张亚光等译，中信出版集团 2017 年版，第 174 页。

〔2〕 〔比利时〕亨利·皮雷纳：《中世纪的城市》，陈国樑译，商务印书馆 2006 年版，第 55 页。尽管威尼斯的发展离不开拜占庭帝国，甚至可以说"拜占庭对威尼斯有宗主权"（〔美〕泰格等：《法律与资本主义的兴起》，纪琨译，学林出版社 1994 年版，第 74 页），但威尼斯军队却在 1204 年趁十字军第四次东征之际洗劫了拜占庭，掠夺古城的财宝。

商人"。[1] 克里斯托弗·达根指出：威尼斯等意大利城邦的繁荣在很大程度上归因于9世纪之后中央集权的衰落。[2] 由此自然可以合理地反推：当政治/军事集权的荷兰、英国和法国等近代民族国家成型之后，威尼斯的衰败[3]和死掉也就势所必然了。

威尼斯当然没有死掉，它只是变成了统一的民族国家意大利的一部分。

也可以说，威尼斯死了——威尼斯城邦已死。

死了或许是好事。死了，就不必独自承受四周天地的压力。[4] 死

---

〔1〕 转引自 [美] 里亚·格林菲尔德：《资本主义精神：民族主义与经济增长》，张京生等译，上海人民出版社2009年版，第61页（丹尼尔·笛福不仅是《鲁滨逊漂流记》的作者，一位充满想象力的作家，更是一位理性通达的政治经济学家。又参见《笛福文选》，徐式谷译，商务印书馆1960年版。商人怎么成了魔鬼的俘虏，而不是跨过天堂窄门的贵客？——耶稣对门徒说："我实在告诉你们，财主进天国是难的。我又告诉你们，骆驼穿过针的眼，比财主进神的国还容易呢！"（《新约·马太福音》19：23-24）

〔2〕 [英] 克里斯托弗·达根：《剑桥意大利史》，邵嘉骏等译，新星出版社2017年版，第37页。

〔3〕 随着近代（小型、中等和超巨）民族国家的形成，威尼斯商业帝国的"衰败是必然的/毕竟，最盛时它也只有二十六万人口/就像贡多拉尽管造价高昂/却依旧经不起大西洋巨浪的颠簸一样"（木旻：《殷墟的黎明》，河南大学出版社2019年版，第150-151页）。其实早在14世纪末期，威尼斯已不再独领风骚，在全球经济中的比重和地位日趋下降。参见 [英] 杰弗里·帕克：《城邦——从古希腊到当代》，石衡潭译，山东画报出版社2007年版，第66页。关于威尼斯商业帝国的形成及缺陷，还可参见 [加拿大] 埃伦·M.伍德：《资本的帝国》，上海译文出版社2006年版，第70-76页。威尼斯等城市国家（城邦）缺乏类似西欧"代表性王权"那样的政治整合制度。直到19世纪后半叶，意大利才以撒丁王权为中心，经由战争的方式实现政治统一。

〔4〕 "当人们净空自身时，就使自身遭受四周天地的压力"（[法] 西蒙娜·薇依：《重负与神恩》，顾嘉琛等译，中国人民大学出版社2003年版，第91页）。

了，就不再需要被拯救[1]（毕竟，不是随便什么人或城邦[2]都有机缘复活）。死了，才有可能成为现代文豪、作家和文艺青年们慎终追远的浪漫圣地和崇高之城——初至威尼斯的失恋者歌德所言代表了他们的心声："现在，我可以享受我经常渴望的孤独生活了。没有任何一个地方比在一个没有熟人的熙熙攘攘的闹市更感到孤独的了，在威尼斯，只有一个人认识我，而这个人我是不会马上碰到的。"[3]

我比歌德还要幸运些。在威尼斯，没有一个人认识我。

当我漫步威尼斯街头，一位长得像帕西奥利[4]的陌生人走过来对我说：我知道你曾经在《债券市场概论》的课堂上倾心讲授《齐物论释》[5]，尽管没有一个学生像你那样幸运地中过庄子、逍遥派和释迦牟尼的毒。一位长得像尼采的陌生人走过来对我说：一支隐秘的贡多拉船歌，伴随斑斓的快乐而颤动，来吧，行至人生半途的不惑者，我是载你过河的卡戎船夫。[6] 一位长得像阿城[7]的陌生人走过来说：小伙子，

---

〔1〕 西蒙娜·薇依有悲剧剧本曰《被拯救的威尼斯》（吴雅凌译，华夏出版社2019年版）。

〔2〕 此处的"城邦"取广义（政治共同体），既可指雅典、威尼斯意义上的城邦，亦可指民族国家和古今帝国。

〔3〕 ［德］歌德：《意大利游记》，周正安等译，湖南文艺出版社2006年版，第48页。

〔4〕 帕西奥利（1445-1517），意大利数学家，达·芬奇的好朋友，他的《算术、几何与比例概要》一书对复式簿记进行了系统化的理论总结，被誉为"会计之父"。桑巴特说："复式簿记与伽利略及牛顿系统、现代物理及化学学科学源自相同的精神"（转引自汪晖：《颠倒》，生活·读书·新知三联书店2016年版，第215页）。

〔5〕 章太炎：《齐物论释》，崇文书局2016年版。

〔6〕 "如果要我用另一个词指代音乐，我能想到的也只有威尼斯。我不知道如何区分泪水与音乐，没有战栗的颤抖，我便不知如何快乐，如何思念南方"（尼采：《瞧，这个人》，李子叶译，江苏文艺出版社2014年版，第39页）。

〔7〕 阿城（1949-），中国作家，著有《威尼斯日记》（凤凰文艺出版社2016年版）。

谨记谨记，少不入川，少不入威尼斯，做一个成功的中国人不难[1]，想沉重地死在21世纪的威尼斯却并不容易[2]。

<hr/>

　[1]　亨利·詹姆斯（1843-1916）说："要做一个成功的美国人需要付出很大的努力，但是要做一个快乐的威尼斯人，仅仅需要有一颗比较轻松敏感的心灵"（［美］亨利·詹姆斯：《意大利时光》，马永波等译，中国国际广播出版社2013年版，第4页）。

　[2]　当年，平时怕水、抱病不适的蒙田在威尼斯没敢停留太久（《蒙田意大利之旅》，马振骋译，上海书店出版社2011年版，第75页），怕自己死在威尼斯——他只想死在家乡阁楼的小床上。阿申巴赫因为是"完成了"的艺术家，是故，他的死称得上"沉重"，他去世的消息使"世界震惊"（［德］托马斯·曼：《威尼斯之死》，徐建萍译，陕西师范大学出版社2008年版，第70页）。

但丁关于世界帝国的意识流

当贝雅特丽齐带着感伤、恐惧和苦楚在一个炎热的夏夜病逝的时候[1]，但丁正伏案写作，草拟千载之后才能真正引发博学鸿儒科[2]的鸿儒们热议的关于"一统天下的尘世政体"和"囊括四海的帝国"的构想[3]。贝雅特丽齐咽气的刹那，他孱弱的身躯不由自主地颤了一下，茫然若失，又不知失去了什么，之于流亡中的他——一个比孔丘还惨的丧家犬——而言，还有什么可失去的呢。他抬头望了一眼客房窗外比圣雷米星空还要璀璨几分的维吉尔星空[4]，心想：不错，我狂热地爱恋

---

〔1〕 住在布宜诺斯艾利斯宪法广场附近的贝雅特丽齐·维特波（1899-1929）在一个炎热的夏夜病逝，她是大诗人博尔赫斯一直暗恋着的女子（博尔赫斯说："世界会变，但是我始终如一"），也是一位小有名气的女作家。参见［阿根廷］博尔赫斯：《阿莱夫》，王永年译，上海译文出版社 2015 年版，第 177-178 页。

〔2〕 康熙十八年（1679 年）曾举办过一次博学鸿儒科，据说目的不仅是吸引人才，更是为了争取汉文士对新朝法理正统的认可与尊奉。阿瑟五十六年（2321 年，"阿瑟"是克拉克帝国的年号）又举办了一次，目的是缓和经典与解释之间的张力。它们都是战国稷下学宫在另一个时代的变形和延续。

〔3〕 ［意］但丁：《论世界帝国》，朱虹译，商务印书馆 1985 年版，第 2 页。

〔4〕 圣雷米星空，梵高于 1889 年（希特勒诞生的那一年）在法国圣雷米的一家精神病院里创作了他的经典名画《星月夜》。维吉尔星空，维吉尔（公元前 70-公元前 19）是古罗马诗人，但丁的精神导师和引路人。但丁写道："你是我的恩师，我的楷模/我从你那里学到那优美的风格/它使我得以声名显赫"（［意］但丁：《神曲》，黄文捷译，华文出版社 2010 年版，第 4 页）。但丁《神曲》三篇（地狱、炼狱、天堂）皆以"星"的语词和意象作结。

你，贝雅特丽齐，我也坚决支持世俗婚姻，但婚姻并不适合所有人，哲学家在哲学里找到的快乐，比娶一个好妻子要多得多[1]；女人应远离政治[2]，尽管她们经常充当杀人于无形的宫廷谋斗士；那些鼓动、怂恿易受情绪宰制的青年人参与政治和社会运动的人若非无比幼稚，便是别有用心[3]；有些人生来治人，有些人生来治于人，然而主奴两者也具有共同的利害[4]；一个生活在欲望、压制、伪自由和普遍低贱的行为泛滥的城邦之中的哲人纵有口吐有字玫瑰之能，纵然为了志业不舍昼夜，其处境却好比置身于猛兽群中[5]；黑党白党之争[6]红军白军之战与我再无牵联，我是属灵而非属人的，我再也不会迷失于恣欲横流的激

---

[1] [意] 薄伽丘：《但丁传》，周施廷译，广西师范大学出版社 2008 年版，第 24 页。

[2] 亨利·菲尔丁说："政治是老爷们的事情，你们妇道人家不应该瞎管闲事。"（[英] 亨利·菲尔丁：《汤姆·琼斯》，刘苏周译，长江文艺出版社 2011 年版，第 193 页）

[3] "在事物的总体上判断得好的人是受过全面教育的人。所以青年人不适合听政治学。他们对人生的行为缺乏经验，而人的行为恰恰是政治学的前提与题材。此外，青年人受感情左右，他学习政治学将既不得要领，又无所收获，因为政治学的目的不是知识而是行为。"参见 [古希腊] 亚里士多德：《尼各马可伦理学》，廖申白译注，商务印书馆 2003 年版，第 7 页。

[4] 《孟子·滕文公上》："劳心者治人，劳力者治于人。"《左传·襄公九年》知武子曰："君子劳心，小人劳力，先王之制也。"又参见 [古希腊] 亚里士多德：《政治学》，吴寿彭译，商务印书馆 1965 年版，第 5 页。

[5] 参见 [阿拉伯] 阿威罗伊：《阿威罗伊论〈王制〉》，拉尔夫·勒纳英译，刘舒译，华夏出版社 2008 年版，第 81 页。

[6] 在当时的佛罗伦萨，黑党支持教皇，白党反对教皇。但丁因支持白党被当权的黑党流放达十九年，直至去世。参见 [意] 尼科洛·马基雅维利：《佛罗伦萨史》，李活译，商务印书馆 1982 年版，第 56—88 页；娄林主编：《古今之间的但丁》，华夏出版社 2014 年版，第 25—30 页。

情的黑暗森林[1]，凶残的狮、狼和豹皆威吓不了我，也奈何不了我；离群索居未必产生独创精神和伟大的诗——不求甚解[2]倒有可能，对权力类型和显学无感的陶元亮是我的知音；同阿喀琉斯、阿尔法拉比[3]、柏拉图、博尼费斯八世[4]、韩信、崔颢、迈蒙尼德[5]和斯蒂文森一样，我也只是一连串词语[6]；一个命题可以在历史考证学里为真而在政治哲学里为假，反之亦然[7]；对历史、伦理和自然哲学缺乏认识的读者，不可能理解我的《飨宴》、《新生》和《论世界帝国》；倘若你在三卷本《论世界帝国》中检索到"代表倒是为公民而存在，国王也是为百姓而存在""最善治其身者亦最善于治人""公理一统天下""但凡有灵性而热爱真理的人，显然都会十分热心于造福后代"诸如此类的句子，就能意识到我是先于《礼记》作者的代表制理论的先驱，是

---

[1]　"但丁是第一位明确地意识到那道把唯灵论和后中世纪的政治实存隔开的鸿沟的思想家"，"对于像但丁这样对精神之实在性有强烈体验的人而言"，不可能为了"公共地位"而牺牲"精神上和智识上的独立"，"他自成一派，以 majestas genii［天才巨匠］的权威讲话"（［美］沃格林：《中世纪晚期》修订版，段保良译，华东师范大学出版社 2019 年版，第 69-70、75 页）。

[2]　陶渊明《五柳先生传》："好读书，不求甚解；每有会意，便欣然忘食。"

[3]　阿尔法拉比（872-950），中世纪阿拉伯哲学家，著有《柏拉图的哲学》（程志敏译，华东师范大学出版社 2006 年版）等。

[4]　博尼费斯八世，罗马教皇（1294-1303 在位），但丁就是因为反对他的贪婪腐败而站到白党一边。

[5]　迈蒙尼德（1138-1204），中世纪犹太神学家，著有《迷途指津》（傅有德等译，山东大学出版社 1998 年版）等。

[6]　［阿根廷］博尔赫斯：《但丁九篇》，王永年译，上海译文出版社 2015 年版，第 13 页。

[7]　"拉丁阿威罗伊主义闻名于世的是其双重真理学说，即认为一个命题可以在哲学里为真而在神学里为假，反之亦然。"参见［美］列奥·施特劳斯：《如何着手研究中世纪哲学？》，周围译，载刘小枫等主编：《经典与解释的张力》，上海三联书店 2003 年版，第 319 页。

把一生献给注定失败的事业的圣徒[1]，是比通往天堂的罗马大道还闳敞的戎路。

---

[1] 参见 [俄] 梅列日可夫斯基:《但丁传》, 刁绍华译, 辽宁教育出版社 2000 年版, 第 166 页。

和平的保卫者

与但丁关于普世帝国的构想不同，马西利乌斯认为一个最高统治者之下的一个全人类的政治组织是不可取的，相应于人类的不同地域、语言、文化，应该有众多国家。[1] 然而，他们都是和平的保卫者。

但丁的名字响当当（因为进入了教科书和文学史），天下谁人不识君？可怜的马西利乌斯呢？紫禁城、招提寺和悉尼歌剧院披红挂绿的游客之中有几人听说过帕多瓦的马西利乌斯[2]的？是否比亲睹过阿布瓜利德·穆罕默德·伊本-阿赫马德·伊本-穆罕默德·伊本-拉什德（阿威罗伊）真颜的圣器还要少些？

阿威罗伊说他看到过盲人阿本西达用纳斯塔利克字体誊抄的多卷本

---

〔1〕 ［美］沃格林：《中世纪晚期》（修订版），段保良译，华东师范大学出版社2019年版，第104页。

〔2〕 帕多瓦的马西利乌斯的生平简介和政治思想，可参见 ［英］ 戴维·米勒等主编：《布莱克维尔政治学百科全书》，邓正来等译，中国政法大学出版社2002年版，第483-485页。

《毁灭之毁灭》。〔1〕 怀念东方的君王〔2〕说他从洞庭湖的袅袅秋风和落叶中看到了钟鸣鼎食的贾府〔3〕盛极而衰、由衰复盛的过程。致力于探索统治阶级的政治科学原理的哲学家说，北人相比于南人之所以具有军事优势，与北人有酗酒之美德而南人有纵欲之恶习有关。〔4〕 一个认识到自己无知的有学识者〔5〕说他无法容忍有学无识的无知者误读"学识"、"无知"、"德性"、"李陵碑"、"报任安书"和"知识就是力量"的意涵以及他们站在特殊地位上垄断各种资源分配权的合法然而丑陋的行径。耶稣是个简单的人，他只轻描淡写地说了一句："恺撒的当归恺撒，上

---

〔1〕 ［阿根廷］博尔赫斯：《阿威罗伊的探索》，载博尔赫斯：《阿莱夫》，王永年译，上海译文出版社 2015 年版，第 103-105 页。纳斯塔利克字体，又称"波斯悬体"，是书写波斯-阿拉伯文的一种字体，是伊斯兰"六大字体"之一。当代中国书法家对阿拉伯书法似乎不太了然，"不知有汉，无论魏晋"（陶渊明《桃花源记》）。看来，《古兰经》《卡布斯教诲录》《鲁拜集》等亟待纳入当代中国书法家的必读书目，"文人书法（绘画）"应转型为"思想家书法（绘画）"，否则，在这样一个日益技术化的后技术时代，中国书法真的要死了。

〔2〕 其中一个是马蒙。马蒙是阿拉伯帝国阿拔斯王朝第七任哈里发（813-833 年在位），曾创建高等研究院"智慧宫"，重酬聘请人文学者、翻译家和科学家从事译述和研究。

〔3〕 指贾宝玉家族，亦可指曹雪芹家族、美第奇家族或罗斯柴尔德家族。关于曹雪芹家族，除了可以参见《红楼梦》和"索隐派"关于《红楼梦》聊胜于无的无聊研究之外，还可参见 ［美］史景迁：《曹寅与康熙：一个皇帝宠臣的生涯揭秘》，温洽溢译，广西师范大学出版社 2014 年版。关于美第奇家族，参见 ［英］克里斯托弗·希伯特：《美第奇家族的兴衰》，冯璇译，社会科学文献出版社 2017 年版。关于罗斯柴尔德家族，坊间一些书籍多将之神化（手握五十万亿美元财富云云），不符事实。

〔4〕 参见 ［意］加塔诺·莫斯卡：《统治阶级》，贾鹤鹏译，译林出版社 2002 年版，第 51-55 页。

〔5〕 "谁对他本人的无知认识得越深，他的学识就会越多"（［德］库萨的尼古拉：《论有学识的无知》，尹大贻等译，商务印书馆 1988 年版，第 5 页）。

帝的当归上帝。"[1] 想逃过教廷审查的帕多瓦的马西利乌斯紧紧抓住此句，在撰写《和平的保卫者》一书时反复引用[2]，作为其理论的烟幕弹。然而，马西利乌斯终究没有逃过教皇（约翰二十二世）的慧眼，他被宣布为狡诈的异教徒，不得不逃往巴伐利亚国王在纽伦堡的宫廷寻求庇护。誓死保卫和平的人连自己都保护不了，真是一大反讽。令马西利乌斯感到更加悲哀的是，数百年后，在他的流亡地举行了一场并不比"螳螂捕蝉，黄雀在后"更加荒诞的法律（实为政治）审判——以保卫和平的名义。

诗曰：灵府虽摇神泰定，病根纵去难和平。[3]

手无缚鸡之力的文弱书生和尚未造出洲际导弹的国家没有资格发出"和平，和平，多少罪恶假汝而行!"之类的感叹。

---

[1] 《新约·马太福音》22：21；《新约·马可福音》12：17。恺撒与上帝的关系本是一笔不大不小的糊涂账，恰如皇帝与教皇、一元与二元、雅典与耶路撒冷的关系。约翰·麦克里兰评论道："今天重读神圣罗马帝国与教皇的相关争论文字，是繁冗无趣至极的思想工作"，"不过，教皇与皇帝在基督教世界里争夺领导权的事，当时是人人都说关系重大的"（［英］约翰·麦克里兰：《西方政治思想史》，彭淮栋译，海南出版社2003年版，第156页）。现代民主法治国家在宪法文本中明确列举"政教分离"条款，在宪政实践（判例）中反复重申政教分离原则，然而，政与教是无法分离的，尤其在文明冲突（论）甚嚣尘上的背景下。

[2] 帕多瓦的马西利乌斯：《和平的保卫者》（小卷），殷冬水等译，吉林人民出版社2004年版，第43-49页。

[3] 陆游《仲秋书事》：灵府不摇神泰定，病根已去脉和平。

林奈在洛阳伽蓝

公元 552 年，东哥特国王托提拉在拜占庭两大名将贝利撒留和纳尔西斯的轮番攻击下日渐不支，露出败象。塔吉那会战前一晚，国王的独子林奈[1]不愿陪父殉葬，遂趁着病恹恹的夜色脱离战场，向东奔去。

"既然父亲认为我胆怯如鼠，缺乏柏拉图称道的勇气和斯巴达气概，那就让他的话及时应验吧！我考察过的半岛、枣树、自然系统和植物生殖器官还太少，尚未经历超越兽欲的爱情，尚未赢得媲美亚历山大的永恒名声，何必毫无意义地死去？让那些视名若羁、视利若鞚的高士统统见鬼去吧！最容易的事情莫过于六根清净、舍生取义，最困难的事情莫过于耕耘不喜欢的女人和在低矮的拱廊里感受幽灵弥漫的来世气息。谁能帮我挣脱地心引力，趋近沸点？"

为了跑得再快一点，林奈在坐骑的蹄上画了四个使徒：马太、路西法、净坛使者和夸父。他昼行夜伏，昼伏夜行，先后躲开洪水、雪崩、地震及劫匪的追杀。休憩之余，他经由天空的紫色启示（紫色启示是最高启示）自修了东方十七国的语言和经典。当他风尘仆仆地抵达洛阳城时，已不知过去多少岁月。然而，在城外，他差点被饥饿的灾民当作来

---

[1] 瑞典有一个植物学家也叫林奈（卡尔·冯·林奈，1707-1778）。

自西天的美食给烹了，一位高僧模样的人救了他。

"你是来朝贡天子的吗？洛阳已非帝都，而且残败不堪，你在错误的时间来到错误的地点。"高僧道。

"我是学法的，不，我是来看您的，不，不，我是来逃命的。"林奈有点紧张，语无伦次。

"从柔然来？听说你们正遭受突厥人攻打。"

"柔然？你是说阿瓦尔人〔1〕？不不不，我是哥特王子，受够了哥特建筑的单调，想近距离感受一下东方佛寺的丰沛。"

"原来如此，可……可佛寺早已破败不堪。"

林奈这时已定下神来，语气平静地说道："破败的，哪怕是早已消亡的，也不等于不存在，无为有处有还无，烦请引路才是。对了，请教大师法号？"

"在下空海，俗名杨衒之。"〔2〕

说毕，他走在前，引导林奈入城。先在一家茶馆吃了些茶水和点心，然后走向不远处的一座寺院。

"此乃永宁寺。"空海道。

"既寿永昌，万国咸宁。路断飞尘，不由滍云之润；清风送凉，岂藉合欢之发？"林奈道。两人转悠了一个时辰，走向下一座寺院。

"此乃建中寺。"空海道。

"运筹建策，允执厥中。殚土木之功，穷造型之巧。妙，妙极！"林奈道。两人转悠了两个时辰，走向下一座寺院。

"此乃长秋寺。"空海道。

---

〔1〕 公元6世纪进入欧洲的阿瓦尔人是否为柔然人后裔，学界存在争议。

〔2〕 日本有一个僧人也叫空海（774—835），曾不远万里，到中国游学，是白居易的好友。杨衒之，生卒年不详，著有《洛阳伽蓝记》。

"长绳系日，落叶知秋。六牙白象，负释迦于虚空；奇伎异服，陈死义于血像。"林奈道。两人转悠了四个时辰，走向下一座寺院。

"此乃瑶光寺。"空海道。

"瑶台银阙，和光同尘。云生户牖，雨起道场。洛阳男儿急作髻，瑶光寺尼夺作婿。可叹可叹!"林奈道。两人转悠了八个时辰，走向下一座寺院。

"此乃景乐寺。"空海道。

"美景良辰，极乐世界。种瓜得豆，种豆得瓜。须臾之间，士女皆目乱情迷也!"林奈道。两人转悠了十六个时辰，走向下一座寺院。

"此乃昭仪寺。"空海道。

"天道昭彰，鸿渐之仪。高轩斗升者，尽是阉官之嬖妇；胡马鸣珂者，莫非黄门之养息也。"林奈道。两人转悠了三十二个时辰，走向下一座寺院。

"此乃胡统寺。"空海道。

"跋胡疐尾，创业垂统。善于开导者，群贤毕至；工谈义理者，门可罗雀。"林奈道。两人转悠了六十四个时辰，走向下一座寺院。

"此乃修梵寺。"空海道。

"修齐治平，梵册贝叶。高门之屋，野草不生，燕雀不栖，鸠鸽拒入。惟桥下流水，冬夏不竭。"林奈道。两人转悠了一百二十八个时辰，走向下一座寺院。

"此乃明悬寺。"空海道。

"明珠暗投，悬于一线。未游中土，多非亲览。"林奈道。两人转悠了两百五十六个时辰，走向下一座寺院。

"此乃龙华寺。"空海道。

"鳌愤龙愁，华亭鹤唳。宝卷美人，重归宝卷。"林奈道。两人转悠了五百一十二个时辰，走向下一座寺院。

"此乃璎珞寺。"空海道。

"璎璎珞珞，三宝坠地。残碎缯絮，结以自覆。"林奈道。

"此乃宗圣寺。"空海道。

"推宗明本，黜昏启圣。"林奈道。

"此乃崇真寺。"空海道。

"蠲敝崇善，真如三毒。"林奈道。

"此乃魏昌寺。"空海道。

"围魏救赵，逆道者昌。"林奈道。

"此乃景兴寺。"空海道。

"桑榆晚景，遄飞逸兴。"林奈道。

"此乃庄严寺。"空海道。

"蝶化庄生，严丝合缝。"林奈道。

"此乃秦太寺。"空海道。

"秦约晋盟，滓秽太清。"林奈道。

"此乃正始寺。"空海道。

"量凿正枘，始生初孽。"林奈道。

"此乃平等寺。"空海道。

"四海升平，等而下之。"林奈道。

"此乃景宁寺。"空海道。

"追风蹑景，不遑宁处。"林奈道。

"此乃景明寺。"空海道。

"蹑景追风，薏苡明珠。"林奈道。

"此乃招福寺。"空海道。

"招降纳附，未为福也。"林奈道。

"此乃报德寺。"空海道。

"精忠报国，德輶如毛。"林奈道。

"此乃正觉寺。"空海道。

"改正为邪，天壤之觉。"林奈道。

"此乃菩提寺。"空海道。

"菩萨低眉，提笔忘字。"

"此乃高阳寺。"

"曲高和寡，阴阳交泰。"

"此乃崇虚寺。"

"崇俗黜雅，虚张声势。"

"此乃冲觉寺。"

"折冲樽俎，技痒自觉。"

"此乃宣忠寺。"

"宣秘不谐，既忠且贰。"

"此乃典御寺。"

"数祖忘典，以书为御。"

"此乃丘里寺。"

"宗庙丘墟，十里洋场。"

"此乃闻义寺。"

"如是我闻，义须背亲。"

"此乃白马寺。"

"白璧微瑕，九马难追。"

"此乃少林寺。"

"裙屐少年，林下清风。"

"此乃灵隐寺。"

"曲径通灵，隐鳞戢翼。"

"此乃相国寺。"

"陈陈相因，国之正道。"

"此乃潭柘寺。"

"桃花潭水，初临柘火。"

"此乃法门寺。"

"以法乱文，闭门造境。"

"此乃大昭寺。"

"大器晚成，昏昏昭昭。"

"此乃开宝寺。"

"金石难开，丹田寸宝。"

"此乃科隆寺〔1〕。"

"科头袒体，隆古贱今。"

"此乃巴黎圣母寺〔2〕。"

"巴山夜雨，黎庶涂炭，革凡登圣，子母相权。"

"此乃蓝色寺〔3〕。"

"筚路蓝缕，色丝虀臼。"

"此乃费萨尔寺〔4〕。"

---

〔1〕 指科隆大教堂。

〔2〕 指巴黎圣母院。

〔3〕 指土耳其的蓝色清真寺（原名苏丹艾哈迈德清真寺）。

〔4〕 指位于巴基斯坦首都伊斯兰堡的费萨尔清真寺。

"费曼劳心，菩萨劳财，何其相似乃尔。"

"此乃科尔多瓦寺〔1〕。"

"金科玉律，尔虞我诈，多多益善，片瓦不留。"

"此乃喀山寺〔2〕。"

"喊哩喀喳，气吞山河。"

"……"

"……"

当空海引着林奈参观完四百八十寺〔3〕，已经是洛中何郁郁的 1958 年了。在时间出口处迎接他们的是一位长着大鼻子的乌镇诗人。诗人说要请忽如远行客的他们到石油部的内部餐厅吃法餐，并揶揄道："宗教与帝国终究有荤素之别，宗教是素的，帝国是荤的，宗教再华丽也是素，帝国再质朴也是荤〔4〕，这也算是我不合时宜的世说新语。世人若欲搞清三界、三宝和三位一体的神圣原理，观察我们三人就 OK 了。"他说完就笑了。他爽朗的笑声把花果山的巨石和天庭的天花板都给震碎了。

---

〔1〕 指西班牙科尔多瓦大清真寺。

〔2〕 指圣彼得堡涅瓦大街上的喀山大教堂，也是俄罗斯著名统帅库图佐夫（1745-1813）葬身处。

〔3〕 杜牧《江南春》：南朝四百八十寺，多少楼台烟雨中。

〔4〕 木心《洛阳伽蓝赋》（附录）曰："宗教与艺术终究有荤素之别，宗教是素的，艺术是荤的，宗教再华丽也是素，艺术再质朴也是荤"（木心：《巴珑》，广西师范大学出版社 2008 年版，第 149 页）。

水经注

　　洹水[1]的一条支流流经的东明观是当年赵国国君石虎[2]初葬和被鞭尸的地方。《水经注·洹水》曰："昔慕容隽[3]梦石虎啮其臂，寤而恶之，购求其尸而莫之知，后宫嬖妾言虎葬东明观下，于是掘焉。下度三泉，得其棺，剖棺出尸，尸僵不腐，隽骂之曰：'死胡，安敢梦生天子也。'使御史中尉阳约数其罪而鞭之。此盖虎始葬处也。"由此可见，所谓君王，或者是能进入他人梦境的人，或者是捕梦者。

　　虎又名"大虫"。最早记载见《搜神记》（卷2）："扶南王范寻养虎于山，有犯罪者，投与虎，不噬，乃宥之。故山名大虫，亦名大灵。"[4] 是故，山不在高，有虎（大虫）则灵。武松将景阳冈的老虎乱棒打死，明明破坏了当地风水，却被视作不二英雄，还赢得美妇潘金莲的垂青。武松没有回应潘金莲的好意，但没有回应不等于不曾心动。武

---

[1]　洹水，今称洹河，又名安阳河，全长约170公里，入卫河后向北流去，最后汇入海河，从天津入海。

[2]　石虎（295-349），上党武乡（今山西榆社北）人，羯族，十六国时期后赵的国君。

[3]　慕容隽（319-360），昌黎棘城（今辽宁义县西北）人，鲜卑族，十六国时期前燕的国君。

[4]　干宝：《搜神记》，中国画报出版社2013年版，第27页。

松毕竟只是（一度是）宋江的跟班、血溅鸳鸯楼的小"天人"[1]，匮缺大英豪李世民和路易十四"霸占"弟媳的勇气。

既然虎是"大虫"，则石虎亦可称为"石虫"。"石虫"在欧洲却有另一层不同于东方的意涵。18世纪莱茵河谷德意志诸小邦的君主们无心于统一大业，而是"钟情于'石虫'（我们管他们叫'石头病人'），被凡尔赛宫搞得迷迷糊糊，被马尔里[2]诱惑得神魂颠倒……他们做了些什么？修建了一些教堂、剧场和城堡，还有宏伟的'府邸'、别墅和狩猎时休息用的房舍，宛如法国的凡尔赛宫"[3]。凡尔赛宫有千万个（因系人造），莱茵河却只有一条（因系天工）。紧搂老虎或石女睡觉是可能的，巧夺天工却不可能——那是人类硬生生造出的荒诞词汇。

莱茵河汇入的是伦敦之北的北海，伏尔加河却一直往南流，注入亚洲之里的里海。当莱茵河畔的渔夫、农夫、勇夫和庸夫在保卢斯将军[4]的率领下进攻那座以伟人名字命名的河滨之城的时候，南北大战爆发了，里外之分再度进入循环，此时不再有人对亮闪闪的刺刀之下的和平抱有幻想，没人还能抽出闲暇和有心情品读《瓦尔登湖》《德国，

---

〔1〕 金圣叹评武松为"天人"。"武松天人者，固具有鲁达之阔，林冲之毒，杨志之正，柴进之良，阮七之快，李逵之真，吴用之捷，花荣之雅，卢俊义之大，石秀之警者也，断曰第一人，不亦宜乎？"（《金圣叹批评本水浒传》，岳麓书院2006年版，第294页）

〔2〕 马尔里，指马尔里引水渠，此渠修建于路易十五在位时期，用以将塞纳河水引至凡尔赛。法国画家阿尔弗莱德·西斯莱（1839-1899）有油画《马尔里引水渠》。

〔3〕 ［法］吕西安·费弗尔：《莱茵河：历史、神话和现实》，许明龙译，辽宁教育出版社2003年版，第65页。

〔4〕 弗里德里希·保卢斯（1890-1957），纳粹德国名将，1942-1943年率领第六集团军进攻斯大林格勒，兵败投降。

一个冬天的童话》《鸟儿不惊的地方》〔1〕等美好的书籍，没人还记得《苏德互不侵犯条约》《苏日中立条约》〔2〕中的繁琐文字。

1961年，出于反对个人崇拜的需要，赫鲁晓夫将斯大林格勒改名为伏尔加格勒。

但他做出这一决定时忘了征求伏尔加河的意见。而个人崇拜，在大多数情形下是"英雄崇拜"的等义词。

昨夜在梦中被洹水渔翁袁慰廷〔3〕拍了左肩的我今晨在汴京西护城河外的凉亭记下如上文字。

---

〔1〕《德国，一个冬天的童话》是德国诗人海涅（1797-1856）的著名诗篇（《德国，一个冬天的童话》，冯至译，人民文学出版社2015年版，第149-278页）。《鸟儿不惊的地方》是俄国诗人普里什文（1873-1954）的散文集（河流等译，四川文艺出版社2015年版）。普里什文被誉为"伟大的牧神""世界生态文学和大自然文学的先驱"。

〔2〕《苏德互不侵犯条约》是1939年8月23日苏联与纳粹德国签订的一份秘密协议。《苏日中立条约》是1941年4月13日苏联与日本签订的条约，严重损害了中国主权。

〔3〕袁慰廷即袁世凯，他在黜职期间（1909-1911）曾隐居安阳，垂钓洹水。袁世凯死后葬于安阳，袁世凯陵又称"袁林"，其神道两侧是石像生，中有石虎。

博洛尼亚法学院

2018 年 8 月，我到意大利博洛尼亚大学访学，在一座非常古老的小教堂（位于校园南部）的地下博物馆里无意间看到近一千年前博洛尼法学院的必修课程表（1088）[1]，陪同我参观的博洛尼亚法学院院长彼特拉克（Francesco Petrarca）告诉我说，当年发现这张课程表的时候，外包的羊皮信封上用拉丁文标注了"秘密，毋外传"字样。我用华为手机将课程表拍了下来，以飨读者：

1. 语法（诗歌批评、《克拉底鲁篇》、亚历山大里亚学派、拉丁语法)[2]；

2. 修辞（叙拉古布局[3]、西塞罗《修辞学》、《论构思》、阿尔昆《论修辞与勇气》、《歌集》）；

---

[1] 博洛尼亚大学成立于 1088 年，被誉为"欧洲大学之母"（与巴黎大学并列）。在中世纪，博洛尼亚大学以法学院闻名于世。"为博洛尼亚大学带来声誉的那位教师是一位名叫爱尔纳留斯（Irnerius）的人，他或许是整个中世纪诸多法学教授中最为有名的一个"（［美］哈斯金斯：《大学的兴起》，梅义征译，上海三联书店 2007 年版，第 5 页）。另参见［美］爱德华·格兰特：《近代科学在中世纪的基础》，张卜天译，湖南科学技术出版社 2010 年版，第 49 页。

[2] 《克拉底鲁篇》系柏拉图著作，讨论了字母、命名等问题。亚历山大里亚学派是由亚里士多德及其弟子组成的学派。

[3] 修辞（学）起源于公元前 5 世纪初的叙拉古，以布局和表达为基本核心。

3. 辩证法[1]（《辩谬篇》、《论定义》、《〈范畴篇〉导论》、波埃修和伽兰德及其之后的经院哲学）；

4. 算术与几何（数论、《蒂迈欧篇》、阿拉伯和印度数学、约达努斯和斐波纳契[2]、欧几里得、阿基米德、《厄庇诺米篇》、实用几何学、土地测量与宇宙测量）；

5. 音乐（声学计算、卡佩拉学说、波埃修《音乐原理》、弥撒乐、格里高利圣咏、阶名唱法、音程与调式、音乐与精神气质）；

6. 医学（《希波克拉底文集》、狄奥斯科里斯《药物论》、盖伦体液理论[3]、草药学）；

7. 天文学（欧多克斯《论运动》、新柏拉图主义、《至大论》和《占星四书》[4]、维特鲁威《建筑十书》、普林尼《自然史》）；

8. 学说汇纂；

9. 民法大全；

---

〔1〕 索尔兹伯里的约翰指出："逻辑单独一个是贫血虚弱的和无生育力的；如果它不和别的什么交配，就结不出任何精神的果实。"转引自［法］雅克·勒戈夫：《中世纪的知识分子》，张弘译，商务印书馆1996年版，第80页。索尔兹伯里的约翰还著有《论政府原理》，此书被誉为"那个时代的制度和观念上的命令说的百科全书"（［爱尔兰］凯利：《西方法律思想史》，王笑红译，法律出版社2002年版，第127页）。

〔2〕 斐波纳契提出的斐波纳契数列，又称"黄金分割数列""兔子数列"。参见［美］瓦格纳编：《中世纪的自由七艺》，张卜天译，湖南科学技术出版社2016年版，第172-173页。

〔3〕 参见［英］彼得·惠特菲尔德：《彩图世界科技史》，繁奕祖译，科学普及出版社2006年版，第124页。

〔4〕《至大论》和《占星四书》均为托勒密（90-168）的著作。《至大论》为托勒密《天文学大成》的阿拉伯文标题。"《天文学大成》在被译成阿拉伯语以及再后来被译成拉丁语之后，更多以其阿拉伯文标题《至大论》为人所熟知，且成为中世纪和近代早期天文学的出发点，这再次提醒我们注意阿拉伯学者扮演的重要角色"（［美］奥斯勒：《重构世界：从中世纪到近代早期欧洲的自然、上帝和人类认识》，张卜天译，湖南科学技术出版社2012年版，第18页）。

10. 万民法和教会法（《格拉提安法令集》《教宗慎思》[1]）；

11. 伊斯兰和东方法（《安拉的真谛》《春秋》《汉宫秋》）；

12. 博洛尼亚与帝国政治（风俗论、君王论、罗马论、统治史、海盗史、烟草史、鸦片史、棉花史、米兰服装史、贸易史、西西里登陆史、查士丁尼西征史、帖木儿东征史、伦巴第南征史、天花史、匕首史、笔枪史、笔伐史、笔障史）；

13. 自然法和永恒法。

我对彼特拉克表示这份课程表令人费解——繁琐，做作，非法学课程比法学课程多，简直荒唐透顶，陌生的人名、书名和名词让人不知所云。我问他能否把现在博洛尼亚法学院的课程表拿给我看看。他笑道：当然可以，这还是"借鉴"你们中国著名的 PK 大学法学院的呢，去年它名列 QN 世界大学学科排行榜法学类第一名，我为此专门跑去取经，还写了一本《东游记》，上个月由都灵凸版联合出版社出版后迅速上了畅销书排行榜，课程表我熟得很，背诵给你：

1. 法理学；

2. 意大利法制史；

3. 宪法学；

4. 行政法与行政诉讼法；

5. 民法学（物权法、侵权责任法、婚姻家庭法等）；

6. 刑法学（总论、分论）；

7. 诉讼法（民事诉讼法、刑事诉讼法）；

---

[1] 教皇英诺森三世颁布的《教宗慎思》是一份伟大的文件，"首次将教宗的政治决定付诸理性的决疑论证而不是超凡魅力启示"（［美］沃格林：《中世纪：至阿奎那》，叶颖译，华东师范大学出版社 2018 年版，第 204 页）。

8. 知识产权法；

9. 经济法（金融法、证券法、票据法、税法、会计法、消费者权益保护法、反垄断法等）；

10. 环境保护法；

11. 商法（总论、公司法、破产法等）；

12. 劳动与社会保障法；

13. 国际法（国际公法、国际私法、国际经济法）；

14. 通识课（1个学分；供选修的课程有《饮食与文化》《美国文明史》《意大利人文主义》《中国古代史》《管理学原理与方法》《西方思想经典与现代社会》《陪女儿在美国选大学》《职业精神论》《国学论》《热气球论》《单一的现代性论》《驳"今不如昔论"》《驳"民主如屄论"〔1〕》等）。〔2〕

我说，这张课程表听着舒坦多了。

---

〔1〕 四岁小男孩（他是比利时人范登·斯巴克的儿子）说："你好好考虑考虑，这种民主招来什么结果，过去总是强大的民族压迫弱小民族。可现在却倒了过来。在民主的幌子下，弱小民族使用恐怖手段威吓强大民族。你看看，当今世界都在干些什么，美国的白人害怕黑人，黑人害怕波多黎各人，犹太人害怕巴勒斯坦人……英国人害怕爱尔兰人。小鱼啃食大鱼的耳朵。……你们的民主是什么，是屄……"（［塞尔维亚］帕维奇：《哈扎尔辞典》，南山等译，上海译文出版社2013年版，第320页）

〔2〕 维柯曾质疑道："为何要有失严肃地用这种游戏之物来解释如此庄重的问题？"（［意］维科：《维柯论人文教育》，张小勇译，广西师范大学出版社2005年版，第13页）

哈扎尔

　　哈扎尔帝国是公元 7–10 世纪出现在南俄草原上的犹太教强权，一度与基督教的拜占庭帝国、伊斯兰的阿拉伯帝国成三足鼎立之势。哈扎尔的最高执政者称"可汗"，其敕令极具权威性。每一位选定的可汗上台伊始都会下一道敕令，宣布自己将执政至何时，一旦到了那个日子他尚未驾崩，臣民们便依据那道权威的敕令将其处死。

　　哈扎尔的国民分两大类：一类是在顺风出生的（本土人），另一类是逆风出生的（外来移民），诸如希腊人、土库曼人、佩切涅格人等，他们被视作少数民族。有些哈扎尔人觉得只做一种人太单调，便否弃原来的出身、语言、宗教和习俗，自称希腊人或土库曼人。这种身份的变换极其容易，哈扎尔人只需觅得一只希腊人或土库曼人养大的哈巴狗，送给那狗一串人骨念珠，并和它交换名字就可以了。但月圆之夜哈扎尔人会投下一左一右或一阴一阳两个影子，而希腊人或土库曼人只有一个影子，是故，那些变换身份的哈扎尔人从不在月圆之夜出来活动，以免暴露本相。

　　在哈扎尔帝国，犹太法律保护哈扎尔人，基督教法律保护希腊人，伊斯兰法律保护土库曼人，多元的法律同时实施〔1〕，并行不悖。惟有具备用双手在盐墙上奏出交响乐的本事（而这近乎不可能）的人才能享有超越法律之上的特权，在哈扎尔帝国存续的三百年内，拥有如此奇异和大能之人不超过四个——其中一个叫马苏迪，他也是诗琴的发明者。没人知道他的具体年岁，他的络腮胡只有胡子尖是白的（像刺猬背上悲伤的刺），他的眼睛呈白葡萄的颜色，而眸子深处是一千五百个奇装异服、冰肌玉骨的女子。一位犹太拉比、一位伊斯兰苦行僧和一位基督教教士异口同声地说，这些女子在遇到马苏迪之前全是差点失身的处女，正是在让这些女子全部受孕之后，凡人马苏迪才变成超人马苏迪。据说马苏迪在盐墙上演奏交响乐时，帝国境内所有大河皆奔腾轰鸣，奥妙无穷的乐声和震耳欲聋的涛声穿透了左岸棕榈树的梦、没有性别的肉体、喧闹的荒漠、燃烧的岁月、政治分析的几何学、马苏迪裹在头上的那顶状似《塔木德》第五章中一个字母的缠头的所有褶皱，以及亨利·卡蒂埃-布列松的视觉快乐、诗意现实和他每夜只拜读几页的乔伊斯的《尤利西斯》的作为结尾的三个词。〔2〕马苏迪在神秘消失之前——有人见他驾鹤西去，有人说他羽化成仙——曾留下令人费解的箴言（或曰诅咒）："死在自己影子上的人有福了！和色鬼、无赖、强盗一起上天园的人有福了！被自己所杀的人记住的人有福了！当政治触及真谛之际，便

---

〔1〕 一千多年后，一些中国的学问家受到启发，对之予以理论升华，曰"一体多元格局"。

〔2〕 亨利·卡蒂埃-布列松说："诗意是一切事物的本质"，"我既不是政治分析家也不是经济学家，我不懂算术，我只操心一件事——视觉快乐"，"我最大的喜好，就是几何学，也就是某种结构"，"我喜欢摄影，在场，就是一种说'对！对！对！'的方式，乔伊斯的《尤利西斯》就是用这三个词作结尾"（〔法〕克莱蒙·舍卢等编著：《观看之道：亨利·卡蒂埃-布列松访谈录》，秦庆林译，中国摄影出版社2016年版，第50-51页）。

是音乐夭折之时。"哈扎尔人对音乐具有非同寻常的鉴赏力，因为他们幼时连续三十天以雪为食。哈扎尔人愉快的时候比不愉快的时候多，因为幸福是水做的，而他们个个是游泳健将。哈扎尔喜欢光着身子决策，在决策之前掷骰子，因为他们不相信命运掌握在一个看不见的人手中。

哈扎尔人是无比勇猛的战士，哈扎尔骑兵的头发可以随时竖起（每杀死一个敌人便会掉一根），他们的衣服经过黑海罡风的漂白，他们的长矛在香喷喷的驼粪中浸湿过，他们刺杀过朗诵圣诗的女鬼，他们在苍蝇身上刻下自己的名字，他们在沉默时比高喊"乌拉"时杀的人多。

哈扎尔人每天早晨醒来首先检查自己的十指是否都在，而不像现代人那么在意心灵是否健全。哈扎尔人相信水滴石穿，但只有极少数人亲眼见过水滴石穿。哈扎尔人是天生的工程师，但想到修建驿馆、美术馆和博物馆会束缚手脚，遂作罢。哈扎尔人擅长编撰辞典，却从不编撰辞典。哈扎尔帝国虽然存在过，却好像没有存在过一样，因为哈扎尔人不编撰起居注、实录和史书，也不曾遗下其他可靠史料，也好，为具有史学情怀的小说家[1]提供了杜撰、叙事和鸿记的空间。[2]

---

[1] 我指的是塞尔维亚作家米洛拉德·帕维奇撰写的《哈扎尔辞典》（南山等译，上海译文出版社2013年版，第320页）。

[2] 在有想象力的史家看来，史学（history）在本质是叙事的一种，与虚构小说一样可信。克罗齐说："没有叙事，就没有历史"（转引自［美］海登·怀特：《后现代历史叙事学》，陈永国译，中国社会科学出版社2003年版，第127页）。海登·怀特说："……'历史'，作为证实事件发生的种种文献，可被排列于种种不同的、同样可信的叙事论述中"（转引自李幼蒸：《历史符号学》，广西师范大学出版社2003年版，第35页）。

无法抵达城堡的 K

既然城堡是权力和财富的象征，那么，诞生和生活在城堡无疑是一种不幸。不幸日积月累，城堡往往弥漫着一股阴森森的诡异气氛。为了增加阳气和生机，以免传说中的戒灵、德拉古拉或阿斯特里昂[1]的馋魂侵入，有的城堡主人干脆将之对外开放，向旅途中过夜的人提供住所，不论是骑士还是贵妇，是王室的仪仗还是步行的平民。由此，不同等级、身份和血型的命运就交叉在一起。[2] 据考证，先后开放的城堡达两万五千余座，如下列举的是较为有名的几个。

安尼克城堡。一只哲学猫头鹰跟黄昏死磕时，哈利·波特曾莅临此堡。

考德尔城堡。在此堡，麦克白夫人对麦克白说："你要欺骗世人，必须装出和世人同样的神态"[3]；来自唐朝的麦克白夫人对丈夫说：

---

〔1〕 戒灵是英国作家托尔金（1892-1973）所著小说《魔戒》中登场的人物，也是魔君索伦最忠实和最可怕的仆从。德古拉是爱尔兰作家斯托克（1847-1912）所著同名小说中的吸血鬼伯爵。阿斯特里昂即克里特迷宫的牛头怪弥诺陶洛斯。

〔2〕 参见［意］卡尔维诺：《命运交叉的城堡》，张密译，译林出版社 2012 年版，第 3 页。

〔3〕《麦克白》第一幕第五场（朱生豪译本）。

"既然两千匹缣都无法报答当年活你命的恩人的恩情，不如杀之。"[1]

利兹城堡。缔结过三次神圣婚姻的养狗女人可无限期入住。

斯特灵城堡。在其中一间烟花易冷的房间，一枚英格兰胸针刺入勇敢的苏格兰之心。

沃里克城堡。玫瑰战争中被血染红的城堡花园的玫瑰映红了埃文河畔的黑天鹅的双眼。

温莎城堡。路过此堡的平民之女辛普森夫人未曾料想自己有一天竟然成了城堡的女主人。为感激上天之德，她每年向伊顿公学捐赠一套用黄金、钻石和平等欲打造的校服，用以奖励比艾萨克·牛顿、沃尔特·司各特和斯蒂芬·霍金还聪明的孩子。[2]

梅尔梅森城堡。约瑟芬在此向拿破仑求婚。

香博堡。葬有达·芬奇绘的画和弗朗索瓦一世献给艺术家脚趾的吻。

索米尔城堡。吝啬鬼欧也妮·葛朗台不惜倾家荡产将之买下，送给一名不文、心地阴厉的巴尔扎克。

林德霍夫城堡。藏有会说话的凳子。快乐王子三岁时曾独自隐居于此。

卡隆堡。哈姆雷特在此发出著名的喟叹："这是一个颠倒混乱的时代，唉，倒霉的我却要负起重整乾坤的责任!"[3]

---

〔1〕 这是《唐国史补》（唐刘肇著）记载的一则轶事。木心评之曰："实在够莎士比亚水准，按表现妇人心理的深度而言，质之司汤达、陀思妥耶夫斯基亦必惊叹不已。"（木心:《素履之往》，广西师范大学出版社2007年版，第20页）

〔2〕 辛普森夫人（Wallis Simpson, 1896-1986）：初为英国国王爱德华八世的情妇，后来国王为了迎娶她主动逊位。沃尔特·司各特（1771-1832），英国著名小说家、诗人，著有《艾凡赫》《肯纳尔沃斯堡》等。斯蒂芬·霍金（1942-2018）：英国著名理论物理学家，也是有史以来最伟大的物理学家之一。

〔3〕《哈姆雷特》第一幕第五场（朱生豪译本）。

新天鹅堡。它总觉得自己对不起死去的瓦格纳。

亚格拉古堡。一度被囚禁于此的"印度李渊"沙·贾汗[1]只能远远眺望一英里之外的泰姬陵。

天下城堡[2]多矣，但对于性情抑郁、需要靠写作来倾泻压力的他来说，最令他心动的还是象征着没有个性的人和荒诞体制的布拉格城堡。尽管知其无甚惊奇之处，他仍然想一探究竟。

他抵达城堡外的小村庄时已是午夜。厚厚的白雪覆盖整个村庄，朦胧的雾色和幽暗的夜色相互交织，笼罩着城堡所处的山坡，往上望去，看不见一丝可显示城堡存在的亮光。他久久站在通向城堡的木桥上，仰视着空中虚无缥缈的幻景[3]。他距离目的地只有一步之遥，却产生一种强烈的感觉：永远无法抵达。他想到了"飞矢不动"的芝诺悖论和永远追不上乌龟的阿喀琉斯，想到了"最熟悉的陌生人"（父亲），想到了不可知论者韩退之博士养的独角兽[4]，想到了邓萨尼勋爵[5]写的题为《卡尔卡松》的短篇小说——一支所向披靡的大军从巨大的城堡出发，翻崇山，越峻岭，穿越荒漠，见过奇兽怪物，征服许多国度，虽然望见过卡尔卡松，却从未能抵达[6]。

---

〔1〕 沙·贾汗（1592-1666），莫卧儿帝国第五位皇帝，在位期间为他的第二个妻子慕塔芝·玛哈（Mumtaz Mahal）修筑了泰姬陵。晚年，被在皇位继承战争中取胜的儿子奥朗则布囚禁。

〔2〕 本文述及的城堡的基本情况，参见韩欣：《世界古堡》，东方出版社2007年版。

〔3〕 参见［奥］卡夫卡：《城堡》，马庆发等译，安徽文艺出版社1997年版，第5页。

〔4〕 韩愈《获麟解》："惟麟也，不可知。不可知，则其谓之不祥也亦宜。"

〔5〕 邓萨尼（1878-1957），爱尔兰剧作家、奇幻文学家。

〔6〕 参见［阿根廷］博尔赫斯：《探讨别集》，王永年等译，上海译文出版社2015年版，第148-151页。

他安慰自己道：正因为只能望见，无法抵达，我才成了 K，一个没有名字的人，一个由没有名字的人组成的王国的 King，一颗不负重整乾坤责任的断魂。

影子武士

    大阪府立大学的筱田统教授认为："自古以来，太平之世盛行辣性酒，在乱世流行甜味的酒。"[1] 但战国大名武田信玄——"日本战国"一词的发明者——却什么酒都爱喝，不管其为辣，为甜，或清，或浊。他不仅是一位前瞻性的立法者（颁布有《信玄家法》[2]），还是熟读中国战国史的"战国第一兵法家"，奉孙子所言"其疾如风，其徐如林，侵掠如火，不动如山"[3] 为圭臬。"其疾如风"的意思是，行动起来快如风，似猛虎下山——他因此赢得"甲斐之虎"的美誉。正像老虎永远想做老虎、石头永远想做石头一样，武田信玄也希望一直、永远做武田信玄。然而小鬼难缠，阎王好见。纵使不受待见，热情好客的阎王还是主动找上门来。[4] 病重的武田信玄在死前嘱咐儿子和托孤家臣秘不发

---

    〔1〕 转引自 [日] 坂口谨一郎：《日本的酒》，李大勇译，四川人民出版社 2013 年版，第 6 页。

    〔2〕 战国大名的统治比之前的守护大名更为彻底，其军事和经济力量都十分强大，这种新的领国统治表现为《信玄家法》等"分国法"的颁布，具体内容包括：禁止家臣私斗和私自结盟；禁止把领地出售或分散继承；强制推行长子单独继承制，为大名的军事任务效力；极其严厉的惩罚等。参见 [日] 依田熹家：《简明日本通史》，卞立强等译，北京大学出版社 1989 年版，第 100-101 页。

    〔3〕 《孙子兵法·军争》。

    〔4〕 1573 年 4 月，武田信玄在驹场病死，一代枭雄在上洛之战中戏剧般地结束了生命（参见陈杰：《日本战国史》，陕西人民出版社 2015 年版，第 268 页）。

丧，找一个面貌相似的替身（影子武士）在三年内冒充自己，稳住军心，以防老对手织田信长和德川家康联兵前来攻打。

替身很快找到，是一名即将行刑的死因犯，名叫多襄丸。他原是武士，失去俸禄后四处流浪（俗称浪人），惹是生非，作恶多端。他曾在颓破的城门洞里抢劫过一个死狗一般的老妪，当时老妪正搜集死兵头发，准备做假发来卖。他还在城外的竹林里奸淫过一个性格刚烈的女人，那女人因为感受太强烈的缘故，竟然在事后请求他把自己的丈夫杀了，于是他恭敬不如从命。[1] 多襄丸被抓之后，在狱中辗转反侧，反思人生。他本已修炼到"死去元知万事空"的境界（临死之人常常变身哲学家，其言也哲），一听说有活命机会，立马将"境心皆无""见性成佛"之类的感悟抛至九霄云外。为了扮好角色，他在武田信玄的儿子和托孤家臣的指导下认真模仿本尊的一颦一笑，刻苦钻研《孙子兵法》《武田信玄解读〈孙子兵法〉》《六韬》《五轮书》[2]《源氏物语》《万叶集》《长征记》[3]《演员的自我修养》[4] 等东西经典书籍。在行军打仗之时，影子武士不满足于扮演一具傀偏，作为激励士气的精神旗帜。他的战略和战术潜能都被激发出来（他原本就很聪慧），经常提出高明的谋略和建议，赢得托孤家臣的衷心信服。托孤家臣将他视作武田信玄再临——比武田信玄还武田信玄。倒是武田信玄之子、亦是接班人的武田胜赖的

---

[1] 关于多襄丸的累累罪行，参见［日］芥川龙之介：《罗生门》，王轶超译，吉林出版集团有限责任公司 2012 年版，第 2-19 页。

[2] 《五轮书》的作者是宫本武藏（1584-1645），它是一部剑法/兵法著作（一兵中译本，武汉出版社 2009 年版）。

[3] 参见［古希腊］色诺芬：《长征记》，崔金戎译，商务印书馆 1985 年版。

[4] 参见［俄］斯坦尼斯拉夫斯基：《演员的自我修养》，刘杰译，华中科技大学出版社 2015 年版。斯坦尼斯拉夫斯基（1863-1938）是俄国著名导演、戏剧理论家，其名言是："没有小角色，只有小演员。"

资质和领导才能一般，难堪大任。正当进入角色的影子武士准备率领众家臣大展宏图、一统天下之时，三年期限到了，武田胜赖咬牙切齿地对他说道：不要忘了自己是谁，你他妈的可以滚蛋了！此时影子武士才想起自己是可怜的强盗多襄丸，而非武田信玄这样一个大人物，历史不可能给他提供用武之地了。使命的终结意味着生命的终结。果然，他戚戚然离开的当晚，就在荒野小径上被刺杀了——这是可以预料的，武田胜赖不可能让他带着武田家的秘密和丑闻离开，更要谨防他为武田家的敌人所用（君子有时也不免以小人之心度君子之腹）。多襄丸死后第七七四十九天，武田胜赖战败，横尸疆场——这也是可以预料的。

几百年后，这个故事被从小就练习剑道的黑泽明（"电影界的莎士比亚"）〔1〕搬上大荧屏。

一位中国诗人写了首短诗献给影子武士：

> 有的人活着，
> 他已经死了；
> 有的人死了，
> 他还活着。〔2〕

---

〔1〕 黑泽明回忆道："大正年代的小学，五年级就上剑道课，而且列为主课"，教我们的剑客"说我招式精确，常常亲自指导我练习，所以我也练得特别起劲"，父亲对我的要求极其严格，他说："专心致志学习剑道我非常赞成，但是也要学习书法，还有，早晨去落合道场练武后回来时，务必到八幡神社参拜"（〔日〕黑泽明：《蛤蟆的油》，李正伦译，南海出版公司2014年版，第32-33页）。

〔2〕 选自臧克家的诗《有的人》。

我呢？在被公羊三世说〔1〕弄得头昏脑胀之际，真心觉得，仙台〔2〕的姑娘和仙台的清酒一样醉人，只可惜，我无缘做雄姿勃发的周树人的同学，当然，能在那里踩到孤单落寞的鲁迅的影子也不错。

---

　　〔1〕　三世既可指据乱世、升平世、太平世，亦可指所见世、所闻世、传闻世。关于公羊政治哲学（和今文经学），参见汪晖先生全面、深入、精彩的分析（汪晖：《现代中国思想的兴起》上卷第二部，生活·读书·新知三联书店 2004 年版）。
　　〔2〕　仙台，日本城市，位于日本本州岛，鲁迅年轻时曾在那里学医。

澶渊体系

世界政治是承认和相互承认的政治[1]。一切政治实存都不可能自为自洽自明自镜自在地存在。公共性与差异性，国家法与民间法，痴男与怨女，仓皇起恋与婉转成雠，精英与群氓，士族与庶族，水与舟[2]，公正持中的诺贝尔文学奖与不接受官方荣誉的萨特[3]，缺席与在场，陶渊明与五斗米，本真与矫饰，豫让与赵襄子，器与魂，浦东与华尔街，太平军与不太平的时代，洋与夷，逾度的雅与可耐之俗，皆需要彼方（对方、敌方）的承认。

---

[1] 汪晖指出："'承认的政治'这一命题表明：我们的认同部分地是由他人的承认构成的；如果得不到他人的承认，或者只是得到他人的扭曲的承认，不仅会影响我们的认同，而且还会造成严重的伤害。在这个意义上，'社会'建立在一种对话关系之上，如果一个社会不能公正地提供对不同群体和个体的'承认'，它就构成了一种压迫的形式。"（汪晖：《死火重温》，人民文学出版社 2000 年版，第 313-314 页）费希特也指出："在各个国家相互之间的上述契约里，必然也包含它们的相互承认，而且这种相互承认是上述契约可能成立的前提。"（［德］费希特：《自然法权基础》，谢地坤等译，商务印书馆 2004 年版，第 371 页）

[2] 《荀子·王制》："庶人安政，然后君子安位。传曰：'君者，舟也；庶人者，水也。水则载舟，水则覆舟。'此之谓也。"《贞观政要·论政体》："臣又闻古语云：'君，舟也；人，水也。水能载舟，亦能覆舟。'陛下以为可畏，诚如圣旨。"

[3] 有人说，1964 年萨特拒领诺贝尔文学奖是惺惺作态，是一次破坏承认政治的行动，不能不受到一切右翼正义人士的谴责。

怯懦的宋真宗赵恒与比大胆查理[1]还大胆的萧太后萧绰也需要相互承认，于是各派代表订立了"澶渊之盟"——一位夸张的日本历史学家认为它首创了中古相互承认的政治："北宋的真正确立，是1004年与契丹帝国签订'澶渊之盟'以后的事情"，在此之前，北宋等南方政权"完全不具备权力的正统性"；"由两位皇帝签订的这份和平共处的条约，后来在大金国兴起之时，被势利的北宋单方面撕毁，其间持续了一百多年的时间，为世界史上所罕见"；"北宋文化发展的最大原因，首先应归功于这个条约"。而1142年金国与南宋的议和，是"'澶渊体系'再次出现"，"依照国际条约达成的和平共处方式，是亚洲的东方创造出的历史智慧"。[2]

《百家姓》[3]的当代读者们不免大叫起来："什么！汉宋王朝的合法性竟需要契丹的承认?!当时的契丹哪有什么文化，苏轼、王安石、司马光、范仲淹、欧阳修、二程、张载、周敦颐、邵康节，哪一位文化名人不属于我皇皇大宋？"

这些文化名人早就到另一个世界去朝见耶律阿保机[4]了，无暇回应（想来也不会曲意逢迎）。汤因比博士[5]听了以后沉默不语，他明白，徒逞口舌之争毫无意义，何况"文化"与"文明"内涵不尽相同，不能画等

---

〔1〕 大胆的查理（1433-1477）是最后一个独立的勃艮第公爵。

〔2〕 ［日］杉山正明：《疾驰的草原征服者》，乌兰等译，广西师范大学出版社2014年版，第188-190、253页。"两国从海边到黄河拐弯处的边界被清晰地划界并由双方警惕地守卫，这构成了现代意义上的真正的国际边界，而这在中国历史上是空前的"（［德］傅海波等编：《剑桥中国辽西夏金元史》，史卫民等译，中国社会科学出版社1998年版，第109页）。

〔3〕 《百家姓》形成于宋朝，故"赵"姓列为第一。

〔4〕 耶律阿保机（872-926），辽朝初代皇帝，是一位善骑射、达时务的明主。

〔5〕 汤因比（1889-1975），英国历史学家，著有《历史研究》《人类与大地母亲》等，他认为历史研究的基本单位应该是比国家更大的文明。

号。他的一个东方学生暗示道：既然智慧女神雅典娜可以是黑种女人〔1〕，那么，承认契丹的中华正统地位，承认澶渊体系是中古时期卓有成效的国与国之间和平共处的方式，承认公元前1279年埃及大帝拉姆西斯二世与赫梯王阿图西里什签订的协约是最早的国际法文件〔2〕，承认衡阳雁更喜欢塞下秋而非江南春〔3〕，也就没什么不可以。

---

〔1〕 在康奈尔大学任教的汉学家马丁·伯纳尔对"希腊文明由白种的雅利安人创造"这一种族主义偏见进行了猛烈抨击，指出希腊文明的根源是西亚文明和埃及文明。他将著作定名为《黑色雅典娜》，寓意是，作为希腊文化象征的智慧女神雅典娜历来被描绘成白种女子的形象，但她其实具有古埃及有色人种的血统。参见〔美〕马丁·伯纳尔：《〈黑色雅典娜〉导言》，李霞译，载陈启能等主编：《历史与当下》，上海三联书店2005年版，第96-119页。

〔2〕 参见〔德〕卡尔·施米特：《大地的法》，刘毅等译，上海人民出版社2017年版，第18页。

〔3〕 欧阳修《渔家傲·秋思》："塞下秋来风景异，衡阳雁去无留意。"

当中国称霸海上

　　鲜有国人知道下旨杀害岳飞[1]的宋高宗是一位海权论者，他极力倡导海上贸易："市舶之利最厚，若措置得宜，所得动辄以百万计（贯钱），岂不胜过取之于民乎?"[2] 宋高宗还是中国中世水军的奠基人。"海鹘船""飞虎船""车船"以及火药的高超运用，都使宋朝水师的实力远在大金、蒙古水师之上。归附蒙古的宋将刘整进言"灭宋必先取襄阳"的战略，并提出对付宋朝水师的良策："我精兵突骑，所当者破，唯水战不如宋耳。夺彼所长，造战舰，习水军，则事济矣。"[3] 宋亡后，强大的蒙古水师闲来无事，遂东征日本[4]。但因为大雾、暴风雨与日本的多到难以计数的神灵作祟，未成。1371年，已经夺取天下的朱洪武（他是内陆贫民和小和尚出身，对远处的大海天生畏惧）下令"濒

---

　　[1] 宋高宗之杀害岳飞，还要从政治与军事、内与外、（多疑）皇帝与（专制）统帅的张力关系来思考，不应仅从所谓"昏君／忠臣"的视角。

　　[2] 转引自［英］李约瑟原著，柯林·罗南改编：《中华科学文明史》（下），上海交通大学科学史系译，上海人民出版社2010年版，第674页。

　　[3] 参见［美］Louise levathes（李露晔）：《当中国称霸海上》，邱仲麟译，广西师范大学出版社2004年版，第37页。

　　[4] 两次东征被日本称为"文永之役"和"弘安之役"，或统称为"蒙古来袭"。参见［日］依田熹家：《简明日本通史》，卞立强等译，北京大学出版社1989年版，第68页。

海民不得私出海""片帆寸板不许下海"。但他的禁令很快被他的儿子永乐大帝朱棣废止。朱棣当年做燕王时，手下有很多蒙元时代留下的蒙古人、色目人，这些人或者驰骋过草原，或者水天辽阔过。[1] 经由与他们的频繁交流，朱棣知道世界大概是怎么回事。永乐大帝登基后重开海上贸易，并派三保太监郑和率领强大的船队六次"下西洋"。对郑和航海的意义，当代史家李露晔评价道:[2]

> 当时世界的一半已经在中国的掌握之中，加上一支无敌的海军，如果中国想要的话，另外一半并不难成为中国的势力范围。在欧洲大冒险、大扩张时代来临之前的一百年，中国有机会成为世界的殖民强国。但中国没有。在宝船最后一次航行后不久（此时永乐大帝和郑和已逝），中国皇帝下令严禁出海航行，并停止了所有远洋帆船的建造与修缮工作。违反禁令的商人和水手都被处死。在一百年间，举世无双的海军，走向自我毁灭的道路，反而使倭寇在中国沿海一带肆虐。中国在对外大扩张时代之后，紧接着的是绝对闭关自守的时期，15 世纪初，中国是这个世界的科技领导者[3]，但很快离开了世界历史的舞台。

---

〔1〕 参见厦门大学周宁教授的观点（cctv-1 节目组:《走向海洋》，海洋出版社 2012 年版，第 83 页）。

〔2〕 ［美］Louise levathes（李露晔）:《当中国称霸海上》，邱仲麟译，广西师范大学出版社 2004 年版，第 2-3 页。

〔3〕 "在船舶推进方面，中国人的航海技术要比欧洲领先 1000 多年"（李约瑟原著柯林·罗南改编:《中华科学文明史》（下），上海交通大学科学史系译，上海人民出版社 2010 年版，第 789 页）。李约瑟曾请李露晔协助修订《中华文明科学史》中的航海技艺部分。

另一位史家黄仁宇认为，明代中国没有崛起为真正的海洋大国的原因应归结于制度：皇权得不到有效约束（偶尔导致"宪法危机"）、文官制度的呆板、财政管理的紊乱、军备松弛、货币发行量不足、会计统计和银行规则匮乏、没有进行"数目字管理"等[1]——而这些是现代海洋贸易和金融-资本强国崛起的必要条件。这种"事后诸葛亮"式分析的有效性如何我不敢断言，亦无兴趣，只是很想问问三保太监：

（1）您是否在波涛汹涌的大洋上邂逅过徐福、埃里克、辛巴达和皮姆[2]？

（2）作为"世界的郑和"，您如何看待"中国的郑和"？

（3）永乐大帝性无能的传言是否为真？以及，如何解释有些男人（如您、蔡伦、司马迁和魏忠贤）在阉割之后反而成了真丈夫？

（4）陆海是否必然相克，如卡尔·施米特所言的？

（5）朝贡体系[3]是否胜过国际法体系，如某些华夏理论家所期待的？

（6）您主持修建的大报恩寺琉璃塔是如何先报安徒生的恩，然后毁

---

[1]　参见黄仁宇：《万历十五年》，生活·读书·新知三联书店1997年版，第242页；黄仁宇：《十六世纪明代中国之财政与税收》，生活·读书·新知三联书店2001年版，第1-9、408-429页。

[2]　徐福是秦朝方士，曾东渡为秦始皇寻找"长生不老药"。埃里克（950-1003），外号"红发埃里克"，挪威海盗、探险家，发现了格陵兰，并在那里建立定居点。辛巴达是《一千零一夜》中的航海家。皮姆是爱伦·坡小说《阿·戈·皮姆历险记》塑造的角色，经历了漫长的海上探险。

[3]　关于明代的朝贡政策和明清东亚的朝贡-贸易体系，参见［日］上田信：《海与帝国：明清时代》，高莹莹译，广西师范大学出版社2014年版，第97-102页；［日］滨下武志：《中国、东亚与全球经济》，王玉茹等译，社会科学文献出版社2009年版，第16-41页。

于太平军炮火的寂静之声的? [1]

(7) 您是否意识到"资本主义萌芽"和"亚细亚生产方式"属于伪命题? [2]

---

〔1〕 大报恩寺琉璃塔位于南京,是永乐大帝为纪念生母而建,被称为"天下第一塔"。1654年访问中国的荷兰人约翰·尼霍夫撰写的《尼霍夫游记》(带手绘插图)对之有详细描绘(参见约翰·尼霍夫原著,包乐史、庄国土著:《〈荷使初访中国记〉研究》,厦门大学出版社1989年版),安徒生在读到后,将之写入童话《天国花园》。1841年在南京登岸的英国"纳米昔斯"号军舰上的英军士兵曾参观此塔。1856年毁于太平天国战争中。

〔2〕 对"亚细亚生产方式"等命题(概念)的质疑,参见 [德] 贡德·弗兰克:《白银资本:重新审视经济全球化中的东方》,刘北成译,中央编译出版社2008年版,第302-318页。

细密画中的 1453 年

细密画的集大成者、大师中的大师奥尔罕·帕慕克一点都不谦虚地说："你们完全有理由嫉妒。没有人能比得上我，无论是调色，装饰页缘，编排书页，选择题材，勾勒脸孔，描绘纷乱的战争及狩猎场景，刻画野兽、苏丹、船舰、马匹、战士和情侣都算在内，没有人能像我那样专精地把灵魂的诗歌融入绘画中，甚至我镀金的技巧也无人能及。我不是自夸，只是说给你们听，让你们能理解我。时间久了，嫉妒变得跟颜料一样，会成为一位画师生命中不可缺少的要素。"[1]

我也属于嫉妒奥尔罕·帕慕克的庸庸大军中的一员，但不会想当然地得出伊斯兰细密画源于中国宫廷画的结论[2]。依万事万物皆有联系的哲学学说，得出如上结论亦无不可。只是，帕慕克将绘画题材仅限于奥斯曼帝国，实在无法令发誓"要留清白在人间"的我感到满意，何况

---

〔1〕 [土耳其] 奥尔罕·帕慕克：《我的名字叫红》，沈志兴译，上海人民出版社 2016 年版，第 20 页。作家奥尔罕·帕慕克（1952-，2006 年诺贝尔文学奖得主）怎么成了细密画大师？是的。这样说，倒不是因为他少时学过画（在绘画技术的层面上尚未达到大师水平），而是因为，一位诗人、作家若不具跨界和通感之能（波德莱尔《感应》一诗专门探讨过这个问题，他的诗集《恶之花》堪谓现代派诗歌的祖师爷），便难以成为大诗人、大作家。

〔2〕 参见穆宏燕：《中国宫廷画院体制对伊斯兰细密画艺术发展的影响》，载《回族研究》2015 年第 1 期。

他笔下的风景只限于帝国的一隅。他最起码遗漏了向"土耳其人"[1]交纳贡金的君士坦丁十一世[2]（不知君士坦丁一世——君士坦丁大帝——看到这一幕会作何感想）、墨迹未干的和约（其实是永远干不了的）、停歇在樱桃上的野心勃勃的鹦鹉[3]、射精的加农巨炮、与狄奥多西城墙交媾的地震、满怀蓝色恐惧的希腊少女、阴阳相隔的霍斯陆与席琳[4]、具有高超平衡技艺的德米舍梅[5]和米勒特[6]、被挤压成六面

---

　　[1]　在19世纪之前，"土耳其人"总体上是贬义的（"乡巴佬""捣乱者""无知""愚昧""狡诈"等），而"奥斯曼人"不具种族意义，是一个中性的政治词汇。奥斯曼帝国是一个多民族帝国（类似唐帝国），帝国在吸纳精英时基本上不考虑其种族身份。20世纪初凯末尔构建"想象的共同体"时，才开始强调"土耳其人"的"土耳其性"。参见［美］克里尚·库马尔：《千年帝国史》，石炜译，中信出版社2019年版，第92-93页。
　　[2]　君士坦丁十一世（1405-1453）是拜占庭帝国的末代皇帝。
　　[3]　统帅帝国军队攻陷君士坦丁堡的穆罕默德二世具有鹰隼一般的面部侧面轮廓，鹰钩鼻突出在颇富肉感的嘴唇上方，"如同鹦鹉的喙停歇在樱桃上"。参见［英］罗杰·克劳利：《1453：君士坦丁堡之战》，陆大鹏译，社会科学文献出版社2014年版，第69页。
　　[4]　波斯诗人内扎米（1141-1209）的韵文长诗《霍斯陆与席琳》讲的是一个宫廷谋杀故事。波斯王子席路耶不仅觊觎父亲霍斯陆的王位，更垂涎父亲年轻的妻子席琳（席路耶是霍斯陆去世的前妻所生）。他在深夜潜入父亲的卧室，拔出匕首刺入父亲的胸膛，美丽的席琳对此毫无察觉，仍在安睡。这个故事折射了后来奥斯曼帝国苏丹继承制度的残忍——继承皇位的皇子将众兄弟一概处死，以免有人争夺大位。穆罕默德二世甚至将之写入法律："我的儿子中不论谁继承了苏丹皇位，为了世界秩序的利益考虑，都应将他的兄弟处死。"受威胁的皇子们往往先发制人地采取行动，父子兄弟相残。参见［英］罗杰·克劳利：《1453：君士坦丁堡之战》，陆大鹏译，社会科学文献出版社2014年版，第78页。
　　[5]　德米舍梅（制度）是奥斯曼帝国从治下各地招募孩子（尤其基督徒家庭）的一种募兵制度，这些孩子只要接受伊斯兰教义，长大后即可加入精锐的耶尼切里军团（参见［英］诺曼·斯通：《土耳其简史》，刘昌鑫译，中信出版社2017年版，第23页）。
　　[6]　米勒特（制度），奥斯曼帝国以宗教为区分基础，允许非伊斯兰的宗教团体保持本民族文化，享受内部自治权。一般认为是宗教宽容的表现。

体的帕夏和兢兢业业的大维齐尔[1]、与雪交吻的喀巴拉之树、犹太人的忠诚脸孔（他们原本厌恶民族国家，对帝国忠诚，但到了20世纪也堕落了）、迷狂的苏菲（先知总是迷狂的）、湿润的沙漠之心、口吐芬芳的哈尔瓦蛋糕、嘲笑瘟疫的宣礼塔、会说话的流浪狗（它只对听得懂的人讲）、博斯普鲁斯海峡上的魔法浓雾、虐待外交官的天使、对人类漠不关心的紫色小花、骑着失明的大马士革马的荷马、贪婪的指甲、天真和忧伤的小说家[2]、分成两半的灵魂、风化中的纪念碑和1453年的某个凌晨[3]……然而，在勾绘1453年那个戾风凌厉的凌晨时，莫忘了彼时正囚禁于漠北迷宫的大明皇帝[4]，尽管他并不晓得何谓细密画及其细大不捐的奥秘。

如果能在赫拉特[5]画坊领略透视的力量，就不必去长安教坊[6]。

---

　〔1〕　帕夏是奥斯曼帝国行政系统的高官（总督、将军等），大维齐尔相当于宰相。

　〔2〕　奥尔罕·帕慕克曾在哈佛大学作诺顿讲座（2009年），后结集为《天真的和感伤的小说家》（彭发胜译本，上海人民出版社2012年版）。

　〔3〕　1453年5月29日凌晨1点30分，奥斯曼大军发动对拜占庭帝国首都君士坦丁堡（被比作"红苹果"）的最后总攻，将之一举拿下。

　〔4〕　指明英宗朱祁镇，因土木堡之变（1449年）被蒙古人（瓦剌部）俘虏，在蒙古度过长达七年的软禁生涯。

　〔5〕　赫拉特画派是15世纪兴盛于阿富汗西部赫拉特城的细密画派，创建者是帖木儿大帝之子沙阿·罗赫。

　〔6〕　教坊是唐代设置的管理宫廷音乐的官署，是宫廷乐伎聚集之地。参见（唐）崔令钦：《教坊记》，上海古籍出版社2012年版；任中敏：《教坊记笺订》，凤凰出版社2013年版。

如果不用瓦解就可以获得新生，当然是最好。[1]

如果能去伊斯坦布尔看郁金香[2]，就不必去荷兰。毕竟，荷兰帝国生命短暂，而奥斯曼帝国生龙活虎地活了四百五十三年[3]。

---

[1] 很可惜的是，土耳其的新生恰恰是以奥斯曼帝国的瓦解为前提和奠基的（参见［美］戴维森:《从瓦解到新生：土耳其的现代化历程》，张增健等译，学林出版社1996年版）。清帝国（中华帝国）虽一度面临瓦解和分裂的危险，但它基本上被新生的人民共和国继承了下来，"在当代世界，中国很可能是这个世界上唯一的仍然保持着前20世纪帝国或王朝的幅员和人口构成的社会"（汪晖:《东西之间的"西藏问题"》，生活·读书·新知三联书店2011年版）。关于奥斯曼帝国与清帝国的比较，参见陈恒等主编:《前近代清朝与奥斯曼帝国的比较研究》（新史学第16辑），大象出版社2016年版;章永乐:《旧邦新造》，北京大学出版社2011年版，第31-48页。

[2] 奥斯曼帝国的"国花"是郁金香，其建筑、艺术和生活用品上皆可见郁金香的花纹。18世纪初艾哈迈德三世统治时期（1703-1730），奥斯曼帝国曾进行西化改革，按法国模式改革军队，引进法国技术和生活方式，这一时期被历史学家称作"郁金香时代"。参见张信刚:《大中东纪行》，广西师范大学出版社2011年版，第208-209页。

[3] 1906年（1453年之后又四百五十三年），奥斯曼帝国在英帝国的压力下被迫将位于亚喀巴湾湾口的蒂朗岛和塞纳菲尔岛（西边不远就是苏伊士运河）划归埃及。这一看似不大的事件标志着奥斯曼帝国的彻底沦落。

黑暗时代

中世纪被误诊为"黑暗时代"[1]，不是中世纪史家的错，更不是中世纪的错。

既然闪倏着"上帝说要有光"的弥撒之光，安禄山的叛逆和孤独之光[2]，贞德被火焚时喷薄欲出的贞光，火烧赤壁时冲天而起的赤光，

---

　　[1]　"当公元 1000 年降临的时候，就是世界末日的到来，在中世纪时，大家普遍是这么认为的"；"罗马帝国的破坏，查理曼帝国的破坏，基督教'医治人类创伤的失败'"，"真个是'痛苦连着痛苦，破坏接着破坏的时代'，人们需要另一种新的生活出现，而他们正在等待"（［法］埃蒙德·波尼翁：《公元 1000 年的欧洲》，席继权译，山东画报出版社 2005 年版，第 1 页）。

　　[2]　安禄山的名字"禄山"，是粟特语 roXšan 的音译，意为"光明、明亮"，就是指以光明黑暗二元论立论的祆教之本义的"光明"（参见［日］杉山正明：《疾驰的草原征服者》，乌兰等译，广西师范大学出版社 2014 年版，第 28 页）。雄才大略的安禄山晚年失明，感到前所未有的孤独（参见［唐］姚汝能：《安禄山事迹》，上海古籍出版社 1983 年版；［日］藤善真澄：《安禄山——皇帝宝座的觊觎者》，张恒怡译，中西书局 2017 年版），恰如马尔克斯笔下的族长（或曰总统、将军、暴君、独裁者，反正没什么区别）："他回到楼内，检查了二十三扇窗户的插销"，"他转而又在黑暗中清点了一遍警卫的人数，然后返回卧室，慢慢走过一扇扇窗，在每一扇中他都看到了一片相同的海，四月的加勒比海，他没有停步，一连欣赏了它二十三遍，它仍旧如从前在四月里那样，像一滩金色的沼泽，他听到了十二点的钟声，随着大教堂钟锤的最后一次敲击，他感到疝气发出了纤细扭曲的可怖哨声，于是世上再没有别的声音，他一个人就是国家，他将卧室的三把门环、三道门闩、三个插销锁好后，坐上可移动式马桶小便，排出了两滴，四滴，七滴艰涩的尿液，随后扑倒在地，立刻睡着了，没有做梦，他在两点三刻醒了过来，大汗淋漓、战栗不安"（［哥伦比亚］加西亚·马尔克斯：《族长的秋天》，轩乐译，南海出版公司 2014 年版，第 61—63 页）。

在怛罗斯之战中取胜的黑衣大食的士兵点燃的宣纸发出的绿光[1]，圣方济各[2]从未吹熄的蜡烛发出的微光，修道僧、和尚[3]、命妇与寡妇眼中火辣辣的性欲之光，永不止息的权力游戏中光之王签发的不偏不倚之光，罗杰·培根实验室的炼金之光[4]，探察地下宫殿的女侠聂隐娘手持的火把聚敛的馨香之光，又怎能说中世纪是黑暗时代？

既然闪烁着英诺森三世[5]投向尘世之城的眼光，蒙古大汗窝阔台双眼射出的冷光，欧洲第二春[6]的春光，梅开二度的杨贵妃在马嵬坡升天时飞天（佛教中的乾闼婆）掷向离离原上草的离火发出的怒光，夜郎自大的哲学家从第一个希伯来字母中摄取的韶光，在内忧外患中获得安宁的哈卡姆二世[7]馈赠给《唱集》作者艾卜·法拉杰的一千块纯金

----

〔1〕 751年，黑衣大食（阿拉伯帝国阿拔斯王朝，中国史书中称"黑衣大食"）呼罗珊总督艾布·穆斯林指挥军队在怛罗斯之战中打败高仙芝（他是高句丽人，时任安西大都护）率领的唐军，掳走的俘虏中有造纸匠，中国造纸术因此西传。

〔2〕 圣方济各（1182-1226），天主教方济各会和方济女修会的创始人。

〔3〕 11世纪的某天，一个修道院院长偕同一位年轻僧侣轻骑而出，途中，此青年平生初见女妇，遂问道："她们是什么？"院长答说："她们是魔鬼。"年轻僧侣却说："我想她们是我平生所见最美丽的东西。"（[美] 威尔·杜兰特：《信仰的时代》，台湾幼狮文化译，华夏出版社2010年版，第493—494页）。中国当代女歌手李娜演唱的歌曲《女人是老虎》讲了一个类似的故事：老和尚对小和尚说山下的女人是老虎，小和尚却说老虎的模样很可爱，而且已经跑到他的心里来。汪曾祺的短篇小说《受戒》写到的少年和尚受戒，与清规戒律无关，表征了自然清新、盎然有趣的"世俗之眼"（相关评论参见阿城：《阿城精选集》，北京燕山出版社2011年版，第374页；毕飞宇：《小说课》，人民文学出版社2017年版，第151—177页）。

〔4〕 罗杰·培根（1214-1293），英国科学家，唯名论者，实验科学的前驱，曾先后在牛津大学和巴黎大学学习，对炼金术、光的性质以及虹颜有研究。

〔5〕 英诺森三世，史上最有影响的罗马教皇之一（1198-1216年在位），曾发动第四次十字军东征，镇压异端阿尔比派，迫使欧洲多国称臣。

〔6〕 参见 [法] 罗伯特·福西耶主编：《剑桥插图中世纪史》（下册），李桂芝等译，山东画报出版社2018年版，第327页。

〔7〕 哈卡姆二世，西班牙倭马亚王朝的哈里发（961-976年在位），对文学和科学有特殊偏爱，资助过数百位诗人、艺术家和学者。

第纳尔发出的金光（它因此被写入烫金的艺术史），孙思邈、李时珍和弗莱明[1]采集的同一片天光，阿兹特克金字塔祭天时冒出的血光，马格里布[2]海岸的夕光（也是希望之光），李贽焚《焚书》时湿漉漉的月光，预示撒旦在撒欢的磷光，万物有灵的尼罗河尼日尔河的粼粼波光，又怎好说中世纪是黑暗时代？

既然闪耀着阿育王的反军事的佛光[3]，《唐律疏议》的反逻辑的逻辑之光，《自由大宪章》的反契约的契约之光，阿奎那的创造性自毁的智慧之光，朱熹的创造性转化的意缔牢结之光，忏悔室遮蔽的人性之光，高原暴风雪称颂的兽性之光，草原哈达屈从的礼仪之光，赞美逾越节祭品的音乐之光，芸芸众生的道德之光，窃走了灵魂的星辰之光，又怎好讲中世纪是黑暗时代？

拔高"中世纪"不等于贬低"文艺复兴"。"翻案风"和"黑暗风"一样要不得。

有人说，中世纪也有过文艺复兴。[4]

可，可是，倘若不曾黑暗过，又何来复兴之说？历史像乖巧的小姑娘，供政教精英恣意装扮。幸好历史不是小姑娘，而时间也从未断裂。

---

〔1〕 亚历山大·弗莱明（1881-1955），英国细菌学家，生物化学家，1928年首先发现了青霉素（用途最广的抗生素）。

〔2〕 马格里布，指非洲西北部地区，阿拉伯语意为"日落之地"。

〔3〕 阿育王（公元前303-232），印度孔雀王朝的皇帝，统治几乎整个印度次大陆，将佛教定为国教。"阿育王是历史上最伟大的君主之一"，"是历史上惟一在取得胜利后不再将战争继续下去的军事君主"，"中国，甚至连已抛弃了他的教义的印度，都在传颂着他的事迹，在今天的世界上，怀念他的人比听说过查理曼或君士坦丁的名字的人还要多"（〔英〕威尔斯：《世界史纲》，曼叶平等译，北京燕山出版社2004年版，第298-299页）。

〔4〕 参见〔意〕欧金尼奥·加林：《中世纪与文艺复兴》，李玉成等译，商务印书馆2016年版；〔美〕哈斯金斯：《12世纪文艺复兴》，夏继果译，上海人民出版社2005年版。

赫拉克利特之河的好处在于比长长的长江更长，比亚马孙河流域更广，且不会唱诵"浪花淘尽英雄"之类令羽扇纶巾蒙羞的歌。在英雄看来，英雄是淘不尽的，所有英雄都只是一个人，一个有可能误诊骨髓之疾[1]的人。为了活命，神医溜之大吉。为了活命，诗人躲进南山脚下永不枯萎的菊花丛中。为了活命，将军在庐山别墅发表慷慨激昂的演讲[2]。为了活命，柏格森解剖麻雀似的解剖时间和哲学[3]，结果一无所获。

我不想做神医，不想做诗人，不想做将军，不想做柏格森，不想做一片词语的密林，甚至不想做自己。

---

〔1〕 神医扁鹊曰："在骨髓，司命之所属，无奈何也。"（《韩非子·喻老》）

〔2〕 1937 年 7 月 17 日，蒋介石在庐山发表著名的"最后关头"言说和《对卢沟桥事件之严重声明》，指出"再没有妥协的机会，如果放弃尺寸土地与主权，便是中华民族的千古罪人"。又参见［美］柯博文：《走向"最后关头"——中国国家建构中的日本因素（1931-1937）》，马俊亚译，社会科学文献出版社 2004 年版。

〔3〕 参见［法］柏格森：《时间与自由意志》，吴士栋译，商务印书馆 1958 年版。

忽必烈、柯勒律治与卡尔维诺

> 圣河旋绕，像迷宫曲径一样，
>
> 流程五里，越过林地和峡谷，
>
> 而后才进抵幽深莫测的洞窟，
>
> 终于，喧哗着，投入死寂的海洋。
>
> 这片喧哗里，忽必烈宛然听到
>
> 祖先幽远的声音——战争的预告！

　　这段译成中文多少失了些铿锵韵味的抒情诗句选自《忽必烈汗》[1]，它是吸食鸦片成瘾的英国"湖畔诗人"塞缪尔·泰勒·柯勒律治在 1797 年一个夏日梦中偶得之作，是一首未完成的诗。柯勒律治自述道，他当时在埃克斯穆尔的农庄休息静养，一日身体不适，服了镇痛药，不久便睡着了，入睡前他正披览珀切斯编撰的游记，刚好读到因马可·波罗的介绍而在西方广为人知的忽必烈修建宫殿的事："忽必烈汗下令修建皇宫和豪华御苑，于是十里膏腴之地都被圈入围墙。"他约莫睡了三个小时，梦中意象万千，金句纷涌，作了一首三百余行的长诗。醒来

---

〔1〕 ［英］柯尔律治：《柯尔律治诗选》，杨德豫译，外语教学与研究出版社 2013 年版，第 215 页。

后记忆仍然清晰，他忙取笔录下，没承想只写下五十四行，一位不速之客的拜访打断了他，等一个小时后再去续写，他已忆不起其余的诗句："其余的统统消失，仿佛水平如镜的河面被一块石头打碎，它反映的景象怎么也恢复不了原状。"博尔赫斯认为这种事例虽不寻常，却并非绝无仅有。不识字的牧羊人凯德蒙和火头僧惠能都曾受到不知名的神的感召，说出优美动人、关于万物开端或本质的诗句。[1] 诗人必须有一间专属于自己的绝对不受打扰的房间，否则，伟大的诗篇可能就此夭折，恰如皇帝在重大决策之前必须搂着爱妃睡个好觉。

惊扰柯勒律治的不速之客已被考证出来是一个叫名德罗戈的年轻军官。他受驻地长官德罗戈上尉（不错，也叫德罗戈，但两人并非父子关系）委派而来，想询问睿智的诗人（那时诗人是睿智的象征，不像现在成了癫狂、神经病或抑郁症的同义词）一个胸怀大志的年轻人抱着建功立业的念头弃笔从戎是否显得虚妄或荒诞。德罗戈上尉年轻时被派往巴斯蒂亚尼城堡驻守，城堡外面是一片辽阔沙漠，沙漠那边是随时可能来犯的鞑靼人。德罗戈一边在城堡、要塞和兵营内忙碌，一边翘首以待鞑靼人来犯，这样他就能捍卫理想，扬名立万，载入类似拉施特《史集》[2] 的经典史册。为了这一理想，他主动放弃转入商业部工作的机会，放弃调防富庶的南方地区的机会，放弃回到家乡娶妻生子的机会。然而三十年过去了，他已垂垂老矣，对面的鞑靼人却秋毫无犯，简直不像是鞑靼人。鞑靼人不是一向动辄侵扰边境、烧杀抢掠的吗?[3] 柯勒

---

〔1〕 这两个事例参见［英］比德：《英吉利教会史》，陈维振等译，商务印书馆1991年版，第285-288页；惠能：《坛经》（尚荣译注），中华书局2010年版，第21-22页。

〔2〕 参见［波斯］拉施特主编：《史集》，余大钧等译，商务印书馆1985年版。

〔3〕 参见［意大利］迪诺·布扎蒂：《鞑靼人沙漠》，刘儒庭译，四川人民出版社2018年版。

律治不知该如何回答年轻的德罗戈代年老的德罗戈所提的问题，只是在同他说了一些无关痛痒的话之后，劝他赶紧回去，因为德罗戈上尉已经病入膏肓，沉疴难起。年轻的德罗戈急匆匆赶回驻地，发现病床上的德罗戈上尉已然气若游丝。这时，鞑靼人进攻的号角声突然响起。德罗戈上尉隐隐约约看到一把弯刀砍向年轻的德罗戈的脖子，他不清楚是真实发生，抑或只是他的一个梦。

进攻的鞑靼人其实早就想进攻了，统帅一直在等待皇帝的谕旨。谕旨迟迟不来是有深刻原因的。三十年以来，皇帝一边小心谨慎地应付争执、刺杀、阴谋和叛乱[1]，一边亲自监工修建配得上帝国风范的城市和宫殿。在所有敌对势力被肃清的那天，城市和宫殿的建设也宣告完成。这时皇帝才想起征服世界的使命尚未完成（沙漠之南、苟延残喘的罗蛮帝国还有待征服），遂向使者发出一道谕令。使者是一个孔武有力、不知疲倦、健步如飞的人，他立即出发。他奋力地穿越内宫的殿堂，却一直无法通过。即便通过也无济于事，因为殿堂下面的台阶似乎是无穷无尽的。即使走完所有的台阶也无济于事，因为外面的街道长得可怕，街道尽头是另一座无法穿越的宫殿，宫殿外又是台阶、大街，如此重重复重重，恐怕几千年也走不完，[2] 就算最后冲到了帝都最外面的大门——这决计不可能发生——城门外的垃圾已堆积如山（比麦金利山、勃朗峰和珠穆朗玛峰叠在一起还要高），即使翻越了垃圾山，前面还有无数看不见的城市挡住去路：汲取不断涌流的记忆潮水的扎伊拉城、像

---

[1]　忽必烈成为"众汗之汗"的过程是曲折的，其正统性并非不受质疑。参见[美]莫里斯·罗沙比：《忽必烈和他的世界帝国》，赵清治译，重庆出版社2008年版，第45-73页。

[2]　参见《变形记：卡夫卡小说精选》，高中甫编选，李文俊等译，中国友谊出版社2014年版，第228页。

风筝一样飞翔的阿纳斯塔西亚、被大地忘却的左拉城、每个窗口都有一个正在梳妆的女子的苔斯皮、每座摩天大厦都有人在变疯的吉尔玛城、比纸做的风向标还轻盈的伊萨乌拉、母鸡之城莫里利亚、建筑在玻璃球里的菲朵拉、能随意交换记忆的欧菲米亚、音乐家都躲在墓穴中的伊帕奇亚、肉欲推动的贞洁之城克罗艾、集合之城特洛伊（由大小相同的许多城市组成，每次只有一座住人，每隔三年全体居民就搬到另一座城市，每个人的生活都重新开始，从事新的职业，娶一位新的妻子）、只有一眼井一座塔一个广场一个市长的皮拉、尸体在地下继续生前活动的比萨城、比棋盘上的方格大不了多少的伊莱那、地窖和阁楼里藏着各家所生的三头六臂的畸形儿的哪吒城[1]……您可能反问，既然使者永远无法把谕令送抵前线，统帅（他名叫赫克托尔）为何下达了进攻德罗戈上尉防守的巴斯蒂亚尼城堡的命令？哦，那是因为赫克托尔趁闲暇之际读了很多书（《利玛窦中国札记》、《北宋志传》、冈田英弘《世界史的诞生》、怀特海《观念的冒险》、麦金德《历史的地理枢纽》等），形成了属己的战略思维（再次印证了"民可使由之，不可使知之"的格言），而且想明白一件事，即，将在外，君命有所不受。既然巨大的城市和帝国已然成为一个重担，早晚会把自己压垮，他赫克托尔何不顺势助推一把，顺便建立自己的帝国？他已垂垂老矣，再不做决断就来不及了。"多少人被'朝闻道，夕死可矣'的哲学鸡汤骗了呵，应改为'夕闻道，夕行可矣'"，他对自己的儿子卡萨诺瓦说道，"等将来你继承了帝位，既要沽名学霸王，又要比刘邦无赖；既要有罗斯福和居里夫人的谨慎，又要有曹孟德和摩西的豪迈；既要吃豆腐西施做的比日本豆腐还软的豆

---

〔1〕 参见［意］卡尔维诺：《看不见的城市》，张密译，译林出版社2012年版，第9、10、15、17、18、19、29、31、38、48、52、64、93、109、123-125、146页。

腐，又要搞定剽悍的处女伊丽莎白。"

然而，赫克托尔没有看清自己的儿子只是一个不入流的风流情种，徒具赢得青楼薄幸名的苍白本领。[1]

总是这样——糊涂一世聪明一时的人和聪明一世糊涂一时的人一样多，模仿郑燮和郑玄的书法家同咬定青山不放松的毛竹一样多，自诩超越了卡夫卡的小说家和啃栋噬梁的白蚁一样多（更多）。罕见的是任尔东南西北风的时之刃，以及谛听同一种复调及和声的野鬼和旅魂。

难得糊涂的卡尔维诺说："忽必烈汗目不转睛地凝视着日内瓦湖湖面，深深地眷恋着深藏在湖水下面的湖底。"[2] 湖底或许有沉舰，但绝无水妖；或许有畏罪自杀的统帅，但绝无快乐入梦的诗人。

---

〔1〕 参见［意］卡萨诺瓦：《冒险与艳遇——卡萨诺瓦回忆录》，高中甫等译，中国电影出版社 2001 年版。

〔2〕 参见［意］卡尔维诺：《美国讲稿》，萧天佑译，译林出版社 2012 年版，第 33 页。

第三辑

哥伦布、哥白尼和哥舒翰

哥伦布诞生于蔚蓝色的黎凡特附近的一个名叫内尔维的小镇。他精通拉丁语，宇宙学方面的知识也很渊博。[1] 他有一个让亲人和友朋难以忍受的性格缺陷：固执。他不相信任何人，对未经证实的事情死死抓住不放。他先后尝试说服英国国王亨利七世、葡萄牙国王约翰二世和西班牙的梅迪纳切利公爵资助他去大西洋探险，探索传说中的新大陆，被嘲笑为无稽之谈（爱因斯坦说，如果一个想法在最初听起来并不荒谬可笑的话，那么就不要对它寄予太大希望了[2]）。1492年，刚刚攻下格拉纳达[3]的伊莎贝拉女王及其丈夫斐迪南二世在硕大的军营中接见了哥伦布，授权并资助他开启探险之旅。哥伦布由此成了教导西班牙人以测量太阳和北极星的高度来导航的第一人（塞万提斯是第二人，达利[4]是第三人）。

哥白尼诞生于波兰维斯瓦河畔的托伦市。他先是成为一名医生（对

---

〔1〕 参见［意］哥伦布：《孤独与荣誉：哥伦布航海日记》，杨巍译，凤凰文艺出版社2014年版，第3页。

〔2〕 转引自［美］加来道雄：《不可思议的物理》，晓颖译，上海科学技术文献出版社2009年版，第1页。

〔3〕 711-1492年，格拉纳达由信仰伊斯兰教的摩尔人统治，辉煌一时。它是摩尔人在伊比利亚半岛盘踞的最后一座城市。

〔4〕 萨尔瓦多·达利（1904-1989），出生于西班牙菲格拉斯，是与毕加索和马蒂斯齐名的立体主义、超现实主义画家，代表作品有《记忆的永恒》《内战的预兆》等。

天文学有着浓厚兴趣的医生），然后做了教士——教士兼战士（这是尼采眼中理想的"超人"类型）。1516-1520年间，作为俄尔斯丁的教产总管和行政长官，他领兵数次打退十字骑士团[1]的进攻，被授予"战斗英雄"称号。他对此并不在意，只是痛心焚于战火的藏书、手稿和仪器。就是用那些亲手制造的粗糙仪器，他在戎马倥偬之余，在哨塔上一边观察夜空，一边思考上帝与宇宙。他坚信上帝是圆的，也就是说太阳的形状，而非人的模样，《圣经》所言的上帝根据自己形象造人的假说不可信。他还认为天学与王权和帝国命运存在紧密关联，《系辞》和《乾坤变异录》[2]必须纳入当代天文学家的必读书目。哥白尼的局限在于尚未意识到，尽管上帝是圆的，这圆却没有边界。[3]

　　哥舒翰准确的诞生地已经无从查考，应该在安息龟兹一带。据考证，其母尉迟氏为于阗国的落难公主。他自幼喜读《左氏春秋传》《汉书》，正背倒背皆能如流。他文武双全，仗义重诺，但直到四十岁人生才迎来转机。直接诱因是，他客居长安期间被长安县县尉轻视（和李广遭灞陵校尉欺凌的经历相似）。他感而慨之，决定投军。他的才能和品性得到河西节度使王忠嗣赏识，先后任衙将、大斗军副使、左卫中郎将。他作

---

　　〔1〕 指条顿骑士团（又译德意志骑士团，其领地是普鲁士的前身）。1198年成立。在15-16世纪，波兰-立陶宛与条顿骑士团数次对决。波兰作家显克维奇（1846-1916）的小说《十字军骑士》（林洪亮译本，人民文学出版社2018年版）以这段历史为背景。
　　〔2〕《乾坤变异录》作者为唐代司天监李淳风。参见江晓原：《天学真原》，辽宁教育出版社1991年版，第23页。
　　〔3〕"他（哥白尼）也像古人一样相信有一个球形的小宇宙、圆周轨道和等速运动，可是这些假设不能说明观测，他于是不得不再引入他已经从托勒密体系抛弃了的偏心圆和本轮等来作解释。他甚至还主张亚里士多德的物质天球论，在他看来中央的太阳仅仅是具有光照的作用，而重力不过是仅足以维持各个天体内部的结合力罢了"（［法］G. 伏古勒尔：《天文学简史》，李珩译，中国人民大学出版社2010年版，第23页）。

战勇毅,屡败吐蕃,在石堡城大捷[1]后升任右武卫将军、陇右节度副使,后又因军功迁河西节度使,进封凉国公。随着加官晋爵,哥舒翰越来越多地接触最高统治者,逐渐认识到皇帝闭目塞听、帝国外强中干的虚弱本质。他无力改变大局,遂纵情声色以掩饰一己。终于有人——一个名叫安禄山的胡人野心家——发动叛乱,掀开了帝国的遮羞布。哥舒翰受命参与平叛,在潼关迎敌。为了让后人明晓"差异、宽容和多元化既是帝国称霸的文化基因,亦埋下其衰落的伏笔"这一政治原理[2],也为了炫耀自己是一位熟谙《春秋左氏传》的经院哲学家,哥舒翰恰到好处地战败了。潼关大门洞开,长安随之失守。曾经开创开元盛世的唐明皇比狼狈还狼狈地逃向蜀地,在路上勒死了并非无辜的杨玉环。

哥伦布、哥白尼和哥舒翰——毫无血缘关系却有文化黏度的三兄弟——尽管在各自时代完成了各自使命,死的时候却一点都不安详。

在 2010 年之前[3],三兄弟墓前甚少有人祭悼,除了一个哥萨克小伙子(名叫哥德尔[4])。

"弟兄们,我不愿意你们不晓得,我们的祖宗从前都在云下,都从

---

〔1〕 石堡城,今青海省湟源县西南,历史上曾为吐蕃军事要地。公元749年,在唐与吐蕃的战争中,唐将哥舒翰夺取之。

〔2〕 关于这一原理,亦参见 [美] 艾米·蔡:《大国兴亡录》,刘海青等译,新世界出版社2010年版;[美] 简·伯班克等:《世界帝国史:权力与差异政治》,柴彬译,商务印书馆2017年版(第192页:"年轻的沙俄帝国和古老的中华帝国成功的关键就在于它们将各种统治实践的创造性融合、它们对中间人问题的出色解决,还有它们利用差异来提升帝国权力的能力熔于一炉")。

〔3〕 哥白尼遗骨于2010年5月22日在波兰弗龙堡大教堂重新下葬。

〔4〕 与美籍奥地利数学家、逻辑学家库尔特·哥德尔(1906-1978)同名。哥德尔最杰出的贡献是不完全性定理。关于哥德尔的生平和贡献,参见 [美] 王路:《哥德尔》,康宏逵译,上海译文出版社2002年版;[美] 约翰·道森:《哥德尔:逻辑的困境》,唐璐译,湖南科学技术出版社2009年版。

海中经过。"[1] 使徒保罗从地势险要的哥林多写信给已不可能收到信的哥氏三兄弟和正搂着羊羔笑嘻嘻的皖北乡下顽童（他不知自己是先知）。

---

〔1〕《哥林多前书》10：1。

法概念的含义

"法"是被古今智术师滥用的庸常词汇中具有超凡魅力和意义的一个。

当代莘莘学子被法之理的学问弄得晕头转向，"为伊消得人憔悴"，虽登高楼（从鹳雀楼、迪拜塔到金茂大厦），却依旧望不尽天涯路。纵使把冷板凳焐热，吃透洋洋洒洒292万字的《牛津法律大辞典》[1]，也无法让心灵的颠顿状况改善多少。梭伦和强世功都说，涉及法和立法者的法理学尽管好懂，却异常晦涩，歧义迭出，一不小心就沦为不庄重的技术性伎俩。[2]

整日吟诵"慈母手中线"和"见识过各类人的城邦，懂得了他们的心思"的希腊游子（一切游子都具有希腊性，木心就自称"绍兴希腊人"）安泰俄斯从大地源源不断地汲取力量——大地即法，法即大地。卡尔·施米特、克利福德·吉尔兹和苏力都将"法"与"具体场域之空

---

[1] [英]戴维·M.沃克:《牛津法律大辞典》，邓正来等译，光明日报出版社1988年版。辞典译成中文共292万字。

[2] 参见顾准:《希腊城邦制度》，载《顾准文集》，贵州人民出版社1994年版，第107-131页；强世功:《立法者的法理学》，生活·读书·新知三联书店2007年版，第3-32页。

间结构"联系起来。[1] 法（Nomos）的词源是 nemein（划分、牧场）。惟有洞察此点，才能明白何以说，法首先指国际法（领土、空间为其核心概念）和民法（在领土、空间内划分土地所有权），而非规范意义上的宪法（除非将之上升为"大地法"），才能心领神会荷尔德林和诺瓦利斯[2]动不动就在诗与梦的交织中"返乡"的凄切和梦醒后的"双目噙泪"以及乔治·奥威尔虚构"动物农场"的深意。

将一头握有独裁权的猪命名为"拿破仑"[3]是对拿破仑的不敬。

将拿破仑流放至圣赫勒拿岛是对大西洋悲伤的夕阳的不敬。

将"法"实证化、功能化是对反概念的"合法性"一词和德语化的"生命之法"（Lebensgesetz）的不敬。

希腊神安泰俄斯终尔被另一位希腊神赫拉克勒斯给活活扼死了。天上的诸神之争、属灵之争比尘世的领地之争、法律之争（Nomomachie）要可怕得多，也残酷得多。然而游戏残酷了才好玩（引无数英雄竞折

---

　　〔1〕参见〔德〕卡尔·施米特：《大地的法》，刘毅等译，上海人民出版社 2017 年版，第 34-37 页；〔美〕克利福德·吉尔兹：《地方性知识：事实与法律的比较透视》（在吉尔兹看来，法学和民族志是一回事，"都是具有地方性意义的技艺，因为它们的运作凭靠的乃是地方性知识"），邓正来译，载梁治平编：《法律的文化解释》（增订本），生活·读书·新知三联书店 1994 年版，第 73-171 页；苏力：《大国宪制》，北京大学出版社 2018 年版，序，第 1-3 页。

　　〔2〕1790 年，诺瓦利斯在耶拿大学注册为法律专业的学生。就在此前不久（1789），诗人席勒在耶拿大学发表了就职演讲，辨析了为稻粱谋者和哲学头脑之间的区别。诺瓦利斯认为席勒是"纯粹人性的完满的楷模"（〔丹麦〕勃兰兑斯：《十九世纪文学主流》（第 2 分册 德国的浪漫派），刘半九译，人民文学出版社 1997 年版，第 166页）。

　　〔3〕参见〔英〕乔治·奥威尔：《动物农场》，荣如德译，上海译文出版社 2007 年版。

腰），不是吗？在孔多塞设计的人类精神进步史表[1]上，一个又一个孔德[2]和实证主义的追随者粉墨登场。尽管我对他们不以为然（我有资格？），亦无法重归古典立法者的世界，或成为一名东京希腊人，却可以做一名足智多谋的水手，并改名郑成功或郑智化[3]，神圣的民法赋予了我改名的权利。

---

[1] 参见［法］孔多塞：《人类精神进步史表纲要》，何兆武等译，生活·读书·新知三联书店 1998 年版。孔多塞说："在自然科学中，信仰的唯一基础乃是这一观念：驾驭着宇宙现象的普遍规律（已知的或未知的）乃是必然的和不变的；然则有什么理由说，这一原则对于人类思想和道德的能力的发展，就要比对于自然界的其他活动更不真确呢"（第 176 页）。

[2] 孔德（1798-1857）：法国哲学家，实证主义和社会学的创始人，被尊称为"社会学之父"。当代中国的法律社会学相比于规范法学而言无疑更具开阔视野，更接地气，却有失去"社会学的想象力"之虞。他们"不运用历史，不具备心理事件的历史感"，因而"不可能对现在应成为研究定位点的那些问题进行完整的表述"（［美］米尔斯：《社会学的想象力》，陈强等译，生活·读书·新知三联书店 2001 年版，第 154 页）。虚无时代的法学家们早已将萨维尼的告诫抛之脑后（参见［德］萨维尼：《论立法与法学的当代使命》，许章润译，中国法制出版社 2001 年版）。

[3] 郑智化（1961-），台湾流行歌手，代表作是《水手》。

论占取

半夜醒来，听见窗外正淅淅沥沥下着小雨。她们漫不经心地调拨着我的思绪。不由得又心猿意马起来。我感性地想：众人沉睡之际，这"随风潜入夜"的美妙夜雨独属于我。然而另一个声音却暗示这纯属妄想罢了，因为并非所有的"临时占领"都属于"占取"，"后者以建构秩序为目的"[1]。是呵，我一无兵财，二无法律技艺，三不是传教士，凭什么建构实在秩序呢。

臆想的和梦中建构的秩序皆属虚妄。那种无钱购买名画藏于豪墅却说"到了卢浮宫，蒙娜丽莎的微笑专属于我；看到《呐喊》，爱德华·蒙克成了我的知音"的艺术家简直荒唐可笑。弗朗西斯科·皮萨罗可不是凭着一本《圣经》，而是携着枪炮、病菌和冒险精神才把庞大的印加帝国征服的[2]。他还一本正经地对印加皇帝阿塔瓦尔帕进行了一场审判。他在行刑前要求阿塔瓦尔帕拥吻十字架，并接受基督教洗礼，答应说：如果这样做了，他被判处的痛苦的死刑可以减为较轻的"绞

---

〔1〕［德］卡尔·施米特：《大地的法》，刘毅等译，上海人民出版社2017年版，第47页。

〔2〕参见［美］贾雷德·戴蒙德：《枪炮、病菌与钢铁》，谢延光译，上海译文出版社2000年版，第43-61页。

刑"——西班牙用于罪犯的一种刑罚。[1] 劫后余生的印加人唱道：

> 这就是我们的民族，
>
> 它卑贱吗？不，它高尚！
>
> 当自由受到威胁的时候，
>
> 它迅即起义，
>
> 打破枷锁，
>
> ——尽管死神已经来临！[2]

颇有点"不自由，毋宁死"的意味。只是，不仅"不自由，毋宁死"的发明权，而且这句话指涉的品性本身，都属于"生而自由"[3]"生而平等"[4]的白种人[5]，因为，既然野蛮民族"民智未开"，自然不配享有"自由权"。富有人道主义精神、可敬的卡萨斯神父为新大陆遭受劫难的印第安人鸣不平，他在给本国君主的奏章中猛烈抨击本国教徒的残暴——"无耻之徒肆意妄为，无恶不作，其程度达到难以想象，无以复加的地步"，"为天地所不容"。[6] 然而，他也并不反对帝国政略，只是反对对印第安土著不教而诛。卡萨斯神父的建议发挥了作用

---

〔1〕 参见［美］普雷斯科特：《秘鲁征服史》，周叶谦等译，商务印书馆1996年版，第380页。

〔2〕 许必华：《遗失的印加帝国》，红旗出版社2012年版，第5页。

〔3〕 参见法国《人权宣言》（1789）。

〔4〕 参见美国《独立宣言》（1776）。

〔5〕 "不自由，毋宁死"源于美国人帕特里克·亨利（1736-1799）1775年3月23日于弗吉尼亚议会演讲中的最后一句：Give me liberty or give me death。

〔6〕 ［西班牙］巴托洛梅·德拉斯·卡萨斯：《西印度毁灭述略》，孙家堃译，商务印书馆1988年版，第14-15页。该书成书于1542年。

（其实是恰逢其时）。不久，弗朗西斯科·皮萨罗和埃尔南·科尔特斯[1]这些凭枪炮在新大陆"打天下"的征服者就被西班牙国王任命的新人取代——"法学家和神职人员接管了对帝国的治理"[2]。君王都清楚：可以在马上打天下，却不可以在马上治天下[3]，建构秩序、确立统治，才是帝国长久存续之道。

皮萨罗科尔特斯们并不觉得兔尽狗烹，毕竟，他们曾经"潇洒走一回"。

雨早就停了，我的思绪却还在忧郁地运转。

或许，我不属于政治知识分子，而是一个幸运地拥有生存悲剧感的人。

我决定不再干躺着，起床，吃饭，然后继续研读昨天没有搞明白的一句拗口的话："只有当 Nomos 是一个——同时涵盖了具体秩序与共同体的——总体的法概念，一个真正的 Nomos 才能是真正的君主……如果'Nomos-君主'的概念不仅仅只是表面的字词连结，而要成为一项真正的分类定位（Zuordnung），那么此处的'君主'就必须是一个与 Nomos 一致的，法学上的秩序性概念。"[4]

---

[1] 埃尔南·科尔特斯（1458-1547），阿兹特克帝国的征服者。参见［西］贝尔纳尔·迪亚斯·德尔·卡斯蒂略：《征服新墨西哥信史》，江禾等译，商务印书馆1988年版。关于阿兹特克帝国，参见［美］瓦伦特：《阿兹特克文明》，朱伦等译，译林出版社2013年版。

[2] ［英］波特编：《新编剑桥世界近代史（第1卷）》，中国社会科学院世界历史研究所组译，中国社会科学出版社1999年版，第588页。卡斯蒂略是跟随科尔特斯征服新大陆的属下之一，后半生窘困。科尔特斯晚年退休后生活愁闷且卷入诉讼。他们生来不是当官的材料。

[3] 陆贾对高祖（刘邦）曰："居马上得之，宁可以马上治之乎?"（《史记·郦生陆贾列传》）

[4] ［德］卡尔·施米特：《论法学思维的三种模式》，苏慧婕译，中国法制出版社2012年版，第54-55页。

教宗子午线

　　教宗本人从未踏足他在 1494 年划定的教宗子午线[1]，亦不必踏足。毕竟，他不是伊阿宋或杰克·斯帕罗[2]那样的海盗船长，且有晕船的毛病。与其在大海上跳大神似的颠簸，不若躲进小楼成一统——梵蒂冈和阿维尼翁[3]的小楼。楼下站岗的瑞士大兵个个忠诚帅气，帅气忠诚，且无龙阳之好、断袖之癖，与喜欢窥视犯人肉体和断头台的米歇尔·福柯迥异。不久之后，很自然地，晕船的教宗失去了划定只是看起来友好的友好界线（从 1529 年《萨拉戈萨条约》促成的拉亚线、1559 年《卡托-康布雷齐和约》导入的界线、本初子午线到朝鲜半岛的"三八线"）的权力。

　　教宗对马基雅维利笑道：看起来友好已经很好了。

　　教宗写信给霍布斯倾泻不满："人与人是狼"的状态纯属假设，何

---

　　〔1〕　教宗子午线，1494 年 5 月 4 日，教宗亚历山大六世发布诏书，划定西班牙和葡萄牙在"新世界"的势力范围。规定亚速尔群岛和佛得角经线以西 100 里格（1 里格 = 3.18 海里，通常取 3 海里）的子午线为分界线，以东归葡萄牙，以西归西班牙。1494 年 6 月 7 日，西葡两国缔结《托尔德西里亚斯条约》，将该线西移 270 里格。

　　〔2〕　杰克·斯帕罗，迪士尼奇幻电影《加勒比海盗》（共五部，2003-2017）塑造的角色，他的海盗船为"黑珍珠号"。

　　〔3〕　阿维尼翁，法国东南部小城。1309-1378 年，天主教教廷从罗马迁至此，受法国国王控制。

况狼也讲道德——狼不吃于己有恩的人。

教宗训示黎塞留：敌我划分正从宗教领域转向伦理和美学领域。

教宗拉着拉采尔[1]的手说：纯粹的地理学和制图学并不存在，没有什么比它们更具政治性。

教宗对来访的梅兰芳说：既然不能"作内政而寄军令"，我只好做戏子。

教宗向信众发表演讲，题目："唯一者及其所有物"。

教宗开始撰写生活随笔，以打发节日之外的无聊日子。

教宗仰望西斯廷教堂穹顶，自言自语道：一旦我被褫夺得只剩下属灵权，便意味着灵性解体、智识破碎时代的到来，政治正当性的建构将变得更加困难；与理性的殊死搏斗才刚刚开始，人们玩乐嬉戏，甚少苦思冥想[2]；是否还有可能在伟大的废墟上展示领导者的非凡力量、审慎和才智[3]？是否还有人为了赎回抵押的财产或灵魂而拼命工作，宁肯教六十年钢琴课?[4] 是否还有人在现代都市某个简陋的阳台上惆怅地回味不可侵犯的宗教连接人心的时代，发出辉煌的进步和卓有成效的改革永远无法驱除忧郁之人的内心痛苦的感叹，并面朝大海作结语曰"一个国家不能因为走与别的国家不同的道路而受到谴责，预言人类走

---

〔1〕 拉采尔（1844-1904），德国人文地理学家。

〔2〕 参见［德］麦克斯·施蒂纳：《唯一者及其所有物》，金海民译，商务印书馆1989年版，第9页。

〔3〕 参见［葡萄牙］萨拉马戈：《里卡尔多·雷耶斯离世那年》，黄茜译，作家出版社2018年版，第59页。

〔4〕 参见［西班牙］乌纳穆诺：《迷雾》，朱景冬译，译林出版社2014年版，第43页。

向何方只是徒劳"[1]？是否还有人敢大胆斥责浅薄的革命派的错误?[2]
是否还有人看清战神只是旁观者的本来面目[3]？

没有人在意光了胡子的教宗怎么想。

之所以如此，不仅因为人们正忙于同未婚妻或情夫亲热，忙于钻研可全球定位的全息地图和绣像本《金瓶梅》，忙于在巴塞罗那圣母大教堂和巴黎荣军院门前拍照、在格林尼治天文台凌辱本初子午线（将双腿跨于其上），把教宗给撇忘在一边，更因为，在他们看来，是拒绝伟大的教宗首先背叛了上帝，罪有应得。

---

〔1〕 参见［西班牙］阿左林：《著名的衰落》，林一安译，花城出版社 2018 年版，第 273、388、442 页。

〔2〕 "革命派把资产阶级和人民群众、贵族和平民、统治者和被统治者区分开来，是一个愚蠢而严重的错误。人和人的唯一区别只在于对社会的适应和不适应，剩下的就是文学和劣等文学的区别"，"世界的统治者既不是诚者，也不是不诚者，而是一群用做作和无意识欲在自己身上创建真诚的人"（［葡萄牙］费尔南多·佩索阿:《不安之书》，刘勇军译，中国文联出版社 2014 年版，第 273 页）。

〔3〕 参见［葡萄牙］费尔南多·佩索阿:《惶然录》，韩少功译，上海文艺出版社2012 年版，第 237 页。

并非唯一的维多利亚

　　每当维多利亚女王莅临维多利亚港，就情不自禁地缅怀与表弟阿尔伯特[1]在维多利亚瀑布下度过的欢快日子。那时，女王还不是女王，莫西奥图尼亚瀑布还不叫维多利亚瀑布；那时，位于香港岛和九龙半岛之间的维多利亚港尚未开辟，只是一片死寂的乱石岗和懒洋洋的水面；那时，表弟送她的查理士王小猎犬还在活蹦乱跳，比附庸风雅的查理一世[2]可爱多了。那时，她最钦佩的历史人物是麦哲伦——一个对香料、月食、飞翔和神秘微笑有着孜孜不倦追求的投机家[3]；那时，她尚未读到陀思妥耶夫斯基的《狱中家书》，不晓得这位天才的士兵兼作家竟

---

　　〔1〕　阿尔伯特亲王（1819-1861），维多利亚女王的表弟和丈夫。与女王伉俪情深，却英年早逝。

　　〔2〕　查理一世（1600-1649），英国历史上第一个被公开处死的国王。他是一个审美主义者，曾把许多文学家艺术家筵请至宫廷（类似元末割据江浙的张士诚）。查理一世被拉上断头台时表情坚定，对围观的民众说道："臣民与君主是截然不同的两种人"（［英］布伦达·拉尔夫·刘易斯：《君主制的历史》，荣予等译，生活·读书·新知三联书店2007年版，第135页）。

　　〔3〕　麦哲伦船队中有一只船被命名为"维多利亚号"（参见［奥］茨威格：《麦哲伦航海记》，苏惠玲译，希望出版社2004年版，第99页）。"维多利亚"（Victoria）意为"胜利"（Victory）。二战期间，丘吉尔经常摆出"V"手势，使"V"手势誉满全球。

然有"需要钱胜过空气"的时候，而且爱读莎士比亚和《秘鲁征服史》[1]；那时，尽管她还非常年轻，却与亲爱的表弟结伴，跑到伦敦大学旁听约翰·奥斯丁[2]讲授西班牙人弗朗西斯科·维多利亚（"国际法的曾祖父"）的《论印第安人》《论战争法》等枯燥乏味的著作之要义。

弗朗西斯科·维多利亚（1480-1549）当然不认识受其"正义战争"理论影响的维多利亚女王（他不是有资格复活的法学家），更无缘亲睹"无敌舰队"的覆灭（那是他凄然离世四十年之后的伤心往事了）。作为一名匮缺辩证法思维和灵性强度的近世早期的西班牙人，他的局限性是显而易见的。他既无法自然地思考自然，神圣地思考神圣，又做不到政治地思考政治。他关于人类共同体的观念太幼稚，竟然以为，作为整体的人类是有能力创制万民法的单一共和国。他把扩张和强力纳入"理由之网"，却莫名地摒弃"冲突双方可以是同样对错，生存斗争根本上就是超越了对错"[3]的箴言。他对如下事实视而不见：政治体之间竞争和敌意的激烈程度丝毫不下于不同文明体之间的相互屠杀。他缺乏冷峻和清晰的男子气概，很难成为普世型思者或恶魔式英雄，即使海盗之首、

---

〔1〕 参见［俄］陀思妥耶夫斯基：《狱中家书》，刁绍华译，辽宁教育出版社1998年版，第41、44页。

〔2〕 约翰·奥斯丁（1798-1859），英国法学家，分析法学派的奠基人。他将"严格意义上的法律"——在他看来是法理学的唯一恰当对象——界定为主权者对其臣民的命令，主权者有能力强制执行其命令，既然在国家之上没有能执行其强制命令的更高机构（主权者），那么，"国际法"就不是严格意义上的法律。参见［英］约翰·奥斯丁：《法理学的范围》，刘星译，中国法制出版社2003年版；［美］阿瑟·努斯鲍姆：《简明国际法史》，张小平译，法律出版社2011年版，第174页。

〔3〕 参见［美］沃格林：《宗教与现代性的兴起（修订版）》，霍伟岸译，华东师范大学出版社2019年版，第157页。

外号为"巴巴罗萨"的阿鲁吉[1]把头伸过来让他砍，他也没有勇气举刀。他在基督教的孤岛上夜以继日地写作，写下不少无害（也无益）的文字。作为一位卓越的学者和虔诚的二流人物，弗朗西斯科·维多利亚的灵性局限折射了"第一日不落帝国"西班牙早早陨落的必然命运（必然也就谈不上悲切，尽管存在些许悲剧性）。一位英国诗人将西班牙形容为"一片被草草焊接到欧洲形体上的碎片"，一个英国作家将西班牙顽皮地称作"兔儿国"（"隐匿之国"），并感叹道，没有什么比山脉那边的戏院所上演的剧目更让人难以抗拒。[2]

无论在英格兰或西班牙，维多利亚都不是唯一。

卡莱尔、雨果和木心异口同声地说：在英国，只有莎士比亚是唯一的；莎士比亚是最伟大的智者；一个莎士比亚抵得上百万雄师，抵得上整个印度帝国；一个莎士比亚就能让英国永远亡不了国。[3] 然而，莎士比亚是最少英国色彩的英国人，说他是西班牙人、加泰罗尼亚人或中国人也可以。

惟有阿尔伯特亲王有权洞晓维多利亚女王不可为外人道的隐秘。

---

〔1〕 阿鲁吉是16世纪上半叶活跃在地中海的著名海盗，其祖父是奥斯曼帝国军人（据说曾参加1453年君士坦丁堡之战）。阿鲁吉海盗集团是西班牙的重点打击对象。参见赵恺：《西班牙：海上霸权成就的第一日不落帝国（1492-1598）》，华中科技大学出版社2018年版，第157-159页。神圣罗马帝国皇帝腓特烈一世（1155-1190年在位）也被称为"巴巴罗萨"（德语：Barbarossa）。"巴巴罗萨"（计划）还是纳粹德国在二战中侵苏行动的代号。

〔2〕 参见［英］简·莫里斯：《西班牙：昨日帝国》，朱琼敏译，东方出版中心2018年版，第19页。

〔3〕 参见［英］卡莱尔：《论历史上的英雄、英雄崇拜和英雄业绩》，周祖达译，商务印书馆2010年版，第129-137页；［法］雨果：《威廉·莎士比亚》，丁世忠译，团结出版社2001年版，第251-253页；木心：《琼美卡随想录》，广西师范大学出版社2006年版，第17页。

葡萄帝国

在我农村老家的院子里有两株树，一株是葡萄树，另一株也是葡萄树。

年迈的父亲知道葡萄树非树，却不清楚葡萄原产地中海地区。他也不晓得汉武帝嗜葡萄如命[1]、丝绸之路的典故、"葡萄美酒夜光杯"的诗句和达·伽马是何许人也。至于三次布匿战争、中世纪的封建无政府状态以及16世纪自由权和自由土地的诞生逻辑，他更是闻所未闻。自从二十年前进入研究院学习，我就很少同父亲交流了。他不满于我炫耀无用的知识，我学不来他的有用的世故。

父亲年轻时喜欢到处跑，到过很多地方，却从未跨出国门。一直经济窘迫的我无钱供他出国看看，实乃不孝——即便不是远赴北非海岸的休达和天堂印度的卡利卡特[2]，到马六甲海峡吹吹暖风也挺好呀。他年轻时经常打架，却不知宁静的书房亦可充当醉卧的沙场，我也是到了

---

[1] "汉使取其实来，于是天子始种苜蓿、蒲陶（葡萄）肥饶地。及天马多，外国使来众，则离宫别观旁尽种蒲陶（葡萄）、苜蓿极望。"（《汉书·大宛列传》）

[2] 1415年，葡萄牙国王若昂一世（1385-1433在位）及其子亨利王子（1394-1460，一位从未经历远航的"航海家"）曾占领休达（休达现为西班牙属地）。1498年，葡萄牙人达·伽马率领的船队抵达印度南部的卡利卡特。参见米南德：《葡萄牙：开创海权霸主的先河（1415-1583）》，华中科技大学出版社2018年版，第22、52页。

不惑之年，在一个失眠的夜晚才突然了悟："书中自有黄金屋"纯属骗人，"人生识字忧患始"更没把人生奥义点透，裁判自己比裁判别人困难得多。

父亲爱赌博，但每次赌注都很小（他输不起），比不得世家出身的何鸿燊[1]和以小博大的阿方索一世[2]。父亲爱吃葡萄，却不能沾酸葡萄（他牙龈不好）。我爱吃酸葡萄（丰塞卡[3]和狄奥尼索斯[4]赠我的），不喜欢（甜）葡萄。我该如何向他解释这出自我的主动抉择，恰如二十多年前，我头顶学校寝室楼走廊的昏暗灯光费劲地阅读《从鸦片战争到五四运动》[5]《史记》，并非升学压力所逼。

既然可以有鸦片帝国、茶叶帝国和棉花帝国[6]，则自然也可以有葡萄帝国——我故乡的宅院。葡萄帝国、葡萄牙帝国和葡萄种子早晚都会变成不可谏的往者，就像阿Q、堂吉诃德和萨特无法避免被标签化的命运。

存在就是虚无吗？来者犹可追吗？

---

〔1〕 何鸿燊（1921-2020），出生于香港，有犹太、荷兰和中国等多个民族血统，人称"澳门赌王"。1553年，葡萄牙人开始盘踞澳门。1847年，澳门兴起博彩业。

〔2〕 阿方索一世，葡萄牙首位国王（1139-1185在位），在他领导下，葡萄牙脱离西班牙，赢得独立。

〔3〕 曼努埃尔·德奥多罗·达·丰塞卡（1827-1892），巴西联邦共和国第一任总统。他在1889年领导了推翻巴西帝国的革命（巴西帝国成立于1822年，首任皇帝是佩德罗一世，葡萄牙国王若昂六世之子）。

〔4〕 狄奥尼索斯是希腊神话中的酒神，代表狂欢、悲剧和神秘主义精神。

〔5〕 胡绳：《从鸦片战争到五四运动》，人民出版社1981年版。

〔6〕 周宁编著：《鸦片帝国》，西苑出版社2004年版；〔英〕马克曼·埃利斯等：《茶业帝国》，高领亚等译，中国友谊出版社2019年版；〔美〕斯文·贝克特：《棉花帝国》，徐轶杰等译，民主与建设出版社2019年版。

在登上"海洋之花"号帆船[1]参观时我发誓：在写出堪以媲美《复明症漫记》《赌徒》[2]的小说之前，在撰毕八卷本《新科学与大立法者》之前，不能让公元 2666 年的另一个人追上自己。

"总不能一直幼稚下去呀！"她把一粒饱满的甜葡萄塞进我嘴巴，嫣然一笑。

她笑起来像极了我母亲年轻时候。倘若母亲六十六年前诞生于里斯本[3]的贵族之家，也就不会有现在的我了。还是诞生在老大的中央帝国比较好——可以居高临下地探究大西洋各民族趣味兴衰的缘由，而说出"政治作为一种志业""重建所罗门圣殿"之类的大话也不会显得矫情。

---

〔1〕 "海洋之花"号帆船在 1641 年荷兰攻陷马六甲城的战役中发挥了关键作用。此前是葡萄牙占据马六甲。

〔2〕 参见［葡萄牙］萨拉马戈：《复明症漫记》，范维信译，南海出版公司 2014 年版；［俄］陀思妥耶夫斯基：《赌徒》，刘宗次译，载陈燊主编：《地下室手记（中短篇小说集）》，河北教育出版社 2009 年版，第 355-531 页。

〔3〕 里斯本，葡萄牙共和国的首都，也是欧洲大陆最西端的城市。

马援与马基雅维利

《后汉书》第 24 卷记述了伏波将军马援的一段话："夫行天莫如龙，行地莫如马。马者甲兵之本，国之大用""男儿要当死于边野，以马革裹尸还葬耳，何能卧床上在儿女手中邪！"这段铿锵文字为马基雅维利谈论战争技艺却不那么马基雅维利的《兵法》[1] 一书所引用（参见其第 1 卷第 5 节）。在晚景凄凉的马基雅维利看来，马援无疑是幸运的，不仅因为他真的战死疆场，得尝"马革裹尸"的夙愿，更因为他荣膺一位伟大君王——光武帝刘秀——的俊赏和器重（帝常言"伏波论兵，与我意合"）。三军易得，一将难求。将兵者易得，将将者难求。马基雅维利的平生所愿就是天降一位知兵善任的君王（他说，"君王除了战争、军事制度和训练之外，不应该有其他的目标、其他的思想"[2]），领导"腐败之城"拼凑的"分裂之邦"意大利走向统一，重振罗马雄风。

上帝没有响应马基雅维利的召唤。被召唤者不理睬召唤者乃人世常态。上帝显得无情绝非因为马基雅维利是一位轻薄的"异教主义者"，如沃格林所言，"一个对精神生活拥有精微洞见的人，绝不会是一个无

---

[1]　参见娄林选编：《君主及其战争技艺：马基雅维利〈兵法〉发微》，张培均译，华夏出版社 2019 年版。又参见［意］马基雅维利：《兵法》，袁坚译，商务印书馆 2012 年版。

[2]　［意］马基雅维利：《君主论》，潘汉典译，商务印书馆 1985 年版，第 69 页。

信仰者——尽管我们可以确知，马基雅维利并不是一个基督教精神主义者"〔1〕。那，原因何在？

有人说，马基雅维利没有平衡好祖国和灵魂的位置。〔2〕 有人说，马基雅维利抬高又贬低了权势欲，将之屈就地排在食欲和性欲之后。〔3〕有人说，马基雅维利将自己定性为一个"沉思型王者"，不敢担负起"武装先知"〔4〕（"行动型王者"）的角色。有人说，马基雅维利误读了喜剧精神，没有把《曼陀罗》〔5〕这一反启蒙的启蒙故事讲好——可，可是，丹麦王子的故事讲得极好，好极，但仍无法使丹麦避免与普鲁士交战溃败〔6〕的命运。就像决定复仇却没有深思后果的哈姆雷特一样，丹麦王国的决策者在1864年前夕"沦为激情的奴隶"，"使国家之轮屈从于命运之轮"〔7〕。

马基雅维利说，宇宙是一个圆圈，一个永恒的循环，天命在不同民族之间来回移转，尽管无法泯灭人类的自由意志，但命运最少是我们半

---

〔1〕 ［美］沃格林：《文艺复兴与宗教改革（修订版）》，孔新峰译，华东师范大学出版社2019年版，第109页。译文略有修正。

〔2〕 参见 ［美］施特劳斯：《关于马基雅维利的思考》，申彤译，译林出版社2003年版，第3页。

〔3〕 参见 ［德］弗里德里希·梅尼克：《马基雅维利主义》，时殷弘译，商务印书馆2008年版，第55页。

〔4〕 "没有武装的先知没有办法与民众交往，也无从了解环境对他们的要求，结果易于失败"（ ［美］阿尔瓦热兹：《马基雅维利的事业——〈君主论〉疏证》，贺志刚译，华东师范大学出版社2009年版，第47页）。

〔5〕 ［意］马基雅维利：《曼陀罗》，徐卫翔译，上海人民出版社2003年版。《曼陀罗》是杰出的五幕喜剧。

〔6〕 指1864年的普丹战争。双方实力悬殊，丹麦战败乃历史必然。

〔7〕 罗峰编译：《丹麦王子与马基雅维利》，华夏出版社2011年版，第51页。电视剧《1864年普丹战争》（丹麦，2014）对丹麦决策者（和民族主义者）的"激情"和"不负责任"有精彩刻画。

个行动的主宰[1]。是故，马援在死后遭受皇帝误解和冤枉，乃命运使然（后获平反，追授谥号"忠成"）。马基雅维利的深情召唤得不到上帝响应，只能归结为时机未至（想一想约伯的委屈和亚伯拉罕承受的考验）。

倘若是天赐的超世之才，便永难离却烦恼和不幸[2]。

直面制度决定论困境和时代解体的人不会说"烦恼即菩提"。

悖逆双亲的觉者不会坐在菩提树下安闲地品茶。

他们正在国家图书馆八百万藏书之中寻找上帝，在哈佛大学诺顿讲堂与超越善恶的"恐怖部族"（包括但不限于帖木儿[3]、汉尼拔[4]、拉斯柯尔尼科夫[5]）对话，反复咀嚼权力的奥秘、纯理论现象和史学世俗化带来的创伤。

---

〔1〕 [意] 马基雅维利：《君主论》，潘汉典译，商务印书馆 1985 年版，第 117 页。

〔2〕 "天赐予超世之才，只是使人徒生烦恼、不幸。与资质平平之人相比，这种人内心更为躁动，加倍地不安分。"（《圭恰迪尼格言集》，王坚译，译林出版社 2012 年版，第 16 页）

〔3〕 帖木儿构成马基雅维利思考"权力之秩序"的亚洲背景（"亚细亚的阴影"）。参见 [美] 沃格林：《文艺复兴与宗教改革（修订版）》，孔新峰译，华东师范大学出版社 2019 年版，第 48—67 页。

〔4〕 有两个汉尼拔，一个是迦太基帝国的统帅汉尼拔，一个是"食人狂魔"汉尼拔（参见 [美] 哈里斯：《沉默的羔羊》，吴安兰等译，译林出版社 1995 年版；以及根据这部小说改编的同名电影，由乔纳森·戴米执导）。

〔5〕 拉斯柯尔尼科夫是陀思妥耶夫斯基小说《罪与罚》的男主角，他残忍地杀害了放高利贷的老太婆及其妹妹。

学习历史的次第

既然我们已经来到日光之下并享受了大禹和让·博丹疏导过的历史洪波的润滋，如若不去拥抱这一来自天国的恩典，实在不配被称作"生活的裁决者"、"万物的揭示者"和"恶的终结者"。[1] 博学者所言的"易于认识历史的方法"并不存在，丹心照汗青的始作俑者可能只是为了博得虚名而故意诋悖"变迁之大势"（梁任公语），但这并不妨碍我们在上海静安寺创造神话和星云一般的图景，并在其中漫步，聆音，亲吻，遐思——遐思学习历史的次第。

第一，不应关注琐碎，而将主要精力用于探究普遍历史，亦即人、自然和神的历史。在人的历史中，则关注主要民族的显赫人物的事行，可以细微至曹孟德的性癖好，巴耶塞特一世的胃痛频次，亚当·斯密私下里的道德情操，耶稣给耶稣会的隔空鞭打，孔子、屈原和皇太极是否为半岛人后裔（不少当代韩国史家给出肯定回答），林肯是否为罗马人、密西西比人和因纽特人的混血，等等。

---

[1] 参见［法］让·博丹：《学习历史的次第》，朱琦译，载刘小枫编：《从普遍主义到历史主义》，华夏出版社2017年版，第2-3页。

第二，像哲人克罗齐和科林伍德[1]一样沉迷于编年史、文献学和女巫档案。

第三，漠视当代史学主要趋势，尤其是计量史学和区域史学的蓬勃。[2]

第四，到新丰店帮窘迫的马周先生[3]把账单结了，听他讲授自然本体论和神–人主体论之间的内在张力[4]。

第五，有演戏之大能。扮关公，战秦琼；扮周公，与黎塞留[5]下国际象棋。

第六，必须懂得"百年和平"只是刹那的假象；凡教条和信条皆不可信（涵括本文一一列举的)[6]；把市场从社会中脱嵌的尝试注定徒劳[7]。

第七，羡慕雅努斯和孙悟空拥有多重面孔。

---

〔1〕 在克罗齐和科林伍德看来，真实的历史是观念、精神和思想的历史，"文献学历史当然能是正确的，但不是真实的"，亦即，"假历史"（［意］克罗齐：《历史学的理论与实际》，傅任敢译，商务印书馆1982年版，第17页）。克罗齐和科林伍德有资格批评文献史家，不仅因为他们是明慧的哲人，更因他们比文献史家掌握更多的编年史知识。

〔2〕 参见［英］巴勒克拉夫：《当代史学主要趋势》，杨豫译，上海译文出版社1987年版，第131-139、236-242页；［美］希梅尔法布：《新旧历史学》，余伟译，新星出版社2007年版，第64-69页。

〔3〕 《旧唐书·马周传》："宿于新丰，逆旅主人唯供诸商贩而不顾待周。"李贺有诗曰"吾闻马周昔作新丰客，天荒地老无人识"（《致酒行》）。

〔4〕 参见［德］卡尔·洛维特：《世界历史与救赎历史》，李秋零等译，生活·读书·新知三联书店2002年版，第16页。

〔5〕 黎塞留（1585-1642），红衣主教，路易十三的宰相。他是改革家，也是一位铁血人物。经由一系列政治和外交努力，他为路易十四时代的兴盛和法国的欧陆霸权地位奠定基础，被西方誉为"现代外交之父"（塔列朗深受其影响）。

〔6〕 "教条主义总是不成熟性的永远不变的标志"（［英］科林伍德：《历史的观念》，何兆武等译，商务印书馆1997年版，第35页）。

〔7〕 参见［英］卡尔·波兰尼：《大转型：我们时代的政治与经济起源》，冯钢等译，浙江人民出版社2007年版。

第八，憎恨那些只能予人以教训却不能丰富德性、激励行动的历史，不管它属于纪念性的、怀古性的还是批判性的。[1] 纪念是为了把自己变成一座纪念碑[2]，怀古是为了跻身——经由丢勒制作的一幅题为《骑士、死神与魔鬼》的铜版画、拉马努金[3]在梦中写下的数学方式以及莱布尼茨发明的源代码[4]——无古可怀的平行宇宙，批判是为了唤醒那些认为解放和自我解放只是幻象的人——自我解放意味着第二天性的萌生，而成功的第二天性就是第一天性[5]。

第九，娶班姬[6]为妻或嫁给叔本华，生出一个比马克·布洛赫的小儿子[7]还要聪明好奇的儿子。

第十，在斯宾格勒和汤因比的陪同下，在大国崛起的前夕，在意识形态陨落或复兴的关键时刻，来一场魔幻的环球之旅——跨越分界线——将边境消弭——叙利亚——加沙——徐州——阿雷基帕——索姆河——库尔斯克——波斯湾——马扎里沙里夫——马丘比丘——巴拿马——巨鹿——望不到头的峡谷——难窥真容的大陆——熠熠生辉的荒

---

〔1〕 参见［德］尼采：《历史对于人生的利弊》，杨东柱等译，北京出版社2010年版，第1-31页。

〔2〕 参见普希金的诗《我给自己建起了一座非手造的纪念碑》，陈守成译，载《普希金诗选》，人民文学出版社2003年版，第322-323页。

〔3〕 拉马努金（1887-1920），印度的天才数学家。1997年，《拉马努金》（*Ramanujan Journal*）创刊，用以发表"受拉马努金影响的数学领域"的研究论文。

〔4〕 《源代码》是邓肯·琼斯执导的一部科幻电影（2011年）。

〔5〕 参见［德］尼采：《历史对于人生的利弊》，杨东柱等译，北京出版社2010年版，第33页。

〔6〕 即班昭，东汉史学家班彪之女、班固之妹，她续写了《汉书》。

〔7〕 "告诉我，爸爸，历史有什么用？"——小儿子的这一问题促使马克·布洛赫专门写一本书来解答（《历史学家的技艺》，张和声等译，上海社会科学院出版社1992年版）。

原——参差多态之地:"若非靠着海,这简直是月球上的景致。"〔1〕

〔1〕 〔英〕阿诺德·汤因比:《从东方到西方:汤因比环球游记》,赖小婵译,上海人民出版社 2016 年版,第 9 页。

隐匿对话与帝国秘术

隐匿对话无处不在：在施米特与施特劳斯之间[1]，在审委会与合议庭之间[2]，在《联邦党人文集》与《为人民服务》之间，在平静的苏格拉底与凶猛的牛虻之间，在活着的雍正与死去的胤禩[3]之间，在法律金字塔与登上长城烽火台的霍金[4]之间，在凌云渡[5]与马扎尔人手中的屠刀之间，在识途老马与"老奸巨猾"的库图佐夫之间，在黑皮肤的精神病医生弗朗兹·法农[6]与戴着白面具的病夫威尔逊[7]之间，

---

[1] 参见［德］迈尔：《隐匿的对话——施米特与施特劳斯》，朱雁冰等译，华夏出版社2002年版。

[2] 邵六益：《审委会与合议庭：司法判决中的隐匿对话》，载《中外法学》2019年第3期。

[3] 爱新觉罗·胤禩（1681-1726），清圣祖康熙帝第八子，胤禛（雍正）异母弟。诸臣皆称其贤。他在康熙朝晚期是太子之位的有力竞争者。

[4] 1985年，首次访华的理论物理学家斯蒂芬·霍金登上了万里长城。

[5] 据《西游记》98回，凌云渡是唐玄奘西天取经的最后一站，寓为俗界和佛界的分界线。

[6] 弗朗兹·法农（1925-1961），出生于法属马提尼克岛的黑人作家和心理分析学家，著有《黑皮肤，白面具》《全世界受苦的人》《为了非洲革命》等。

[7] 指在一战后提出"十四点和平计划"的美国第28任总统威尔逊（1856-1924）。病夫治国似乎是普遍性的政治现象，可以列举一个长长的名单（参见［法］皮埃尔·阿考斯等：《病夫治国》，郭宏安译，江苏人民出版社2005年版）。

在头盖骨做的酒器[1]与变幻不定的中东霸主之间，在塔希提岛土著从树神身上折下的金枝与 B-2 幽灵隐形轰炸机的银翼之间，在胡萝卜与货币大棒之间，在拉罗什富科的一条箴言与《圣经·传道书》的一句关于虚空的虚空的语录之间……尽管这些对话极力隐着匿着，但发现它们并非不可能，其奥秘就藏在一个小小的坚果壳里。

　　　啊，上帝，即便我困在坚果壳里，我仍以为自己是无限空间的国王。[2]

对政治科学的贡献比亚里士多德还大的让·博丹像莎士比亚一样，喜欢通过普世剧场演绎空间与时间、小空间与大空间的关系。一叶一菩提，一果壳一世界。一个拥有辽阔疆域的君主或共和国，只要其内部结构（constitution，亦即"宪制"）和秩序良好，就称得上一个熵稳定的小宇宙。"稳定的小宇宙为人的生活目的提供了生存基础，而这个目的就是在解决了各种必然性之后，在沉思中提升自己以至于安享于神。"[3] 那么，如何沉思才能抵达安享于神之境？一个人如果只是沉思情爱、宴饮和浪漫美学，而将政制、治道和司法过程抛却一旁，能认为是幸福的吗？沉思式现实主义者是否比沉思式理想主义者更具理想精神，更趋近理想类型？如果不得不一次次重归日常的自然生存，那如何保证

---

〔1〕 公元 811 年，保加尔人领袖克龙姆打败拜占庭皇帝巴基弗洛斯一世（802-811 在位），杀之，取其头颅改造成饮酒器。参见孙隆基：《新世界史》第 2 卷，中信出版集团 2017 年版，第 207 页。

〔2〕 莎士比亚《哈姆莱特》第二幕第二场。

〔3〕 ［美］沃格林：《宗教与现代性的兴起（修订版）》，霍伟岸译，华东师范大学出版社 2019 年版，第 308 页。

沉思一次比一次下沉得更深？帝国注定像完美生活一样属于混合性质而不可能是高度同质的吗？马可·奥勒留称得上合格的哲学王吗？

或许，所有大人物撰造的论著、诗集、史稿、剧本、指津〔1〕、法典、辞典、自传、忏悔录本质上都只是一种沉思，然而在出身平民的我看来，惟有夏多布里昂的《墓畔回忆录》弥散出高贵宁静的气质〔2〕。

当早已逝去的夏多布里昂引我为同侪时，我可悲地发现自己连尘土都不是。

赋予时空以曲率，并非一种与现实世界无涉的诗意游戏。〔3〕

国际利维坦的诞生不以义人、义工〔4〕、蚁穴和大坝的意志为转移。

凡发现隐匿对话和果壳–帝国–宇宙奥秘的人〔5〕，皆有成为大思想家的潜质，或者说，已经是大思想家。

---

〔1〕 参见摩西·迈蒙尼德：《迷途指津》，傅有德等译，山东大学出版社 1998 年版。

〔2〕 参见［法］夏多布里昂：《墓畔回忆录》，程依荣译，东方出版社 2005 年版。

〔3〕 参见［英］斯蒂芬·霍金：《果壳中的宇宙》，吴忠超译，湖南科学技术出版社 2002 年版，第 38 页。

〔4〕 吴稼祥在其所著《果壳里的帝国——洲际国家时代的中国战略》一书后记中写道："摆在你面前的是一份义工的作业"，写作这本书是"一项宗教仪式"，"思考与写作成了我通达神明的一种方式"（上海三联书店/华东师范大学出版社 2005 年版，第 299 页）。

〔5〕 关于帝国政法治理的奥秘，参见邵六益：《审委会与合议庭：司法判决中的隐匿对话》，载《中外法学》2019 年第 3 期；强世功：《中国香港：政治与文化的视野》，生活·读书·新知三联书店 2010 年版。

自由的海洋

　　1603 年 2 月，荷兰在新加坡查封了一艘载有价值不菲货物的葡萄牙帆船（*Sta. Catarina* 号），引发荷葡两国之间的大论战。荷兰官方[1]委托年仅 21 岁的格劳秀斯写辩护词，于是有了恣肆汪洋的《论印度群岛事件》一文。六年后，雄文的一部分以《海洋自由论》（*The Free Sea*）为题出版，为年轻的格劳秀斯赢得巨大声望，他被誉为"欧洲最早慧和最敏锐的人文学者之一"。

　　《海洋自由论》写道："我们的目的是扼要清晰地证明，荷兰人航海至印度并与印度人进行贸易是合法的。我们将以这条国际法原则（他们最先这样指称的）为基础，其原因是清楚和恒定的：任何国家到任何他国并与之贸易都是合法的"；"谁都会运用他所有的权力，去捍卫自由流动与贸易自由"；"葡萄牙人凭借教皇的赠与占有海洋或航海权并非正当"；"葡萄牙人无权以发现者的资格统治荷兰人航行所至的印度"；"葡萄牙人无权通过战争来统治印度人"[2]……然而，莫要忘了，正是义正词严的荷兰人在不久后的 1624 年通过战争取得了统治中国台湾地区的

---

　　〔1〕　准确说是荷兰东印度公司。它是一家具有国家职能、在东方进行殖民掠夺和垄断贸易的公司。1602 年成立，1799 年解散。

　　〔2〕　[荷兰] 格劳秀斯:《海洋自由论》，宇川译，上海三联书店/华东师范大学出版社 2005 年版，第 7-39 页。

权利，直至 1662 年，他们才被 1624 年出生的郑成功率兵逐走。郑成功之所以能成功，绝非仅仅因为他高扯民族大义的旗帜。为了赢得"热兰遮之战"，这位不姓朱的"国姓爷"建立了一支由大量非洲士兵参与的部队，装备了荷兰火枪，他的指挥官身着欧式服装，他聘用了一位足智多谋的日耳曼中士罗狄斯作为军事顾问，他学习并灵活使用欧洲人的攻城术，他的战术还受日本影响（郑成功的母亲是日本人，父亲是会说葡萄牙语又信奉天主教的中国人）〔1〕。郑成功是真正的自由海洋之子，以陆地民族的教科书思维审视他未免大错特错。

同一历史事件的学术写法与教科书写法太不一样了。

这当然不是说历史教科书的写法是错的——历史教科书的本质是政治教科书，而政治无所谓对错。更不能说主编教科书的"御用文人"面目可憎——御用得好了，御用的文字同样可以不朽，格劳秀斯难道不正是一位货真价实的御用文人？两千多年来，隐居文人与御用文人相互攻讦或误解（如接舆与孔子〔2〕），我没兴趣凑这个热闹。判断一个人的高低，只应看他是否有非议时间的勇气。品鉴一篇文字的好坏，但看它的内在视野是否居《明夷待访录》和《动物志》之上。

"公羊学"不是关于养羊的学问〔3〕，《动物志》也不仅限于对动物生活习性的观察。在亚里士多德看来，动物大概分为三类：地上爬的（对应土元素）；水里游的（对应水元素）；天上飞的（对应气元素）；还有一些属于混合型（如"有些动物在路上步行，也在水中游泳"）。

---

〔1〕 ［美］欧阳泰：《1661，决战热兰遮》，陈信宏译，九州出版社 2014 年版，第 266-267 页。

〔2〕 参见《论语·微子》《庄子·人间世》。李白诗曰"我本楚狂人，凤歌笑孔丘"（《庐山谣寄卢侍御虚舟》）。

〔3〕 蒋庆《公羊学引论》（辽宁教育出版社 1997 年版）一书据说在某些图书馆里被列为"动畜类"。

所有动物都分享"火"元素，即战争。动物世界的生存战争堪谓一部惊心动魄的历史。[1] 亚里士多德没有明确说人属于哪种类型。从人的器官特点和生活习性来看，应该是属"土"的，但人类借助器具和技艺却可以上天入水。亚里士多德出生于紧挨大海的色雷斯，又生活在萨拉米斯海战[2]之后，作为智者和帝师（亚历山大大帝的老师），他对自由海洋和生存竞争的认识不可能不深刻。然而，在厦门大学和中国海洋大学任教的法理学教授，尽管知道格劳秀斯为谁，尽管生活在马尾海战和甲午海战之后，却纠缠于安乐死、非典型案件、私人惩罚、"应当"一词的语义分析之类的纯粹法理学课题，浑然没有听到不远处的汹涌波涛对他们的殷切召唤，自然，他们也提不起阅读《动物志》的兴趣。

格劳秀斯没有在《海洋自由论》的初版上署名，如同一位画家躲在画架后面。

艺术家躲在艺术之后是为了呈现艺术[3]。亚哈船长紧紧追踪白鲸莫比迪克是为了与海洋的一个化身缔结恶婚姻，然后同归于尽（既然无法与海洋同归于尽）[4]。英国占领印度是为了有朝一日将帝国首都从伦敦迁至德里（帝国如同大陆漂浮在海上，永不沉没）[5]。伟大的玻尔兹

---

〔1〕 参见［古希腊］亚里士多德：《动物志》，吴寿彭译，商务印书馆2010年版，第13—39页。又参见［荷兰］格劳秀斯：《海洋自由论》，宇川译，上海三联书店/华东师范大学出版社2005年版，中译本序言，第1—2页。

〔2〕 萨拉米斯海战爆发于公元前480年，是希波战争中双方舰队的一场决战，波斯战败，从此走向衰落。

〔3〕 参见［法］福楼拜：《福楼拜文学书简》，丁世中译，北京燕山出版社2012年版，第87页。

〔4〕 参见［美］麦尔维尔：《白鲸》，罗山川译，国际文化出版公司2005年版。

〔5〕 既是政治家（曾两度出任英国首相）又是小说家的迪斯累利曾含蓄地暗示英国女王"将帝国的首都从伦敦迁往德里，在那里她将找到一个巨大的、现成的帝国，一支第一流的军队，以及一笔巨大的收入"（转引自［德］施米特：《陆地与海洋——古今之"法"变》，林国基等译，华东师范大学出版社2006年版，第98页）。

曼提出对"不可逆性"的解释却又屈服于对它的批评[1]，是为了启发我们，除了"太初有道"，没有什么是不可逆的。"太初有道，然而，还有水……"，上帝说，他一边说，一边造出一条大鲸。

啊，罕见的大鲸，生活在狂风暴雨中，
强权即公理的海洋是它的家，
它就是代表强权的巨人，
无边无际的自由海洋的王。

《大鲸之歌》[2]

---

[1] 参见［比利时］普里戈金:《确定性的终结：时间、混沌与新自然法则》，湛敏译，上海科技教育出版社2009年版，第16页。

[2] 转引自［美］麦尔维尔:《白鲸》，罗山川译，国际文化出版公司2005年版，第16页。译文有改动。

新大西岛

亲爱的余靖小姐，我跟随船队从秘鲁起航，和各种风向的飓风吻了个够，多次差点葬身大海（跟想你的次数一样多），在携带的给养即将耗尽之时，终于在一个金色黎明抵达新大西岛。如您反复交代的，我在这座神奇的岛屿眼观六路，耳听八方，半个月来的经历和见闻简述如下：

（1）没有穿蓝袍的人用西班牙语高声问我们是不是基督徒。"外来人居住地"是一幢幢宽敞舒适的华屋，据说以前是习俗裁判所的办公用地。[1]

（2）盛产一切所需，水稻、干果、金属、茶业、茶人、海神等[2]。

（3）我们在克里特岛一直苦苦追踪而不得的"迷楼之子"伊卡洛斯正在这里担任国立大学的哲学-自杀学教授，用的教科书是埃米尔·迪

---

〔1〕 参见［英］培根：《新大西岛》，汤茜茜译，上海三联书店/华东师范大学出版社2005年版，第159-161页。

〔2〕 参见［古希腊］柏拉图：《克里底亚篇》，载《柏拉图全集》第3卷，王晓朝译，人民出版社2003年版，第354-358页。柏拉图的《克里底亚篇》初次论述了"大西岛"，所以培根才强调自己设想的是另外一个"新大西岛"。

尔凯姆的《自杀论》[1]，他的助教是一位卡塔尔的前埃米尔[2]。

（4）没有一个人是"杂务缠身者"，他们时刻准备迎接死神的降临。[3]

（5）垂危的人行涂油礼，临终遗言统一为：我理解了一些东西，但一事无成[4]。

（6）殡仪馆、美术馆和博物馆都被称作"第四特洛伊"。据说是为了同"第三特洛伊"（大英帝国）和"第二特洛伊"（罗马帝国）区别开来。

（7）这里的人认为立言高于立功。只有雄辩和演说能力而不曾著书立说的人被蔑称为"小政客"。

（8）精英认为殖民事业是英雄时代的产物[5]，对此已失去兴趣。

（9）讳言"主权观念"和"国家理由"，理由是：大音希声。

（10）修饰鼻子、城池和语言皆被认为是可耻之事[6]。

（11）人们沉醉于莫比乌斯环似的最后晚餐，不迷信"13"这个数字。

（12）人们沉迷于古典学，却不存在厚古薄今与厚今薄古之辨。

（13）竟然有条街叫"达尔文街"，有条路叫"中山路"，有个巷子

---

〔1〕 参见［法］埃米尔·迪尔凯姆：《自杀论》，冯韵文译，商务印书馆1996年版。

〔2〕 埃米尔是阿拉伯帝国和突厥帝国的贵族封号。目前有些国家（科威特、巴林、卡塔尔）的元首仍然称埃米尔。

〔3〕 参见［古罗马］塞内卡：《论生命之短暂》，周殊平等译，中国对外翻译出版公司2010年版，第13页。

〔4〕 这是格劳秀斯的临终遗言。

〔5〕 参见［英］培根：《人生论》，何新译，华龄出版社1996年版，第189页。

〔6〕 参见［英］托马斯·莫尔：《乌托邦》，戴镏龄译，商务印书馆1982年版，第3页。

叫"又陵巷"[1]。

（14）缺乏对神性自然的敬畏，政治精英认为他们的政经体制完美无缺[2]，代表了"历史的终结"。

（15）法令简约易晓，共19条，第1条是"杀人者死，伤人及盗抵罪"。

（16）法官任期终身，也干上不了台面的勾当——据说通常在白房子（又称白宫）的黑影中进行。

（17）这里的智者动辄发出恶毒的良咒，愚戆地控诉社会主义压抑个体灵魂。[3]

（18）这里的傻子，同咱们拜访过的东昌坊新台门[4]的那位傻子一样，只把歌唱给群山和巨石听。

（19）我还结识了一位揭穿过族类假象、剧场假象、洞穴假象和市场假象[5]的女先知，她说自己原来生活在新西兰的平江岛。

尽管这位光彩照人的女先知对我百般引诱，但我坚定地拒绝了，我心里想的念的都是你，我可不是滥情的男人。再说，谁让她只是从伦勃朗的画中流溢出来的光影，而不是由真实血肉组成的美人胚子呢？更何况，尼采赠你的鞭子、大卫赠你的歌利亚之剑和纳尔逊将军赠你的可日

---

〔1〕 "又陵"是中国近代思想家严复的"字"。

〔2〕 参见〔英〕培根：《论古人的智慧》，李春长译，华夏出版社2006年版，第65页。

〔3〕 参见〔英〕王尔德：《谎言的衰落》，萧易译，江苏教育出版社2004年版，第233-266页。

〔4〕 位于绍兴市，鲁迅的出生地。关于"傻子"，可参见鲁迅《聪明人和傻子和奴才》一文（载《野草》）。

〔5〕 参见〔英〕培根：《新工具论》，许宝骙译，商务印书馆1984年版，第19-22页。

行万里的"无畏号"战舰〔1〕，夜夜都出现在我不敢不美好的梦中。我经常想，不应该对一个人发火，更不应该对一个梦发火。

---

〔1〕 装备98门船炮的"无畏号"战舰在1805年的特拉法尔加海战中为英国的胜利立下汗马功劳（英方指挥是纳尔逊将军）。该战舰服役至1838年，退役后被解体。1839年，英国大画家威廉·透纳创作了著名的油画《被拖去解体的战舰无畏号》。

战争与和平法

　　格劳秀斯《战争与和平法》一书的"英文版导论"对该书的评价是：尽管是几百年来的"著名的天才作品之一"，然而"修辞欠佳，推理繁琐，表达晦涩，因此，人们难以将其视为一部雅作"。[1] 这怪不得格劳秀斯，毕竟，他不是靠虚构《基督山伯爵》之类的励志故事为生的雅俗共赏的小说家[2]，战争也远非雅事。倘若格劳秀斯是在左岸咖啡馆里与一位法兰西少女谈论《伤心咖啡馆之歌》[3] 的钢琴家，或是在终南山的松林间与冈仓天心[4]交流茶艺的世外高人，那他看起来定然是很雅的。他只是一介书生，当看到万千勇士的淋漓鲜血汩汩汇入莱茵河时，怎么可能不瞠目结舌、结结巴巴、欲休还说、逻辑混乱呢？更何况他刚从政治牢狱中逃出[5]，惊魂未定。

---

　　〔1〕［荷］格劳秀斯：《战争与和平法》，A. C. 坎贝尔英译，何勤华等中译，上海人民出版社 2005 年版，英文版导论，第 1 页。
　　〔2〕《基督山伯爵》让大仲马赚得盆满钵满；《战争与和平法》却是格劳秀斯自费出版的，倒贴了不少钱。
　　〔3〕［美］麦卡勒斯：《伤心咖啡馆之歌》，李文俊译，上海三联书店 2007 年版。
　　〔4〕冈仓天心（1863-1913），日本思想家，美术评论家，著有《茶之书》《日本的觉醒》等。
　　〔5〕格劳秀斯因为与一位政要的私谊，牵涉进一桩政治冤案，于 1619 年 6 月 6 日被关进埃弗斯汀监狱，后在能干的贤妻的帮助下，成功越狱。

格劳秀斯是笨拙的，他讲了半天，仍没讲清楚"战争"与"和平"、"法"与"权利"、"权利"（right）与"正当"（right）是否是同义词。倘若是的，则"正义战争"就成了一个合法词汇。伊索是聪慧的，他喜欢用动物寓言说理。灰狼不管身着何种衣裳（燕尾服或西装），在何种场合穿梭（乌特勒支广场[1]或联合国大厦），永不改其嗜血本性（喝饱了就歇会，同狐狸调调无伤大雅的情）。小羊的第一要义并非搞懂纳什均衡和"弱国有外交"的原理，而是变成一只白天鹅（琼楼玉宇尽管"高处不胜寒"，却无比安全）或一条哮天犬。深谙"狼道"的灰狼绝不敢公开质问哮天犬是否在背后说过它的坏话，或一脸凶狠地说：你把我要喝的水弄脏了！

好在大小国之间的关系并非简单的狼与羊的关系。[2]

好在斯卡布罗集市的姑娘[3]听不到圣巴托洛缪之夜[4]的哭嚎和呻吟。

好在格劳秀斯没有伪装成英国绅士，他只是一条位卑未敢忘忧世[5]的荷兰变色龙。

罗伯特·卡普兰认为，吉本的《罗马帝国衰亡史》有着令人不安的

---

〔1〕 乌特勒支是位于荷兰中部的城市，《乌特勒支和约》于1713年在此签订。该和约结束了持续十余年的西班牙王位继承战争。

〔2〕 狼羊关系的多重情形：（1）同等体重的狼与羊；（2）从小一起长大的狼与羊；（3）好脾气的狼与嘴巴甜的羊；（4）羸狼与壮羊；（5）笨狼与聪明羊；（6）落单的狼与一群团结的羊；（7）狼与同野牛认亲的羊，等等。

〔3〕 斯卡布罗集市是位于英国的一个小镇，在历史上，维京人经常在此登陆。《斯卡布罗集市》是一首古老的英国民歌，其最著名的版本是西蒙与加芬克尔（Simon and Garfunkel）为电影《毕业生》（1967）所创作的主题曲，它也是一首尖锐的反战（越战）歌曲。

〔4〕 圣巴托洛缪之夜是指1572年8月24日法国天主教徒对新教徒胡格诺派的大屠杀。

〔5〕 陆游诗曰：位卑未敢忘忧国，事定犹须待阖棺。（《病起书怀》）

新鲜度。[1] 罗伯特·吉尔平悲观地指出，国际关系的基本性质数千年来一直没有发生变化，"国际关系仍然是处于无政府状态下的独立行为者之间争取财富和权力的循环斗争"。[2] 然而，正是因为无政府状态和永恒斗争的存在，才诞生了《塔西佗历史》、格劳秀斯《战争与和平法》、托尔斯泰《战争与和平》以及让人感佩不已的安德烈公爵[3]。

谚曰："膝盖比小腿离我更近"，"我自己是我最亲近的邻居"[4]。

但很多时候，不是自己，而是某个遥远的人物——如安德烈公爵、格劳秀斯——才是最亲近的邻居。选安德烈公爵为左邻，是因为我俩都是普希金的拥趸。择格劳秀斯为右邻，是因为我俩同为法学博士，且都有一头漂亮卷发。卷发美则美矣，就是太难梳理，恰如战争与和平的关系。

---

〔1〕 〔美〕卡普兰：《无政府时代的来临》，骆伟阳译，山西人民出版社 2015 年版，第 107-114 页。

〔2〕 〔美〕罗伯特·吉尔平：《世界政治中的战争与变革》，宋新宁等译，上海人民出版社 2007 年版，第 13 页。

〔3〕 安德烈公爵是托尔斯泰小说《战争与和平》的男主角。

〔4〕 转引自 〔美〕理查德·塔克：《战争与和平的权利》，罗炯等译，译林出版社 2009 年版，第 104 页。

维滕堡的呓语

我不懂拉丁语和德语，却有勇气跨进马丁·路德任教过的维滕堡大学[1]，在校园小径上徜徉，呓语。

我不是基督徒，却沉迷于《圣经》。"《圣经》是一切学问与艺术之首，如同女皇一样尊贵"，"一句诗，一句经文，都是无穷的教诲，远胜过后来的注释和评论"。[2]

我不是市长之婿，父亲却希望我成为市长[3]。我只想娶一个纯洁的变节修女，在不惑之年[4]。

我不是军官。即使是，动听的许诺也迷惑不了我。战死将获得在乐园与基督共进晚餐的资格？[5] 不，我只为内在目的而战。

我不是天上的星宿。

---

〔1〕 马丁·路德（1483-1546）于1512年获维滕堡大学神学博士学位，并担任《圣经》教授。1517年，他在维滕堡发表《九十五条论纲》，引发宗教改革运动。路德将《圣经》译成德语，奠定现代德语的基础。

〔2〕 ［德］马丁·路德：《马丁·路德桌边谈话录》，林纯洁等译，经济科学出版社2013年版，第3页。

〔3〕 路德的父亲希望儿子成为市长，而不是修道士或教授。

〔4〕 1525年，42岁的路德同从修道院逃出的修女凯蒂结婚。

〔5〕 参见 ［美］罗伦培登：《这是我的立场——马丁·路德传记》，陆中石译，译林出版社1993年版，第275页。

我不是地上的枷锁，不是打开枷锁的钥匙。

我不是阻拦的绊脚石。本能和理性与生俱来，启示和信仰却否。

我不做基督君主的导师。[1]

我没有机会做儒法君主[2]的诤友——时运不济。

我不是看不清命运阴影的卑俗的胜利者，也不是竞争性社会的乐观主义者。[3] 我只是一个深陷符号、词谱和指令迷宫的人。在适者生存成为支配法则的时代，好为人师者皆不得好死——死相本来都很难看，没有好的。

我不是任何活人的对手。死人中倒有几个，可我忘了他们的名字。

我不是没有名字的人。但等于没有。

我不厌恶颠六倒九的此岸生活，亦不排斥鬼醉神迷的彼岸世界。

我从没去过（也不会去）其总理为了代无罪国民赎罪而假惺惺地下跪的德国[4]，就像马丁·路德不可能诞生于从未发生过宗教战争的中国。一切伟大宗教都不可避免地上升为政治性的历史宗教——非此则难

---

〔1〕 参见［荷］伊拉斯谟：《论君主基督的教育》，李康译，上海人民出版社2003年版。伊拉斯谟是同路德公开辩论的对手，路德在私下谈话中将伊拉斯谟称为"可憎的异教徒""基督最难缠的一个敌人""该亚法一样的人"，甚至说"无论我何时祈祷，我都会祈求神降罪给伊拉斯谟"（［德］马丁·路德：《马丁·路德桌边谈话录》，林纯洁等译，经济科学出版社2013年版，导言），显得毫不宽容，失了风范。另一位宗教改革运动的领袖加尔文也不是一个宽容的人（参见［奥］茨威格：《异端的权利——卡斯特利奥对抗加尔文》，张晓辉译，吉林人民出版社2000年版）。曾经遭受不宽容对待或虐待的人一旦登上权力宝座，反而可能更加专横残暴。

〔2〕 参见柯小刚：《古典文教的现代新命》，上海人民出版社2012年版，第37-62页。

〔3〕 参见［美］沃格林：《宗教与现代性的兴起（修订版）》，霍伟岸译，华东师范大学出版社2019年版，第167页。

〔4〕 1970年12月7日，西德总理维利·勃兰特在访问华沙时，在犹太隔离区起义纪念碑前突然跪下。

以存活。所谓宗教改革〔1〕，在本质上只是一次青蛇蜕皮。

所谓宗教，有用的鸦片而已。

所谓呓语，无用的梦话而已。

我不会公开演说说 "I have a dream"〔2〕——梦是不宜公开说的。

谁来偷偷记录我的桌边谈话，以及反复做的古老的梦?〔3〕

祈愿我在死前能变得宽容一些，最起码不会愤愤地说 "一个都不宽恕"〔4〕。但，我是否会因此失去同马克斯·韦伯讨论 "立法之神"〔5〕，同开普勒讨论 "第谷的炮弹"〔6〕，同伽利略讨论 "圆柱的抵抗力"〔7〕，同笛卡尔讨论 "机械世界观"〔8〕，同布鲁诺商榷 "神的潜能是否无限"〔9〕的资格?

"人间失格"〔10〕 四个字，不是为我准备的……

---

〔1〕 参见 [英] 托马斯·林赛:《宗教改革史》，孔祥民等译，商务印书馆 2016 年版。

〔2〕 1963 年 8 月 28 日，马丁·路德·金在林肯纪念馆的台阶上发表了 "我有一个梦想" 的著名演讲。1968 年 4 月 4 日，被种族主义分子暗杀 (这是他的最好归宿)，终年 39 岁。

〔3〕 参见 [奥] 茨威格:《一个古老的梦——伊拉斯谟传》，姜瑞璋等译，辽宁教育出版社 1998 年版。

〔4〕 参见鲁迅《死》一文 (1936 年 9 月 5 日)。

〔5〕 参见 [德] 马克斯·韦伯:《宗教社会学》，康乐等译，广西师范大学出版社 2005 年版，第 42-44 页。

〔6〕 参见 [法] A. 柯依列:《伽利略研究》，李艳平等译，江西教育出版社 2002 年版，第 153 页。

〔7〕 参见 [意] 伽利略:《关于两门新科学的对谈》，戈革译，北京大学出版社 2016 年版，第 118 页。

〔8〕 参见 [澳大利亚] 汉伯里·布朗:《科学的智慧——它与文化和宗教的关联》，李醒民译，辽宁教育出版社 1998 年版，第 55 页。

〔9〕 参见 [意] 布鲁诺:《论无限、宇宙和诸世界》，田时纲译，吉林出版集团有限公司 2013 年版，导言。

〔10〕 参见 [日] 太宰治:《人间失格》，烨伊译，武汉出版社 2011 年版。

阴谋

从 1618 年持续至 1648 年的"三十年战争"〔1〕是三国时代群雄逐鹿的重演。

黎塞留是法兰西的曹操？可惜他不是东临碣石的宇宙诗人，也没有一个做了皇帝的儿子，尽管两人的"奸诈"、决断力和实用主义精神有得一拼。古斯塔夫二世是北欧的孙权？可惜他太短命——孙权活到七十高寿，而他只存世短短三十八载（倒是三十五岁病逝的周瑜同他相似），尽管两人都称了帝〔2〕，雄踞一隅。

华伦斯坦〔3〕类比哪位三国人物好呢？神圣罗马帝国的司马懿？谯周？姜维？抑或"司马懿+谯周+姜维"？好像都不恰切。他机深智远，英勇善战，是一位天才统帅。他力挽狂澜，却功高震主、养寇自重，最后死于一桩不大不小的阴谋——在卧室被几个利欲熏心的士兵刺死：他

---

〔1〕 实际上，法国与西班牙的战争在 1648 年《威斯特伐利亚和约》签订以后还在继续（1657 年英国加入法方与西班牙作战），直至 1660 年双方补签《比利牛斯和约》。参见〔英〕加德纳：《三十年战争史：1618-1648》，王晋瑞译，华文出版社 2019 年版，第 317 页。

〔2〕 古斯塔夫二世（1594-1632）是历代瑞典国王中惟一号称"大帝"的人。他指挥瑞典军队多次击败神圣罗马帝国和天主教联盟的军队，被清教徒称为"北方雄狮"。

〔3〕 华伦斯坦（1583-1634），杰出军事家，出生于波西米亚（今捷克）一个没落贵族家庭。他属于天主教阵营，与新教阵营的古斯塔夫二世并称为三十年战争中的双雄。

放弃了自卫，任凭利剑刺入心脏，刺杀他的人得到金制赦免链、侍从官身份和骑士庄园的赏赐。

华伦斯坦的复杂和悲剧性让大诗人席勒为之慨叹不已。这位一向冷静内敛的大诗人以他非凡的经历为素材，编排了一部至今看来仍让人荡气回肠的历史剧[1]。诗人似乎觉得还不够（纯文学有其局限），遂又变身一位执守普遍历史（而非特殊–民族）[2]精神的史家，撰述了一部厚厚的《三十年战争史》，其中评论道："华伦斯坦功勋卓著和非凡的一生在五十岁那年画上了句号，他有着雄伟的志向，所以才能青云直上（类曹操），也正因为如此，才使得他沽名钓誉、走向毁灭（类袁绍）"，"他聪颖坚韧、胆略过人（类刘备），具备成为君王和英雄的资质，但是他的性格又不够温和，常常令人感到恐惧（类张飞[3]）"；"由于庞大的收入，他表现得极为慷慨大方（类刘璋）"；"特立独行的华伦斯坦摆脱了他那个时代的宗教偏见（类孙策），这是耶稣会会士们决不允许的"；"或许我们已知的历史并不是完全客观的，对于华伦斯坦的背叛行径和对波西米亚王冠的计划，由于缺乏准确的史料证明，也只是一种猜测而已"，"由于华伦斯坦的倒下，他的敌人掌握了对他的评判权，他也只能任人评说了"。[4]

好一个千秋功罪任人评说，诗人难道写的不是自己？

---

〔1〕 参见［德］席勒：《华伦斯坦》，郭沫若等译，人民文学出版社 1955 年版。

〔2〕 "世界的进程和普遍历史的进程之间并不对称"（［德］席勒：《何为普遍历史？为何学习普遍历史？》，卢白羽译，载刘小枫编：《从普遍历史到历史主义》，华夏出版社 2017 年版，第 173 页）。

〔3〕 "飞爱敬君子而不恤小人"（《三国志·张飞传》）。同华伦斯坦一样，张飞也被属下杀害。

〔4〕 ［德］席勒：《帝国的分裂：1618–1648 三十年战争史》，雨轩编译，光明日报出版社 2014 年版，第 249–250 页。

华伦斯坦死得太突然，来不及悲哀，是诗人在替他悲哀："这段历史像刀一样刺进我的心……"[1]

华伦斯坦下葬时的哀乐当是《欢乐颂》和《安魂曲》[2]。没有哀乐，没有送葬队伍，也没有白茫茫大雪。白色的裹尸布覆在墨迹和血迹斑斑的世界上。[3]

华伦斯坦的血迹是和签署《威斯特伐利亚和约》的墨迹一起干的。

墨迹、血迹、鲁道夫二世、《教会土地归还敕令》、吕岑会战、阴谋和一个又一个"三十年"皆已成为往事，惟留下华伦斯坦（Wallenstein）这个华丽易记的名字。然而，那些不曾领会华勒斯坦（Wallerstein）提倡的开放社会科学精神[4]的法学家却未必明白华伦斯坦这个名字意味着什么，更不晓得他与审美教育[5]和崇高有何牵系。

华伦斯坦倘若晚生两百年，或许是另一个拿破仑。他生得太早。[6]

中国政制倘若晚熟两千年，或许就不会爆发鸦片战争。中国政制成

〔1〕 ［德］席勒：《阴谋与爱情》，杨武能译，载张黎选编：《席勒精选集》，山东文艺出版社 1998 年版，第 363 页。

〔2〕 分别由贝多芬和莫扎特谱曲。《欢乐颂》原是席勒于 1785 年所作的一首长诗，贝多芬将之谱成曲，作为其《第九交响曲》的终曲乐章。

〔3〕 参见 ［德］萨弗拉斯基：《席勒传》，卫茂平译，人民文学出版社 2010 年版，第 253 页。

〔4〕 参见 ［美］华勒斯坦：《开放社会科学》，刘锋译，生活·读书·新知三联书店 1997 年版。

〔5〕 参见席勒：《审美教育书简》，载《席勒散文选》，张玉能译，百花文艺出版社 2005 年版。

〔6〕 华伦斯坦倘若早生两百年，或许是另一个帖木儿。所以，他生得又太晚。

熟得太早[1]。

但纵使不爆发鸦片战争也肯定会爆发别的什么战争。欧洲列强皆"晚熟",它们之间爆发的战争可曾少了？战争的强度可曾小了？中国能避得开一战、二战、冷战？是故，政制早熟也不打紧，早熟的不一定早衰，而早衰的也不一定早夭。只要不是彻底死掉，就有机会浴火重生，在下一轮军事和文明竞争中占得先机。对于非永恒的事物，要辩证地审视，更要"朴素式的处理"[2]。

---

　　[1]　"早在秦朝统一前后，中国便出现了科层制政府并逐渐形成了一套择优录用的科层选拔体制，远早于欧洲形成类似政制近两千年"（赵鼎新：《东周战争与儒法国家的诞生》，夏江旗译，华东师范大学出版社2006年版，第2页）。正因如此，才会有学者将春秋战国与近代欧洲进行比较分析（参见［美］许田波：《战争与国家形成：春秋战国与近代早期欧洲之比较》，徐进译，上海人民出版社2009年版）。
　　[2]　［德］席勒：《论朴素的诗与感伤的诗》，曹葆华译，载刘小枫选编：《德国诗学文选》（上），华东师范大学出版社2006年版，第140页。

俗史

读史是为了搞清人欲、利益、时代、形势、好坏建言可能导致的后果[1]，变得明智和更明智[2]，而非为了成圣。

圣徒被视作只关心一己而不顾邻人的明智人。[3]

不再进行神秘的神学通信，在通信中以史学的名义猥亵神，在注疏中以科学的精神篡改神学。

刘邦乃蛟龙之子的神话被少年老成的学生一笑置之。

出兵之前不再研判龟壳上的卦象，出师有名即可——凡出师总是有"名"的。

---

〔1〕［法］波舒哀：《论圣史和俗史》，谭立铸译，载刘小枫编：《从普遍主义到历史主义》，华夏出版社2017年版，第17页。1066年，司马光撰成八卷本编年史（战国至秦），名为《通志》。1067年宋神宗即位，开经筵，司马光进读《通志》，神宗以其"鉴于往事，有资于治道"，命名为《资治通鉴》。《资治通鉴》到1084年才完整成书。

〔2〕"读史使人明智"（［英］培根：《人生论》，何新译，华龄出版社1996年版，第36页）。

〔3〕参见［美］沃格林：《革命与新科学（修订版）》，谢华育译，华东师范大学出版社2019年版，第70页。19世纪的一位圣徒说："我讨厌邻人守在我的身旁，/让他去往高空和远方！/否则他如何变成星辰向我闪光？"（《尼采诗集》，周国平译，作家出版社2013年版，第86页）；"要想单独生活……人必须既是动物又是神——哲学家"（［德］尼采：《偶像的黄昏》，李超杰译，商务印书馆2009年版，第4页）。

为抵抗权和平民革命辩护者日多[1]，为逆来顺受和精英主义辩护者日少。

互利互惠、睚眦必报成为社会交往的基本法则。打我左脸者，必击其右脸。

把"怜悯之心，人皆有之"误读为人道精神。

将复调同复杂画等号。

新罗马帝国不再自诩"神圣"，尽管其元首宣誓就职时手按《圣经》。涵括政教分离条款的宪法典取代了《圣经》。[2]

小说取代了故事、寓言、神话和史诗的地位。

资本家的名媛会取代了女侯爵的沙龙。[3]

并不知道自己属于恒河的波涛[4]给"大壶节"[5] 盖上钤印。

---

[1] 参见 [英] 昆廷·斯金纳：《近代政治思想的基础（下卷：宗教改革）》，奚瑞森等译，商务印书馆 2002 年版，第 479－474 页。

[2] 美国 1787 年宪法第一修正案："国会不得制定关于下列事项的法律：确立国教或禁止信教自由……"

[3] 沙龙中再也没有夏特莱-洛林女侯爵（伏尔泰的尊贵女友，其《风俗论》一书就是献给她的）和斯塔尔夫人了，舞会中再也没有娜塔莎（托尔斯泰小说《战争与和平》的女主角）了。德国人天生爱好不切实际的幻想（如希特勒），俄国人天生讨厌资本主义和小市民习气，但这是悖逆历史潮流的，所以不是奉行杜威哲学的美国的对手（只有经历了游击战、运动战和阵地战的红色现代中国，而不是"帝力于我有何哉"的"从前慢"的古典中国，才有与美国 PK、打持久战的资格）。斯大林将东正教弥赛亚精神、工业-技术强国和大屠杀（残暴）结合在一起，是一个真正的现代魔王（歌德经常在诗中歌颂魔王），彻彻底底的现代人物，一个思想史应给予更多重视的人物。只是，某些打着"科学"旗号的庸俗的马克思主义者（真正的马克思主义者不在其列），和以研究政治思想史著称的学院"大学者"的视野太窄了，只会玩弄僵化的名词、欧美舶来的新概念，永远浮在万物之河的表层或浅处，不可能搞懂政治观念为何物。

[4] 参见 [阿根廷] 博尔赫斯：《密谋》，林之木译，上海译文出版社 2017 年版，第 11 页。

[5] "大壶节"是印度最大规模的宗教集会，每六年举行一次，持续六周，每次都有数千万信徒参加。

阿奎那主义者比阿奎那吃香。

自从主权至上被确立为国际法的首要原则后就一直被各有用心地忽略或强调〔1〕。

启蒙之光被启蒙理性的黑暗侵吞和反噬。

技术知识的广度掩盖了实际上的无知。

新教伦理、节俭美德〔2〕和犬儒主义凌驾于属灵经验之上。

顽石不再顽皮，不再彷徨于无地〔3〕。都去参加新科举、新察举了。都成了帝国的栋梁之材。

坐几夜冷板凳就成了天职式的苦行主义实践。

宗教不再是车轮〔4〕，而成了车厢里五颜六色的行李架。

一把比东正教锋利的宝剑，坠落于西伯利亚大铁路两根枕木（一红一白）之间的政治罅隙里。

一只比俄罗斯愚钝〔5〕的北极熊，满脸土耳其式的焦虑。

一位到有五个太阳的墨西哥避难〔6〕的现代教会政治家！既然不见

---

〔1〕 "任何东西都不能废除作为最基本公共权威的主权概念。的确，主权已经失去了其被幻想出来的至高性和独立性。但它仍然具有有限的至高性和独立性"（［日］筱田英朗：《重新审视主权——从古典理论到全球时代》，戚渊译，商务印书馆2004年版，第182页）。

〔2〕 参见巴尔扎克的经典小说《欧也妮·葛朗台》（傅雷译本，译林出版社2017年版）。

〔3〕 参见鲁迅《影的告别》。

〔4〕 "宗教和政治是人类事务向前发展的两个轮子"（［法］波舒哀：《论圣史和俗史》，谭立铸译，载刘小枫编：《从普遍主义到历史主义》，华夏出版社2017年版，第19页）。

〔5〕 俄罗斯文化中的"愚"是一种圣愚。参见［美］汤普逊：《理解俄国：俄国文化中的圣愚》，杨德友译，生活·读书·新知三联书店1998年版。

〔6〕 俄国革命家、理论家托洛茨基于1940年8月在墨西哥遭暗杀。"墨西哥的五个太阳"是墨西哥作家富恩特斯的一本小说的名字（张佳劬等译，译林出版社2009年版）。

容于第三国际，那就另起炉灶，创建第四国际、第五国际。

争斗三阶段：党异伐异——党同伐异——党同伐同。

什么都想尝试，除了死感（小公务员契诃夫式[1]的）。

对该狂热的狂热，对不该缄默的缄默。

拍卖拿破仑的一根头发和温莎公爵夫人的一套珠宝。

拍卖人类的第一面镜子和汤显祖的最后一个梦。

纷纷戴上自然神论、无神论、唯名论或国家社会主义的有色眼镜。

不相信道成肉身和割肉饲虎。

在大战或复活节的前夜同名叫玛利亚的处女紧紧相拥。

黑手党头目脖子上挂着的硕大的金十字架。

把圣子与强盗一起钉死在智慧柱上，以呼应"圣人不死，大盗不止"的古训。

秉持理性中庸[2]或心理科学的态度，像解剖小白鼠一样解剖基督。

故意忘记历史，以让头脑清醒清醒。

思想自由成了不负责任的借口。

以翻译的名义扭曲、捏造、背叛。

倘若叛逆得有境界，赐予"哲人""艺术家"的美名，将之编入凡人杜撰的以俗史面目呈现的圣史。

---

[1] 《小公务员之死》是契诃夫的著名短篇小说。

[2] "中国很早就有了中庸的良知，从而避免了重大过失。她既未从宗教精神中获益，也未从中受损。"（[法]欧内斯特·勒南：《耶稣传》，梁工译，商务印书馆2010年版，第66页）

分裂的民族

钱钟书的小说《围城》写到大学里的鄙视链：理科学生瞧不起文科学生，外国语文系学生瞧不起中国文学系学生，中国文学系学生瞧不起哲学系学生，哲学系学生瞧不起社会学系学生，社会学系学生瞧不起教育系学生，教育系学生没有谁可以给他们瞧不起的，只能瞧不起本系的先生。[1]

民族之间的鄙视链同样存在。自18世纪，德意志人开始觉得法国人肤浅、轻浮、精神放荡，英国人平庸（比如，尼采讽刺道：J. S. 密尔，或曰侮辱人的清晰性）。而在法国人看来，德意志人晦涩（"北方佬的晦涩"）、古怪，英国人散漫、蒙昧，习惯于随便发挥，既不能掌握原理也无法推出原理的逻辑内涵。英国人则抱怨法国的智识激进主义，丝毫不顾传统[2]和常识，并认为德意志思想晦涩、神秘、阴暗，有一种"形而上学的疯狂"。[3] 英法德一起鄙视俄国人的粗野（类似春秋战国时期中原各国贬称楚为"荆蛮"——不知屈原老先生当时怎么想），认

---

[1]　钱钟书：《围城》，生活·读书·新知三联书店2009年版，第92页。

[2]　英国人之注重传统，参见［英］埃德蒙·柏克：《自由与传统》，蒋庆等译，三联书店2001年版。

[3]　参见［美］沃格林：《革命与新科学（修订版）》，谢华育译，华东师范大学出版社2019年版，第82-83页。

为美国人是"暴发户"（美国作家亨利·詹姆斯的《阿斯彭文稿》和菲茨杰拉德的《了不起的盖茨比》[1] 也在逆向佐证这一点）。俄罗斯和美国则讽刺老欧洲的没落和装出来的"贵族范"。

欧美主要民族之间的鄙视链是相互的，接近魏文帝所言的"文人相轻"。

当沃格林谈及欧洲"分裂的民族"时只说起英法德，当我（一个中国人）写这篇题为"分裂的民族"的短文时也只是另加了俄美两国，这已经是在通过选择性忽略的方式鄙视其他弱小民族了[2]。诸大国之中关心世界局势、热爱和平的人民（比如说中国人），可能对美国航空母舰的排水量和香奈儿历年发布的新品如数家珍，却未必知道还有一个叫瓦努阿图[3]的微型小国——除了寥寥几个研究太平洋战争的专门史家和爱琢磨地图的无聊人。果真是，"凡有的，还要加给他，叫他多余；没有的，连他所有的也要夺过来。"（《新约·马太福音》25：29）[4]

我们都嵌在一个充满深深偏见的大国主导的世界之中。

但我偶尔会忍不住追忆从前人类从非洲迁至全球各地的时刻，那时，人类的肤色、习性和风格相差无几；以及从前的从前，那时，东北虎不认识孟加拉虎、巴厘虎[5]，因此不存在争夺"生存空间"的可能。

---

〔1〕 参见［美］亨利·詹姆斯：《阿斯彭文稿》，黄协安译，上海译文出版社2012年版；［美］菲茨杰拉德：《了不起的盖茨比》，姚乃强译，人民文学出版社2004年版。

〔2〕 1400年以后相当长的一段时间内，欧洲列强认为其他地区的人民是"野蛮的""没有历史的"。历史被转变成"一个道德的成功故事"（［美］埃里克·沃尔夫：《欧洲与没有历史的人民》，赵丙祥等译，上海人民出版社2006年版，第9页）。

〔3〕 瓦努阿图是南太平洋岛国，原为英法共管的殖民地，1980年才赢得独立。

〔4〕 "马太效应"在互联网时代尤其明显。"脸书"、"微信"和"推特"几乎垄断了全球的社交网络服务。

〔5〕 地球上的最后一只巴厘虎于1937年被人类猎杀。

1688 年的全球史

　　1688 年的某个日子。明朝逸民王夫之写下一首题为《偶作·戊辰》的诗，另一位逸民石涛（他是明宗室后裔）正以"苦瓜和尚"的法号云游四方。康熙皇帝在乾清宫接见并嘉勉靖海将军施琅（他于五年前率军平定了台湾地区）："从来功高者，往往不克保全始终，皆由未能敬慎之故，尔其勉之"；康熙还在不久后颁布了《告万民书》，其中曰："法律者，帝王不得已而用之也"。[1] 具有强烈美感和几何学似的精准眼光、对手工操作技术有着本能需要的彼得（彼得大帝）结识了荷兰商人弗朗士·蒂姆曼，后者教他使用六分仪，这启发彼得大帝化装跑到荷兰一家造船厂工作（工友们认为他朴实、才气横溢，就是不懂得文明整洁地用餐）。[2] 路易十四在宴会上即席吟了一首打油诗："在我弟弟那里/不太需要塞朗法官/而乖巧的布瓦弗朗/倒懂得使人喜欢。"[3] 英国爆发了不

─────────────

　　〔1〕〔英〕小约翰威尔斯：《1688 年的全球史》，赵辉译，海南出版社 2004 年版，第 161、179 页；〔清〕石涛：《苦瓜和尚画语录》，周远斌点校，山东画报出版社 2007 年版，前言，第 1 页；〔清〕雍正皇帝集录整理：《康熙皇帝告万民书·康熙皇帝教子格言》，湖南人民出版社 1999 年版，第 44 页。

　　〔2〕〔俄〕克柳切夫斯基：《俄国史教程》（第 4 卷），张咏白等译，商务印书馆 2009 年版，第 27-39 页。

　　〔3〕〔法〕伏尔泰：《路易十四时代》，吴模信等译，商务印书馆 1982 年版，第 412 页。

流血的"光荣革命"（既然不曾流血，严格来说，就不配称作革命——当然，只是流血的，更谈不上革命），但这丝毫不影响四十五岁的单身汉牛顿沉浸于《自然哲学之数学原理》正式出版的喜悦之中，他认为"只有拥有统治权的精神存在者才能称其为上帝"[1]。比牛顿只小一岁的俳句大师松尾芭蕉与青蛙对话对烦了，坐天观井也观厌了，遂决定去三千里之外的北胡寻找他朝思暮想的李陵[2]的行踪，"思之抑郁凄楚，且向虚幻之世一洒离别之泪"[3]。我擦掉眼角的残泪（昨晚梦里流下的），心想：这些大人物曾经栖居在同一个年份、同一个时刻，却互不相识，甚至不知对方的存在（也就是说，他们的时间并不具同一性），而我却可以同时在梦中拜会他们（等于他们也拜会了我），该是一种何等的幸运！

一起入梦的还有铁马、冰河、钗头凤和约翰·洛克关于绵延的那句哲言[4]。

如果尸解之后灵魂仍在，那上述的相互拜会就不仅仅是梦，还是一

---

〔1〕[英]牛顿：《自然哲学的数学原理》，王克迪译，北京大学出版社2006年版，导读，第15页。

〔2〕李陵（前134-前74），飞将军李广的长孙，兵败浚稽山（以五千兵对匈奴八万兵），投降匈奴。"李陵入胡，三千里道之感"（[日]松尾芭蕉：《奥州小道》，郑民钦译，河北教育出版社2002年版，第57页）。

〔3〕[日]松尾芭蕉：《奥州小道》，郑民钦译，河北教育出版社2002年版，第57页。

〔4〕"要想正确地来了解时间和悠久，我们应当仔细考察我们对绵延有什么观念，和获得那个观念的途径"（[英]约翰·洛克：《人类理解论》，关文运译，商务印书馆1959年版，第149页）。约翰·洛克《人类理解论》一书完成于1688年。"绵延"也是柏格森哲学的核心概念。柏格森说："无独有偶，我的那些更深层次也即更内在的状态，比如知觉、感情、欲望之类，也都在不停绵延着、变化着，它们绝不像简单的视知觉那样始终面对着一个静止不变的对象"（参见[法]柏格森：《生命的真谛》，冯道如等译，凤凰文艺出版社2015年版，第4页）。

件不容置疑的客观事实——既是"祭神如神在",又是祭神即神在。我在昭西陵看到沧桑端庄的孝庄太后[1]牵着幼年康熙的手,朝木兰围场的方向坚定地走去。我在玻尔兹曼墓碑前看到这位"甜心小胖"在向我招手[2]。我看到一个教名为伊曼纽·斯威登堡的婴孩在斯德哥尔摩一栋小房子里像小老鼠一般诞生[3]。

　　天堂里的人也由母亲怀胎而生。较有智慧的人诞生在中央,其他的在周边。[4]

我是神秘主义者?我是全球史论者?

不,我只是一个暴躁的直觉论者。我实在理不清全球史与跨国史、全球社会和平学与全球政治战争学有何区别[5],至于"公元5世纪的普雷斯库首先完成了第一部自觉的全球史"[6]更让我觉得不知所云

----

〔1〕 孝庄太后是康熙的祖母,清初杰出的女政治家。她于1688年崩逝,死后葬于昭西陵(位于河北遵化市清东陵大红门外东侧)。

〔2〕 "玻尔兹曼明白时间的流逝并不具有实在性。那只是过去某一点宇宙神秘的不可能性的模糊映像。"(〔意〕卡洛·罗韦利:《时间的秩序》,杨光译,湖南科学技术出版社2019年版,第23页)

〔3〕 斯威登堡(1688-1772),瑞典科学家、哲学家、神秘主义者。

〔4〕 "天堂有大小不等的社区,大的社区是由数万个社区组成的,小的社区也是由数千个社区组成的,再小的也由数百个社区组成","较有智慧的总是住在中央,其他的在周边"(〔瑞典〕伊曼纽·史威登堡:《天堂与地狱》,叶雷恩译,白象文化事业有限公司2012年版,第35页)。

〔5〕 参见〔日〕星野昭吉:《全球社会和平学》,梁云祥等译,北京师范大学出版社2007年版,第1-67页;〔美〕入江昭:《全球史与跨国史:过去,现在与未来》,邢承吉等译,浙江大学出版社2018年版。

〔6〕 参见〔美〕柯娇燕:《什么是全球史》,刘文明译,北京大学出版社2009年版,第19页。

（倘若如此，则"第一"的名号可以随便封人、自封〔1〕）。历史写作无不具有寓言性，否则便不是历史写作，而是学术写作或别的什么写作。好的历史写作更是兼具预言性，尽管颓败线的走向、物性的未来以及创伤者能否走出革命之后的记忆阴影都是无法预测的。

不是松尾芭蕉，而是木心，才是真正的俳句大师。

不是施琅，而是王夫之，才是康熙合适的对话人。

不是1968年垮掉或失落的一代发起的风起云涌的运动〔2〕，而是1688年某个暄暖的午后飘荡在石船山上空的几个抑扬顿挫的词汇，让我久久难以忘怀。但我拒绝去那里蛰隐，因为在荒野我无法享受便捷的快递服务（我是个吃货），也不便与火性的女子讨论"忍可以畜德威之固"〔3〕的人生和政治哲学意涵。

---

〔1〕 类似的论调如："唐小兵的研究显示，梁启超大概是中国第一个全面系统阐述现代历史观念的人"（王斑：《全球化阴影下的历史与记忆》，南京大学出版社2006年版，第7页）。凭什么说梁启超比魏源或王夫之、伯林比维柯更具现代性？

〔2〕 参见［法］让-克劳德·卡里耶尔：《乌托邦年代：1968-1969，纽约-巴黎-布拉格-纽约》，胡纾译，新星出版社2018年版；［意］夸特罗其等：《法国1968：终结的开始》，赵刚译，生活·读书·新知三联书店2001年版；［英］塔里克·阿里等：《1968年：反叛的年代》，范昌龙等译，山东画报出版社2003年版；［美］凯鲁亚克：《垮掉的一代》，金绍禹译，上海译文出版社2012年版；［法］潘鸣啸：《失落的一代》，欧阳因译，中国大百科全书出版社2010年版；［美］彼德·科利尔：《破坏性的一代：对六十年代的再思考》，文津出版社2004年版。

〔3〕 王夫之：《读通鉴论》（下册），中华书局1975年版，第721页。

普芬道夫

同《牛顿哲学原理》的作者伏尔泰一样，来自萨克森的法学家普芬道夫也是一个一流学者、二流思想家（一流思想家无所谓学者不学者，可能只是一个没留下真实名字的神秘人物[1]、生前默默无闻的大诗人或英年早逝的剧作家[2]）。他好歹还称得上思想家（只是原创性较弱——他受格劳秀斯和霍布斯浸染太深[3]，没能跨出两位前辈为他划定的思想围栏），不像二三流及不入流学者纯然属于技术性范畴，与精神史和"英雄心灵"无涉。以译介《圣经》为志业的"法学家"——他肯定不屑于这一称号，尽管他的编制在一所著名法学院——冯象先生说：

> 法学对历史的影响是微乎其微的，它不属于人类在精神领域的

---

[1] 如《红楼梦》的评论者脂砚斋和（伪）狄奥尼修斯（著有《神秘神学》，包利民译，商务印书馆 2012 年版）。老子曰："道可道，非常道。名可名，非常名。"

[2] 如德国剧作家格奥尔格·毕希纳（1813-1937），其作品参见《毕希纳全集》（李士勋等译，人民文学出版社 2008 年版）。对毕希纳的一个深刻解读，参见刘小枫：《沉重的肉身》，华夏出版社 2004 年版，第 10-35 页。

[3] "就国际法而言，普芬道夫站在格劳秀斯和霍布斯的中间"；"在他生活的时代他被称为'格劳秀斯之子'"，但实际上"霍布斯的影响更深一些"（[美] 阿瑟·努斯鲍姆：《简明国际法史》，张小平译，法律出版社 2011 年版，第 92、94 页）。

最高成就（自然科学的基本原理、哲学宗教与伦理思辨、各民族文学艺术的精华）之列。[1]

然而，与当代中国很多（太多）著名法学家迥然不同的是，普芬道夫是参与哲学宗教与伦理思辨的[2]，之所以没能成为一流思想家，乃由于客观上灵智不足的缘故，并非他主观上不想。

二流思想家的特殊才能：（1）识得出一流思想家，并对一流思想予以发挥，而非借鉴式的照搬照抄；（2）有意与一流思想家争辩——找对辩手是一种能力，有着"法兰西思想之王"美称的伏尔泰之所以偏偏要同食不果腹的卢梭先生过不去，就是为了搭后者的便车而青史留名（更大的名）；（3）临死时为自己没能成为一流思想家而遗憾和痛苦不堪——反省是一种能力，痛苦更是一种能力。

我钦佩普芬道夫的首要原因是他没有沦为佩拉纠主义者[3]。其次是他的著作登上了"禁书名录"，我就没这个不幸的荣幸——我所生活的时代太自由，也够文明。再次，他像我一样勤奋，写下洋洋八卷本的《自然法与国际法》[4]——然而，大部分勤奋不过是徒然耗费精力，勤

---

〔1〕 冯象：《我是阿尔法：论法和人工智能》，中国政法大学出版社 2018 年版，第 53 页。

〔2〕 参见［德］普芬道夫：《就公民社会论宗教的本质和特性》，俞沂暄译，上海三联书店 2013 年版；［德］普芬道夫：《人和公民的自然法义务》，鞠成伟译，商务印书馆 2009 年版。

〔3〕 佩拉纠（公元 354-420 或 440），英格兰修士，他否认原罪学说，认为人性本善。后被斥为异端。又参见［古罗马］奥古斯丁：《论原罪与恩典：驳佩拉纠派》，周伟驰译，商务印书馆 2012 年版。

〔4〕《自然法与国际法》前两卷的中文译本早在 2012 年（北京大学出版社，罗国强等译）即已出版，然有好几年过去了，后六卷依旧不见着落，这给不懂德文、不擅英文的我带来诸多不便。毕竟，薄薄一册《人和公民的自然法义务》（鞠成伟译，商务印书馆 2010 年版）只是八卷本《自然法与国际法》的精编浓缩本。

能补拙只是安慰拙人的动听谎言。最后，他有几行文字甚合我心：人类的欲望是日渐增长并且不易满足的；尽管多有荒唐之言，塞尔登的《海洋封闭论》仍值得一读；历史学家共谋的谎言不被揭穿是不太可能的。[1] 那么，难道，我们必须重归被另一种谎言占据的英雄时代？

---

〔1〕［德］普芬道夫：《自然法与国际法》（第1、2卷），罗国强等译，北京大学出版社2012年版，第166、247、41页。博尔赫斯说："一个人会先爱上几行文字，然后一页书，然后一个作家。"（转引自［意］皮耶尔乔治·奥迪弗雷迪：《叛逆的思想家》，姚轶苒译，北京联合出版公司2019年版，第52页。）

普鲁士的碎片

常常是某个不甘虚度此生的人打破了局势的微妙平衡。1740年即位的普鲁士国王腓特烈二世（腓特烈大帝）就是一个这样的人。

腓特烈二世认为自己的首要任务是解决普鲁士领土的"碎片化"问题。他在自己的著作《我们时代的历史》（*History of my own times*）中写道："普鲁士领土的形状不规则，有很多省是狭长、分散和碎片状的，从东部的库尔兰一直延伸到西部的布拉班特。因此，普鲁士的邻国很多。如果不能消除领土的分散状态，那么普鲁士将无法展现自己的实力，而且会暴露在众多敌人面前。"随后发生的事情就再自然不过了。国家财政收入的一大半被用来扩编军队、改进武备。进攻西里西亚的战事恰逢其时（1740年12月）地发生——时机总是稍纵即逝。奥地利军队在莫尔维茨会战中一败涂地（1741年10月）。奥地利心不甘地签订了《克莱因-施内尔多夫休战协定》（1741年10月），玛利亚·特蕾莎（奥地利女王）情不愿地签订了《柏林条约》，同意下西里西亚省归腓特烈二世所有。七年战争中，羸弱的萨克森王国遭到进攻，随后，奥地利也在罗布西茨战役中被击败（1756年10月）。腓特烈二世还倡导并参与瓜分波兰（1772年5月），发动巴伐利亚王位继承战争（1778-1779年）。但他并不是一个贪得无厌的人——不少吃但也不多吃一块肉，他说："作为一个国王，要有能力适时停止战争。"[1] 腓特烈二世是谨慎持重的政治家，而非莽夫或好战分子——与疯狂进攻苏俄的希特勒不同。

欧洲诸国的疑问是："普鲁士人开枪也没那么快"[2]，为何普鲁士军队总能以少胜多、攻无不克？

我的疑问是，后来的普鲁士、今天的德意志难道就不碎片化了吗？

哪一片树叶（包括海棠叶[3]）不是一块小小的碎片呢？而这块小小的碎片在枯干掉落之后还会继续破裂为更小的碎片，碎片继续破裂，直至……无穷——其实不可能无穷，无须多久，碎片就会变成葬入地下的肥料，不再是树叶，不复是碎片。

既然拙笨如我都能明白这个浅显的道理，睿智神武的腓特烈大帝又岂能不懂？

莫忘了腓特烈大帝是《C 大调长笛协奏曲》的作者，一位动辄就在无忧宫亲自演奏的艺术家。在艺术家的眼中，没有东西不是艺术品——从音乐到国家[4]。之于想象力丰富的大帝来说，将国家比作碎片只是牛刀小试而已。他的潜台词实际上是，必须采集协奏曲、战歌、国歌、国际歌、风、雅、颂等作为黏合剂，黏合碎裂的树叶，化解金铁国家的戾气。腓特烈二世简直是季札和皮埃尔·狄盖特[5]的知音。

---

〔1〕 转引自［英］西姆斯：《欧洲：1453 年以来的争霸之途》，孟维瞻译，中信出版社 2016 年版，第 83-85 页。

〔2〕 这是当时的一句俗语。参见［德］赛巴斯提安·哈夫纳：《不含传说的普鲁士》，周全译，北京大学出版社 2016 年版，第 67 页。

〔3〕 有一些爱国志士时不时怀念中国"海棠叶地图"的时代，精神可嘉。

〔4〕 瑞士人布克哈特也将国家比作"艺术品"。参见［瑞士］布克哈特：《作为艺术品的国家》，孙平华等译，中国对外翻译出版有限公司 2014 年版。又参见［瑞士］布克哈特：《意大利文艺复兴时期的文化》，何新译，商务印书馆 1979 年版，第一篇。

〔5〕 季札是春秋时期的音乐（鉴赏）家。皮埃尔·狄盖特是法国共产主义者，《国际歌》的作者。

吾乃普鲁士人，你可知我颜色？……我永不畏葸退缩。(《普鲁士国歌》[1])

　　这是最后的斗争，团结起来到明天，英特纳雄耐尔就一定要实现。(《国际歌》)

　　五声和，八风平，节有度，守有序，盛德之所同也。("季札观乐"，《左传·襄公二十九年》)

　　不要觉得我扯得离题太远，约阿希姆[2]不会同意你的臆断。当然，在他老人家眼中，我只是一个没有机会掌权的失败艺术家[3]，一个看到张爱玲窗前的落叶就流泪的小诗人，一个听到杜伊诺哀歌就心碎的浪子，一个读到龚自珍《己亥杂诗》就想上战场杀敌的勇士（五分钟热度）。[4]

　　普鲁士≠尚武。尚武的价值观和美德绝不应贬低为"蔑视人性"。

　　"报晓的雄鸡和化作肥料的海棠叶一起催生了英雄和英雄的黎明。"精武门的陈真和蔡锷[5]异口同声说。

---

　　[1]　[德] 赛巴斯提安·哈夫纳：《不含传说的普鲁士》，周全译，北京大学出版社2016年版，扉页。

　　[2]　参见 [意] 约阿希姆：《三位一体的历史含义》，安蒨译，载刘小枫编：《西方古代的天下观》，华夏出版社2018年版，第288—309页。

　　[3]　希特勒少年时曾参加唱诗班，热爱读书和艺术，两度申请维也纳艺术学院遭拒，遂自修绘画（素描和水彩）。有一段时间他靠在街头卖画为生，偶尔打点零工。

　　[4]　《落叶的爱》是张爱玲的一首诗。《杜伊诺哀歌》是德语诗人里尔克的组诗（共十首）。龚自珍《己亥杂诗》第五首曰："落红不是无情物，化作春泥更护花"；第一百二十五首曰："我劝天公重抖擞，不拘一格降人才"。

　　[5]　陈真是影视剧虚构的人物（精武门霍元甲的弟子）。1902年2月，蔡锷在梁启超创办的《新民丛报》发表《军国民篇》（参见毛注青等编：《蔡锷集》，湖南人民出版社2008年版）。

《新科学》第 349 节

　　如果今天，2020 年 4 月 19 日，大哲学家维柯《新科学》一书的第 349 节甚至整部《新科学》从地球上彻底消失，若干年后，会不会有另一位维柯或杜柯将之一字不差地重述出来？"会的！但肯定不是越南人、索托人或巴拉圭人，极可能是一位意大利裔中国人。"维柯答道，满脸神圣的喜悦。

　　面对一个幻影，我犹豫如何接话。在这停顿的瞬间，他已飞离我至十万八千八百里之外。他走后，我倏地变得坚定起来，确信自己刚才所见就是维柯本人。既然我已将《新科学》第 349 节牢牢记诵，尤其那句"任何对本学科沉思默索的人其实就是在向自己叙述这种理想的永恒史"[1]（它赐予我神圣的暗示及惊奇[2]的能力），我还有什么好惧怕和怀疑的呢？

---

　　[1]　参见［意］维柯：《新科学》，朱光潜译，人民文学出版社 1986 年版，第 145 页。

　　[2]　"惊奇是无知的女儿，惊奇的对象愈大，惊奇也就变得愈大"，"当惊奇唤醒我们的心灵时，好奇心总有这样的习惯，每逢见到自然界有某种反常现象时，例如一颗彗星，一个太阳幻相，一颗正午的星光，就立刻要追问它意味着什么"（［意］维柯：《新科学》，朱光潜译，人民文学出版社 1986 年版，第 98、99 页）。纪德也说："让你的视象在每一瞬间都是新的。智者即是对一切事物都发生惊奇的人"（［法］纪德：《地粮》，盛澄华译，上海译文出版社 2015 年版，第 20 页）。

故乡小河沟泛滥的洪水与《圣经》记述的大水共享一个源头。逼迫祖父的祖父缴纳户口税的村长曾经与莫卧儿帝国的一位包税人和奥弗涅的帕斯卡[1]讨论代表制的中世纪起源。大学期间学习的罗马法同荷马、玄学和物理学一样是诗性的。三十而立意味着重归形而上学的阿基米德原点[2]，而到了不惑的四十岁，更须自觉地超越流行的精致概念和意见，不再轻易非议前理性、反社会和"感性存在的野蛮"[3]等天意呈现方式[4]，有勇气担负跨越"系科"雷池的后果，有胆量比较《新科学》与《新政治科学》[5]的高下，将自己纳入创造性的自然-历史进程。如果有一天我有幸成为立法者，将规定新婚夫妇在民政或宗教部门签订契约时不是对着《圣经》《古兰经》《中华人民共和国婚姻法》宣誓，而是当众解释一下"民政神学"和"诗性经济"的关联。

我终于戒除了喜欢谈论方法[6]的怪癖。我思故我不在。

我终于能读懂维柯的《新科学》了。是《新科学》之后的"新科学"，是黄河青山，是极端抽象的数字体系，是秩序的重建，是后现代

---

〔1〕 帕斯卡（1623-1662），出生于法国奥弗涅地区的物理学家、哲学家和作家，著有《算术三角形》《思想录》等。

〔2〕 参见［美］沃格林：《革命与新科学（修订版）》，谢华育译，华东师范大学出版社2019年版，第169页。

〔3〕 关于"感性存在的野蛮"和"谋划的野蛮"（现代文明的一个特征）之不同，参见［德］卡尔·洛维特：《世界历史与救赎历史》，李秋零等译，生活·读书·新知三联书店2002年版，第160页。

〔4〕 参见［美］安布勒：《施特劳斯讲维科》，方楚道译，载刘小枫编：《从普遍历史到历史主义》，华夏出版社2017年版，第291页。

〔5〕 指埃里克·沃格林的《新政治科学》（段保良译本，商务印书馆2018年版）。

〔6〕 笛卡尔至死都没改掉这个奥毛病，尽管他"热爱诗词"，但太看重雄辩（参见［法］笛卡尔：《谈谈方法》，王太庆译，商务印书馆2000年版，第7页）。

幽灵映射出的母性（源初性)[1]，是一次颁奖或开学典礼[2]，在翘首以盼地等我。

〔1〕 参见［英］玛利亚·阿里斯托戴默：《法律与文学：从她走向永恒》，薛朝凤译，北京大学出版社2017年版，目录。

〔2〕 1706年10月18日，维柯在一次开学典礼上发表演说："让我们用文教使武功更荣耀，使帝国更强盛"（［意］维柯：《维柯论人文教育——大学开学典礼演讲集》，张小勇译，广西师范大学出版社2005年版，第73-90页）。

奥斯特利茨

在珞珈山[1]同好友库布里克[2]分手九个小时后，他乘坐的高速列车缓缓开进许久不见的布拉格火车站。火车站弥漫着阴曹地府般的暮色，他突然想起车站不远处的夜间动物园（里边住着雕鸮、猫头鹰、浣熊等，它们目不转睛、凝神深视的目光像极了某些画家和哲学家的目光，好似在清洗理性范畴，暂时出离自己所在的这个虚幻世界），想起小时候乘坐小火车，进行所谓的地球尽头之旅。[3] 就他一个人下车。他走到出站口，左右看了看，只有一位把金黄色头发（或许是染的）盘成鸟巢状的女郎在等人。不是在等他。正因为不是在等他，他觉得这位脚蹬高跟鞋的曼妙女郎就是昔日时光之女神。离目的地还有一段距离。他正了正头上的考克帽，大步朝前走去。

---

〔1〕 珞珈山位于武昌，是国立武汉大学的坐落地。抗日战争时期，周恩来曾在山上的别墅居住。

〔2〕 库布里克（1928-1999），美国电影导演，他执导《2001 太空漫游》被视作现代科幻电影的经典之作，大师之作。

〔3〕 参见［德］温弗里德·塞巴尔德：《奥斯特利茨》，刁承俊译，广西师范大学出版社 2019 年版，第 2-5 页。

他穿越布里埃纳军校[1]门口的喧嚷，穿越街头奢靡、寻乐、美术的风气，穿越土伦前线的炮火，穿越敌军重兵把守的洛迪桥[2]，穿越布斯基耶拉城的丁字路口和十字路口[3]（在那里他曾点燃营火，讯问逃兵、间谍和上帝），穿越《出埃及记》中的埃及和红海上的浓雾，穿越宪政派教士（他们一度被视作"精神宪兵队"）[4]敲响的教堂钟声，穿越遍布威尼斯和巴黎的赤裸裸的嫉妒心[5]，穿越与变色龙塔列朗[6]推杯换盏的人群，穿越"天才的优伶"、宛若钟表一般机械的约瑟夫·富歇[7]呈上的保王党的隐私，穿越诺曼底民众准备的恭维之词（他原

---

〔1〕 1779 年 4 月，刚满十岁的拿破仑进入布里埃纳陆军学校（Brieune）。他在日记中写道："我急于求学，求知识，求进步"，"我酷好读书"，"我比同学聪明，我觉得快乐".（《拿破仑日记》，伍光健译，中国言实出版社 2013 年版，第 1 页）。伍光健（1867-1943），北洋水师学堂毕业，后留学英国，曾担任清政府海军部顾问、南京临时政府财政部顾问、复旦大学教授。

〔2〕 参见 [法] 司汤达：《拿破仑：男人中的男人》，冷杉译，江苏文艺出版社2013 年版，第 127 页。

〔3〕 参见 [法] 科尔森编著：《拿破仑论战争》，曾珠等译，上海社会科学院出版社 2016 年版，第 60-61 页。

〔4〕 参见 [法] 勒费弗尔：《拿破仑时代》，河北师大外语系翻译组译，商务印书馆 1978 年版，第 156 页。

〔5〕 "共和国的管理很糟糕，行政机关已经腐败了。它不能取得人民的任何信任，也不享有任何尊敬。"（《拿破仑文选》上卷，陈太先译，商务印书馆 1980 年版，第 330页）

〔6〕 塔列朗（1754-1838），贵族出身，曾担任"革命的主教"和拿破仑的外交部长，冷静理智，擅权变。参见 [法] 塔列朗：《变色龙才是政治的徽章：塔列朗自述》，王新连译，中国法制出版社 2010 年版。

〔7〕 约瑟夫·富歇（1759-1820），法兰西帝国第一警务大臣（1804-1810，1815），法国警察组织的建立者。巴尔扎克认为他是那个时代最有意思的人，"阴郁深沉、卓荦不凡然而无籍籍名的才智之士"，拥有"匪夷所思的洞察力和准确无误的洞见"（[奥] 茨威格：《约瑟夫·富歇：一个政治家的肖像》，侯焕闳译，辽宁教育出版社 2001年版，序）。

本打算微服私访的)〔1〕，穿越虽然简朴〔2〕却陈列着恺撒和腓特烈大帝铜像的书房，穿越《民法典》中几个他亲自拟定的条款（尤其第21条)〔3〕，穿越少年维特的眼泪浸湿的幽静沟壑和连绵山丘〔4〕，穿越马背上的世界灵魂〔5〕，穿越诸神所饮的血〔6〕（其中有路易十六、丹东、罗伯斯庇尔及两个掷弹兵〔7〕的），穿越犹豫不决然而终于降下的鹅毛大雪〔8〕，穿越"法老号"大副埃德蒙·唐泰斯〔9〕待过十四年的死亡之岛，穿越卑鄙的滑铁卢，穿越"百姓的卢浮宫"〔10〕，穿越随时迎接他归

---

〔1〕 参见［法］让-安托万·夏普塔尔：《亲历拿破仑》，潘巧英译，华中科技大学出版社 2014 年版，第 145 页。

〔2〕 "虽然拿破仑已经称帝，但在个人生活上，和当年没什么两样，他很少休闲，好像不会享受"，"拿破仑固守着节俭的作风"（［德］路德维希：《拿破仑传》，郑志勇译，陕西师范大学出版社 2009 年版，第 142-143 页）。

〔3〕 第 21 条讲的是君权与公民权的关系。参见《拿破仑法典》，李浩培等译，商务印书馆 1979 年版，第 3 页。

〔4〕 参见［德］歌德：《少年维特的烦恼》，黄蒙等译，上海世界图书出版公司 2014 年版，第 58 页。拿破仑是《少年维特的烦恼》的拥趸，并曾与歌德会晤。歌德说："这个人不能留在世上！……万物都有其自生自灭的规律：众魔群起而攻之，拿破仑也将难逃厄运"（转引自［德］路德维希：《拿破仑传》，郑志勇译，陕西师范大学出版社 2009 年版，第 176 页）。

〔5〕 黑格尔称拿破仑是"马背上的世界灵魂"。

〔6〕 参见［法］法朗士：《诸神渴了》，萧甘等译，文汇出版社 2015 年版。

〔7〕 海涅的诗《两个掷弹兵》是献给拿破仑的。

〔8〕 "俄军方面在 2 月 8 日早晨 7 时在雪片大如鹅毛的暴风雪中发动进攻。俄军迫近皇帝所在的普略西什-埃劳，御林禁卫军煞住了俄军纵队的推进。法军几乎全部投入会战，那是欧洲最惨烈的战争之一"，"埃劳会战是可怕的"（［法］布里昂：《回忆拿破仑》，郁飞译，北京时代华文书局 2015 年版，第 295 页）。1807 年的埃劳会战，双方死伤惨重，拿破仑惨胜。然而，对于拿破仑和法军而言，更可怕的事情发生在五年之后的 1812 年。

〔9〕 唐泰斯为拿破仑党人送信，遭小人陷害，打入死牢。他逃出后经过精心策划，报了恩，复了仇。参见法国作家大仲马的经典小说《基督山伯爵》。

〔10〕 "市场就是百姓的卢浮宫。"（［法］夏尔·拿破仑编：《拿破仑随想录》，吕长吟译，中国友谊出版公司 2017 年版，第 223 页）

来的凯旋门，穿越被他的天才、雄心和自负印在其上的整个宇宙[1]，穿越充斥着繁复和不协调形式的小说、传记和电影[2]，穿越一己的心灵莽原，抵达一个名叫奥斯特利茨的小村庄。

他曾经在这个小村庄指挥并打赢了一场史无前例的会战[3]，宣告了既不神圣又不罗马的神圣罗马帝国的终结[4]。

他不在意自己创立的帝国和新秩序何时终结。

他也只是服膺于时光女神的普通旅客。他终于可以在奥斯特利茨村西头一个平房的屋顶上，一边晒着拿破仑在曼图亚、耶拿和博罗季诺[5]晒过的太阳，一边惬意地读意识流小说《奥斯特利茨》了。

---

〔1〕 "当自负、雄心和自制这样互相熔铸在一起，并且给一个人的天赋才能配备了一副铁和金的骨架，使这些天赋才能能够把它们的印记打在整个宇宙之上的时候，他身上就产生了一种非凡的现象。然而，这也是一种正常的现象，犹如潮水和黑夜那样地不可抗拒。"（［法］艾利·福尔：《拿破仑论》，萧乾等译，北京大学出版社2016年版，第57页）。

〔2〕 博尔赫斯说："电影中充斥着繁复和不协调的形式。"（转引自［瑞典］丹尼尔·伯恩鲍姆：《年代学》，尹晟等译，金城出版社2012年版，中文版序）

〔3〕 奥斯特利茨战役（1805年12月2日），又称"三皇会战"。参见指文烽火工作室编：《拿破仑战记：战例、军略、武备考略》，中国长安出版社2015年版，第57-78页。

〔4〕 1805年12月16日，神圣罗马帝国被迫与法兰西帝国签订《普雷斯堡和约》。1906年7月12日，16个成员邦签订《莱茵邦联条约》，脱离神圣罗马帝国，加入拿破仑主导的莱茵邦联。1906年8月6日，弗朗茨二世被迫放弃神圣罗马帝国帝号，仅保留奥地利帝号。关于1648-1806年间的帝国法（它由包括《威斯特伐利亚和约》在内的许多成文法及习惯法组成），参见［德］彼得·克劳斯·哈特曼：《神圣罗马帝国文化史1648-1806年：帝国法、宗教和文化》，刘新利等译，东方出版社2005年版，第5-82页。

〔5〕 曼图亚争夺战（1796-1797）；耶拿战役（1806）；博罗季诺战役（1812）。

第九感

布克哈特《历史讲稿》最后两节讲的是拿破仑。他指出，容格的《波拿巴及其时代》、雷姆萨夫人的《回忆录》、梅特涅的《笔记》都没有彰显出拿破仑的伟大和独特："无与伦比的神奇的意志力跟深广灵活的智慧的结合"；拿破仑"在所有军事事务上都有第六感，对一切有助于权力生成的东西都有第七感"；"他的死敌是没耐心"[1]——没耐心则无法使刚刚创立的帝国神圣化[2]，缺乏承受力，难以持久。

一个对生命易逝有着焦灼感的人没耐心是可以理解的，他想在死前做成所有想做的事，比如说远征俄国。纵使不能成功，体尝一下火烧莫斯科的快感也是好的，英国女王就没有荣幸感受这一愚蠢的激情。

维也纳会议上的外交官们倒是特别有耐心（外交官不能没耐心），会一开就是九个月（1914年9月至1915年6月）。"分赃"需要反复协商、博弈，难免拖得久一点，这也是可以理解的。这九个月期间，正式的全体大会一次也没开，全是非正式会晤——这更是可以理解的，私房

---

〔1〕 ［瑞士］布克哈特：《历史讲稿》，刘北成等译，生活·读书·新知三联书店2014年版，第303-304页。当年袁世凯也是没耐心，急着称帝，梁启超《异哉所谓国体问题者》对袁公并非全是讨伐，还有无尽的惋惜，更多是惋惜。
〔2〕 参见 ［英］克劳利：《新编剑桥近代史（第9卷）：动乱年代的战争与和平》，中国社会科学院世界历史研究所组译，中国社会科学出版社1992年版，第838页。

话只能私下里说。而且，任何国际和会（甚至一切会议），与会代表越多、越显得正式，越不重要，不是吗？维也纳会议的主角可不是纯粹的外交官、等闲之辈：折冲樽俎的梅特涅，灵活多变的卡斯尔雷，故作颟顸的哈登堡，强悍又敏感的亚历山大一世，用心良苦、左右逢源的塔列朗。[1] 他们个个理性、智慧、现实、能干，无愧于"大政治家"称号，只是，既然他们是大政治家了，那他们共同的敌人拿破仑就不是了，是什么呢——拿破仑就是拿破仑。

维也纳体系的核心原则是大国协调，或曰"五强共治"[2]。"五强"指俄罗斯、英国、普鲁士、奥地利、法国。占据欧洲四分之一面积的奥斯曼帝国被排除在外，尚未崛起的美国和遥远的天朝大国亦不在其列。涌入维也纳的除了"五强"的主角，还有小国代表们（整天无所事事，只好参加舞会、赛马、音乐会，同花枝招展的公爵侯爵夫人挤眉弄眼）、自食其力的贝多芬（他负责在金色大厅指挥《英雄交响曲》，众人听得如痴如醉，一时忘了这首曲子原本是献给拿破仑的）、商人面目的间谍（凡外交场合总不可或缺）、路人表情的小偷（多是其村庄被士兵洗劫一空的农夫）和不计其数的老鼠——幸好没爆发鼠疫，否则，当时正在维也纳英雄广场[3]玩耍的加缪的祖父的祖父就可能去见上帝了，如此，也就不会有冷观西西弗斯推巨石的加缪了。

---

〔1〕 五人分别是奥地利外相（后兼任首相）、英国外交大臣、普鲁士首相、俄国沙皇和法国总理大臣。一般认为，梅特涅是维也纳体系的首要设计师和建筑师，这位在历史叙事中向来以"反动化身"形象出现的政治家有着非常复杂的面向（参见［德］沃尔弗拉姆·希曼：《梅特涅：帝国与世界》，杨惠群译，社会科学文献出版社2019年版）。

〔2〕 ［英］佩里·安德森：《大国协调及其反抗者》，章永乐、魏磊杰等编译，北京大学出版社2018年版，第2页。

〔3〕 英雄广场是霍夫斯堡皇宫（奥地利哈布斯堡王朝的冬宫，夏宫是美泉宫）外的广场，1938年希特勒在此宣布德奥合并。

您的胜利永远是暂时的，不过如此。(加缪《鼠疫》)[1]

被流放的感觉是无可救药的，因为被剥夺了对失去家园的记忆和对应许之乡的盼望。(加缪《西西弗斯神话》)[2]

先是被上帝偶然地流放到一个岛（科西嘉岛），然后被上帝的子民必然地流放到另一个岛（圣赫勒拿岛）。生于岛，死于岛。还有比这更奇妙的安排吗？

拿破仑在胜利时即已意识到自己的胜利是暂时的，在被流放之前已将自己流放。

或许不存在永远的胜利和永远处于绝对霸权地位的绝对主义国家[3]，但绝对存在绝对的人、纯粹的人、脱离了低级趣味的人[4]，拥有第七感（末那识）和第八感（阿赖耶识[5]）同时又觊觎第九感的人。

---

〔1〕 ［法］加缪：《鼠疫》，李玉民译，漓江出版社 2015 年版，第 11 页。

〔2〕 ［法］加缪：《西西弗斯神话》，张清等译，中国对外翻译出版有限公司 2013 年版，第 4 页。

〔3〕 参见［英］佩里·安德森：《绝对主义国家的系谱》，刘北成等译，上海人民出版社 2001 年版。

〔4〕 参见毛泽东《纪念白求恩》(1939 年 12 月 21 日)。

〔5〕 参见废名（冯文炳）：《阿赖耶识论》，辽宁教育出版社 2000 年版。

古典学与殖民官员

在"革命-资本-帝国"三位一体[1]的长 19 世纪[2]，古典学对英国乃至欧洲统治阶层而言都是重要的必修课。从 1855 年起，印度官员选拔需要进行公开考试，进一步增加了古典学的比重，希腊语和拉丁语知识成为考试重点。学习古典学被认为是训练学生管理遍布全世界的英国臣民，特别是统治那些风俗文化与本土英国人不同的族群的最佳办法。成为派遣印度的官员吸引着英国最优秀的年轻人（最优秀的学生来自牛津大学贝利奥尔学院），这一职位的薪资和地位远超本土其他职业。[3]

如果赫伯特·乔治·威尔斯设想的"时间机器"真的存在、可以进

---

〔1〕 参见［英］霍布斯鲍姆：《革命的年代：1789-1848》，王章辉等译，江苏人民出版社 1999 年版；霍布斯鲍姆：《资本的年代：1848-1875》，张晓华等译，江苏人民出版社 1999 年版；霍布斯鲍姆：《帝国的年代：1875-1914》，贾士蘅译，江苏人民出版社 1999 年版。

〔2〕 "长 19 世纪"（1789-1914）超越了狭隘的世纪时间（一百年）。这里借鉴了汪晖先生"短 20 世纪"的说法（汪晖：《去政治化的政治：短 20 世纪的终结与 90 年代》，生活·读书·新知三联书店 2008 年版）。

〔3〕 ［美］克里尚·库马尔：《千年帝国史》，石炜译，中信出版社 2019 年版，第 314 页。

行时空旅行〔1〕的话，刘小枫先生肯定愿意穿越到 1855 年的牛津大学贝利奥尔学院任教，传授"儒教"、"公羊学"和"纬书"的微言大义〔2〕。只是，大英帝国的文化精英太小气，匮缺会通中西、通古今之变的瑰玮气质，断然不会接受中国古典学方面的课程。刘小枫先生是识时务的俊杰，不会傻傻地去碰钉子，他选择到经由漫长革命塑造过然而尚不够政治成熟的人民自己创办的大学（中国人民大学）开设古典学专业〔3〕，筚路蓝缕，以启山林。当然，刘小枫先生"得天下英才而教之"〔4〕的初衷绝非培养去"蛮夷"地区殖民的"殖民官员"〔5〕，而是"力图在古今之争的视域下返本开新"。

然而，研习古典、返本开新绝非"为伊消得人憔悴"即可实现的易事。那是一望无际的恐怖大海，若无乾元刚健之志和驾文驭思的本领，一不小心就会被梭伦时代、赫西俄德的正义、诗人的权杖、共同体问题、

〔1〕 加来道雄将"时间机器、超空间旅行"列为"二等不可思议"之事，也就是说，"或许将在未来 1000 年到 100 万年的时间内实现"（［美］加来道雄：《不可思议的物理》），晓颖译，上海科学技术文献出版社 2009 年版，第 7 页。

〔2〕 参见刘小枫：《儒教与民族国家》，华夏出版社 2007 年版。

〔3〕 2010 年，刘小枫教授在中国人民大学创办古典学本科实验班。2012 年，古典学成功申报为经教育部备案的自主设置的二级学科，并于 2014 年开始招收古典学硕士和博士。

〔4〕 刘小枫说，青春闲暇时光得抓紧时间多读历代圣贤之书，"即将告别襁褓的青春少年正在甚至已经步入生命的道德牵缠，此时最需要的莫过于依伴历代前贤文迹陶铸性情，以备充分的德性涵养走向属己的人生"（刘小枫编：《古典诗文绎读·西学卷·古代编（上）》，李世祥等译，华夏出版社 2008 年版，编者弁言，第 1 页）。关于古典教育与博雅教育，又参见甘阳：《文明·国家·大学》，生活·读书·新知三联书店 2018 年修订版；董成龙编译：《大学与博雅教育》，华夏出版社 2015 年；［德］维拉莫威兹：《古典学的历史》，陈恒译，生活·读书·新知三联书店 2008 年版。

〔5〕 不同于扩张型帝国，内敛型帝国秉持"美美与共"的天下和大同情怀，不屑殖民"蛮夷"地区。当然，如果拓展文化空间也算"殖民"的话，说刘小枫先生有殖民的野心亦未尝不可。准确的说法也许是，伟大文化在客观上不能不向外拓展。

史与诗之争、文明与种族、欧里庇得斯的血气、怀有希望的情欲、哲学的政治辩护、《约伯记》的修辞、福音书中的律例与范例、《忏悔录》的象征结构、阿尔-法拉比的修辞、但丁的喜剧、曼陀罗的隐喻、巨人的畅饮、太阳岛、乌托邦与闲暇、自由剧场、自由与革命、自由神学、新教神学、审美趣味、随笔的意图、文化相对论、公民宗教、霍布斯的申辩、卢梭的面具、谄媚者与历史哲人、有限性思想、赫尔墨斯、睡眠与梦想之神、亚特兰蒂斯的黄昏、克劳塞维茨的情报、地下室、宗教大法官传说、创生与救赎、古今革命、19 世纪的神义论、历史性瞬间、迫害的技艺、观看的伦理学、开篇指要、假名写作、插叙与暗语、谋篇与模式、确定性和功用性、生活情景与道德抉择、未来哲学的序曲等等概念海浪掀翻了船，不幸了，被鲨鱼咬死、吞噬，幸运了，会爬上鲁滨孙爬上过的海岸。

必须感激那些被鲨鱼吞噬的文士。是他们让鲨鱼暂时餍足，给友朋以喘息和活命之机。

那些爬上海岸的人须抓紧时间打造木帆、旗舰和飞船，休憩日亦不可休憩，"不要再惹老天爷来毁灭自己"[1]。

---

〔1〕〔英〕丹尼尔·笛福：《鲁滨孙漂流记》，徐霞村译，人民文学出版社 1959 年版，第 10 页。

白人的负担

从鲁迪亚德·吉卜林的小说（《在丛林里》[1]）、旅行书简（在日本[2]和埃及）和诗（《白人的负担》）中可以看出一个白人的优越感和道德感。

> 肩负起白人的重担
>
> 平息野蛮人的战争
>
> 填饱苦受饥荒的嘴
>
> 倾资使瘟疫平息[3]
>
> 当你的目标即将实现
>
> 为他人的工作将结束
>
> 小心懒惰，或愚昧的异教徒
>
> 使你所有的希望化为乌有
>
> （《白人的负担》）

---

[1] 参见《外国中短篇小说藏本·吉卜林》，文美惠等译，人民文学出版社 2014 年版，第 390—423 页。

[2] "日本是个无可挑剔的国家，唯一的污点是它的异质文化"（[英] 吉卜林：《回到家乡的人们》，马永波等译，江苏文艺出版社 2012 年版，第 31 页）。

[3] 另一位英国作家毛姆讲过一个英国医生（病菌学家）到霍乱肆虐的贵州湄潭府帮中国人防疫的故事。参见 [英] 毛姆：《面纱》，阮景林译，重庆出版社 2012 年版。

吉卜林写完这首诗就急不可耐地将之寄给西奥多·罗斯福，罗斯福回信说："从扩张主义的视角来说，很有道理。"〔1〕 当时（1898年）美国刚刚打败西班牙，取代后者成为菲律宾的"恩主"。1902年美国共和党议员乔治·霍尔在参议院发表《反对帝国主义》的演讲〔2〕——反对兼并菲律宾，警示美国式理想将导致恶果——显然是不合时宜的〔3〕，因为在19-20世纪，老牌的大英帝国和新兴的美利坚帝国都是极具道德感的。维多利亚时代的英国人不满足于仅仅统治落后民族，还要教化他们。〔4〕 1863年，一位来自非洲的使者询问维多利亚女王英国如此成功的秘密，女王微笑着递给他一本钦定版《圣经》。美国总统麦金莱认为"拯救"菲律宾人民不仅是美国义不容辞的责任，而且体现了美国的立国精神："我们跨过大海，把自由的火炬带到了这片土地上，我们开垦荒野，征服土人和野兽，我们以基督教的自由和法律为帝国奠定了基础。"而罗斯福上述对吉卜林所言，也只敢在私信中如是言，在公开场合他是绝不敢如此坦诚、冒天下之大不韪的，既然他想做、后来也真的做了总统，自然不能悖逆美国人民的"民意"。当时的美国"民意"尽

---

　　〔1〕 西奥多·罗斯福（1858-1919），曾作为美国海军部副部长参与1898年美西战争，1900年任副总统，1901年因总统麦金莱被无政府主义者刺杀身亡而继任总统。罗斯福还和海军上校阿尔弗雷德·马汉（著名的《海权论》一书的作者）是好友，受后者影响至深。罗斯福的回信，参见［英］吉卜林：《基姆》，李斯等译，时代文艺出版社2013年版，附录。

　　〔2〕 参见［美］戴安娜·拉维奇编：《美国读本：感动过一个国家的文字》，林本椿等译，生活·读书·新知三联书店1995年版，第452-457页。

　　〔3〕 就像在必须用暴力摧毁旧国家机器的革命年代滥发人道主义情感是不合时宜的一样。高尔基在《不合时宜的思想：关于革命与文化的思考》（朱希渝译本，江苏人民出版社1998年版）中写道："俄国人民那博得众人赞扬的心地善良实际上是卡拉马佐夫式的感伤主义，俄国人民对人道主义和文化的劝导是极端地缺乏悟性的"（第59页）。

　　〔4〕 参见［英］尼尔·弗格森：《帝国》，雨珂译，中信出版社2012年版，第100页。

管对门罗时代〔1〕的"民意"有所承继,但还是有所不同〔2〕。

正是在吞并菲律宾的 1898 年,美国提出针对中国的"门户开放"政策(包括美国在内的列强必须均享在华商业机会)。十年之后的 1908 年,美国决定将部分庚子赔款退还中国,用于办学和资助中国学生赴美留学,由是才有了后来的清华学堂-清华大学。美国的目的当然不限于培养商业和文化买办,更为了从知识上与精神上教化中国领袖——说得好听点,"白人的负担"。世纪之初的美国领导人当然无法预测,偏偏有一位未留过学甚至未上过大学的"先进中国人"看透了这个把戏,不仅不听凭宰制,还把美国的将军们(其中有一位叫麦克阿瑟)狠狠打了一顿屁股。倒是一位名叫杰克·伦敦的狼性的美国小说家看得更远些,他早在 1910 年(中国最羸弱的时刻)就看到了未来崛起的、"返老还童"的、"富有成效"的中国的可怕〔3〕,甚至建议西方世界在必要时制造瘟疫("死亡使者")对中国进行一次"史无前例的入侵"〔4〕。

---

〔1〕《门罗宣言》(1823)提出"美洲是美洲人的美洲"。美国扩张的重心最初在美洲,在 19 世纪末才逐渐转向亚洲和全球。

〔2〕当时美国的扩张倾向仍然是有限的,正如一位史家所评论的:"1898 年殖民地的兼并不仅是美国帝国主义的开端,也是帝国主义的结束"(〔美〕布林克利:《美国史》,陈志杰等译,北京大学出版社 2019 年版,第 838 页)。但称"结束"显然过于幼稚,从 20 世纪开始(尤其二战后),帝国和霸权的形态逐渐从领土-殖民型向资本-金融型过渡(参见〔意〕阿瑞基:《漫长的 20 世纪》,姚乃强等译,江苏人民出版社 2001 年版;阿瑞吉(基)等:《现代世界体系的混沌与治理》,王宇洁等译,生活·读书·新知三联书店 2006 年版)。

〔3〕直到 1943 年才有一位美国地缘政治学家清醒地指出:"历史上的'天朝大国'拥有的力量潜能比'樱花之国'绝对要大得多","一个拥有 4.5 亿人口的现代的、有活力的而且军事化的中国不仅是日本的一大威胁,也挑战着西方列强在亚洲地中海的地位","中国一旦崛起,它现在对亚洲的经济渗透肯定会表现到政治方面"(〔美〕尼古拉斯·斯皮克曼:《世界政治中的美国战略:美国与权力平衡》,王珊、郭鑫雨译,上海人民出版社 2018 年版,第 444 页)。

〔4〕参见杰克·伦敦的小说《史无前例的入侵》(1910)。

按国际法和国际人道主义原则，使用生物武器是不被允许的恐怖行为。[1] 可是，如果东西异势了，处于下风的西方列强被吓坏了、逼急了（自己吓自己、自己逼自己），是否会率先使用生物武器来阻挡"黄祸"、以图自救？作为一位不谙泰西人心理的东方人，我的回答是："不知道。"如果中国崛起了，强势地、不可阻挡地崛起了，中国人是否会称霸、宣扬"黄种人的负担"？作为一个差点被"自由的海洋"淹没了的中国人（是发端于井冈山的"土地革命"救了我），我敢负责任地说："不会"。

如果厌恶种族主义者吉卜林，不必对他口伐笔诛，先写出更好的诗再说吧。

如果决定做一名勇敢的船长[2]，除了要对泰晤士河发思古之幽情，还要感受大海的脉动和一颗颗深藏在大海之中的"黑暗的心"[3]。

---

〔1〕 参见〔美〕珍妮·吉耶曼：《生物武器：从国家赞助的研制计划到当代生物恐怖活动》，周子平译，生活·读书·新知三联书店2016年版。

〔2〕 参见〔英〕吉卜林：《勇敢的船长》，夏云译，安徽师范大学出版社2013年版。

〔3〕 参见〔英〕康拉德：《黑暗的心》，黄雨石译，商务印书馆2012年版。"那些冒险家和拓荒者，乘着属于国王和各色人等的船队，那些船长、海军司令、阴险的东方贸易商、东印度舰队的雇佣'将军'们，从福特福德、从格林尼治、从伊里斯起航远征……可是，无论多么伟大，都会随着河水流向不为人知的神秘世界"，"这也是地球上最黑暗的地方之一"（第3页，译文有改动）。

怀柔远人

　　本来是各柔各的远、各以各的方式柔远：拓疆或殖民，朝贡或国际法[1]，叩头或吻手（礼）——礼是"祀"的一部分（国之大事，在祀与戎[2]），关涉一个政治民族的心灵秩序，礼仪冲突的实质是政治-心灵秩序的冲突[3]。

　　本来是各有各的作战和威慑半径，然而两个圆一旦交叉便有了重叠地带，便会起冲突甚至相互炮轰[4]。我想起儿时的清明节斗鸡蛋游戏。两个小孩各持一个煮熟的鸡蛋用较尖的一头相互碰撞，结果呢，或是一完好一破损，或是俱破损，都完好不太可能（除非双方用力太轻）。帝

---

　　[1]　参见王之春：《清朝柔远记》，中华书局 1989 年版；田涛：《国际法输入与晚清中国》，济南出版社 2006 年版；赖骏楠：《国际法与晚清中国：文本、事件与政治》，上海人民出版社 2015 年版；林学忠：《从万国公法到公法外交：晚清国际法的传入、诠释与应用》，上海古籍出版社 2019 年版。

　　[2]　《左传·成公十三年》。

　　[3]　参见［英］马戛尔尼：《1793 年乾隆英使觐见记》，刘半农译，天津人民出版社 2006 年版；［美］何伟亚：《怀柔远人：马嘎尔尼使华的中英礼仪冲突》，邓常春译，社会科学文献出版社 2015 年版；罗志田：《后现代主义与中国研究：〈怀柔远人〉的史学启示》，载《历史研究》1999 年第 1 期。

　　[4]　参见［法］佩雷菲特：《停滞的帝国——两个世界的撞击》，王国卿等译，三联书店 1993 年版；［美］何伟亚：《英国的课业：19 世纪中国的帝国主义教程》，刘天路等译，社会科学文献出版社 2007 年版。

国与帝国的关系大概类此。

总有狡黠的小孩子作弊，拿卵石冒充鸡蛋，那真的是"以石击卵"了。

这并不可怕，毕竟只是游戏。可怕的是真的存在像石头一样硬、更硬的蛋，比如说1842年英国海军旗舰"皋华丽号"装备的72门巨炮发射的炮弹〔1〕。自此，睁眼看世界的中国人意识到"鞭长莫及"这个成语不再成立。

这是一个贸易打造的世界〔2〕，在每次大分流〔3〕之后都流向更辽阔的面积。

不必说"持剑经商"，这个词太现代。

不必自诩"人类的主人"〔4〕，未免太孤芳自赏。

既要准备好丝绸、茶业和鸡蛋，也要调理好马鞭、炮弹和星际战舰，否则便不要信誓旦旦地"柔远"。

---

〔1〕 至1842年8月，英军在华海军战舰共25艘。参见茅海建：《天朝的崩溃：鸦片战争再研究》，生活·读书·新知三联书店2005年版，第439页。

〔2〕 参见［美］彭慕兰等：《贸易打造的世界》，黄中宪译，陕西师范大学出版社2008年版。

〔3〕 参见［美］彭慕兰：《大分流：欧洲、中国及现代世界经济的发展》（第2版），史建云译，江苏人民出版社2010年版。

〔4〕 参见［英］维克托·基尔南：《人类的主人：欧洲帝国时期对其他文化的态度》，陈正国译，商务印书馆2006年版。

作为兵书的《海国图志》与结构性危机

汪晖先生说，"《海国图志》本身就是一部兵书"，"这部著作第一次以较为翔实和准确的地理学知识（以及有关地球各区域和国家的政治、经济、风俗、物产的知识）确定了中国在殖民主义时代的位置，把内陆帝国置于海洋时代的复杂网络内部，从而为大陆帝国向海洋时代的主权国家的转变提供了知识上的根据。这不是一本单纯的地理学著作，而是——首先是——一部军事著作"。[1]

既然《海国图志》是一部兵书，那么，魏源撰述的《元史新编》[2]

---

[1] 汪晖：《现代中国思想的兴起》（上卷第二部 帝国与国家），生活·读书·新知三联书店2004年版，第629页。日本人盐谷世弘在《翻刻〈海国图志〉序》中评论道："名为地志，其实武备之大典。"日本人吉田松阴说："清魏源筹海篇，议守、议战、议款，凿凿中窍，使清尽用之，固足以制英寇而取鲁（俄）佛（法）矣！"（转引自萧致治：《评魏源的〈海国图志〉及其对中日的影响》，载杨慎之等编：《魏源思想研究》，湖南人民出版社1987年版，第344页）内藤湖南指出："他（魏源）的书不仅给中国人提供了海外知识，对日本也给予了很大影响，成为日本人利用汉文接受海外知识的途径。"（转引自钱国红：《走近"西洋"和"东洋"》，商务印书馆2009年版，第71页）

[2] "臣源于修《海国图志》之余，得英夷所述五印度俄罗斯元裔之始末，怅触旧史，复废日力于斯……乌呼，前事者后事之师。元起塞外，有中原，远非辽金之比。其始终得失，固百代之殷鉴也哉！"（魏源：《拟进呈元史新编序》，载郑振铎编：《晚清文选》卷上卷中，中国社会科学出版社2002年版，第20页）

《圣武记》〔1〕《老子本义》也不能不是兵书。倘若李耳不知兵，便不配是老子。如果读《老子》《老子本义》者不能从中读出兵法和兵道，便不配做老子的读者。我是一个偏执的唯兵主义者？是如此审视我的人不经意间成了僵化的"主义主义者"罢了。再说，在新战国时代做一个唯兵主义者也无甚不好。欲"超越新战国"〔2〕，先得搞清楚"战国"是怎么回事。太多中国知识人晓得战国时代，却未必认真翻过半页《战国策》。太多自诩渊博的中国知识人晓得《战国策》，却未必清楚中国还有一个"战国策派"〔3〕。

汪晖先生还指出，魏源"发现了现代世界体系内部的联系，反对以孤立的方式对抗外敌，主张以'师夷'和合纵连横的战略改变总体的形势。从长期的历史视野来看，孙中山的联俄联共，蒋介石的与美国结盟，毛泽东的倒向苏联和第三世界理论，邓小平时代在苏美之间建立战略平衡关系，直至当代中国以亚洲大陆为腹地与中亚和西亚国家建立广泛联系，同时面向海洋，积极参与东盟论坛，都可以说是对魏源勾勒的国家战略的一种印证"，"在民族-国家竞争的时代，兵书的含义发生了变化，

---

〔1〕 "无一政能申军法，则侥民玩；无一材堪充军吏，则敖民狂；无一世非耗军实，则四民皆荒……人材进则军政修，人心肃则国威道"（魏源：《圣武记叙》，载郑振铎编：《晚清文选》卷上卷中，中国社会科学出版社 2002 年版，第 16 页）。

〔2〕 参见王铭铭：《超越"新战国"：吴文藻、费孝通的中华民族理论》，生活·读书·新知三联书店 2012 年版。

〔3〕 "战国策派"诞生于 1940 年代初，当时中国正处于抗日战争最艰苦的时刻，代表人物有雷海宗、陈铨、林同济等，办有《战国策》半月刊（1940.4-1941.7）。参见温儒敏等编：《时代之波——战国策派文化论著辑要》，中国广播电视出版社 1995 年版；江沛：《战国策派思潮研究》，天津人民出版社 2001 年版；雷海宗：《中国文化与中国的兵》，商务印书馆 2001 年版；季进等：《陈铨：异邦的借镜》，文津出版社 2005 年版；许纪霖等编：《天地之间——林同济文集》，复旦大学出版社 2004 年版。

即从一种较为单纯的用兵之策转化为一种更为复杂的治国方略"。[1]
1857年即病逝的魏源竟然成了20世纪中国政经-军事战略的奠基者、具有前瞻性眼光的"世界体系论"者？比布罗代尔还布罗代尔[2]、比沃勒斯坦还沃勒斯坦[3]？是的！魏源不被认识不是魏源的错，更不是汪晖先生的错。既然晚清有包括魏源在内的众多战略家和仁人志士，为何帝国的颓势仍难挽回，最终在风雨飘摇中退出历史舞台？只能归结为结构性危机——政经-文化的全面危机，它需要一代代仁人志士前赴后继地忍辱、奋斗、牺牲，才能赢得危机的彻底克服[4]。个人、民族和帝国都会经历无法回避的发展困境，在直面历史时我们必须多一点耐心和"了解之同情"。如果我们穿越历史回到魏源的时代，能否做得更好？

---

〔1〕 汪晖:《现代中国思想的兴起》（上卷第二部 帝国与国家），生活·读书·新知三联书店2004年版，第678页。

〔2〕 参见［法］费尔南·布罗代尔:《地中海与菲利普二世时代的地中海世界》（全2卷），唐家龙等译，商务印书馆2013年版；［法］费尔南·布罗代尔:《15至18世纪的物质文明、经济和资本主义》（全3卷），顾良等译，生活·读书·新知三联书店2002年版。南海可称为"亚洲的地中海"。不仅仅是在欧洲，15-18世纪也是中国的物质文明、经济和"资本主义"发展的关键时期。参见李伯重:《火枪与账簿：早期经济全球化时代的中国与东亚世界》，生活·读书·新知三联书店2017年版；李伯重:《多视角看江南经济史（1250-1850）》，生活·读书·新知三联书店2003年版；［德］贡德·弗兰克:《白银资本：重新审视经济全球化中的东方》，刘北成译，中央编译出版社2008年版。一项统计显示，1820年中国GDP占全球GDP的比重为32.9%，世界第一（［英］安格斯·麦迪森:《中国经济的长期表现：公元960-2030年》，伍晓鹰等译，上海人民出版社2008年版，第36页）。

〔3〕 参见［美］伊曼纽尔·沃勒斯坦:《现代世界体系》（全3卷），尤来寅等译，高等教育出版社1998年版；［美］伊曼纽尔·沃勒斯坦:《间断性与连续性：单一世界体系还是体系系列?》，载［德］弗兰克等编:《世界体系：500年还是5000年》，郝名玮译，社会科学文献出版社2004年版，第349-354页。

〔4〕 参见金观涛等:《开放中的变迁：再论中国社会超稳定结构》，法律出版社2011年版。从结构-运动视角分析政治社会史的方法，参见赵鼎新:《政治与社会运动讲义》，社会科学文献出版社2006年版。

人各本天，教纲于圣，离合纷纭，有条不紊。（魏源《海国图志》）〔1〕

大古之心，至人之琴。湛若泉吟，常有寂音。（魏源《泗源泉林寺》）〔2〕

历史是伸向墙外的红杏，其根基深埋于墙内哲学和诗的泥土中。

魏源、安徒生和"丑小鸭"都是阳性十足的诗人。

"我喜欢'甜的'哥本哈根，正如我喜欢不喜欢'甜'的莫妮卡。在寂静而昏暗的车厢接头处，她拥抱我，用手拍拍我的肩膀，那甜甜的姿势使我久久不能忘怀"〔3〕——如此温柔浪漫的文字竟然出自硬汉汪晖笔下？我还是更喜欢那个专注于现代性问题、科学主义、霸权、尊严政治、文化批评与社会实践、文化与公共性、《读书》、《今天》、历史的可能性、区域研究、年鉴学派、思想空间、俄国态度，像鲁迅一样动辄就去求新声〔4〕，像孙武、马汉和马基雅维利一样喜欢倚墙抱膊微笑、笑起来特别温暖的汪晖。

---

〔1〕　魏源：《海国图志》，李巨澜评注，中州古籍出版社1999年版，第68页。

〔2〕　魏源：《泗源泉林寺》，载《魏源集》，中华书局1976年版，第570页。

〔3〕　汪晖：《旧影与新知》，辽宁教育出版社1996年版，第41页。必须声明的是，我擅自将文中的人名"莫尼卡"改为"莫妮卡"。记得张国荣有一首单曲很好听，叫《Monica》，发行于1984年，当时汪晖先生年仅25岁。

〔4〕　鲁迅《摩罗诗力说》曰："今且置古事不道，别求新声于异邦，而其因即动于怀古。"又参见汪晖：《别求新声》，北京大学出版社2009年版，自序。

巴枯宁的忏悔书

俄国无产阶级革命家巴枯宁因为巴金而为稍有文化的中国人所熟知（最起码对于我来说是这样），巴金（本名李尧棠）这个笔名据说就源自"巴枯宁"的"巴"字和"克鲁泡特金"的"金"的组合。之前我除了知道巴枯宁是一位曾经与马克思发生过著名的无政府主义者之外，并不知道什么了。今天偶然读到一本比我还年老的书——《巴枯宁言论》[1]，才发现这位革命家在被捕之后一度向沙皇虔诚地忏悔。本来只被要求写一封忏悔书，巴枯宁却洋洋洒洒写了十余万言，真的写成了一本书。更出人意料的是，日理万机的沙皇尼古拉一世竟然认真地读完了（在政治场域，真心偶尔能换来真心），还作了大量批注。比如，巴枯宁对沙皇说：

> 陛下，我不愿对您谈及这姗姗来迟的悔悟：在我这种处境中的悔悟，就像罪人死后悔悟一样无用。

---

[1]　中央编译局编：《巴枯宁言论》，生活·读书·新知三联书店 1978 年版。

沙皇的批注是：

> 错！只要悔悟出自一颗纯净的心，每个罪人都可得到拯救。[1]

沙皇确实是一位合格的审判官和"慈父"（巴枯宁在《忏悔书》中称他为"慈父"，并深情地回忆了自己做炮兵学校的年轻士官生时对沙皇的热烈崇拜——"初省人事的时候就使我惊倒，并且给我年轻的心中留下了难忘的印象的活生生的伟大人物"，"您当时神情忧郁，我们默默地围绕着您，我们以不安而崇拜的目光望着您"[2]），尽管他对巴枯宁倡议的泛斯拉夫主义持审慎的保留态度。沙皇之所以对巴枯宁态度仁慈，除了因为本性仁慈之外，还因为向他忏悔的巴枯宁乃贵族出身——赫尔岑、屠格涅夫、托尔斯泰也都是贵族。在19世纪俄国，贵族出身的知识阶层是一个特殊的"多余人"群体。他们衣食无忧，无所事事。其中一些对仕途和"玩女人"提不起兴趣又不愿退入静观的人就不免骚动不安，他们或者办刊、写书从事思想宣传，或者参与刺杀和革命行动，总之，激情得有地方倾泻——巴枯宁称之为"堂吉诃德式的疯狂性""从疯狂走向疯狂"。写到此我想起中国乱世中的萧何、陈平、李善长等知识人，如果既有体制无法吸纳这些"以天下为己任"的在野大才，他们一有机会就会参与造反。"天下英雄尽入吾彀"的科举作为一种有效的精英循环机制，其贡献堪谓大矣[3]。然而，俄中两国知识人的精神气

---

〔1〕 转引自［美］沃格林：《记忆：历史与政治理论》，朱成明译，华东师范大学出版社2017年版，第315页。

〔2〕 中央编译局编：《巴枯宁言论》，生活·读书·新知三联书店1978年版，第27页。

〔3〕 1905年科举制的废除带来的政治和社会后果是严重的，它在某种程度上加速了清帝国的解体。参见罗志田：《清季科举制改革的社会影响》，载《中国社会科学》1998年第7期；冯兆基：《军事近代化与中国革命》，郭太风译，上海人民出版社1994年版；周锡瑞：《改良与革命——辛亥革命在两湖》，杨慎之译，中华书局1982年版。

禀差异颇大：19世纪的俄国知识人在被捕或流放西伯利亚之后忏悔、自责、赎罪（如巴枯宁和陀思妥耶夫斯基），而近代中国的知识人在失意时则醉心于写写日记、练练书法、编编年谱（如王韬和康有为）。

巴枯宁尽管是不着调的糟糕的行动家[1]，却是罕见的敏锐的观察者，巴枯宁主义者巴拉诺夫斯基将他的观察扼要总结如下[2]：

（1）对政府的深刻理解和真诚赞美具有颠覆性，政治世界不存在真理。[3]

（2）只要能打倒上帝，经济史的知性化和道德化就是可取的。[4]

（3）"自由、平等、博爱"是既神秘又可怕的字眼，而试图消灭差异的革命原则同精神自治和天启宗教相矛盾。[5]

（4）回归传统秩序或揭开未来的面纱都无法泯除撒旦崇拜的残余。[6]

（5）革命者转变人格只是民主制获取意义的必要条件。

---

〔1〕"我知道，你认为我是个糟糕的政治家。"（［俄］巴枯宁：《致亚·伊·赫尔岑》，载《巴枯宁言论》，生活·读书·新知三联书店1978年版，第177页）

〔2〕参见［俄］杜冈-巴拉诺夫斯基：《社会主义：一种有益的学说》，列华等译，辽宁教育出版社2001年版，第214—229页。然而，杜冈-巴拉诺夫斯基把巴枯宁的观点大大地发挥了（我在下文的注释中通过补充适当文献来显示他的思想来源），有"借他人酒杯浇心中块垒"之嫌。不过，这倒不失为一种诠释经典、隐藏自己的方式。

〔3〕参见［俄］巴枯宁：《政治真理》，载《巴枯宁言论》，生活·读书·新知三联书店1978年版，第360页；［美］杜娜叶夫斯卡娅：《马克思主义与自由》，傅小平译，辽宁教育出版社1998年版，第283页。

〔4〕参见巴枯宁：《上帝与国家》，朴英译，华东师范大学出版社2005年版，第1页。

〔5〕参见［俄］巴枯宁：《德国的反动》，载《巴枯宁言论》，生活·读书·新知三联书店1978年版，第3页；［美］杜娜叶夫斯卡娅：《哲学与革命》，傅小平译，辽宁教育出版社2000年版，第217页。

〔6〕参见［俄］巴枯宁：《告俄国军官书》，载《巴枯宁言论》，生活·读书·新知三联书店1978年版，第361页；［美］沃格林：《危机和人的启示（修订版）》，刘景联译，华东师范大学出版社2019年版，第269页。

（6）惟有在俄罗斯，知识阶层不能和知识分子画等号；俄罗斯知识阶层是只能在俄罗斯天空翱翔的不死鸟，一旦飞越高加索山和伏尔加河就会不得好死。[1]

（7）爱击得碎监狱之墙[2]，活泼的思想却不能。

（8）自由王国会自动在具有自由本能和反叛精神的公民-自然人那里实现，不必为技术因素操心。

（9）不受约束的农民将变成强盗、猛兽、暴徒，导向可怕的恐怖。[3]

（10）道德上高度敏感、灵魂上存在痼疾的人容易产生负罪意识和自我牺牲的欲望。

（11）西方（欧洲）早已腐朽不堪，靠习惯维持着暂时的领先地位。

（12）统治是艰难和摧残人性的事业[4]，需要非比寻常的经验、胆识和魄力，惟有对帝国和正教保持信仰而非沉浸于厚黑学的天降之

---

〔1〕 参见［俄］巴枯宁：《革命问答》，载《巴枯宁言论》，生活·读书·新知三联书店 1978 年版，第 362 页；［英］以赛亚·伯林：《苏联的心灵：共产主义时代的俄国文化》，潘永强译，译林出版社 2010 年版，第 158 页；［苏］塔可夫斯基：《雕刻时光》，陈丽贵等译，人民文学出版社 2003 年版，第 225-248 页。

〔2〕 参见［俄］拉伊夫：《独裁下的嬗变与危机：俄罗斯帝国二百年剖析》，蒋学祯等译，学林出版社 1996 年版，第 109 页；［俄］米罗诺夫：《俄国社会史：个性、民主家庭、公民社会及法制国家的形成》（下卷），山东大学出版社 2006 年版，第 806 页。

〔3〕 参见［俄］巴枯宁：《致〈自由报〉编辑部》，载《巴枯宁言论》，生活·读书·新知三联书店 1978 年版，第 363 页；［俄］赫尔岑：《彼岸书》，张冰译，四川人民出版社 2016 年版，第 130 页；［俄］帕乌斯托夫斯基：《金蔷薇》，戴骢译，上海译文出版社 2010 年版，第 263 页；［苏］巴别尔：《骑兵军》，孙越译，文化发展出版社 2016 年版（俄罗斯式的残酷和恐怖在此书的记载中随处可见）。

〔4〕 参见《史记·夏本纪》（大禹治水："居外十三年，过家门不敢入"）；《旧唐书·太宗本纪》（玄武门之变）；《资治通鉴》（前 88 年：武帝杀钩弋夫人）。

人[1]才适宜从事。

（13）愤怒的行动能够推翻反动政府，但无法形塑灵魂，超越旧精神在很多时候只是有用的空话。

（14）政治生存的正当性总是基于有选择的片面性论证。

（15）通过自贬身份去参与公共生活是要不得的。

（16）除了真空本身，任何主义（黑格尔主义、虚无主义和无政府主义）都无法在真空中生存。[2]

（17）民主导致世界不稳定（恰如早期基督教）；理想主义阻止不了杀戮；历史生存中的恶永在；建立一个由仁慈组织或团体来统治的世界的想法太过单纯；新一轮无政府时代正加速来临。[3]

（18）在思辨科学的大道上走得愈远，陷入黑暗的程度就愈深。[4]

沙皇在认真批示完巴枯宁的忏悔书之后，并没有公之于众——那将摧毁巴枯宁作为无产阶级革命家的声誉。沙皇的"仁慈"和心胸之大远超我们的想象，而且，权力意志完全可以像革命意志一样不受历史必然

---

〔1〕《孟子·告子下》："天将降大任于是人也，必先苦其心志，劳其筋骨，饿其体肤，空乏其身。"又参见［俄］托尔斯泰：《天国在你心中》，孙晓春译，吉林人民出版社2004年版（第6页："我们决心让我们的灵魂追随上帝"）。

〔2〕参见［俄］屠格涅夫：《父与子》，石枕川译，译林出版社1995年版，第20页。

〔3〕参见［俄］巴枯宁：《国家制度和无政府状态》，载《巴枯宁言论》，生活·读书·新知三联书店1978年版，第303页；［美］卡普兰：《无政府时代的来临》，骆伟阳译，山西人民出版社2015年版，第53-88、165-181页；［美］蔡爱眉：《起火的世界——输出自由市场民主酿成种族仇恨和全球动荡》，刘怀昭译，中国大百科全书出版社2005年版。

〔4〕参见［俄］托尔斯泰：《忏悔录》，冯增义译，译林出版社2012年版，第39页。

性的教条束缚〔1〕。沙皇与革命家或诗人构成相互映衬的"镜中人"〔2〕乃俄罗斯历史上反复上演的现象。

在静观被诋斥和不以为然的时代，应该运用"朝向现象本身"的现象学和冥思方法拓展政治想象的空间，应该学一学俄罗斯哲人和革命家的纯粹、极端以及与自己势不两立，而不是追求浅薄的预定的和谐〔3〕。不必憎恶或装作憎恶权力，不必偷偷地溜进圣殿或金字塔，不必秘密地加入共济会或骷髅会，不必跟风似地对着《阿弥陀经》忏悔，自幼接受机械唯物论和唯名论教育的返璞归真的人同样可以实现神秘的飞跃，辉格式科学内史当与长青哲学、密宗和二元灵知论共长天一色〔4〕。

---

〔1〕 参见［美］沃格林：《危机和人的启示（修订版）》，刘景联译，华东师范大学出版社 2019 年版，第 299 页。

〔2〕 关于"镜中人"，参见［俄］贝科夫：《帕斯捷尔纳克传》，王嘎译，人民文学出版社 2016 年版，第 557-608 页。

〔3〕 参见［俄］别尔嘉耶夫：《俄罗斯的命运》，汪剑钊译，云南人民出版社 1999年版，第 1-26 页。

〔4〕 参见［荷］戴克斯特霍伊斯：《世界途径的机械化》，张卜天译，湖南科学技术出版社 2010 年版；［英］巴特菲尔德：《辉格党式的历史解释》，李晋译，生活·读书·新知三联书店 2013 年版；［英］阿尔道斯·赫胥黎：《长青哲学》，王子宁等译，商务印书馆 2018 年版；南怀瑾：《道家、密宗与东方神秘学》，载《南怀瑾选集》（第 4卷），复旦大学出版社 2009 年版；［美］库利亚诺：《西方二元灵知论——历史与神话》，张湛等译，上海人民出版社 2009 年版。

知圣篇

　　一个以"知圣"为己任的人，若不能随时空弯曲而弯曲，若无以在 X 射线上画一个小小的 X[1]、在引力场中划定专属于一己的场域[2]，若所格之物不涵括乳洞、黑洞、王守仁格过的那株竹子和伯纳德·科恩的《新物理学的诞生》[3]，他能否掌握测天之术[4]呢？可以的！但那是政治—人生哲学，与宇宙—艺术哲学无涉了。

　　"异端蜂起""妖雾漫空"[5]并不可怕，可怕而又可悲的是"异端"没有升华为主流，"妖雾"没有蜕变为"魔雾"——妖怪的梦想至多是成仙（接受天庭收编），而魔王（撒旦）的最高和最低抱负都是取上帝而代之。

---

　　〔1〕　参见［英］斯蒂芬·霍金等：《大设计》，吴忠超译，湖南科学技术出版社 2011 年版，第 79 页。

　　〔2〕　参见［英］约翰·格里宾：《大宇宙百科全书》，黄磷译，海南出版社 2001 年版，第 174 页。

　　〔3〕　［美］伯纳德·科恩：《新物理学的诞生》，张卜天译，湖南科学技术出版社 2010 年版。

　　〔4〕　廖平：《知圣篇》，载《中国现代学术经典：廖平·蒙文通卷》（蒙默编校），河北教育出版社 1996 年版，第 127 页。

　　〔5〕　廖平：《知圣篇》，载《中国现代学术经典：廖平·蒙文通卷》（蒙默编校），河北教育出版社 1996 年版，第 127 页。

有的人援经是为了测圣，有的人援经是为了去圣（把经学子学化）。

有的人不用援经就可以测圣，有的人即使援经也测不了圣。

有的人是心中有圣的自封的圣人，有的人不管心中是否有圣都是圣人。

至少存在两个康圣人，一个诞生在南海，一个蛰居于哥尼斯堡。[1]前者游访过后者的祖国[2]，后者议论过前者的 motherland[3]。

移动穆罕默德移过的山，或许可以填得了镇海之东的东海[4]。

《古兰经》曰："真主确是全知的，确是彻知的"（5：35）。中国圣人没这么狂傲，他们对弟子和万民的教训是："知之为知之，不知为不知，是知也"（《论语·为政》），"知人者智，自知者明"（《道德经》第三十三章），"圣人不死，大盗不止"（《庄子·胠箧》），"《诗》言皇帝、八王、八监、十六牧事，就大一统言之，此百世以下之制，为全球法者也。"（廖平《知圣篇》）

"为全球法者也"？中国圣人不是一向谦虚吗？如此自信和太自信似乎有违谦谦君子之风。然而，在当下中国，同声相应、同气相求者大有

---

〔1〕 指康有为和伊曼纽尔·康德。

〔2〕 参见康有为：《德国游记》，载姜义华等编校：《康有为全集》，中国人民大学出版社 2007 年版。

〔3〕 "中国的天文学尽管历史悠久，在传教士进入中国的好几个世纪以前，北京就建造了一座天文台，然而，他们的历法却错乱不堪"，"由于两千年前的某位皇帝烧毁了所有档案资料，所以中国古代的历史全都来自传说"（［德］康德：《中国（口述记录）》，载夏瑞春编：《德国思想家论中国》，陈爱政等译，江苏人民出版社 1997 年版，第 64—65 页）。

〔4〕 1885 年的镇海保卫战以大清帝国对法国的胜利而告终。

人在，比如，赵汀阳教授说："古人深谋远见，早有天下之论，堪称完美世界制度之先声，进可经营世界而成天下，退可保守中华于乱世"，"为什么在中国哲学中有着'天下'这个高于国家的利益、价值和责任单位，而在西方哲学中却没有？"[1] 我的质疑和不解是，赵汀阳教授凭什么臆断说"西方哲学中却没有"？他对西方的天下观[2]是真的并不知晓还是视而不见？在另一处，赵汀阳教授又承认马克思主义是一种世界（天下）理论[3]——他这样说似乎只是为了阐明，马克思主义之所以能被危机中的中国接纳、被成功地中国化，恰恰因为它是一种同中国天下观相洽的天下理论——，这明显与他前述的自相矛盾。

中国哲学家（准确说是哲学教授）总是轻率地暴露出对东正教和俄罗斯哲学的惊人无知。

阅读陀思妥耶夫斯基的小说和日记[4]是进入兼具天下情怀和弥赛亚意识的俄罗斯心灵的最佳方式。

---

〔1〕 赵汀阳：《天下体系：世界制度哲学导论》，中国人民大学出版社 2011 年版，前言、第 33 页。

〔2〕 "中世纪基督教世界从古人那里继承了一笔意义深远的广博遗产，这就是'天下'的观念。天下，是一个由共同的法律凝聚起来的大一统的文化世界，人类在其中被联合成一个不可分割的整体。这样的世界构成一个有组织的整体，包括人类的全部生活，世俗的与宗教的。"（［德］克尔斯特：《古人的天下观及其政治与文化含义》，卢白羽译，载刘小枫编：《西方古代的天下观》，华夏出版社 2018 年版，第 118 页）又参见［美］沃格林：《天下时代》，叶颖译，译林出版社 2018 年版。

〔3〕 赵汀阳：《天下体系：世界制度哲学导论》，中国人民大学出版社 2011 年版，第 32 页。

〔4〕 ［俄］陀思妥耶夫斯基：《作家日记》（全两册），张羽译，河北教育出版社 2010 年版。

与宗教大法官合一的俄罗斯先知佐西玛长老说：世界就像一片海洋，一切都是流动的，相通的；只有意识到自身罪行更严重的民族才有资格充当审判别的民族的法官；在政治—哲学观上永远不觉悟也没关系，总有人替他觉悟，代他受苦；要乐于跪下来亲吻大地，要不停地不知餍足地爱；我在故我爱；政治和历史爱欲也是战胜死亡的一种方式；一位对不朽忠诚的医生指出过，一个人可以是个无神论者，可以否定上帝存在，而仍然相信人并非自生自灭，而是生活在历史中，历史是若干世纪以来对死亡之谜有系统的探索，并且一直希望克服死亡……[1]

佐西马长老的弥足珍贵之死[2]敦促我沉思死感之弥足珍贵。

存在蜀学[3]吗？我的眼中只有中国学——不——天下-帝国-闪灵学。

罗马继承者和革命圣人都不是好做的，要随时准备躲开今文家扔来的糖衣、炮弹和糖衣炮弹。[4]

有智者指出，康有为的《新学伪经考》《孔子改制考》究竟是否剽

---

〔1〕 参见［俄］陀思妥耶夫斯基：《卡拉马佐夫兄弟》，徐振亚等译，上海三联书店 2015 年版，第 367-371 页；［俄］帕斯捷尔纳克：《日瓦戈医生》，黄燕德译，湖南文艺出版社 2012 年版，第 7 页。

〔2〕 佐西玛长老尽管是一位圣人（教士们"嫉妒长老的神圣地位"），但他的遗体和常人的尸体一样发出腐臭的气味（并没有伟大的奇迹发生）。参见［俄］陀思妥耶夫斯基：《卡拉马佐夫兄弟》，徐振亚等译，上海三联书店 2015 年版，第 377-381 页。

〔3〕 参见傅正：《古今之变：蜀学今文学与近代革命》，华东师范大学出版社 2018年版。

〔4〕 参见刘小枫：《儒家革命精神源流考》，上海三联书店 2000 年版，第 79、102页；刘小枫：《共和与经纶：熊十力〈论六经〉〈正韩〉辨证》，生活·读书·新知三联书店 2012 年版，第 280 页。

窃廖平的《辟刘》《知圣》两篇，无疑是晚清学术上最大的版权官司。[1] 然而在我看来，今文家要尽量避开笔墨官司（尽管很难绝对避开），更不该沦为走不出大观园迷宫的"索隐派"，否则，就成了木心所不齿的大言凿凿、博而寡要的好事家[2]，而非对困境中的法权正义论、反启蒙精神和政治美学进行批判性重构的共和设计者。

曹雪芹是一位不在意文化领导权的文化领导者，一个不关心运动战、阵地战和总体战的"总体的人"。[3]

曹府和《红楼梦》中的西洋玩意儿只是玩意儿。

在个人乱世中制作风筝[4]和在承平盛世中制作德性[5]一样塞难，更难。

德不配位是人间世的普遍态。有德无位并非儒学史上的伤感话题。

在德不配位的暴君与有德无位的素王[6]之间存在大量中间地带——正好为吾辈变动不居、周流六虚[7]提供了空间。

---

〔1〕 参见朱维铮：《中国经学史十讲》，复旦大学出版社 2002 年版，第 198 页。

〔2〕 木心讲述，陈丹青笔录：《文学回忆录》，广西师范大学出版社 2013 年版，第 500 页。

〔3〕 参见李鹏程编：《葛兰西文选》，人民出版社 2008 年版，第 181-191 页；康晓光等：《阵地战——关于中华文化复兴的葛兰西式分析》，社会科学文献出版社 2010 年版；[德]鲁登道夫：《总体战》，戴耀先译，解放军出版社 2005 年版。

〔4〕 参见《红楼梦》第 22、70 回。鲁迅也是风筝大师，参见其《风筝》一文。

〔5〕 "倘若没有这种'作诗'的制作德性，热爱智慧的爱欲就缺乏生育能力。我们可以设想，《诗术》意在培育政治的热爱智慧者具有制作德性"（刘小枫：《巫阳招魂：亚里士多德〈诗术〉绎读》，生活·读书·新知三联书店 2019 年版，第 255-256 页）。

〔6〕 参见王光松：《在"德""位"之间》，华东师范大学出版社 2010 年版。

〔7〕 参见《周易·系辞下》。

"文家即所谓中国，质家则为海外"〔1〕虽为旧说，却值得当下诸多返本却开不了新的新儒家认真咀嚼。鲁迅建言的"少——或者竟不——看中国书，多看外国书"〔2〕的意思是，麻省理工学院的白人学生应"少——或者竟不——看美国书，多看中国书，多看古希腊和中世纪的书"。

夫子曰："天下有道，则庶人不议。"

然而，无论天下有道与否，庶人都会"议"的（防民之口甚于防川），尽管他们的"议"高明不到哪里去。此处的"庶"字与"大权统于朝廷，庶政公诸舆论"〔3〕中的"庶"字，既是一个字又不是一个字。

夫子曰："文王既没，文不在兹乎？"

那夫子没后，文在何处？现代新儒家都是胆小鬼，只敢窃窃私语或自言自语曰："孔子既没，文不在兹乎？""艺高人胆大"的条幅不仅应悬挂在少林寺大雄宝殿内，更应悬挂在新儒家、新新儒家、新新新儒家的书房里——燃之，顺带把书房里的古籍（尤其中华书局版、上海古籍版）烧个一干二净。对"新柏拉图主义者""新托马斯主义者"和一切新XXX主义者亦应如此。

层层累积的不仅有历史和城池（如开封的"城摞城"），还有注疏、

---

〔1〕 廖平：《知圣篇》，载《中国现代学术经典：廖平·蒙文通卷》（蒙默编校），河北教育出版社1996年版，第128页。

〔2〕 鲁迅《青年必读书》。

〔3〕《宣示预备立宪谕》（1906年），载夏新华等整理：《近代中国宪政历程：史料荟萃》，中国政法大学出版社2004年版，第52页。

体系、概念、观念、尘垢和死皮。历史不仅没有成为新鲜血液的来源，反而成了活人的沉重负担。在大多数情形下，按图索骥不仅索不到骥，还把自己的青春韶华给白白葬送了——活人就此成了活死人（请原谅我的刻毒）。

廖平曰："经学四教，以《诗》为宗。孔子先作《诗》，故《诗》统群经。孔子教人亦重《诗》。《诗》者，志也。即'志在《春秋》'之'志'。获麟以前，意原在《诗》足包《春秋》《书》《礼》《乐》，故欲治经，必从《诗》始。"〔1〕

获麟之后呢？还从《诗》开始吗？有人说，"获麟"纯属虚构。

刘小枫指出："一个民族之成为政治的民族，必靠诗而后生。一个民族生长出政治的自觉，也必体现为形成诗说。"〔2〕诚哉斯言！然而，"形成诗说"的艰巨任务绝非卧轨、杀妻或留长发的诗人——他们把抽象的制作还原成生殖的欲望〔3〕，等而下之者把它还原成狎玩女人的欲望——所能完成。

获麟之后，仍须与海德格尔为友，领会奠基者的教诲，超越存在者的自我关心。〔4〕

---

〔1〕 廖平：《知圣篇》，载《中国现代学术经典：廖平·蒙文通卷》（蒙默编校），河北教育出版社 1996 年版，第 131 页。

〔2〕 刘小枫选编：《德语诗学文选》（上），华东师范大学出版社 2006 年版，编者前言。

〔3〕 刘小枫选编：《德语诗学文选》（上），华东师范大学出版社 2006 年版，编者前言。

〔4〕 参见 ［德］莱茵哈德·梅依：《海德格尔与东亚思想》，张志强译，中国社会科学出版社 2003 年版，第 47、117、209 页。

认为圣人"用术始终不违道"〔1〕未免太理想化甚至幼稚。尽管有术、用术，凭智巧用术，以术的方式用术，但圣人依旧是圣人——以道证术一不小心就会滑向历史目的论。让道的归道，让术的归术吧。

将儒家经典从"经典"提拔至"圣典"地位〔2〕，并没有额外增加儒家的宗教性（如果存在的话）和形而上学性。

基督教形而上学即使对孟轲而言也是陌生的。

谁是基督教的亚圣？圣彼得、圣保罗抑或圣马太？谁是中国的克尔凯郭尔？中国能够诞生克尔凯郭尔？谁在《苏鲁支语录》中发现了基督徒的激情？蛇蝎、痞徒还是讨厌说教者的说教者？有一点倒可以肯定：只有非世俗地与上帝交往，才能获得与基督的同时性。〔3〕基督在约旦河谷漫步、在颍水之滨枕流〔4〕、在倒挂的恒河雨幕中吟诗（"仙人外物理致绝，等观万事超世表""赐也由斯多亿中，儒门一艺永千秋"〔5〕）时，偶尔邂逅失了魂似的夏目漱石——他怀里抱着一只爱伦·坡喂养过的黑猫。〔6〕

---

〔1〕 熊十力:《韩非子评论·与友人论张江陵》，上海书店出版社2007年版，第32页。

〔2〕 参见［美］桂思卓:《从编年史到经典：董仲舒的春秋诠释学》，朱腾译，中国政法大学出版社2010年版，第11页。

〔3〕 ［丹］克尔凯郭尔:《基督徒的激情》，鲁路译，中央编译出版社2007年版，第33-35页。苏鲁支说:"倘若你们不能成为智识上的哲人，但至少也请成为智识的战士吧"（［德］尼采:《苏鲁支语录》，徐梵澄译，商务印书馆1991年版，第41页）。

〔4〕 参见《世说新语·排调》。

〔5〕 所引诗句皆出自徐梵澄。参见孙波:《徐梵澄传》，社会科学文献出版社2009年版，第253页。

〔6〕 ［日］夏目漱石:《我是猫》，于雷译，译林出版社1994年版；［美］爱伦·坡:《黑猫》，载《爱伦·坡暗黑故事全集》，鹤泉译，中国华侨出版社2014年版，第1-7页。

爱伦·坡以《乌鸦》为例，精致地谈论和展示制作诗歌的技艺[1]，而陶渊明随随便便就成了陶渊明，他正因为读书不求甚解才成了傲视南山的陶渊明。

"儒门一艺永千秋"——不好！"一艺"怎么够呢？

"赐也由斯多亿中"——好！韩信用兵，多多益善。

神有多少个名字？阿瑟·克拉克的回答是"九十亿"[2]。这意味着将有九十亿个韩信，九十亿个"阿拉伯的劳伦斯"，九十亿次战争，九十亿种帝国愚行，[3] 九十亿种深邃的历史和宗教哲学。

黑格尔《宗教哲学》一书之所以卓越，乃因提出了"直接的知"[4]的概念。

黑格尔《历史哲学》一书之所以荒谬，乃因它不仅没有引用同代人章学诚的名著《文史通义》（其核心观点是"六经皆史"[5]），还公然抨击历史民族缺乏历史感："各民族和各政府没有从历史方面学到什么东西，也没有依据历史上演绎出来的法则行事"[6]——观念和人一样，

〔1〕 ［美］爱伦·坡：《有关〈乌鸦〉的创作哲学》，载《多雷插图本：老舟子行·乌鸦》，朱湘、曹明伦译，安徽人民出版社 2013 年版，第 196-208 页。

〔2〕 参见 ［英］阿瑟·克拉克：《神的九十亿个名字》，邹运旗译，江苏文艺出版社 2013 年版。

〔3〕 参见 ［美］斯科特·安德森：《阿拉伯的劳伦斯：战争、谎言、帝国愚行与现代中东的形成》，陆大鹏译，社会科学文献出版社 2014 年版。

〔4〕 参见 ［德］黑格尔：《宗教哲学》，魏庆征译，中国社会出版社 1999 年版，第 34 页。

〔5〕 "六经皆史也。古人不著书，古人未尝离事而言理，六经皆先王之政典也。"（章学诚：《文史通义·易教上》，吕思勉评点本，上海古籍出版社 2008 年版，第 1 页）

〔6〕 ［德］黑格尔：《历史哲学》，王造时译，上海书店出版社 2006 年版，第 6 页。

太真诚会显得荒谬。

　　廖平真诚地篡改六经（所以重视纬书）。

　　熊十力真诚地将古之"霸者"与今之"帝国主义"混淆（所以傻得可爱）。[1]

　　卡尔·雅斯贝斯真诚地将发端于有限时间的"轴心时代"[2]向无限空间推广，终尔将这一概念变得无所不包（所以毫无用处[3]）。

　　"七纬"并不神秘。基督教并不神秘。倘若将"七纬"、耶利米哀歌和"弃绝时间"的学说糅为一体就会显得特别神秘。[4]

　　中国的古今经学家、革命家和经学革命家天生乐观主义气质，很少忧郁——大不了被投入文字狱或慷慨就义，有什么好忧郁的呢?！其中一位期期艾艾地感叹：波德莱尔（1821-1867）既没有亲睹沙俄军队在巴黎耀武扬威地阅兵（1814 年），又不曾亲历色当之败和巴黎革命（1870年），有什么好忧郁的呢?！难道"对美的研究是一场决斗，艺术家在失

<hr>

〔1〕　参见熊十力：《论六经·中国历史讲话》，中国人民大学出版社 2006 年版，第 15 页。

〔2〕　参见［德］卡尔·雅斯贝斯：《历史的起源与目标》，李夏菲译，漓江出版社 2019 年版，第 17 页。

〔3〕　也并非毫无用处，最起码启发了施展《枢纽：3000 年的中国》一书（广西师范大学出版社 2018 年版，尤参见第 521 页）。

〔4〕　参见赵在翰辑：《七纬（附论语谶）》，钟肇鹏等点校，中华书局 2012 年版；［英］约翰·托兰德：《基督教并不神秘》，张继安译，商务印书馆 1982 年版（我读福音书的体会是，尽管其文字浅白，却无比神秘）；［法］薇依：《重负与神恩》，顾嘉琛等译，中国人民大学出版社 2003 年版，第 18-19 页（"脱离洞穴，解脱在于不再走向未来"）。

败之前发出恐怖的叫声"[1]？

圣人有为，"以三统立为一门"，"为百世立法"。[2]

圣人无意，"反话语"，"仅凭内在性流露出来"。[3]

圣人有行，"思所以陶成天下之才，虑之以谋，计之以数，为之以渐，期为合于当世之变，而无负先王之意"[4]。

圣人无道，与万物一起被遗忘在"最愚笨的"时间之流里。[5]

圣人有情，将"虚待"纳入"摄生学"范畴[6]，将"幻想地理"归于"真实地理"，在欧化进程中重建王者之大度[7]。

圣人无忧，口袋里装着硬币、青霉素和休谟定律[8]。

圣人有败，"得地之祸大而或以亡"[9]。

---

〔1〕 ［法］波德莱尔：《巴黎的忧郁》，胡小跃译，江西人民出版社2016年版，第24页。

〔2〕 廖平：《知圣篇》，载《中国现代学术经典：廖平·蒙文通卷》（蒙默编校），河北教育出版社1996年版，第145页。

〔3〕 ［法］弗朗索瓦·于连：《圣人无意——或哲学的他者》，闫素伟译，商务印书馆2004年版，第191、192页。

〔4〕 王安石：《上仁宗皇帝言事书》，载《王安石全集》（下），宁波等点校，吉林人民出版社1996年版，第410页。

〔5〕 参见［古希腊］亚里士多德：《物理学》，张竹明译，商务印书馆1982年版，第134页。

〔6〕 ［法］朱利安：《论"时间"：生活哲学的要素》，张君懿译，北京大学出版社2016年版，第197页。

〔7〕 参见王铭铭：《西方作为他者——论中国"西方学"的谱系与意义》，世界图书出版公司2007年版，第41-47、143页。

〔8〕 ［美］约翰·洛西：《科学哲学的历史导论》（第4版），张卜天译，商务印书馆2017年版，第164-165页。

〔9〕 范祖禹：《唐鉴》，白林鹏校注，三秦出版社2003年版，第69页。

圣人无畛，在哲人石上切菜、亲热、春睡（梦见法罗斯灯塔）。[1]

圣人有恒，出师之后再出师，直至身死。"出师未捷身先死"说的不是他，敢于出师已经是捷了，以攻为守胜过坐以待毙。"泪满襟"说的也不是他，一个人的泪是有限的，不可能"满襟"。想把"襟"湿透，惟有跳汨罗江。

圣人无敌，从不树敌者无敌于天下（"敌自树"不在讨论范围）。

圣人有耻，以"一夜之间成为哲学家"[2]为耻——顿悟是不可靠的。

圣人无痴，对不能"时时更新、生长、创造的爱情"[3]无痴。

圣人有疑，视相对主义为儿戏。[4]

圣人无圣。什么内圣外王，什么绝圣弃智，什么超凡入圣，什么圣译[5]，什么"六合之外圣人存而不论"，什么太极思维和"大立法者"对圣道和圣言的异化[6]，什么打着圣学名号的反圣者[7]，什么"不为

---

〔1〕 参见［德〕汉斯-魏尔纳·舒特：《寻求哲人石：炼金术文化史》，李文潮等译，上海科技教育出版社2006年版，第6页。"草堂春睡足，窗外日迟迟。"（《三国演义》第38回）法罗斯灯塔，又称"亚历山大灯塔"，位于埃及亚历山大边的法罗斯岛上，约在公元前278年（屈原死的那一年）建成。

〔2〕 ［古罗马〕西塞罗：《论神性》，石敏敏译，商务印书馆2012年版，第4页。

〔3〕 参见鲁迅《伤逝》。

〔4〕 参见［美〕汪荣祖：《史传通说——中西史学之比较》，中华书局2003年版，第201页。

〔5〕 廖平：《知圣篇》，载《中国现代学术经典：廖平·蒙文通卷》（蒙默编校），河北教育出版社1996年版，第150页。

〔6〕 参见朱高正：《中华文化与中国未来》，华东师范大学出版社2004年版，第205-234页。

〔7〕 参见周德伟：《自由哲学与中国圣学》，中国社会科学出版社2004年版。

圣贤便为禽兽"[1]，什么为宗教、国家与党团服务的时尚哲学[2]，什么与耶稣的精神婚恋[3]，什么"地球五大州，以五帝分司之""合全球而道一风同""移中国之旧教以化西方初开之国，孔子为生民未有之圣，世界中一人已足"[4]，统统都应置于否定之否定的刀俎之上。

---

〔1〕 梁启超、蔡锷辑录：《曾国藩箴言录》，中国画报出版社 2013 年版，第 94 页。

〔2〕 参见 ［德］ 西美尔：《时尚的哲学》，费勇等译，文化艺术出版社 2001 年版，第 46 页。

〔3〕 "这位新郎就是基督，人类本性就是新娘，神按照他自己的意象和样子造就了她。"（［比］ J. V. 吕斯布鲁克：《精神的婚恋》，张祥龙译，商务印书馆 2012 年版，序言，第 1 页）

〔4〕 廖平：《知圣续篇》，载《中国现代学术经典：廖平·蒙文通卷》（蒙默编校），河北教育出版社 1996 年版，第 200、210、214 页。

康有为与康托洛维茨

尽管同样认为帝国恒久、王者不死，但中西哲人的理论溯源却截然迥异，前者诉诸董氏春秋学、公羊三世说和儒学普遍主义[1]，后者求之于元史学、天使说和圣奥古斯丁也理不清的时间之谜[2]。不必言殊途同归，同时抵达罗马角斗场废墟的东西旅者，眼中所见的景观失之毫厘，差之千里。

尽管同是天涯沦落人，但一个有巨贾资助、美妾侍伴[3]，另一个却差点失去教职，生存堪忧，是收容过爱因斯坦的普林斯顿接纳了他[4]。

尽管都为民族-文明珍珠的破碎忧心忡忡，但一个最多称得上是准宗教的，另一个却是宗教（政治神学）的。前者让我想起紫禁城的黄昏

---

[1] 康有为：《董氏春秋学》，载《中国现代学术经典：康有为卷》（朱维铮编校），河北教育出版社 1996 年版，第 110-325 页；汪晖：《现代中国思想的兴起》（上卷第二部 帝国与国家），生活·读书·新知三联书店 2004 年版，第 782-829 页。

[2] [德]康托洛维茨：《国王的两个身体》，徐震宇译，华东师范大学出版社 2018 年版，第 392-436 页。

[3] 戊戌变法失败后，康有为流亡海外十五年（其间得华侨巨贾资助），直至 1913 年才归国。康有为一生妻妾众多。

[4] 身为犹太人的康托洛维茨（1895-1963）在欧战爆发前夕逃到英国，然后辗转至美国加州大学伯克利分校任教，1950 年代初因受"麦卡锡主义"迫害不得不跳槽到普林斯顿大学。

和在黄昏中黯然泪下的皇帝（他为皇权的礼仪性之陨落不知所措）[1]，后者让我想起在旷野呼告、在约伯的天平上健舞[2]、在黑魆魆的暗夜中寻访王者德性的改革家[3]。

君王（崇祯、光绪、理查二世[4]、查理一世[5]、弗里德里希二世[6]等）既是肉身可朽的自然人，又是永续的"法学拟制"。然而君王与君王不同。袁世凯和希特勒不是也没能成为拿破仑。在1889年亲政的是羸弱又急躁的光绪，而非睿智、果断的少年康熙。转型时期的礼仪和宪制重塑离不开德性至大至美的王者（可遇而不可求），康有为拥戴和擎托光绪这样的君王乃明知不可为而为之。

君子儒对君王向来是三心二意。我是小人儒，不会因侵入法学领域

〔1〕 参见［英］庄士敦：《紫禁城的黄昏》，陈时伟等译，求实出版社1989年版。庄士敦是溥仪皇帝幽居紫禁城时期的老师，师生两人情谊甚笃。

〔2〕 "我给自己勾画出未来生活的蓝图，并坚决去实现它"，"我期待，我召唤，我的自由快点到来"（［俄］舍斯托夫：《在约伯的天平上》，董友等译，生活·读书·新知三联书店1989年版，第27页）。

〔3〕 在尼采看来，转型期的王者必须"获得必要的高度与力量"，"在价值重估这新的压力和锤炼下，一种良知百炼成钢，一种心灵化为合金，能承受这样一种责任的重担"（［德］尼采：《善恶的彼岸》，魏育青等译，华东师范大学出版社2016年版，第145页）。

〔4〕 理查二世（1367-1400），金雀花王朝的最后一位英格兰国王。又参见莎士比亚的《理查二世》。

〔5〕 1649年查理一世被审判时，得到不少人民的同情："受到威吓的群众不过短暂地不响，可是看到新发生一件小事，他们就忘记了恐怖，'上帝拯救国王'的呼声在四面八方起伏回荡。甚至在军队里头，也有人喊这句话"，"人们在他身边喊道'执法，杀头！'但是仍然混杂着另外的声音：'上帝拯救陛下！上帝救你脱离敌人的手掌'"（［法］基佐：《一六四〇年英国革命史》，伍光健译，商务印书馆1985年版，第444页）。

〔6〕 康托洛维茨曾为弗里德里希二世（1194-1250，神圣罗马帝国皇帝）专门立传，尼采则称这位皇帝是"第一位欧洲人"（［德］尼采：《善恶的彼岸》，魏育青等译，华东师范大学出版社2016年版，第139页）。

而向专业的法学家致歉。[1]

民主法学未必为人民。民主史学未必为人民。

意识形态的蛛网被正义之剑斩断后还会重新架起——好在如此，否则嗡嗡叫的飞虫岂不是要占据已然逼仄不堪的整座星球？多神主义的万神殿[2]终于出现黄色面孔。然而，下一个问题是，万神殿的钥匙握于谁手？不要告诉我，无须青铜钥匙，凭永久性的特定密码即可自由出入。

---

〔1〕"这一次，侵入到了中世纪法律的园地中，而这本是我所受的学术训练未曾预备的。为这一侵犯之举，我要向专业的法学家道歉。"（〔德〕康托洛维茨：《国王的两个身体》，徐震宇译，华东师范大学出版社2018年版，第67页）

〔2〕参见〔德〕卡西尔：《国家的神话》，范进等译，华夏出版社1999年版，第25页；〔美〕沃格林：《求索秩序》，徐志跃译，译林出版社2018年版，第117页。

龙旗飘扬的舰队

一百多年过去了，清季海军经费与慈禧修园之间的那点不实绯闻依然在津津有味地流传[1]，野史、演义和传闻（小道消息）仍在塑造可怜人群的史观和政治观。对牛弹琴尚能提高些许牛奶产量，与一位兢兢业业然而思维早已固化的侵权法专家谈论梅齐乐、毛奇[2]、富勒、李德·哈特[3]、战略缔造[4]、军部当国引发的王旗变幻和政治地震[5]、

〔1〕　修园工程挪用的海军经费非常有限，而且后来都指定专款归还。此外，相当一部分修园巨款只是打着海军名目，其实与海军经费无涉。参见姜鸣：《龙旗飘扬的舰队》，生活·读书·新知三联书店 2002 年版，第 229-235 页；叶志如等：《光绪朝三海工程与北洋海军》，载《历史档案》1986 年第 1 期。

〔2〕　法国人梅奇乐（1719-1780）在其所著的《战争理论》一书中首次使用“战略”一词。毛奇（1800-1891）是 19 世纪德国名将，在德意志统一战争居功至伟，被誉为“最伟大的参谋总长”，“普德军事学派”的一代宗师。参见钮先钟：《西洋战略思想史》，广西师范大学出版社 2003 年版，第 3、285 页。

〔3〕　富勒（1878-1966）和李德·哈特（1895-1970）是英国著名的军事思想家。参见钮先钟：《战略家》，广西师范大学出版社 2003 年版，第 205-214 页。

〔4〕　参见时殷弘编：《战略二十讲》，天津人民出版社 2008 年版，第 21-42 页。

〔5〕　参见赵恺：《军部当国：近代日本军国主义冒险史（从明治到大正）》，中国长安出版社 2015 年版，第 132-142 页。

大东亚战争和亚洲的心声[1]、裕仁天皇的屠夫本相[2]却无异于对牛奶弹琴。高学历的伪精英虽不至于多如牛毛（毕竟，每年授予的博士学位数量有限），却不比科尔沁草原的牛羊少多少。除非一阵罡风将这位侵权法专家送至1894年丰岛海战和辽东之战的前线，否则他是不会活明白的。早在1920年即拿到法国法学博士学位的王世杰先生曾担任我母校（国立武汉大学）的校长，却长期是个糊涂人（李鸿章是难得糊涂），1945年他以外交部长的身份屈辱地签订《中苏友好同盟条约》时清醒了些，但很快又犯糊涂了：逃至孤岛（以亚细亚孤儿心态埋天怨地的孤岛），深陷政争（气息奄奄之际才追忆本心），协助一样糊涂的胡适之创办《自由中国》杂志——自由主义知识分子不懂何谓自由意志（权力意志）的又一铁证。

现在，胡适之的拥趸比以前少了些（最起码少了我）。留美博士胡适之是黄蝴蝶，留日学生周树人是野枣树。

现在，越来越多的人像马汉[3]一样到刘公岛吊瞻北洋海军史了。

现在，越来越多的人开始从国际法视角审视甲午战争了[4]——好事！倘若能从文明与野蛮之争的视角审视之[5]就更好了！然而，我最

---

〔1〕 参见［日］历史研究委员会编：《大东亚战争的总结》，东英译，新华出版社1997年版，第199页。

〔2〕 参见［美］赫伯特·比克斯：《真相：裕仁天皇与侵华战争》，王丽萍等译，新华出版社2004年版。

〔3〕 参见［美］马汉：《亚洲问题及其对国际政治的影响》，范祥涛译，上海三联书店2007年版。

〔4〕 参见戚其章：《国际法视角下的甲午战争》，人民出版社2001年版；张卫明：《甲午战后拒割台湾的国际法运用》，载《历史档案》2016年第3期；徐碧君：《中日甲午高升号事件的国际法分析》，载《求是学刊》2019年第1期。

〔5〕 刘文明：《"文明话语"与甲午战争——以美日报刊舆论为中心的考察》，载《历史研究》2019年第3期。

钦佩的还是那位在日文档案和文献中爬梳、为知彼知己（知彼方能知己）不辞辛劳的人[1]。让文献史家活着，让自由主义去死吧[2]。让理解大海的人活着，让大海去死吧。让写下"民族爱国主义信条并没有经过长期考验"[3] 的泰戈尔活着，让吟唱"愿生如夏花之灿烂"的泰戈尔去死吧。让信奉有节制的武士道精神的人活着，让热衷非暴力运动的人[4]去死吧。让来中国东京朝圣的东瀛友人[5]活着，让打着旅行名义刺探东北虚实和太原地形的日本间谍去……去……死吧。

最美莫过于虚妄的征服之梦[6]。拥抱战败的民族仍有希望[7]。

参观完辽宁舰[8]之后，国立武汉大学的樱花笑得绚烂。

如果再来一次甲午，林永升的愿望仍然是做一名经远舰[9]的巴图鲁[10]，将龙旗插上冲绳、九州和中途岛。

---

〔1〕 参见宗泽亚：《清日战争：1894-1895》，北京联合出版公司2014年版。该书运用了大量日文档案、统计资料、写真图绘和二手研究文献。宗泽亚先生早年毕业于中山大学，80年代末移居日本，多年专注近代清日战争史研究。

〔2〕 "让自由主义活着，让柏拉图去死吧。"（［美］施特劳斯：《古今自由主义》，马志娟译，江苏人民出版社2012年版，第69页）

〔3〕 ［印度］泰戈尔：《民族主义》，谭仁侠译，商务印书馆1982年版，第33页。

〔4〕 ［印度］甘地：《圣雄箴言录》，吴蓓译，新星出版社2007年版，第57-74页。

〔5〕 参见［日］芥川龙之介：《中国游记》，秦刚译，中华书局2007年版，第45页。

〔6〕 参见徐勇：《征服之梦：日本侵华战略》，广西师范大学出版社1993年版。

〔7〕 参见［美］约翰·W.道尔：《拥抱战败：第二次世界大战之后的日本》，胡博译，生活·读书·新知三联书店2008年版。

〔8〕 辽宁舰是中国第一首服役的航空母舰（2012年）。

〔9〕 "经远号"是晚清北洋水师的一艘装甲巡洋舰，管带为林永升，甲午海战时被击沉。2018年9月，经远舰残骸及将士遗骸在考古中被发现。

〔10〕 巴图鲁，满语中"英雄""勇士"一词音译。

无知之勇

在熟读荷马史诗因而了然生死[1]的荷马李[2]的笔下，王安石成了11世纪社会主义运动的领袖，老佛爷慈禧成了一只残暴的深红色蜘蛛，美国人的勇敢源于对国际政治形势和军事科学的无知（意识不到美日早晚必有一战），而他本人是错生了时代因而不得不以狂妄的局外人形象出现的"美国拿破仑"。

---

[1] "人类的生命激烈、壮丽却转瞬即逝，它的位置正处在天界的永恒光明和地府的不变黑暗之间：正是出于对这一特质的突出兴趣，荷马史诗对死亡的关注远远超过对战斗的关注。"（［英］加斯帕·格里芬：《荷马史诗中的生与死》，刘淳译，北京大学出版社 2015 年版，第 93 页）

[2] 荷马李（1876-1912），一位身高只有一米五却比马汉还要伟大的美国战略学家。刘小枫说他"两本小书（《无知之勇》和《撒克逊时代》）的分量堪比马汉所有论著加起来的分量"。荷马李与康有为和孙中山都有深厚交谊（是孙中山的军事顾问），多次前来中国，对中国有一种特别的热爱。又参见钮先钟：《历史与战略：中西军事史新论》，广西师范大学出版社 2003 年版，第八章"孙中山先生的外籍军事顾问：荷马李"（第 126-141 页）。

早在中国学者言必称希腊[1]之前的时代，他就称"中国是我的希腊"[2]。

他像拜伦一样是个瘸子，彳亍在希腊的简洁大地上。他为撒克逊民族思深忧远，却厌恶撒克逊浮华的繁文缛礼[3]。

他像荷马一样是个瞎子，无缘再看见隐去形体的玫瑰[4]，火气和悲哀都远超一般人[5]。

他自封为王朝之子，只因在疗养院偶然感染过天花（康熙也感染过）。

荷马李是经常说梦话、满纸荒唐言的武僧，看清了中华帝国的未来，却无缘邂逅那位即将从底层崛起的文僧。他赞誉由文人贵族（士大夫）主导的中华民主制："到宋代，中国已经演进到一种西方人仍在追求的民主制，全面的政治自由和个人自由。"[6] 反对重商主义的他对权力支

---

〔1〕"许多马克思列宁主义的学者也是言必称希腊，对于自己的祖宗，则对不住，忘记了。认真地研究现状的空气是不浓厚的，认真地研究历史的空气也是不浓厚的。"（毛泽东：《改造我们的学习》，载《毛泽东选集》第3卷，人民出版社1991年版，第797页）当下言必称希腊的风气越演越烈，却鲜少有人有勇气和想象力把自己变成中国的荷马或荷马李。

〔2〕［美］克莱尔：《荷马李的勇气》，载［美］荷马李：《无知之勇——日美必战论》，李世祥译，华东师范大学出版社2019年版，附录二，第220页。

〔3〕"撒克逊浮华的繁文缛礼/不合我生来自由的意志"（［英］乔治·戈登·拜伦：《我愿做无忧无虑的小孩》，杨德豫译，外语教学与研究出版社2011年版，第13页）。

〔4〕［阿根廷］博尔赫斯：《关于他的失明》，载博尔赫斯：《老虎的金黄》，林之木译，上海译文出版社2017年版，第34页。

〔5〕参见萨克逊豪斯：《阿基琉斯传说中的血气、正义和愤怒》，尚新建译，载刘小枫等主编：《血气与政治》（经典与解释18），华夏出版社2007年版，第15页。

〔6〕［美］荷马李：《无知之勇——日美必战论》，李世祥译，华东师范大学出版社2019年版，代序，第60页。潘维先生表达过类似观点，参见潘维：《信仰人民：中国共产党与中国政治传统》，中国人民大学出版社2017年版，第四章（他将中国共产党称为现代士大夫执政集团）。

配型（因而抑商）的中华帝国抱有好感是可以想象的。他警告中华精英必须"用刀剑保卫美丽与和平"，中国的敌人是"和平主义、政治腐败和日本"[1]。在他看来，时间是辩证法的孩子，也是个虚荣的孩子，中华文明恩泽于其他文明的时代势必到来[2]（我期冀自己像他一样乐观）。

荷马李的《无知之勇》一书完成于《朴茨茅斯条约》签署时[3]，出版于四年之后（1909）。两年之后（1911），日本人将之译成日文出版，再版达24次之多。一百一十年之后（2019），中文首版终于艰难地面世。总觉得中国人对不住荷马李这位老朋友似的——老朋友就是用来对不起的，不是吗？

日本人尽管熟读《无知之勇》，并奉为经典教科书，却还是败给了中美两国（蛇吞象鲜有成功的）。到底谁才是"无知之勇"？

有人从《无知之勇》中领悟地缘战略和"自由的空间"，我却读出了诗。

有不是诗人的地缘战略家吗？我又想起那位崛起于底层的文僧，以及《观沧海》和《高卢战记》的作者。

---

〔1〕 转引自［美］荷马李：《无知之勇——日美必战论》，李世祥译，华东师范大学出版社2019年版，序二（李世祥："荷马李与现代中国的开端"），第11页。

〔2〕 参见［美］荷马李：《无知之勇——日美必战论》，李世祥译，华东师范大学出版社2019年版，第9页。

〔3〕 1905年9月5日，日俄双方在美国经过近一个月的漫长谈判后签署《朴茨茅斯条约》，正式结束在中国土地上进行的日俄战争。颇为讽刺的是，美国总统西奥多·罗斯福因调停这次战争荣膺1906年诺贝尔和平奖。

凡尔赛的春意

　　发达资本主义时代的抒情诗人瓦尔特·本雅明说，巴黎是 19 世纪的世界首都。"圣西门主义者的计划使地球工业化"，"世界展览为商品的交换价值涂脂抹粉"，"他们打开了一个幽幻的世界，人们到这里的目的是为了精神解脱"，"在享受自身异化和他人的异化时，他们听凭娱乐业的摆布"。[1] 大英帝国前首相劳合·乔治的曾孙女、多伦多大学史学教授玛格丽特·麦克米兰说，"1919 年的巴黎是世界的首都"[2]——但已经仅限于 1919 年，不再是"一个世纪"。

　　1919 年的某个平常的下午，举世瞩目的巴黎和会在巴黎开幕了。在凡尔赛活跃的除了举足轻重的政要（劳合·乔治、克里蒙梭、威尔逊）和以煽动民心为己任的记者之外，还有信心十足的牧野男爵[3]、给希

　　〔1〕 ［德］本雅明：《发达资本主义时代的抒情诗人》，张旭东等译，生活·读书·新知三联书店 2012 年版，第 199 页。
　　〔2〕 ［英］玛格丽特·麦克米兰：《大国的博弈：改变世界的一百八十天》，荣慧等译，重庆出版社 2006 年版，第 1 页。
　　〔3〕 牧野伸显（1861-1949），日本政治家，明治维新功臣大久保利通次子，在巴黎和会上风云一时（他当时的随员有近卫文麿——他于 1937-1941 年期间三次出任首相，日本侵华祸首之一）。

腊带来巨大灾难的爱国者维尼泽洛斯[1]、黑人请愿代表、爱尔兰独立主义者、"波兰要重生"的标语、熙来攘往的汽车、剧院歌手、几个名字都叫芳汀[2]的妓女、一本关于维也纳会议的书（除了爱好和平的作者本人之外，其他人无暇翻看——遑论研究）、阿拉伯人的不满、犹太人的悲伤、"打仗比和谈容易多了"的抱怨、达尔文的幽灵[3]、来自东方的危险思想、德意志人的无奈和悄悄种下的复仇种子、顾维钧的愤怒[4]、已经预料到自己将"终生蒙冤"的曹汝霖[5]……真能做到致虚极、守静笃的也只有凡尔赛宫镜厅的那几面镜子了，正是它们，在1871年1月18日见证过普鲁士国王威廉一世加冕为德意志帝国皇帝[6]。

---

〔1〕 维尼泽洛斯（1864-1936），希腊革命家、外交家，被后人尊为"现代希腊之父"。

〔2〕 雨果小说《悲惨世界》的女主角也叫芳汀。

〔3〕 甲午战败后，严复翻译出版了英国生物学家赫胥黎的《进化与伦理》（《天演论》），宣传"物竞天择，适者生存"的观点（参见［英］赫胥黎：《天演论》，严复译，中国青年出版社2009年版）。徽州青年胡嗣穈（1891-1962）受其影响，改名为胡适（字适之）。关于社会达尔文主义在中国，参见［美］浦嘉珉：《中国与达尔文》，钟永强译，江苏人民出版社2008年版。

〔4〕 "我想，这一天必将被视为一个悲惨的日子，留存于中国历史上"，"这对我、对代表团全体、对中国都是一个难忘的日子"（天津编译中心：《顾维钧回忆录》，中华书局1997年版，第65页）。中国在巴黎的外交失败很大程度上要归因为威尔逊对日本的让步："当日本以宁肯退出巴黎和会也不让步相要挟时，（十四点和平计划的提出者、希望恢复中国主权的）威尔逊接受了日本的立场"（［美］孔华润：《美国对中国的反应》，张静尔译，复旦大学出版社1997年版，第83页）。然而，"具有讽刺意味的是，中国在巴黎和会上的外交失败很大程度上导致威尔逊在美国国内的最终失败"（徐国琦：《中国与大战：寻求新的国家认同与国际化》，马建标译，四川人民出版社2019年版，第301页）。关于中国的外交失败及其后果，又参见［德］金德曼：《中国与东亚崛起（1840-2000）》，张莹等译，社会科学文献出版社2010年版，第92-95页。

〔5〕 参见曹汝霖《曹汝霖一生之回忆》，中国大百科全书出版社2016年版，第204页。

〔6〕 参见［德］奥托·冯·俾斯麦：《思考与回忆——俾斯麦回忆录》（第2卷），杨德友等译，生活·读书·新知三联书店2006年版，第102页。

道德与运气皆不可靠。主权由俾斯麦式的头脑和钢铁军队的鲜血共同铸就。只是"以工代兵"[1] 而非直接出兵,靠外交谈判而非丛林血战,就冀望获得尊重、伸张主权无异于"天方夜谭"。

五四革命的炼金术士[2]拒绝模糊、隐晦和在都市中游荡。

发达社会主义时代的抒情诗人既可以亲临现场[3],亦可以从长城上空的天宫空间站[4],感受凡尔赛的满面春意。

---

[1] "中国决定派遣华工赴协约国作战是一次史无前例的壮举。"(徐国琦:《中国与大战:寻求新的国家认同与国际化》,马建标译,四川人民出版社 2019 年版,第 130 页)

[2] 关于"革命的炼金术士",参见 [德] 本雅明:《发达资本主义时代的抒情诗人》,张旭东等译,生活·读书·新知三联书店 2012 年版,第 1 版序,第 5 页。五四新文化运动是一次塑造政治主体的革命(参见汪晖等:《什么是"五四"文化运动的政治》,载《现代中文导刊》2009 年第 4 期;汪晖:《文化与政治的变奏——战争、革命与1910 年代的"思想战"》,载《中国社会科学》2009 年第 4 期)。

[3] 汪晖:《实践性是毛泽东思想的重要特征》,载《国企》2012 年第 2 期。

[4] 天宫空间站是电影《地心引力》(阿方索·卡隆执导,2013 年)设定的中国元素。

太平洋地缘政治

20 世纪以来的世界政治中心之所以转向太平洋，不过是因为太平洋的面积比大西洋更大（大得多）而已。六次航母大战（中途岛海战、莱特湾大海战、珊瑚海海战、东所罗门海战、圣克鲁斯海战、菲律宾海海战）均发生在太平洋——美日之间。相比之下，英德之间的潜艇战虽然神出鬼没、可歌可泣，但仍处于"辅"位"阴"位（而非"主"位"阳"位）。

美、中、俄、日都是太平洋国家。

1919 年在凡尔赛谈判的那批人缺乏跨空间视野，已经在悄悄地"摧毁了欧洲的未来"[1]。希特勒将主攻方向从西线（英国）转向东线（俄罗斯）的直接目的是变成一个太平洋国家（更早的拿破仑亦是如此）。

被日本强逼着从青岛撤离（1914 年）并非德意志第二帝国的耻辱，如果"德国文化在山东获得了成功"[2]。

---

〔1〕〔德〕卡尔·豪斯霍弗：《太平洋地缘政治学》，马勇等译，华夏出版社 2020 年版，第 26 页。

〔2〕〔德〕卡尔·豪斯霍弗：《太平洋地缘政治学》，马勇等译，华夏出版社 2020 年版，第 17 页。

帝国思维和民族主义皆是双刃剑，一不小心就会反噬自己。

在肉体破碎或（和）心灵逸乐的国家倡导跨空间的地缘政治教育，"比任何时候都更难获得成功"[1]。

跨空间和跨体系[2]——一个合格的当代中国文士必须秉备的基本智识素养——那合格的就没有几个——都是市场导向、学术 GDP 和后现代性的月亮惹的祸——那就让香港和达尔文港[3]的弹雨一直下。

中美国：中虽旧邦，其命维新[4]；美虽新邦，其命维旧。

1867 年，俄罗斯以 720 万美元的贱价将 170 万平方公里的阿拉斯加（相当于十个河南省）卖给美国。鞭长莫及也。

1942 年，日本发动的阿留申群岛战役以失败告终。鞭长莫及也。[5]

---

〔1〕 ［德］卡尔·豪斯霍弗：《太平洋地缘政治学》，马勇等译，华夏出版社 2020 年版，第 12 页。

〔2〕 参见汪晖：《高句丽、蒙元史与跨体系社会的历史叙事》，载《东南学术》2020 年第 1 期；汪晖等：《走进"一带一路"：跨体系的文明交汇与历史叙述——汪晖访谈录》，载《西北工业大学学报（社科版）》，2018 年第 1 期；汪晖：《元代"跨体系"社会：帝国的沟通与运行》，载《新闻爱好者》2014 年第 3 期。

〔3〕 达尔文港是位于澳大利亚西北海岸的城市，很大一部分居民是东亚和东南亚移民。

〔4〕 参见《诗经·大雅·文王》。

〔5〕 尼采仇恨女人也是因为鞭长莫及——他的哲学鞭子没有机会抽打女人。参见［德］尼采：《查拉图斯特拉如是说》，杨佩昌译，中国画报出版社 2012 年版，第 62 页。

丢勒[1]从威尼斯写信回家说："哦，我怎么会因为太阳而冻僵！"可是，日本人确乎被菲律宾的太阳冻僵了。

豪斯霍弗在1927年说，日本"这个古老却得到革新的国度，是诸强国中最后一个持英雄主义的男权国家"[2]。然而，"刀"族的另一面是"菊花"（而非樱花），战败后日本人180度的大转变（前倨后恭——远远超过正常程度的"恭"）让在硫磺岛被"皇军"打怕过的美国人感到费解[3]——其实没什么费解的——"有权时无所不为，失势时即奴性十足"[4]——然而，这是中国人的解释，日本人自己的解释是：失去荣誉的人是死人，而死人做什么都是允许的[5]。

豪斯霍弗在1938年说："在地球上各大国之中，我们与阿根廷一道，作为欲求掌握自己命运的国家受人操纵，不情愿地受人牵制。"[6]

阿根廷——太平洋与大西洋的联结点，希特勒梦想的隐居之地。

从足球和文化空间的角度来说，阿根廷也称得上大国。

博尔赫斯临终前娶了自己的日裔女秘书玛利亚·儿玉，玛利亚·儿玉代死去的诗人实现了抚摸长城墙砖的夙愿。

---

〔1〕 丢勒（1471-1528），德国画家、版画家。

〔2〕 ［德］卡尔·豪斯霍弗：《太平洋地缘政治学》，德文本第2版序。

〔3〕 参见［美］本尼迪克特：《菊与刀》，吕万和译，商务印书馆1990年版，第119页。

〔4〕 鲁迅《谚语》（载《南腔北调集》）。

〔5〕 参见［美］本尼迪克特：《菊与刀》，吕万和译，商务印书馆1990年版，第27、119页。

〔6〕 ［德］卡尔·豪斯霍弗：《太平洋地缘政治学》，德文本第3版序。

出征前，先浅吻一口少女的臭汗，再深吸一口大洋的香气。

谁是最后的武士？配武士刀的西乡隆盛，还是轮椅上的罗斯福?[1]

库克船长[2]死于与夏威夷岛民的械斗，林肯船长[3]死在本国勇士的枪口，丁汝昌船长[4]服鸦片自尽——各得其所。

库克船长至少意味着"南方大陆"的传说、"奋进号"帆船、坏血病、"菩提树日"、云杉啤酒、"治疗湾"、支配心理学、"莱檬尼"、反向高度仪、船位推算法、月角法、哈里森的精密计时器、一本题名为《船医助手》的书等[5]萨镇冰[6]十分熟识而当下已经习惯了 GPS 或北斗导航的国际法学者颇为陌生的东西。

丰臣秀吉和麦克阿瑟的共同点：折戟沉沙于朝鲜[7]。区别：后者

---

〔1〕 参见［美］马克·莱维娜：《最后的武士：西乡隆盛的人生王道》，廖奕译，东方出版社 2010 年版；［美］克雷佩尼维奇等：《最后的武士：安德鲁·马歇尔与美国现代国防战略的形成》，张露等译，世界知识出版社 2018 年版。

〔2〕 詹姆斯·库克（1728-1779），英国皇家海军军官、航海家、探险家。

〔3〕 参见美国诗人惠特曼的诗《哦，船长，我的船长！》。

〔4〕 丁汝昌（1836-1895），北洋水师提督，战败自杀。

〔5〕 参见［美］唐纳德·B. 弗里曼：《太平洋史》，王成至译，东方出版中心 2015 年版，第 142-157 页。又参见［英］詹姆斯·库克：《库克船长日记》，刘秉仁译，商务印书馆 2013 年版，第 43-58 页。

〔6〕 萨镇冰（1859-1952），祖籍山西代县，出生于福建福州，中国近代著名海军将领，先后担任过清朝海军统制（总司令）、民国海军总长等重要军职，1952 年卒于福州。

〔7〕 "中国对丰臣秀吉侵略的抵抗和 400 年后美国在朝鲜战争的遭遇惊人的相似。"（［美］基辛格：《世界秩序》，胡利平等译，中信出版集团 2015 年版，第 234 页）

是太平洋战史上的最佳演员——没去好莱坞做演员简直太可惜——无须翻阅这位伟大统帅的回忆录[1]，单看他叼烟酷毙了的样子就 OK 了（比高仓健[2]还酷）——如果做马夫——"横刀立马"的彭大将军的马夫——肯定是有史以来最养眼的马夫。

1958 年"金门炮战"之后，赫鲁晓夫对毛泽东抱怨说："你既然开炮，就应该占领那些岛屿，你如果认为不必占领，那么开炮就没有用处。我不理解你的政策。"[3]

确实，像"炮击金门"这样的"小智慧""小战略"不是赫鲁晓夫这样的"大战略家"所能理解的——赫鲁晓夫的愚蠢不仅在于往斯大林身上泼脏水、写回忆录为自己辩白[4]，更在于误解了"治大国若烹小鲜"中"小鲜"的所指。

有人提醒我，赫鲁晓夫没有读过《道德经》。

这就对了！他的闲工夫都用来读《日瓦戈医生》、讨伐帕斯捷尔纳克了——日瓦戈医生由于太钟爱莫斯科的时空万花筒[5]而不愿远遁至远东共和国[6]、哈尔滨或上海[7]。"生于莫斯科死于莫斯科"是每一

---

〔1〕 参见《麦克阿瑟回忆录》，上海师范学院历史系翻译组译，上海译文出版社1983 年版。

〔2〕 高仓健（1931-2014），原名小田刚一，日本著名演员，电影代表作有《追捕》《远山的呼唤》《千里走单骑》等。

〔3〕 参见 [美] 基辛格：《论中国》，胡利平等译，中信出版集团 2012 年版，第150-151 页。

〔4〕 参见《赫鲁晓夫回忆录》，张岱云等译，东方出版社 1988 年版。

〔5〕 参见 [俄] 布尔加科夫：《莫斯科：时空变化的万花筒》，徐昌翰译，百花文艺出版社 2018 年版。

〔6〕 远东共和国于 1920 年 4 月成立，名义上是独立的，实际上由苏俄控制，目的是在苏俄和被日本占领的滨海地区建立一个缓冲地带。1922 年 11 月，并入苏俄。

〔7〕 1920-1930 年代，哈尔滨和上海都生活着不少"白俄"。

个真正、深沉的俄罗斯人的梦想——布罗茨基和索尔仁尼琴这两位流亡美利坚的俄罗斯人当年是被绑架到"米格-29"战斗机上，从洛杉矶上空硬生生地抛下去的。

"五月花号"帆船[1]和"兰利号"航空母舰[2]是同一首船，美国清教徒和德国清教徒服侍的却不是同一个上帝。

19世纪初期，葛饰北斋画骤风画大海画生机盎然的神奈川波涛[3]，小他一岁的张崟[4]（依旧像他的前辈那样）画花卉画竹石画死气沉沉的山水，中日分水岭自此始——预示了世纪之末甲午海战的结局。

《义勇军进行曲》和《黄河大合唱》预示了1949年和2049年的大事件。

飞蛾扑的是1812年莫斯科大火，是1931年丕律绍[5]驾驶的"银鹰"号战机坠毁于火地岛时引发的山火，是1945年太平洋上空的天火，

---

〔1〕 参见［美］布莱福特：《五月花号公约签订始末》，王军伟译，华东师范大学出版社2006年版。

〔2〕 "兰利号"航母是美国第一艘服役的航母（1922）。五年之后召开日内瓦裁军会议时（1927），美国已成为当之无愧的第一海军大国。

〔3〕 葛饰北斋（1760-1849），影响过梵高的日本著名浮世绘画家，《神奈川冲浪里》是他的名作。

〔4〕 张崟（1761-1829），清代画家。关于他的生平及作品，参见万青力：《并非衰落的百年：19世纪中国绘画史》，广西师范大学出版社2008年版。

〔5〕 丕律绍是德意志帝国东亚舰队的海军飞行员，从1913年11月起驻守青岛，1914年11月因日本对德宣战撤离。1931年1月28日，他驾驶"银鹰"号在探索佩里托莫诺冰川（位于火地岛）时失事。生前曾出版《飞出青岛》《银鹰在火地岛》等书。

是无法查知时间的蛾摩拉圣火。

究竟是什么，使班超——大文豪班彪之子、大史学家班固之弟——弃笔从戎，难道是楼兰的绿洲空间和西域女子的风情？

究竟是什么，使豪斯霍弗从太平洋返回进而参加世界大战之后，竟然定居于巴伐利亚高原，从一名将军变成大学教授？[1]

究竟是什么，使一位有着光明学术前途的青年教授，毅然退守黄河和西湖之畔[2]的"穆佐小城堡"[3]，在"和平年代"探索新帝国和大空间战争的史诗逻辑[4]，而不是满足于挖掘被记忆铁锈侵蚀的珍宝、抒写自我之书[5]、探索并不神秘的基督教[6]和沉浸于完美伦理学的诱惑之中。

珍宝岛[7]尽管只有0.74平方公里，却联通着鄂霍次克海、库页岛

---

〔1〕 ［德］卡尔·豪斯霍弗：《太平洋地缘政治学》，马勇等译，华夏出版社2020年版，第15页。

〔2〕 开封市紧邻黄河，城区西部中心有一座颇大的"西湖"，与欧阳修笔下的颍州西湖齐名。

〔3〕 德语诗人里尔克曾经在"穆佐小城堡"旅居、写诗，孤独"如同一个囚犯"。参见［奥］里尔克：《穆佐书简——里尔克晚期书信集》，林克等译，华夏出版社2012年版，中译本前言，第1-2页。

〔4〕 "政治的热爱智慧者也能够并应该作诗。"（刘小枫：《巫阳招魂：亚里士多德〈诗术〉绎读》，生活·读书·新知三联书店2019年版，第257页）

〔5〕 伯特格尔指出，"他——维兰德，会举起棍棒，朝着那样一个哲学上的'纯粹自我'的屁股一阵痛打，好让它承认，没有'非我'，'纯粹自我'根本行不通"。参见［德］利茨玛：《自我之书：维兰德的〈阿里斯底波和他的几个同时代人〉》，莫光华译，华东师范大学出版社2010年版，扉页。

〔6〕 参见［英］约翰·托兰德：《基督教并不神秘》，张继安译，商务印书馆1982年版。

〔7〕 1969年3月，中国边防部队在珍宝岛自卫反击战中成功击退苏联边防军的入侵。

和一个陆地民族的出海梦想。

1938 年，大诗人奥登（他作为一名战地记者在中国浙江访问）发现，在丽水传教的天主教神父们对共产主义的态度发生了急剧转变："两年前，神父们承认，他们只不过把共产主义者看作是些土匪——或者，充其量看作是杀富济贫的罗宾汉。现在，他们开始认真看待这一运动了，且认识到了它在决定国家未来发展中可能扮演的角色。"[1]——之所以"认真看待"，乃因从中瞅到了自己和活佛的影子。

披着羊皮的虎；披着虎皮的虎；披着虎皮的羊——并非一切反动派都是纸老虎。

想打死老虎还非得棍子不可。

日本谚语曰："有舍弃人的神，也有救赎人的神!"[2] 然而，还有舍弃众人之神的人，救赎众人之神的人。

美国人佩弗说："我忍不住认为，这次会议（1922 年华盛顿会议）是整个世纪里最重要的事件。"[3] 作为一个诞生于 1970 年代的中国人，我忍不住认为，遵义会议是整个世纪里最重要的事件。

---

〔1〕 ［英］奥登：《战地行纪》，马鸣谦译，上海译文出版社 2012 年版，第 226 页。
〔2〕 ［德］卡尔·豪斯霍弗：《太平洋地缘政治学》，马勇等译，华夏出版社 2020 年版，第 22 页。
〔3〕 ［德］卡尔·豪斯霍弗：《太平洋地缘政治学》，马勇等译，华夏出版社 2020 年版，第 25 页。

一个事件重不重要，不能只置于它所在的那个世纪审视。

不仅应从大历史的角度解读蒋介石日记[1]，更应从普遍历史的维度审视关于三个世界的划分[2]。

最初，美国和大英帝国"都小心翼翼地避免伤害俄罗斯的感情"[3]，而今，他们肆无忌惮地挤压俄罗斯的战略空间。可见，绅不绅士与对方的军政实力有关，与自己是不是绅士无涉。克格勃出身的普京成为俄罗斯人普遍拥护的"大帝"（新沙皇）[4]，就是对欧美挤压的反弹。俄罗斯和中国一样都是韧劲十足的民族，不给点苦难和重压，他是不会愤而崛起并不断超越和自我超越的。沃格林指出：

"在超越方面，俄罗斯作为基督教真理的大一统的代表者区别于所有西方民族；通过她的社会再连属化——在此过程中，沙皇成了一个存在上的代表——她彻底地切断了西方民族国家意义上的代表制度的发展。最终，还是拿破仑认识到了俄罗斯的问题，拿破仑于1802年说，世界上只有两个民族，俄罗斯和西方。"[5]

这一观点显然十分偏颇——违背了三个世界、三个阶段的划分，或者说，违背了"三"的哲学。如果说世界上只存在三个王族（具有王者

---

[1] 参见黄仁宇：《从大历史的角度读蒋介石日记》，九州出版社2008年版（第4页："我一向提倡的'大历史'，也无非将他所说的因果关系，拉长拉大，使之超过人身经验。"）。

[2] 参见《毛泽东外交文选》，中央文献出版社1994年版，第600-601页。

[3] ［德］卡尔·豪斯霍弗：《太平洋地缘政治学》，马勇等译，华夏出版社2020年版，第37页。

[4] 参见［美］希尔：《普京传：不可替代的俄罗斯硬汉》，余莉译，红旗出版社2015年版。

[5] ［美］埃里克·沃格林的《新政治科学》，段保良译，商务印书馆2018年版，第124页。

德性的民族），那第三个无疑就是走向并走出太平洋的中华民族。"持续了两千多年的帝制不是一个超稳定的政治结构，皇权象征着大一统只因为它承载包容着一统政治的无限矛盾冲突。宇宙观这一文化领域和皇权这一政治领域不断互动互生，二者构成一个动态变化的过程。"[1]

符拉迪沃斯托克的意思是"东方的统治者"。

"俄罗斯人比中国人及日本人更适应那里（西伯利亚）的气候，这是俄罗斯人挺进到太平洋的决定性因素"[2]——那些熟知却不曾翻开孟德斯鸠的哪怕一页书的中国法科生必须从三权分立的神话和"绝对权力绝对导致腐败"的箴言中清醒过来，认识到"地理环境决定论"才是《论法的精神》一书的精髓，而暴风雪的气候、雪橇部队和伏特加酒才是"战斗民族"之为战斗民族的决定性因素。

闯关东的个个是汉子[3]。去日本旅行一定要看北海道的雪。日本的雪国藏着孤独的中国精魂。[4]

---

〔1〕 王爱和：《中国古代宇宙观与政治文化》，金蕾等译，上海古籍出版社 2011 年版，第 198 页。

〔2〕 ［德］卡尔·豪斯霍弗：《太平洋地缘政治学》，马勇等译，华夏出版社 2020 年版，第 36 页。"从俄罗斯的边界到东方的大洋，气候是极端寒冷的"，"除了靠近东边的海洋方面有四五个城市，和中国人由于政治的理由在中国附近建造的几个城市而外，那里是没有城市的"（［法］孟德斯鸠：《论法的精神》上册，张雁深译，商务印书馆 1961 年版，第 274 页）；"日本人很难或压根扛不住这里（指萨哈林岛，即库页岛）的冬天，到萨哈林来的只是些日本的企业主，很少带家属，住在这里像是来野营，留下来过冬的仅极小部分，几十人而已"（［俄］契诃夫：《萨哈林岛》，李莉译，敦煌文艺出版社 2014 年版，第 143 页）。

〔3〕 参见高满堂等：《闯关东》，山东文艺出版社 2008 年版。

〔4〕 "那是孤独的雪，是死掉的雨，是雨的精魂。"（鲁迅《雪》）

是洲际导弹和汇率走势，而非巨型邮轮和波音747，拉近了中美两个相距甚遥的大国的距离。

是即将到来的三千纪的地缘战争[1]，而非浪花淘尽的三世纪的风流英雄[2]，决定着地图上"国家权力线"[3]的走向。

是"德意志的秘密"（"用武力对抗武力""用精神力量回击精神力量""民族文学必须与民族独立和自由并肩战斗""民族精神形成一种包容万物的世界视域"[4]），而非"秘密的德意志"[5]，让我们意识到，无论采取共和政体还是君主立宪政制，都必须直面实证科学为王的后政治神学时代愈演愈烈的群龙无首的难题。"人类的唯一自救途径……在于创建万国政府，由多个国家以法律为基础创造出和平……只要主权国

---

[1] "中国在向麦金德所谓的中亚心脏地带进取的同时，也可能对斯皮克曼所谓的大陆边缘地带施加重要影响"；"美中关系将不仅取决于双边和全球贸易、债务、气候变化和人权等问题，更取决于中国在亚洲潜在势力范围的特定地理环境"；"就像斯皮克曼把加勒比称为'美国的地中海'以示其重要性，我们也可把南中国海称为'亚洲的地中海'，在未来几十年，这里将是政治地理的核心"（［美］罗伯特·D.卡普兰：《即将到来的地缘战争：无法回避的大国冲突及对地理宿命的抗争》，涵朴译，广东人民出版社2013年版，第215、219、221页）。

[2] 杨慎《临江仙》："滚滚长江东逝水，浪花淘尽英雄。"

[3] 关于"国家权力线"，参见［德］卡尔·豪斯霍弗：《太平洋地缘政治学》，马勇等译，华夏出版社2020年版，第29页。

[4] 参见［德］兰克：《论列强》，载兰克：《世界历史的秘密：关于历史艺术与历史科学的著作选》，易兰译，复旦大学出版社2012年版，第186-187、201页。

[5] "秘密的德意志"是以德国诗人格奥尔格为中心的"格奥尔格圈子"的别称。格奥尔格有一首题为"秘密的德意志"的诗（《词语破碎之处：格奥尔格诗选》，莫光华译，同济大学出版社2010年版，第172-177页）。1933年11月，康托洛维茨在法兰克福大学做过一场题为"秘密的德意志"的学术报告："这样一个秘密帝国从未存在，却永远存在"（参见［德］康托洛维茨：《国王的两个身体》，徐震宇译，华东师范大学出版社2018年版，中译本序言，第49-50页）。

家继续保持独立的军备和军备机密，新的世界大战就不可避免"〔1〕，爱因斯坦如是说。爱因斯坦虽然是罕见的物理天才，也颇有女人缘（在物理学界仅次于薛定谔），却不擅长数学和政治，他不仅拒绝出任以色列总统，而且一直都没搞懂何谓"囚徒的困境"。

如果太平洋只属于太平洋岛屿上老死不相往来的土著就好了。

如果国际法能走出国际法教科书〔2〕就好了。

如果帝国不因庞大和过度自信而凝滞，并致力于把地球精英（不分种族）送上火星结伴殖民就好了。〔3〕

---

〔1〕 ［美］加来道雄：《爱因斯坦的宇宙》，徐彬译，湖南科学技术出版社 2015 年版，第 227 页。

〔2〕 蒙塔古一次在采访爱因斯坦时说："国际法只存在于国际法教科书中。"（［美］卡拉普赖斯编：《新爱因斯坦语录》，范岱年译，上海科技教育出版社 2008 年版，第 293 页）

〔3〕 参见 ［美］厄休拉·勒古恩：《庞大而凝滞，基于帝国》，龚诗琦译，载《100 科幻之书（Ⅱ）：异站》，北京联合出版公司 2018 年版，第 437 页。

战时日记

"希特勒将去凡尔赛……令人作呕的广告……无非在引诱人们将自己的劳动和钱财浪费在毫无用处的奢侈品和有害的药物上……不知这场战争能清除多少垃圾。"（1940.6.14）

"在美国总统选举之前，美国无论如何不会有什么行动。"（1940.6.16）

"官方对空袭的轻描淡写是极其惊人的。"（1940.9.7）

"炸弹就像天赐之物。"（1940.12.29）

"关于我们是在和纳粹战斗呢，还是在和德国人战斗，现在人们有各种不同的意见……"（1941.2.7）

"丘吉尔昨天晚上的演讲非常好，作为演讲是好的，但却不可能从中挖掘出什么信息。"（1941.4.28）

"三年前，大多数一年有一千英镑以上或每周有大约六英镑收入的人都会站在德国这边去对抗苏联人。然而，此时他们对德国人的仇恨使他们忘记了其他的一切。"（1941.6.23）

乔治·奥威尔写于战时伦敦的日记[1]就这样经由我充满偏见的意识形态式择选而硬生生地被"阉割"了。奥威尔纵使厌恶,却不会反对我这么做,因为他是一个超脱率真的人,不可能自己扇自己耳光(那是演讲家如丘吉尔和希特勒之流喜欢干的事),因为他说过,"没有人能摆脱政治偏见","没有哪本书能摆脱政治偏见,认为'艺术应当与政治无关'的观点本身就是一种政治态度","那些没有政治目的的书,是我写得最没有生机的书"[2]。既然政治写作能激发"生机",何不乐而从之呢?既然"去政治化"不可能,何不大大方方地承认呢?既然"当婊子立牌坊"是正常的权力现象,何必愤慨激昂呢?在奥威尔的政治写作中,《向加泰罗尼亚致敬》[3]一书之所以是失败的,就因为它的文学性不足以盖过"一点气难平"[4](他本人也意识到这一点[5])。

---

〔1〕 〔英〕乔治·奥威尔:《战时日记》,孙宜学译,广西师范大学出版社 2003 年版。

〔2〕 〔英〕乔治·奥威尔:《战时日记》,孙宜学译,广西师范大学出版社 2003 年版,代序,第 6、8 页。

〔3〕 〔英〕乔治·奥威尔:《向加泰罗尼亚致敬》,李华等译,江苏人民出版社 2006 年版。

〔4〕 参见〔宋〕净圆《望江南》。

〔5〕 "如果我对此不感到愤怒的话,我永远不会写那本书(《向加泰罗尼亚致敬》)"(〔英〕乔治·奥威尔:《战时日记》,孙宜学译,广西师范大学出版社 2003 年版,代序,第 7 页)。对于更关心政治秘史而非个人秘史的中国人而言,《向加泰罗尼亚致敬》比《战时日记》更受欢迎——前者的豆瓣评分是 8.8,后者只有 7.5(截至 2020 年 3 月 31 日)。张纯如的《南京大屠杀》(〔美〕张纯如:《南京大屠杀》,马志行等译,东方出版社 2005 年版)也存在"气难平"的问题,但它是一本史学著作,而非文学作品,不应以艺术的标准审视。2004 年 11 月 9 日,张纯如因无法忍受精神熬煎开枪自杀。张纯如的母亲张盈盈在 2012 年出版了回忆女儿的书(《张纯如:无法遗忘历史的女子》,天下文化出版公司 2012 年版)。

战争是现代性与种族主义的龃龉，大屠杀像空气一样成了生活的现实[1]。

日记是想象力与理性的决斗[2]。一个对美敏感的人不可能完全舍弃童年时代形成的世界观。

"奥斯维辛之后写诗是残忍的"乃现代人的扭捏作态——既不懂战争（"杀人的艺术"），也不懂诗（"亵弄语词的艺术"）。若依循这一逻辑，人类岂非在成吉思汗和帖木儿屠城之后就早早地进入了无诗的荒蛮时代（或曰末人时代[3]）？写诗在任何时代都是悲天悯人的温柔事（"亵弄语词"和"杀人"毕竟两码事），残忍的是如何审视和评鉴平庸之人不愿亦不能直面的"平庸之恶"[4]？纵使没能招架住危机的考验，亦不必言人性脆弱——人性无所谓脆弱或坚强，或曰既脆弱又坚强——此等废话等于什么都没说。一代又一代人在"历史乐观主义"与"历史的危机"之间徘徊[5]，在寻求和解与正义的间隙有意识地反思异族对

---

〔1〕 参见［英］鲍曼：《现代性与大屠杀》，杨渝东等译，译林出版社2002年版，第75页。又参见［德］约翰·拉贝：《拉贝日记》，江苏人民出版社1997年版；［德］安妮·弗兰克：《安妮日记》，彭淮栋译，海南出版社1996年版。

〔2〕 参见［美］詹姆斯·施密特编：《启蒙运动与现代性：18世纪与20世纪的对话》，徐向东等译，上海人民出版社2005年版，第428页。

〔3〕 参见［美］弗朗西斯·福山：《历史的终结及最后之人》，黄胜强译，中国社会科学出版社2003年版，第325页及以下。为什么不是13-14世纪，而是20世纪的大屠杀成了"现代性"问题，并让人不由自主地联想起"终末论"这一基督教遗产？"基督教世界连同基督教时代以一种惊人的方式走了下坡：他们在两次世界大战中自相残杀"，"奥斯维辛的惨剧后，犹太教-基督教的梦想（犹太人融入基督教世界）破灭"，"19世纪弥赛亚式的异象与20世纪恐怖终末论的惊人惨剧，有意无意地影响了时下的终末论思想"（［德］莫尔特曼：《来临中的上帝：基督教的终末论》，曾念粤译，上海三联书店2006年版，第3页）。

〔4〕 参见［美］汉娜·阿伦特等：《〈耶路撒冷的艾希曼〉：伦理的现代困境》，孙传钊译，吉林人民出版社2003年版。

〔5〕 参见［德］伊格尔斯：《德国的历史观》，彭刚等译，译林出版社2006年版。

本族的暴力，无意识地淡化本族对异族的暴力[1]。

所有对战争和大屠杀的反思要么是"嘈嘈切切千夫指"，要么是"犹抱琵琶半遮面"。

日记、炸弹和"不怕流血的人民"[2]都是"天赐之物"，尽管皆属于人造。爱人有可能逃离，惟日记不辜负。

---

[1] 参见［英］安德罗·瑞格比:《暴力之后的正义与和解》，刘成译，译林出版社 2003 年版；［南非］德斯蒙德·图图:《没有宽恕就没有未来》，江红译，广西师范大学出版社 2014 年版。

[2] "杂货批发商说：'该死！他们（指苏联）有两亿不怕流血的人民。'"（［英］乔治·奥威尔:《战时日记》，孙宜学译，广西师范大学出版社 2003 年版，第 79 页）

铁道之旅

在铁路"通过时间消灭空间"的背后，是资本的增殖[1]，是兵力投送、强制和"基础权力"的长远拓展[2]，是旅行的便捷：北海的骇浪在德国诗人海涅位于巴黎的家门口咆哮；"法国迦太基人"福楼拜不再为难得见情人一面叫苦连天；日本人在萨哈林岛遗下的房舍和板棚[3]只需一闭眼工夫就呈现在俄国作家契诃夫的眼前——这当然是不可能的，西伯利亚大铁路直到1916年才全线通车（总长9332公里，当时车速只有30-50公里/小时），即使坐火车到了海参崴，还需要转船、骑马、步行，一路辛苦得很呐，而契诃夫早在1904年就病逝了（享年

---

〔1〕 参见［德］沃尔夫冈·希弗尔布施：《铁道之旅：19世纪空间与时间的工业化》，金毅译，上海人民出版社2018年版，第3页。

〔2〕 参见［德］埃利亚斯：《文明的进程》（第2卷），袁志英译，生活·读书·新知三联书店1999年版，第269页。"基础性权力即一个中央集权国家的制度能力"，"正是这种基础权力将国家确定为一系列中心的、放射的制度，并以此贯穿其地域"（［英］迈克尔·曼：《社会权力的来源》（第2卷，上），陈海宏等译，上海人民出版社2007年版，第69页）。

〔3〕 参见［俄］契诃夫：《萨哈林岛》，李莉译，敦煌文艺出版社2014年版，第142-144页。1890年4月到9月，契诃夫孤身一人到萨哈林岛（库页岛）旅行，写下《萨哈林岛》一书。在1875年之前，萨哈林岛南部为日本人占据。根据《桦太千岛交换条约》（《1875年圣彼得堡条约》），萨哈林岛的主权归俄国，日本取得千岛群岛的主权。

44 岁），据说他的早逝与萨哈林岛之行有关，车马劳顿和恶劣气候加剧了他的肺结核病。

不是每个勇士都具备契诃夫到苦寒之地考察的勇气，不是每位院士[1]都能成为托克维尔那样睿敏的观察家[2]。

不管保守-浪漫主义者如何攻击，从第一根铁轨铺设的那一天起，空间就不可避免地变得愈来愈均匀和抽象，[3] 世界图景变得愈来愈机械化："机械论的世界图景应当理解成这样一种观念，它把物理宇宙看成一台巨大的机器，一经启动，就可以因其构造而完成所要完成的工作。"[4] 但人的本真性并没有因此立马被逼入绝境，因为机械尚未篡取COPY（复制）专属于一己的灵晕[5]的能力。

不管铁道是单线还是复线，下车的旅客都行走在对文明深怀绝望的本雅明设计的单向街上，大街两旁分布着战争纪念馆（镇馆之宝是窃自大秦帝国的兵马俑）、天主堂（唱诗班正唱诵《马赛曲》)[6]、啤酒馆

---

〔1〕 1841 年，年仅 36 岁的托克维尔当选为法兰西文学院院士。1859 年，54 岁的托克维尔因肺结核病逝（同契诃夫一样）。

〔2〕 1831-1832 年，托克维尔到美国考察刑法和监狱制度。1835 年，他出版《论美国的民主》一书，预言美俄两国"从不同的起点出发，但好像在走向同一目标"，"终有一天要各主宰世界一半的命运"（董果良译本，上卷，商务印书馆 1988 年版，第 480 页）。

〔3〕 [法] 亚历山大·柯瓦雷：《牛顿研究》，张卜天译，北京大学出版社 2003 年版，第 3 页。

〔4〕 [荷] 戴克斯特霍伊斯：《世界图景的机械化》，张卜天译，湖南科学技术出版社 2010 年版，第 541 页。

〔5〕 "在机械复制时代凋萎的东西正是艺术作品的灵晕。"（[德] 本雅明：《机械复制时代的艺术作品》，载阿伦特编：《启迪：本雅明文选》，张旭东等译，生活·读书·新知三联书店 2014 年版，第 236 页）

〔6〕 [德] 本雅明：《单向街》，陶林译，凤凰文艺出版社 2015 年，第 41-43 页。

（这里曾发生过一次未遂暴动[1]）、LV时尚专卖店（玻璃窗上贴着因宣布"女人的胜利"[2]而赢得家庭主妇、女博士和女权主义者共同爱戴的维尔纳·桑巴特的巨幅照片）。

不管是否有一位棋艺高超的巨翅老人[3]藏在咣当咣当的声音里通过红外遥控器操控着奔驰在亚欧大陆上的东方快车，车上的旅客各忙各的：十二个人在包厢里用同一把尖刀朝一个醉酒的美国人各刺了一刀（一次伟大的私刑复仇）[4]；一个庆幸自己逃脱了大英帝国宪兵追捕的华裔间谍（他为德国人服务）[5]装作在读报；一个中年教授模样的人（长着卡斯蒂利亚人的脸孔）正在阅读一本名为《东方普遍主义的历史批判》[6]的书；一个长得像马化腾[7]的小孩正在玩一款名叫"代理人战争"的网络游戏（在里面可以通过线绳操纵木偶[8]）；一个手持竹笛、满脸忧郁的人对着窗外自言自语："这年头，连法律都学会了看风

---

〔1〕 指1923年发生在慕尼黑的啤酒馆暴动。参见［法］弗朗索瓦·凯尔索迪：《希特勒传》，董晨耕译，吉林出版集团有限责任公司2013年版，第44—52页。

〔2〕 "典雅和感官快乐对新一代来说已成为必不可少的东西，因为它处于女人的操控之下。"（［德］维尔纳·桑巴特：《奢侈与资本主义》，王燕平译，上海人民出版社2005年版，第141页。

〔3〕 参见［哥伦比亚］加西亚·马尔克斯：《世上最美的溺水者》，陶玉平译，南海出版公司2015年版，第3—13页。"巨翅老人"是落难天使的隐喻。

〔4〕 参见［英］阿加莎·克里斯蒂：《东方快车谋杀案》，陈尧光译，人民文学出版社2005年版。

〔5〕 参见［阿根廷］博尔赫斯：《小径分叉的花园》，王永年译，上海译文出版社2015年版，第87页。

〔6〕 化自张旭东一本书的书名。参见张旭东：《全球化时代的文化认同：西方普遍主义的历史批判》，北京大学出版社2006年版。

〔7〕 马化腾（1971-），腾讯公司的主要创办人之一。

〔8〕 ［德］本雅明：《历史哲学论纲》，载阿伦特编：《启迪：本雅明文选》，张旭东等译，生活·读书·新知三联书店2014年版，第265页。

使舵、卑躬屈膝"〔1〕；一位睫毛长长的少女正倚窗酣梦，在梦中她把自己发的光投射到阿姆斯特丹红灯区和月球的阴影里……

"不管，不管，不管，你'不管'够了吗?"邻座旅客突然有点生气地说道。

原来他在偷窥我写东西。偷窥也就罢了，还发牢骚！我有点生气，正欲责怪他不礼貌，却突然觉得头戴大毡帽的他像极了某人——一个在教科书上看到过的人，就故作惊讶地问道："你是……你是……詹天佑?"

"不是我能是谁，你屁股下的京张高铁线正是俺设计的!"

"那你怎么……这么……年轻，如果还活着的话……"

"能穿越蒸汽、雨雾、透纳〔2〕手指、战火、污秽、'天佑中华'的牌匾和两球宇宙〔3〕的人永远不会老。"

---

〔1〕 参见［英］笛福:《枷刑颂》，载《笛福文选》，徐式谷译，商务印书馆1960年版，第21页。

〔2〕《雨、蒸汽和速度——西部大铁路》是英国画家透纳1844年的作品。

〔3〕 参见［美］托马斯·库恩:《哥白尼革命——西方思想发展中的行星天文学》，吴国盛等译，北京大学出版社2003年版，第25-33页。

雅尔塔

条条大路通向雅尔塔。古德里安[1]驾驶 VK4501 型虎式坦克，罗斯福端坐航母废料制作的轮椅（由一位名叫瑞恩[2]的大兵推着），丘吉尔一如既往地叼着矜傲的雪茄，斯大林卷着亲密战友朱可夫在斯大林格勒[3]帮他锻造的钢铁气流，蒋介石委员长[4]骑着他夜深人静时披写日记的毛笔（不像他那些贪腐的部下，提倡"新生活运动"的他一向节俭，毛笔用秃了才换一支新的，但"豫卦"[5]早已预示了他四年后的彻底失败），毛泽东凭借千古未有的诗意想象，先后来到距离塞瓦斯托

---

〔1〕 古德里安（1888-1954），德军装甲兵之父，"闪电战"创始人。"由于我们在第二次世界大战初期，曾经收到速战的效果，所以我们的敌人就为我们创造了一个新名词：'闪击战'。"（［德］海因茨·古德里安：《闪击英雄：古德里安大战回忆录》，钮先钟译，陕西师范大学出版社 2005 年版，第 400 页）

〔2〕《拯救大兵瑞恩》是斯皮尔伯格执导的一部著名影片（1998 年）。

〔3〕 "众所周知，关于在斯大林格勒地域粉碎德军的消息，是以何等欢乐的心情传遍全世界的，又是怎样鼓舞各国人民与法西斯占领者作斗争的。"（《朱可夫元帅回忆录》，中国人民解放军军事科学院外国军事研究部译，中国对外翻译出版公司 1985 年版，第 558 页）

〔4〕 或许有人提醒我，蒋中正参加的是开罗会议，没有去过雅尔塔。他似乎忽略了开罗是另一个雅尔塔的本相。我谈的是雅尔塔体系，是政治地理学意义上，而非自然地理学意义上的雅尔塔。

〔5〕《易·豫卦》："六二：介于石，不终日，贞吉。《象》曰：'不终日贞吉'，以中正也。"

波尔不远的雅尔塔——那里留有波将金公爵〔1〕的体温、托尔斯泰的韵事〔2〕和契诃夫的故居。

因参加1944年华沙起义被枪杀的女战士〔3〕是无缘到雅尔塔一游了。

东南亚、亚马孙雨林和火地岛的土著从未听说过雅尔塔这个名字〔4〕——被世界遗忘的人也把世界抛之脑后。

丛林土著和小国人民的幸福在于，只需把柴米油盐和儿女婚事安排好就OK了，至于帝国兴衰、文明竞争、外星人入侵以及如何界定奠基于人权的普世主义〔5〕，一概与他们无关，这些糟心事是大国（准确地

---

〔1〕 波将金（1739-1791），叶卡捷琳娜大帝的著名情人之一，1783年他将克里米亚并入俄罗斯帝国，并担任克里米亚总督。

〔2〕 1854年，托尔斯泰曾参加克里米亚战争中的塞瓦斯托波尔围城战。他当兵的时候放荡不羁，没少招惹驻地附近的姑娘和少妇："在打仗的时候，我杀过人……过着淫荡的生活……形形色色的通奸、酗酒、暴力、杀人……没有一种罪行我没有干过"（参见［俄］托尔斯泰：《忏悔录》，冯增义译，译林出版社2012年版，第8页）。

〔3〕 参见［波兰］耶日·卢克瓦斯基等：《波兰史》，常程译，东方出版中心2011年版，第260页。

〔4〕 参见［美］威廉·麦克尼尔：《世界史》（第4版），中信出版社2013年版，施诚等译，第436页。"阿拉卡卢夫人，他们不知道自己处于世界的尽头。火地岛的印第安人就在那里，不在其他任何地方。航海家、冒险家、传教士和被流放者也一样，在他们的时代发现了另一个世界，这个世界与他们的世界没有任何共同的尺度。而我们正好相反，作为那里的游客，带着我们发现了一切的骄傲，还有对这个已经完结的世界的遗憾。"（［法］波德里亚：《冷记忆1995-2000》，张新木等译，南京大学出版社2013年版，第13页）

〔5〕 参见［美］摩根索：《国家间政治：权力斗争与和平》（第7版），徐昕等译，北京大学出版社2006年版，第277-295页；［英］文森特：《人权与国际关系》，凌迪等译，知识出版社1998年版；［加］约翰·汉弗莱：《国际人权法》，庞森等译，世界知识出版社1992年版；以及美国每年发布的《各国人权报告》（就是每次都忘记发布本国的——不要紧，自会有其他负责任的大国帮它补上）。

说是大国精英）不得不承受，也乐意承受的"重"〔1〕。最反讽的是那些夜郎自大的大国小民，他们既失去了土著式的淳朴，又没有进化至文化自觉的高度。最悲怆的是偶尔出现的小国大民，他们因为本国没有改造世界的体量，只好回归清教徒式的孤独自我，否定尘世的超验性〔2〕，将满腔热情用于无用的写诗著文——至于其中个别的因为转换门庭（加入大国国籍）而有一番作为，则另当别论了。

雅尔塔会议上丘吉尔的从容是装出来的，不做"大英帝国的掘墓人"不能只靠演演戏、发表发表演说（两者其实是一码事）。罗斯福有底气是因为"一千个太阳"即将闪耀于新墨西哥州的上空〔3〕。蒋介石委员长面无表情绝非因为国力不够被唬住了（当时的大英帝国已经气息奄奄，不比中国强多少），而在于不懂得宣示意志比只在日记里发泄情绪更能赚取应得的尊重。叔本华说，世界是我的表象，还预言说，仅仅拥有和平的艺术而忽略战争艺术的中华帝国必将付出沉重的代价〔4〕。蒋委员长肯定研读过白芝浩的《英国宪法》（他作为"最高统治者"不可能不关心宪制），因而熟稔"和平的艺术"，但他却忽略了白芝浩还表

---

〔1〕 参见强世功：《大国崛起与文明复兴》，载《开放时代》2005年第5期。昆德拉说："最沉重的负担同时也成了最强盛的生命力的影像。负担越重，我们的生命越贴近大地，它就越真切实在。"（［捷克］米兰·昆德拉：《不能承受的生命之轻》，许钧译，上海译文出版社2011年版，第5页）

〔2〕 参见［法］科耶夫：《黑格尔导读》，姜志辉译，译林出版社2005年版，第89页。

〔3〕 1945年7月16日，"奥本海默的核弹在新墨西哥州核爆基地爆炸成功。爆炸产生的火球温度高达太阳中心温度的四倍。奥本海默引用了《摩诃婆罗多》中的一句话：'一千个太阳的光辉……我成为死神，我成为世界的摧毁者。'"（［英］保罗·约翰逊：《现代：从1919年到2000年的世界》，李建波等译，江苏人民出版社2001年版，第521页）

〔4〕 ［德］叔本华：《叔本华论说文集》，范进等译，商务印书馆1999年版，第535页。

达过阳明学的观点：是精神而非物质，才是进步的首要原因、主要动力，"是有意识的行为导致了无意识的习惯"[1]。"豫卦"当然无法算定蒋委员长的命运，是他意志力的荏弱和无恒，导致了"美国在中国的失败"[2]。

胜利就是胜利，不存在"失去的胜利"[3]。古人说得好：勿以成败论英雄。

玻璃球仍在琉球满坑满谷的坟场不停地自旋。[4] 冲绳人民将冲上冲绳岛的美军定位为"解放军"[5] 不过是一种美好的幻觉。

两次世界大战间的国际情事之丰富，足够撰成一亿九千万部专著。[6]

20世纪因为比19世纪喧嚣[7]而显得璀璨纷呈（"在层层浓雾背后，

---

〔1〕 ［英］沃尔特·白芝浩：《物理与政治》，金自宁译，上海三联书店2008年版，第7-8页。沃尔特·白芝浩（1826-1877）是英国经济学家、公法学家、社会学家。

〔2〕 参见［美］邹谠：《美国在中国的失败》，王宁等译，上海人民出版社1997年版，第304-478页。

〔3〕 参见［德］曼施坦因：《失去的胜利》，戴耀先译，民主与建设出版社2015年版。曼施坦因（1887-1973）与隆美尔、古德里安并称为纳粹德国三大名将。

〔4〕 "主权关系不是一种孤立的关系，不可能由单一民族主体加以实施，在这个意义上，琉球问题的模糊性是不可避免的。"参见汪晖：《东西之间的西藏问题》，生活·读书·新知三联书店2011年版，第259页。

〔5〕 "在占领初期的这种状况中，不断讨好统治者的机会主义者和战前的社会主义者们游离于民众而把美国占领军定位为解放军的实际感觉，在断绝与战前价值关系的方向上，摸索着对冲绳社会将来的展望。"参见［日］新崎盛晖：《冲绳现代史》，胡冬竹译，三联书店2010年版，第41页。

〔6〕 从1919到1937年，一年一千万部，共一亿九千万部。二战爆发的标志是1937年的"七七事变"而非欧美史家认为的1939年德国入侵波兰（如［英］E. H. 卡尔：《两次世界大战之间的国际关系：1919-1939》，徐蓝译，商务印书馆2009年版）。将二战爆发时间界定为1939年等于变相贬低甚至否认中国在二战中的地位和贡献。

〔7〕 参见［美］迈克·亚达斯等：《喧嚣时代：20世纪全球史》，大可等译，生活·读书·新知三联书店2005年版。

那股决定 20 世纪发展的历史力量，仍在继续运行"[1]，亦即说，冷战和雅尔塔体系仍然远未终结），惟一让我不舒服的是，它是我诞生的世纪。

---

〔1〕 ［英］霍布斯鲍姆：《极端的年代》，马凡等译，江苏人民出版社 2011 年版，第 628 页。

最寒冷的冬天

　　最寒冷的冬天[1]和最残酷的夏天[2]是同一天,因为是同一个地球在转动[3],因为同属于一位圣诞节回不了家的美国大兵的细密感受。老兵祈祷永远不再有战争,但新兵还未老呢——正摩拳擦掌、跃跃欲试。祈祷永远不再有战争的人是反历史和非历史的,没有意识到正是战争诱发了技术进步、经济增长与超越民族国家和革命国家的帝国(霸权)的形成[4],并督促几个超越历史的超人的诞生。

　　为了"依正义及国际法之原则"[5]维护国际社会的持久和平,联合国这一国际协调机制在二战结束后应运而生。可问题在于,以联合国

---

　　[1]　[美]大卫·哈伯斯塔姆:《最寒冷的冬天:美国人眼中的朝鲜战争》,王祖宁译,重庆出版社2010年版。

　　[2]　[美]菲利普·卡普托:《最残酷的夏天:美国人眼中的越南战争》,蒋小虎译,北京联合出版公司2014年版。菲利普·卡普托曾在越南作战十六个月,退役后成为一名杰出记者,1972年获普利策奖。

　　[3]　今天仍在流传的伽利略蔑视性地低语"地球还是在动啊"的传说是否客观上为真并不重要,只要我们相信它为真就可以了(参见[英]罗德里·埃文斯:《十大物理学家》,向梦龙译,重庆出版社2017年版,第21页)。

　　[4]　参见[美]道格拉斯·诺思:《西方世界的兴起》,厉以平等译,华夏出版社1999年版;[美]维克多·李·伯克:《文明的冲突:战争与欧洲国家体制的形成》,王晋新译,上海三联书店2006年版;[以色列]艾森斯塔特:《反思现代性》,旷新年等译,生活·读书·新知三联书店2006年版,第394-408页。

　　[5]　参见《联合国宪章》第1章第1条。

名义从事的行动恰恰有可能在破坏"联合"，比如说1950年的那次"警察行动"。甚至当美军伤亡人数超过五万大关时，杜鲁门总统仍顽固地坚称那只是"警察行动"而非残酷战争——文字游戏玩得过火了不免令人捧腹。美国政坛老油条哈里曼的修辞更胜一筹，称之曰"苦涩的小战争"（little bitter war）。还是大兵出身的奥马尔·布雷德利将军（美国最后一位辞世的五星上将）坦率，他说"这是在错误的地点、错误的时间、同错误的敌人打的一场错误的战争"〔1〕。而以毛泽东为首的开国领袖心底比谁都清楚，这是一次真正的立国之战〔2〕，是意义深远的跨世纪之战（将砥定下个世纪中国重归巅峰的基石），不仅要打，而且必须打赢。"龙战于野，其血玄黄。"〔3〕除了凭靠钢铁般的血肉之躯和军人武德〔4〕之外，不可能赢得战争；除了中国自身之外，没有别的国家（尤其大国、邻国）真心希望中国恢复大国地位。〔5〕

对一个注定要做大国的大国而言（更甭提已经是大国的大国了），

〔1〕　参见［美］约瑟夫·古尔登：《朝鲜战争：未曾透露的真相》，于滨等译，北京联合出版公司2014年版，引言，第16页。

〔2〕　参见［美］孔华润：《美国对中国的反应》，张静尔译，复旦大学出版社1997年版，第180-181页。

〔3〕　《易·坤卦》上六。

〔4〕　"武德表现在个人身上就是：深刻了解这种事业的精神实质，锻炼、激发和吸收那些在战争中起作用的力量，把自己的全部智力用于这个事业，通过训练使自己能够确实而敏捷地行动，全力以赴，从一个普通人变成称职的军人"，"团体精神就如同一种黏合剂，把各种精神力量黏结在一起"（［德］克劳塞维茨：《战争论》，杨南芳等译校，陕西人民出版社2001年版，第165页）。统帅的武德尤其重要："统帅在民族的历史上实不多见。和平时期的军队领导人能否成为战时的统帅，只有战争能够作出判决。只有在总体战领导的职位上，为维护民族生存奉献毕生的人，才能被人民尊奉为统帅。从这个意义上说，统帅和人民是一个整体。"（［德］鲁登道夫：《总体战》，戴耀先译，解放军出版社2005年版，第158页）

〔5〕　参见刘小枫：《百年共和之义》（增订本），华东师范大学出版社2019年版，第45-89页。

大国意识发蒙太迟是不可饶恕的罪过。早在百年前（1922 年），好心的英国人罗素就提醒中国的精英们[1]，弹指间即可将"精力过剩"合法化的西方文明大国不在意"好战必亡，忘战必危"[2] 的东方箴言，更不在意鲸斗是否会殃及鱼虾。百年后的今天，即使地球像某些尖起眼睛盯着私人生活史[3]的全球化论者所言的那样已经变成"地球村"[4]，还有个谁当村长的问题。

齿要敏感于唇外的寒意。唇未亡，齿已寒。

凛冬随时突至。要备好棉袄、热茶和冷弹。

夙兴夜寐之后，具有献曝之忧的狂叟是难得的聊友。倘若他来自三八线的另一边就更好了。可资聊叙畅谈的议题涵括但不限于：雅尔塔交易[5]、孤立主义与干涉主义的关系、何谓"志愿"、"何其高尚的政治"、德政、科举民主、智识人的政治常识、从"四警察"到"五警察"、新耶路撒冷、圣路易斯市的圣诞老人许诺给小女孩而由小女孩在半岛作战的父亲负责兑现的礼物（一只首尔和平鸽）……

　　[1]　参见 [英] 罗素：《中国问题》，秦悦译，学林出版社 1996 年版，第 7 页。
　　[2]　"国虽大，好战必亡；天下虽安，忘战必危。"（《司马法·仁本》）
　　[3]　参见 [法] 菲利普·阿利埃斯等：《私人生活史——从私人账簿、日记、回忆录到个人肖像全纪录》（1-5 卷），李群等译，北方文艺出版社 2013 年版。
　　[4]　参见 [法] 阿芒·马特拉：《世界传播与文化霸权》，陈卫星译，中央编译出版社 2001 年版，第 132 页。
　　[5]　指 1945 年斯大林和罗斯福在雅尔塔达成的损害中国主权的交易。

论摄影

摄影是一种侵略性行动（"干预、入侵或忽略正在发生的无论什么事情"），"最广泛的隐喻意义上的暗杀"[1]，是选择的政治性（或政治的选择性)[2]，是火从天降[3]，是对越共嫌疑犯的街头处决[4]，是争当"见习巫师"（制造事端而又无力控制的人)[5]，是见证塞班岛上一个婴儿的垂死（没有挣扎)[6]，是地雷在罗伯特·卡帕的脚下爆炸（这位著名战地摄影师的名言是"如果你的照片拍得不够好，那是因为

---

〔1〕 ［美］苏珊·桑塔格：《论摄影》，黄灿然译，上海译文出版社 2010 年版，第 18 页。

〔2〕 参见［美］玛丽·沃纳·玛利亚：《摄影与摄影批评家》，郝红尉等译，山东画报出版社 2005 年版，第 35 页。

〔3〕 参见照片《火从天降（战火中的女孩）》（黄功吾，1972 年），该照片获 1973 年普利策奖。

〔4〕 参见照片《街头枪决》（埃迪·亚当斯，南越，1968 年）。

〔5〕 ［法］克莱蒙·舍卢等编著：《观看之道：亨利·卡蒂埃-布列松访谈录》，秦庆林译，中国摄影出版社 2016 年版，第 125 页。

〔6〕 参见照片《塞班岛上美军发现垂死的婴儿》（尤金·史密斯，1944 年）。

离炮火不够近"〔1〕），是死神的丰收〔2〕，是幽灵往体会到轻微死感的
摄影师身上涂防腐剂〔3〕，是福尔摩斯式的"言语-声像-视像"对热衷
于杂交能量和危险关系的花花公子的规训〔4〕，是被夸张的写实主义诱
惑的图像证史〔5〕，是义和团运动时期在龙的帝国旅行〔6〕，是对一种既
代议又专制的"真正民主"的哀悼（那呆滞的面容、无神的双眼，犹如
来自另一个世界的告诫）〔7〕，是蒙太奇扰乱存在的历史性本质（一件想
象力之作的有效性很难进行准确估量）〔8〕，是嵌入"真理政体"和"意
义政体"的关键点（即法庭）的技巧和程序〔9〕，是枪管被爱尔兰少女

---

〔1〕 参见阮义忠：《二十位人性见证者》，生活·读书·新知三联书店2006年版，
第218页。

〔2〕 参见照片《死神的丰收——葛底斯堡》（蒂莫西·奥沙利文，1863），照片配
有说明文字："这样的照片承载着道德作用，它表现了与其盛大庆典般的场面截然相反
的绝对恐怖和战争的真实性。战争的细节如此可怕！让这些照片帮助避免另一场这样的
灾难降临这个国度吧。"（［美］安娜·H. 霍伊：《摄影圣典》，陈立群等译，中国摄影
出版社2007年版，第159页）另一张类似的照片是罗伯特·卡帕拍于1936年的《士兵
之死》（反映西班牙内战的）。

〔3〕 参见［法］罗兰·巴尔特：《明室：摄影札记》，赵克非译，中国人民大学出
版社2011年版，第18页。

〔4〕 参见［加拿大］埃里克·麦克卢汉等编：《麦克卢汉精粹》，何道宽译，南京
大学出版社2000年版，第266-354页。

〔5〕 参见［英］彼得·伯克：《图像证史》（第2版），北京大学出版社2018年版，
第21页。

〔6〕 指美国摄影师和教师詹姆斯·里卡尔顿在晚清中国拍摄的系列照片。参见
［英］何伯英：《旧日影像：西方早期摄影与明信片上的中国》，张关林译，东方出版中
心2008年版，第138页。

〔7〕 指1963年美国总统肯尼迪被刺杀后的送行场面。参见［英］杰夫·戴尔：
《此刻》，宋文译，浙江文艺出版社2017年版，第14、42页。

〔8〕 参见［英］约翰·伯格：《理解一张照片：约翰·伯格论摄影》，任悦译，中
国美术学院出版社2018年版，第19-38页。

〔9〕 参见［英］约翰·塔格：《表征的重负：论摄影与历史》，周韵译，重庆大学
出版社2018年版，第81页。

捏住〔1〕，是一个拥有柏林大学博士学位的士兵〔2〕在想象无人地带上的粮仓，是欧洲文化精英在建构殖民地"他者"（如威廉·托马斯于1903年拍摄的反映殖民与被殖民关系的照片《沃勒夫人与卡菲尔男孩》〔3〕），是名叫柏拉图的智者在燃着篝火的洞穴里观看无数个银灰色的利己主义者打麻将，〔4〕是一个日本兵在抚慰威海卫的大炮〔5〕，是暧昧的光束射进（大同社会来临之前的）大同的万人坑〔6〕，是大胡子格瓦拉叼着淫荡的雪茄〔7〕，是纪念日的荒诞表演〔8〕，是永远无法到来的

---

〔1〕 参见照片《捏住枪管的北爱尔兰妇女》（安德鲁·莫尔，北爱尔兰，1990）。照片反映的是1990年英国派军队镇压北爱尔兰共和军。照片上，一名英国士兵的枪管被一个北爱尔兰妇女用手指捏住，这使年轻的士兵无可奈何，这时，一个小孩大摇大摆地在他们身后写下"滚回英国去"。

〔2〕 指德国心理学家勒温（Kurt Lewin，1890-1947），拓扑心理学的创始人，他曾参加一战。参见［美］E. M. 罗杰斯：《传播学史：一种传记式的方法》，殷晓蓉译，上海译文出版社2005年版，第281页。

〔3〕 "摄影在这里不仅服务于帝国，它也在一定程度上塑造着帝国：形式上的帝国主义权力结构让这种态度和假设成为惯例，使人们把其他个体都看作是摄影的被摄主体"，"整个殖民与后殖民时期，摄影是用来刻画当地文化与外来文化之间的对抗的主要工具。在这种对抗中，为了表现那种具体但又矛盾的当地性，裸体被当作一种视觉上的标记。它在不同程度上代表着原始、落后、不雅和本土性"（［英］葳尔丝（Liz Wells）等编著：《摄影批判导论》，傅琨等译，人民邮电出版社2012年版，第96-97页）。

〔4〕 参见［瑞士］维克多·I. 斯托伊奇塔：《影子简史》，邢莉等译，商务印书馆2013年版，第27-36页。

〔5〕 参见照片《被日军占领的威海赵北嘴炮台》（小川一真，1895）。小川一真作为随军摄影师，记录了甲午战争前半阶段的过程。1895年2月，日军攻陷威海卫，并用要塞炮台转而轰击港内的中国船舰。参见韩丛耀主编：《中国影像史》（第2卷），中国摄影出版社2015年版，第325页。

〔6〕 参见照片装置《清洗·1941年大同万人坑》（王友身，1995）。王友身的"清洗"系列表达了对历史记忆和时间的质疑。

〔7〕 参见照片《切·格瓦拉》（瑞尼·布里，20世纪60年代）。又参见崔峻等编：《世界传世摄影》，黑龙江人民出版社2003年版，第47页。

〔8〕 参见照片《纪念日》（伯克·乌兹尔，1982）。伯克·乌兹尔是讽刺摄影的代表者。"讽刺对象是那些披着善美、智慧或其他美德外衣的罪恶、愚蠢和荒唐行为"（《美国ICP摄影百科全书》，王景堂等译，中国摄影出版社1995年版，第438页）。

最后审判（因而是虚拟的)[1]。

照片上的苏珊·桑塔格是我见过的第二美的女人——她本人第一美，可惜我没见过——没见过就等于不存在。

桑塔格思想之深邃让我这个大男人羞愧万分。

桑塔格劝诫诗人写简朴的诗，逃离阐释者的队伍。只是，她本人为何不停地阐释再阐释呢？难道学者和诗人各有其使命分类学，各有其艺术色情学[2]，各有其超现实主义？"超现实主义总是追求意外的事件，欢迎未经邀请的事情，恭维无序的场面……摄影最能展示如何并置一部缝纫机和一把伞，这两样东西的邂逅曾被一位伟大的超现实主义诗人惊呼为美的缩影。"[3]

桑塔格不是美的缩影，不是超现实主义的拥趸，不是来自维多利亚时代的访客[4]，不是60年代的代言人，不是达达主义和未来主义者，不是心为身役或身为心役的假先知，不是政治语言的敌人[5]，不是恋上柴可夫斯基和中国舞曲的美国白人种族分子，不是反"新的反文学设施（电影、摄影装置、建筑馆、精神分析、圣经阐释学、期货、脱口秀、支付宝、电子工程学）"的公知，不是缺乏假面、激情和激进意志

---

〔1〕 参见彩色打印照片《虚拟最后审判》（仰视图、俯视图、正视图、后视图、侧视图共五幅，缪晓春，2006）。又参见巫鸿：《聚焦：摄影在中国》，中国民族摄影艺术出版社2018年版，第405—415页。

〔2〕 "为取代艺术阐释学，我们需要一门艺术色情学。"（［美］苏珊·桑塔格：《反对阐释》，程巍译，上海译文出版社2011年版，第15页）

〔3〕 ［美］苏珊·桑塔格：《论摄影》，黄灿然译，上海译文出版社2010年版，第89页。

〔4〕 参见［美］利兰·波格编：《苏珊·桑塔格谈话录》，姚君伟译，译林出版社2015年版，第109页。

〔5〕 "所有政治语言都是疏离的。政治语言本身就是敌人。"（［美］苏珊·桑塔格：《心为身役》，姚君伟译，上海译文出版社2018年版，第529页）

的危险病患〔1〕，不是忠贞不贰的爱娃·布劳恩和海因里希·霍夫曼〔2〕的知音，不是对防御性宗教战争〔3〕感兴趣的教徒，不是说出"有时动物也会堕落成人"的恶魔-吸血鬼式的作家〔4〕，不是将大西洋视作"我们的海洋"〔5〕的民主领袖，不是桑塔格主义者，甚至不是女人。

---

　　〔1〕　参见［美］苏珊·桑塔格：《激进意志的样式》，何宁等译，上海译文出版社2018年版，第130页。

　　〔2〕　前者是希特勒的情妇和妻子（希特勒自杀前夕与之结婚），后者是希特勒的御用摄影师。

　　〔3〕　参见［法］杜尔哥：《政治地理学》，吴雅凌译，载刘小枫编：《从普遍历史到历史主义》，华夏出版社2017年版，第113页。

　　〔4〕　指英国作家斯威夫特（或弥尔顿）。参见［美］欧文·白璧德：《民主与领袖》，张源等译，北京大学出版社2011年版，第104页。

　　〔5〕　参见［英］西蒙·温切斯特：《大西洋的故事》，梁煜译，化学工业出版社2019年版，第1-22页。

亚洲想象的谱系

亚述、亚细亚、奥斯曼、暴政、专制、起点、停滞、原材料、市场、从苏伊士运河到乌拉尔、地理枢纽——欧洲人的亚洲。[1]

半国视角、双重周边、离散集团、位阶、藩属、慰安妇、小中华——韩国人的亚洲。[2]

脱亚、入亚、大东亚、冲绳、朝鲜、满洲、菲律宾、千岁丸[3]、笔谈、黄遵宪、中国派遣、中国幻想、白银、朝贡、区域经济圈、东洋、国权与民权、近世、朱子学、鲁迅、解放者、珍珠港、长沙会战、在新加坡和缅甸对英军的空前胜利、樱花、神风、太平洋的海底世界、广岛、

---

〔1〕 参见汪晖:《亚洲想象的谱系:亚洲、帝国与民族国家》,载杨念群等主编:《新史学:多学科对话的图景》(上),中国人民大学出版社 2003 年版,第 159—168 页;阿斯勒·齐拉克曼:《从暴政到专制:启蒙运动对土耳其人的无知图画》,载林国华等主编:《欧罗巴与亚细亚》(《海国图志》第 4 辑),上海人民出版社 2010 年版:〔德〕魏特夫:《东方专制主义》,徐式谷等译,中国社会科学出版社 1989 年版;〔英〕佩里·安德森:《绝对主义国家的系谱》,刘北成等译,上海人民出版社 2001 年版,第 495—503 页。

〔2〕 参见〔韩〕白永瑞:《思想东亚》,生活·读书·新知三联书店 2011 年版,第 1—12 页。

〔3〕 参见冯天瑜:《"千岁丸"上海行:日本人 1862 年的中国观察》,商务印书馆 2001 年版。

296 帝国、国际法与普遍历史

宪法第9条、广场协议、祭祀、天皇——日本人的亚洲。[1]

殖民、庶民、贱民、民族主义、英国主子、东印度公司、波斯、阿富汗、莫卧儿、神灵、偈颂、分离期、对市民社会的批评、1962年——印度人的亚洲。[2]

远东、铁路、出海口、日俄战争、亚洲的觉醒、自决权、先进、民粹[3]、通婚、战略伙伴——俄国人的亚洲。

〔1〕 参见〔日〕宫崎市定:《东洋的近世》,载刘俊文主编:《日本学者研究中国史论著选译》第1卷,黄约瑟等译,中华书局1992年版,第168-210页;〔日〕滨下武志:《近代中国的国际契机:朝贡贸易体系与近代亚洲经济圈》,朱荫贵译,中国社会科学出版社1999年版;〔日〕滨下武志:《中国、东亚与全球经济:区域和历史的视角》,王玉茹等译,社会科学文献出版社2009年版;〔日〕伊原泽周:《近代朝鲜的开港》,社会科学文献出版社2008年版;〔日〕伊原泽周:《从"笔谈外交"到"以史为鉴"——中日近代关系史探研》,中华书局2003年版;〔日〕西原大辅:《谷崎润一郎与东方主义——大正日本的中国幻想》,赵怡译,中华书局2005年版;〔日〕丸山真男:《福泽谕吉与日本近代化》,区建英译,学林出版社1992年版;〔日〕子安宣邦:《国家与祭祀》,董炳月译,生活·读书·新知三联书店2007年版;〔日〕小森阳一:《天皇的玉音放送》,陈多友译,生活·读书·新知三联书店2004年版。

〔2〕 〔印度〕帕特·查特吉:《早期现代是否不同于殖民现代?》,载汪晖等主编:《区域:亚洲研究论丛》(第2辑,《重新思考二十世纪》),清华大学出版社2012年版,第60-93页;〔印度〕帕尔塔·查特吉:《民族主义思想与殖民地世界:一种衍生话语?》,范慕尤等译,译林出版社2007年版;〔印〕帕沙·查特吉:《政治社会的世系:后殖民民主研究》,王行坤等译,西北大学出版社2017年版;〔印〕帕萨·查特杰:《被治理者的政治》,田立年译,广西师范大学出版社2007年版。同一个人的名字却有四种不同译法,有趣。

〔3〕 参见列宁《亚洲的觉醒》《论民族自决权》等文章,载《列宁选集》,人民出版社1972年版。

xxx xxx xxx——伊朗人的亚洲（缺）[1]。

天朝、正统、内亚、东北亚、东南亚、西伯利亚、泛亚、土耳其立宪、儒教主义、王道与霸道、鸦片、《圣彼得堡条约》、海军、琉球、留日、亲日派、二十一条、《九国公约》、大屠杀、和平运动、游击战、废约[2]、缅北之战、有条件投降、战犯、"中间地带"的革命、延安、想象的共同体、进京赶考、真实的共同体、抗美援朝、核弹、社会帝国主义、《与台湾关系法》、安南、南海、地缘、求同存异、上海公报、《亚洲雄风》、1997年、特别行政区、主权、复兴、跨语际、和解、核心利益、巴铁、波斯湾、一带一路、中欧班列、历史三峡、人类命运共同体……——中国人的亚洲（重新开启的亚洲-世界-宇宙观）。

堪谓一个亚洲，各自表述（一亚各表）。

---

[1] 我不懂波斯，更不懂波斯语，波斯（伊朗）学者的论著译成中文的寥寥无几（中国学者李零的《波斯笔记》倒可以一观，生活·读书·新知三联书店2019年版），其他亚洲小国的论著译成中文的更是阙如。除了寥寥几个地缘战略家，很少有中国人会真的关心叙利亚的战火——这很正常，距离太远啦，而且新闻天天播放叙利亚内战的新闻，我们早已"审美"——不——"审叙"疲劳了。审美（美国）短期内还不会疲劳，因为它尽管遥远，却无处不在，时刻刮擦着中国人的日常生活，而但凡刮擦我们日常生活的（中国人热爱生活，不像波斯人热衷宗教），我们怎能不认真审视之、防备之？"生于忧患，死于安乐"是中国人的革命传统——尽管只属于孟轲那样的人。

[2] 参见李育民：《中国废约史》，中华书局2005年版；[美]王栋：《中国的不平等条约：国耻与民族历史叙述》，王栋等译，复旦大学出版社2011年版。

贫困的哲学

不是渎神的"贫困的哲学"[1]，而是控诉全球化和应对西学的历史-政治哲学的贫困，让那些非儒非道、忧道亦忧贫的彷徨者痛心不已。

本应反思"什么是所有权"[2]的体制内高士成了被基金所有权和使用权裹挟着朝前走的自为的市场主义者。之于他们，矢志追求自在的他们，《八十华严》所言的"十种自在"是比白玫瑰还白的"床前明月光"[3]，是泡在鸡汤黄金汤里的米粒子。

够格做施特劳斯所不齿的"现代民主的官方高级祭司"[4]的人寥寥无几。

适应政治经济关系的文化产品依旧在大规模地生产，短期内还看不到尽头——短期的意思是"五百年"。

现代学院空间并非不能诞生伟大的经院哲学。经济学院、法学院和哲学院除外。

---

〔1〕 参见〔法〕蒲鲁东：《贫困的哲学》（第1卷），余叔通等译，商务印书馆1998年版，第1页。

〔2〕 参见〔法〕蒲鲁东：《什么是所有权》，孙署冰译，商务印书馆1963年版。

〔3〕 参见张爱玲：《白玫瑰与红玫瑰》，北京十月文艺出版社2012年版，第51页。

〔4〕 参见〔美〕列奥·施特劳斯：《自然权利与历史》，彭刚译，生活·读书·新知三联书店2003年版，甘阳序，第3页。

学院内的隐秘计划与大自然的隐秘计划一样隐秘，且无法转化为社会学论证。

偶尔疲倦的上帝安排了安息日。不知疲倦的撒旦轻轻吹走神的教义。

大教堂里的谋杀案，发出惨叫的笔直的永恒。[1]

古人以谶卜的精确蛊惑今人[2]，今人以理解的名义误解古人。

独裁者的纳喀索斯情结——倒着走的罪犯和倒着写的经书映入月牙泉、五大湖或东非大裂谷的倒影（亦是正影）。

不是时代羁押哲学[3]，便是哲学奸淫时代，不存在中间道路。

权力宰制知识[4]、进步反对天意[5]、激情粉碎纯洁、理性对峙启示、科学-神学论战、被瞬间生下的觉察（此前为"无"）[6]、昙花之恶、女王的大提琴之殇、比黄海残阳真诚的悲伤、反革命的革命戏剧、

〔1〕 参见［英］托·斯·艾略特：《荒原》，汤永宽等译，上海译文出版社2012年版，第49页。

〔2〕 参见张祥龙：《拒秦兴汉和应对佛教的儒家哲学》，广西师范大学出版社2012年版，第104页。

〔3〕 参见［德］黑格尔：《法哲学原理》，范扬等译，商务印书馆1961年版，第12页。

〔4〕 参见［德］马克斯·舍勒：《哲学与世界观》，曹卫东译，上海人民出版社2003年版，第78页。

〔5〕 参见［德］卡尔·洛维特：《世界历史与救赎历史》，李秋零等译，生活·读书·新知三联书店2002年版，第72页。

〔6〕 参见［丹麦］克尔凯郭尔：《哲学片段》，翁绍军译，商务印书馆2012年版，第25页。

"空中掌权的赌徒"[1] 的告白、帝国与民族的主奴关系[2]、躁动不安的青春期的基督教社会主义、西方的性感火柱、东方的水墨乐土、从阿拉伯沙漠的沙砾中脱颖而出的智慧七柱[3]（其中有一根被打造成金箍棒）、个人行动引发社会集体行动[4]、群众神权与国王神权的相互取代[5]、伪装修炼的女术士、射向自己人的冷箭、发生在雾月和十月的革命、圆明园怀念的盛夏和天下、修补世界的外邦人[6]、反历史-政治的哲学的贫困……，都将与普遍历史共存亡。

---

〔1〕 参见［美］怀特：《科学-神学论战史》，鲁旭东译，商务印书馆 2012 年版，第 416 页；［意］杜黑：《空权论》，刘清山等译，石油工业出版社 2014 年版，第 4 页（"当人们开始在天空活动时，新的战场就出现了，因为只要作战的双方一见面，冲突就不可避免"）；［俄］切尔托克：《21 世纪航天》，张玉梅等译，国防工业出版社 2014 年版。

〔2〕 参见［德］斯宾格勒：《西方的没落》（第 2 卷），吴琼译，上海三联书店 2006 年版，第 316 页；［德］黑格尔：《精神现象学》（上），贺麟等译，商务印书馆 1979 年版，第 127-132 页。

〔3〕 参见［英］T. E. 劳伦斯：《智慧七柱》，蔡悯生译，上海文艺出版社 2016 年版。

〔4〕 参见［古巴］卡铁朋尔：《光明世纪》，刘玉树译，人民文学出版社 2013 年版，第 60-61 页。

〔5〕 参见［法］古斯塔夫·勒庞：《乌合之众》，冯克利译，中央编译出版社 2004 年版，第 4 页。

〔6〕 参见宋立宏等主编：《犹太教基本概念》，江苏人民出版社 2013 年版，第 104-113、155-156 页。

在边缘

法国人皮沃和蓬塞纳编著的《理想藏书》列举的49部"历史类"著作中没有一部是非洲人写的（甚至没有中国人的作品），49部"哲学类"著作中倒有一部出自中国人（孔子《论语》），但仍然没有非洲人的影子。[1] 美国人没高卢鸡那么傲骄，费迪曼和梅杰撰述的《一生的读书计划》[2] 共列举了133个人的作品，其中给了中国10个名额，非洲1个名额——钦努阿·阿契贝。钦努阿·阿契贝（1930-2013）是尼日利亚人（1986年诺贝尔文学奖得主沃莱·索因卡也是尼日利亚人），而尼日利亚是非洲人口最多的国家和最大的经济体（2019年数据；2018年以前是南非）。我经常想，如果纳尔逊·曼德拉[3] 不是出生在白人殖民者长期占据统治地位（因而在世界主流舆论中占据一席之地）且经济

---

〔1〕 ［法］贝·皮沃等编著：《理想藏书》，余中先译，光明日报出版社1996年版，第404-415、490-499页。

〔2〕 ［美］克里夫顿·费迪曼等：《一生的读书计划》，马骏娥译，译林出版社2013年版。

〔3〕 纳尔逊·曼德拉（1918-2013），出生于南非特兰斯凯，"非国大"领导人，曾入狱长达27年。他是南非首位黑人总统，被尊称为"南非国父"。

较发达的南非，而是莫埃利岛〔1〕，香港的 BEYONG 乐队会向他献歌吗〔2〕？恐怕不知曼德拉何许人也。在非洲经营咖啡园失败的丹麦少妇凯伦·布里克森〔3〕和人们不知其名的非洲难民（"非洲难民"就是他们的名字）都面临走出非洲的难题，但前者是回归祥和的故土，后者却是冒着坠海之危偷渡到欧洲，不至于饿死。

有良心的学者和思想家〔4〕热衷于探讨撒哈拉以南的非洲、1885 年《刚果议定书》〔5〕、帝国主义与依附、依附性积累与不发达、去依附的经验、非正统派韦伯、资产阶级国际主义的陷阱、多样化的社会运动与

---

〔1〕 莫埃利岛属于科摩罗。科摩罗是非洲最小的国家之一，国土面积两千余平方公里，人口八十万。

〔2〕 《光辉岁月》（1990）是 BEYOND 乐队主唱黄家驹为曼德拉创作的歌曲。曼德拉于 1990 年出狱，重归自由。

〔3〕 参见［丹麦］凯伦·布里克森：《走出非洲》，徐秀荣译，中国致公出版社2005 年版。

〔4〕 参见［巴西］多斯桑托斯：《帝国主义与依附》，杨衍永等译，社会科学文献出版社 1999 年版；［德］弗兰克：《依附性积累与不发达》，高戋译，译林出版社 1999 年版；［美］奇尔科特：《批判的范式：帝国主义政治经济学》，施杨译，社会科学文献出版社 2001 年版，第 227－242 页；刘建芝等主编：《抵抗的全球化》，人民文学出版社2009 年版，第 11－15 页；［埃及］萨米尔·阿明：《自由主义病毒/欧洲中心论批判》，王麟进等译，社会科学文献出版社 2007 年版，第 135－177 页；［美］威尔亚尔达主编：《非西方发展理论——地区模式与全球趋势》，董正华等译，北京大学出版社 2006 年版，第96－113 页；［美］奇尔科特等主编：《替代拉美的新自由主义》，江心学译，社会科学文献出版社 2004 年版，第 197－214、253－266 页；［英］威尔·赫顿等编：《在边缘：全球资本主义生活》，达巍等译，生活·读书·新知三联书店 2003 年版，第 161（"事实上，知识产权只是现代'剽窃'一词的精巧的代名词。由于只是产权不承认、不尊重其他物种和文化，因此知识产权是道德、生态和文化暴行"）、178－203 页；［乌拉圭］加莱亚诺：《拉丁美洲被切开的血管》，王玖等译，人民文学出版社 2001 年版，第 1、70－72、198、283 页；［美］大卫·哈维：《新自由主义简史》，王钦译，上海译文出版社 2010 年版，第 175－210 页。

〔5〕 又称《柏林总议定书》，"旨在谨慎地保护每个主权国家之下的非洲大陆上的欧洲占取"（［德］卡尔·施米特：《大地的法》，刘毅等译，上海人民出版社 2017 年版，第 199 页）。

新历史主体、中心与外围的贡赋文化、伊斯兰发展模式、印第安人社会和五百周年纪念、处在乌托邦和世界市场之间的古巴、知识产权的暴行、全球护理链与情感剩余价值、暴风雪中的一亿两千万儿童、革命与无能的结构、遇难者多于航行者的航行、星条旗下的拉丁美洲一体化、试验中的新自由主义等宏大而又显得不切实际的议题，而我，多愁善感又兼具政治理性的我，却在钦努阿·阿契贝的平静文字中发现了帝国伟大的奥秘：

> 罚金缴清后，奥贡喀沃和他的同伴马上被释放了。教区行政长官又对他们说了许多关于伟大女王、和平和合格政府的话。可是他们一句也没有听进去。他们只是坐在那里，看着长官和他的翻译。最后，法院归还了他们的口袋和插在刀鞘里的砍刀，吩咐他们回家。他们站起来，离开了法院，没有对任何人说一句话，彼此间也没有交谈。[1]

帝国伟大三要素：教会、女王和法院。

对于那些生活在边缘地带的失语者来说，沉默是最无力又是最积极的反抗。幸哉砍刀还在自己手里！

然而砍刀能砍羚羊（有鲜血可饮）、屠殖民者（从而赢得民族解放），却解决不了失语的问题（颠覆话语秩序可比徒手攀登乞力马扎罗山难多了[2]），也解决不了在国际分工体系中遭屠宰的命运——羔羊永远是羔羊，想下辈子投胎做雄狮是需要基因的。我不禁又多愁善感地悲观起来。

---

〔1〕 ［尼日利亚］钦努阿·阿契贝：《这个世界土崩瓦解了》，高宗禹译，南海出版公司 2014 年版，第 229 页。

〔2〕 参见 ［法］米歇尔·福柯：《话语的秩序》，肖涛译，载许宝强等选编：《语言与翻译的政治》，中央编译出版社 2001 年版，第 1–31 页。

自然权利与历史

　　既然宽容在本质上并不比其对立面优越，也就是说，它是与不宽容具有同等尊严的一种价值[1]，那么，宽容"真诚的不宽容者"[2]，不宽容"伪装的宽容者"，宽容"伪装的宽容者"，不宽容"真诚的不宽容者"，宽容"真诚的宽容者"，不宽容"真诚的宽容者"[3]，都是应该被宽容的自然权利（right），都是正当（right）的。

　　同样地，主动打开自己的国门[4]，以对己有利的方式打开自己的国门[5]，拒绝打开自己的国门（所谓"闭关锁国"）[6]，以发动战争

───────────

〔1〕　［美］列奥·施特劳斯：《自然权利与历史》，彭刚译，生活·读书·新知三联书店 2003 年版，第 5 页。

〔2〕　参见欧阳哲生编：《容忍比自由更重要——胡适与他的论敌》，时事出版社 1999 年版。

〔3〕　参见鲁迅《死》。

〔4〕　参见［西班牙］克拉维约：《克拉维约东使记》，杨兆钧译，商务印书馆 1957 年版；［美］马士：《中华帝国对外关系史》，张汇文等译，上海书店出版社 2006 年版。

〔5〕　参见杨国桢编：《林则徐书简》（增订本），福建人民出版社 1985 年版，第 45-72 页；韩毓海：《五百年来谁著史：1500 年以来的中国与世界》（第 3 版），九州出版社 2011 年版，第 79-185 页；汪荣祖：《走向世界的挫折》，岳麓书社 2000 年版，第 117-211 页；颜惠庆：《颜惠庆自传——一位民国元老的历史记忆》，吴建雍等译，商务印书馆 2003 年版，第 71-164 页。

〔6〕　参见李剑农：《中国近百年来政治史》，复旦大学出版社 2002 年版，第 18-35 页。

（理由或为通商，或为传教，或为"国旗受辱"[1]，或为人道主义干预[2]，或为文明和国际法[3]，或为反天理的公理和真理[4]）的方式强迫打开别国的国门，在被迫打开自己的国门以后主动地大幅度地打开自己的国门，并师夷之法（而非仅限于"长技"）强迫打开别国的国门[5]，以赢得战争的方式主动关闭和打开国门[6]，把原子弹放在国门之口[7]，都是不可侵犯的自然权利，都是正当的。

　　同样地，迫害写作者，担心遭迫害的写作者（有自诩哲人者，也有真正的哲人）以隐微的方式写作[8]，不以隐微方式写作的写作者讥讽隐微写作的写作者，隐微写作的写作者还击并鄙夷不以隐微方式写作的写作者，极少数讥讽隐微写作的写作者以更隐微的方式（如诗）写作，

　　〔1〕　1856年10月12日，英国驻广州领事巴夏礼抗议中国方面"侮辱英国国旗"，并不经英国领事的许可拘捕船员，要求两广总督书面道歉，遭两广总督叶名琛拒绝。英军于10月23日炮轰广州（第二次鸦片战争爆发）。参见徐中约：《中国近代史：1600-2000中国的奋斗》（第6版），计秋枫等译，世界图书出版公司2008年版，第161-162页。

　　〔2〕　参见［美］卡伦·明斯特：《国际关系精要》（第3版），潘忠岐译，上海人民出版社2007年版，第95页。

　　〔3〕　"英国的事业是正义的，因为中国人拒绝接受西方法律和贸易规范的做法是对'人性权利粗暴的蹂躏'"（［美］迈克尔·谢勒：《二十世纪的美国与中国》，徐泽荣译，生活·读书·新知三联书店1985年版，第14页）；又参见［日］佐藤慎一：《近代中国知识分子与文明》，刘岳兵译，江苏人民出版社2006年版，第32-174页。

　　〔4〕　参见［美］路易斯·亨金等：《国际法与武力的使用》，胡炜等译，武汉大学出版社2004年版；汪晖：《现代中国思想的兴起》（下卷第一部 公理与反公理），生活·读书·新知三联书店2004年版，第629页。

　　〔5〕　参见［日］升味准之辅：《日本政治史》（第2册），董果良译，商务印书馆1997年版，第281-297页。

　　〔6〕　参见沈志华：《毛泽东、斯大林与朝鲜战争》，广东人民出版社2013年版。

　　〔7〕　参见周恩来：《全面禁止和彻底销毁核武器》，载《周恩来外交文选》，中央文献出版社1990年版，第422-423页。

　　〔8〕　参见［美］列奥·施特劳斯：《迫害与写作艺术》，刘锋译，华夏出版社2012年版。

都是正当光明的自然权利，都是正当的。

唉，我不可救药地陷入了多元主义、相对主义和诡辩的绝域。

发明或引进了绝学[1]的本族前辈不会原谅我，激情的霍布斯[2]不会原谅我，将崇高主题隐匿起来的马基雅维利[3]不会原谅我，"忤逆意志掠取敌人"的快乐王者[4]不会原谅我，坚信"东西方将在二者最深根源处交会"[5]的当代学者不会原谅我[6]，对政治现象学与历史神学之关系了然于心、在荆棘路上和黑暗的闸门外默默安插路标的先知[7]不会原谅我，就连温顺的刺猬也不会原谅我——因为我超级不温顺（桀骜不驯），温顺的刺猬们称我是变异的"豪猪"（体重达90公斤）或

---

[1] 参见郭丽萍：《绝域与绝学：清代中叶西北史地学研究》，生活·读书·新知三联书店2007年版；邹振环：《晚清西方地理学在中国》，上海古籍出版社2000年版；邹振环：《西方传教士与晚清西史东渐》，上海古籍出版社2007年版；李孝迁：《西方史学在中国的传播（1882-1949）》，华东师范大学出版社2007年版。

[2] 参见［美］列奥·施特劳斯：《霍布斯的政治哲学》，申彤译，译林出版社2001年版，第45页。

[3] 参见［美］列奥·施特劳斯：《关于马基雅维利的思考》，申彤译，译林出版社2003年版，第151页。

[4] 参见施特劳斯、科耶夫：《论僭政：色诺芬〈希耶罗〉义疏》，何地译，华夏出版社2006年版，第123页；干春松：《重回王道：儒家与社会秩序》，华东师范大学出版社2012年版，第144页；［美］罗尔斯：《万民法》，张晓辉等译，吉林人民出版社2001年版，第40页。

[5] 参见［美］列奥·施特劳斯：《海德格尔存在主义导论》，丁耘译，载贺照田：《西方现代性的曲折与展开》，吉林人民出版社2002年版，第131页。善与恶、乐与苦、东方与西方的进化都是俱分的、冲突的，除非抵达无政府、无聚落、无世界、无人类、无众生的境界（参见章太炎：《俱分进化论》，载汤一介等主编：《百年中国哲学经典》（清末民初卷），海天出版社1998年版，第153-161页），而这，生存意识强烈的众生当然不会答应。鲁迅也说："地球上不止一个世界，实际上的不同，比人们空想的阴阳两界还利（厉）害。"（鲁迅《叶紫作〈丰收〉序》，载《且介亭杂文二集》）

[6] 东西方在二者最深根源有可能根本无法交会，即使交会了，也会很快分手。恰如"三观"不同的男女过不到一块去，分手是注定的（和平分手是万幸）。

[7] 参见［德］海德格尔：《路标》，孙周兴译，商务印书馆2000年版，第53-87页。

"异形"。

先秦的亚历山大[1]和希腊化时代的屈原[2]有能力拯救我吗？

或许！然而，我只是隐在"遯"字[3]后面的一个小泥人。

---

[1] 参见阎学通等编：《中国先秦国家间政治思想选读》，复旦大学出版社 2008 年版，第 148–192 页。

[2] 参见陈恒：《希腊化研究》，商务印书馆 2006 年版，第 157 页。

[3] "遯世无闷，不见是而无闷。"（《易·乾卦》）又参见 [美] 田辰山：《中国辩证法：从〈易经〉到马克思主义》，萧延中译，中国人民大学出版社 2008 年版，第 33 页。

鲁迅的国际法思想

被公认为伟大思想家的人，如鲁迅，不可能没对国际法发表过深邃见解。我花费了八十一个昼夜，认真翻检了 N 遍鲁迅杂文全集，果不其然，终于发现几个关于国际法的好句子。没有一位作家和诗人（不论多么平庸）未曾写出文学史上的佳句，尽管其绝大多数作品是败笔。[1]作家和诗人愈伟大，好句子就愈多一些。

> 公道与武力合一的文明，世界上本未出现，那萌芽或者只在几个先驱者和几群被压迫民族的脑中。但是，当自己有了力量的时候，却往往离而为二了。（鲁迅）[2]

倘若握有支配型武力的强大国族能拟订出连弱小民族都额手称庆的、契合"公道"的"国际法"，自然是皆大欢喜的了，只是，"公道与武力合一的文明，世界上本未出现"。那被压迫的弱小民族一旦变得强大，就会反过来拟订有利于己的"国际法"，对其他的弱小民族自然是不可

---

〔1〕 ［阿根廷］博尔赫斯：《密谋》，林之木译，上海译文出版社 2017 年版，第 4 页。

〔2〕 鲁迅：《忽然想到（之十）》，载《华盖集》。

能做到"公道"。鲁迅对国族劣根性的界定其实是他关于个体劣根性讨论的延伸——他曾说过,"奴才做了主人,是决不肯废去'老爷'的称呼的,他的摆架子,恐怕比他的主人还十足,还可笑"[1]。最彻底的"方法论的个体主义"者并非奥地利学派的哈耶克[2],而是比他早出生十八年的绍兴鲁迅。

> 王道,看去虽然好像是和霸道对立的东西,其实却是兄弟,这之前和之后,一定要有霸道跑来的。(鲁迅)[3]

这一句不难解释,只需把"王道"换成上文的"公道","霸道"换成上文的"武力"就可以了。依此转换,"公道"和"武力"倒是成了兄弟,合一了。只是,此"公道"已非彼"公道"也。

> 只要略有知觉的人就都知道:这回学生的请愿,是因为日本占据了辽吉,南京政府束手无策,单会去哀求国联,而国联却正和日本是一伙……"友邦人士,莫名惊诧,长此以往,国将不国"了!好一个"友邦人士"!……即使所举的罪状是真的吧,但这些事情,是无论哪一个"友邦"也都有的,他们的维持他们的"秩序"的监狱,就撕掉了他们的"文明"的面具。摆什么"惊诧"的臭脸孔呢?……"友邦人士",从此可以不必"惊诧莫名",只请放心来瓜

---

〔1〕 鲁迅:《上海文艺之一瞥》,载《二心集》。

〔2〕 哈耶克(1899—1992),奥地利出生的英国知名经济学家、政治哲学家,1974年诺贝尔经济学奖得主。

〔3〕 鲁迅:《关于中国的两三件事》,载《且介亭杂文》。

分就是了。（鲁迅）[1]

鲁迅说"国联和日本一伙"并不恰切，因为国联的报告（具有"国际法"效力的李顿报告）和决议并没有让日本满意，否则，就不会发生日本退出会场、退出国联的举动了。[2] 但鲁迅说他们是一伙的又无比精当，因为没能阻止侵略就是放任、怂恿。鲁迅对国联从来就不抱什么希望，他愤懑的是国民政府竟然幼稚地寄希望于国联，不仅不敢以强力姿态宣示和维护国权，还镇压手无寸铁的学生并诬以恶名。国民党（政府）既然分不清敌友，甚至认寇为友，也就不再具有合法性，失去了政治和文化的领导权，[3] 而在国家伦理资源亏空、国家理由却绝不欠缺的中国，真正的革命党不能不同时是、一直是掌握文化领导权的政治-法理双重型政党。如果失去了革命性和领导权，什么币制改革，什么农村复兴，什么"黄金十年"[4]，什么抗战建国，什么"精神总动员"，

---

　　[1] 鲁迅《"友邦惊诧"论》，载《二心集》。
　　[2] 参见［美］费正清等编：《剑桥中华民国史》（下），刘敬坤等译，中国社会科学出版社 1998 年版，第 579 页。
　　[3] "所有政治活动和政治动机所能归结的具体政治性划分便是朋友与敌人的划分"（［德］卡尔·施米特《政治的概念》，刘宗坤等译，上海人民出版社 2004 年版，第106 页）；"谁是我们的敌人？谁是我们的朋友？这个问题是革命的首要问题"（毛泽东：《中国社会各阶级的分析》）。敌友是相互转化的，一切以利益为转移，比如，在 1930 年代，德国与中国就是先友后敌的关系（参见马振犊等：《友乎？敌乎？》，广西师范大学出版社 1997 年版；［美］柯伟林：《德国与中华民国》，陈谦平等译，江苏人民出版社 2006 年版）。
　　[4] 参见［法］白吉尔：《中国资产阶级的黄金时代：1911—1937》，张富强等译，上海人民出版社 1994 年版；许纪霖等：《中国现代化史》第 1 卷，学林出版社 2006 年版。

什么"中国之命运",什么大国地位[1],通通将在太平世到来的前夕随着"太平轮"[2]一起沉没。

"据权威鲁迅研究专家的说法,鲁迅文中从未出现过'国际法'字样,你这也太牵强附会了吧?!"

"您说得太对了,鲁迅文中确实从未出现过'国际法'字样,因为他根本不承认存在国际法这回事。作为一个反抗绝望的绝望者、精神不虚无的虚无主义者,除了承认'我寂寞故我在'的瞬间时刻之外[3],他什么都不承认。"

---

[1] 参见茅家琦等:《中国国民党史》,鹭江出版社 2009 年版,第 351-500 页。

[2] 1949 年 1 月,由上海驶往台湾地区的客轮"太平轮"与一艘货轮相撞沉没。

[3] "我的心分外地寂寞。然而我的心很平安:没有爱情,没有哀乐,也没有颜色和声音。我大概老了。"(鲁迅《希望》,载《野草》)

决定时刻

又一个庚子年降临（前两个是 1840 和 1900）。又到了一个不容犹疑的决定时刻，必须——

仰观从国族深渊中冉冉升起的天启式生命图像;[1]

拒绝把国家单纯地视作维护法律秩序的工具，而要思考个人的历史意志（"整体中的意志"）如何通过它变得伟大;[2]

将关税同盟、贸易陷阱及其超越、基于地缘和欧亚大分流的自由精神重新纳入饱受法教义学和计量经济学訾毁的政治视野;[3]

---

[1] 参见［德］斯宾格勒：《西方的没落》（第 2 卷），吴琼译，上海三联书店 2006 年版，第 316 页；《易·乾卦》曰："或跃在渊，无咎。"

[2] 参见［德］卡尔·雅斯贝斯：《时代的精神状况》，王德峰译，上海译文出版社 2003 年版，第 105—106 页。

[3] 参见［德］马克斯·韦伯：《民族国家与经济政策》，甘阳等译，生活·读书·新知三联书店 1997 年版，第 75—108 页；强世功：《地理、自由精神与欧亚大分流》，载《读书》2020 年第 3 期；强世功等：《超越陷阱：从中美贸易摩擦说起》，当代世界出版社 2020 年版。

追忆少之又少的精纯而高贵的东西[1]（如帕斯卡赌注[2]），摒弃多而又多的完美的外交原理;[3]

摆脱分裂、困惑和妄自菲薄的枷锁，坚信东方朝阳的强光势必穿透汤姆叔叔的小屋，驱散潜藏已久的黑暗;[4]

意识到多级普选（投票）是所有选举体制中最糟糕的一种;[5]

超越启蒙史学与新史学的鸿沟，将内在精神从理性主义的束缚中解放出来;[6]

直面雷雨、地震、熔岩流这些"虚空"的近亲与荷马、品达、日耳曼式世界感、莎士比亚戏剧、《诗经·秦风》、日本武士道、上层气质、"人就是野兽"的学说等共同熔铸的最深沉的悲观主义;[7]

有与费希特同台竞技的勇气，演讲题目同为"民族本原与新教育的

---

〔1〕参见［日］三岛由纪夫：《我青春漫游的时代》，邱振瑞译，生活·读书·新知三联书店 2016 年版，第 31 页。

〔2〕"除了我们的宇宙，其他宇宙都无法被观测。在无法验证的情况下，多重宇宙论以及偶然性只不过是个空想的赌注。至于我，我押的是关于确定性的假设，虽然无法验证多重宇宙是否存在，这个帕斯卡的赌注仍然得到了许多哲学论据的支持。……我们要像帕斯卡一样，相信世间有一种创造法则，它不断调整着宇宙物理常数以及初始条件，直至有意识宇宙的出现。"（［法］郑春顺：《星空词典》，李涵译，北京联合出版公司 2019 年版，第 15-16 页）

〔3〕参见［美］杰夫·贝里奇等：《外交理论：从马基雅弗利到基辛格》，陆悦璘等译，北京大学出版社 2006 年版，第 177 页。

〔4〕参见［美］凯南：《美国大外交：60 周年增订版》，雷建锋译，社会科学文献出版社 2013 年版，第 213 页。

〔5〕参见［德］梅尼克：《世界主义与民族国家》，上海三联书店 2007 年版，第374 页。

〔6〕参见［德］梅尼克：《历史主义的兴起》，陆月宏译，译林出版社 2010 年版，第 292 页。

〔7〕参见［德］斯宾格勒：《决定时刻：德国与世界历史的演变》，郭子林等译，上海人民出版社 2009 年版，第 10-13 页。

未来"〔1〕；

在布莱尼姆、伊撒德瓦尔纳和上甘岭〔2〕一边包扎伤口，一边品咂胜利的喜悦；

擅于平衡"海上人的观点"和"陆上人的观点"，在心脏地带感觉边缘的骚动；〔3〕

学会借力打力——借神之力打人之力，借异端之力打异端之力，牢牢掌控"千年王国"的定义权；〔4〕

承认他族正典的存在，注之疏之，阐之释之，变成本族正典的一部；〔5〕

像蔑视沪上罗曼蒂克史和跳出大江大海的河童一样将圣母院所在的都市定位为"单纯的度假胜地"〔6〕；

让甘处边缘的国族只能看到帝国的侧面，无法猜出立法者对黄昏动

〔1〕 参见［德］费希特：《对德意志民族的演讲》，梁志学等译，辽宁教育出版社2003年版，第20-47、91-107页。

〔2〕 1704年布莱尼姆之战，路易十四的法军战败；1879年伊撒德尔瓦尔纳之战，祖鲁人打败英军；1952年的上甘岭战役，人民志愿军取得胜利。参见［美］杰弗里·帕克：《剑桥插图战争史》，傅景川等译，山东画报出版社2004年版，第161、219、308页。

〔3〕 参见［英］麦金德：《历史的地理枢纽》，林尔蔚等译，商务印书馆1985年版，第49-71页；［英］麦金德：《民主的理想与现实：重建的政治学之研究》，王鼎杰译，上海人民出版社2016年版，第89-97页。

〔4〕 参见［日］柄谷行人：《世界史的构造》，赵京华译，中央编译出版社2012年版，第119-132页。

〔5〕 参见［瑞士］K.巴特：《教会教义学》（精选本），何亚将等译，生活·读书·新知三联书店1996年版，第58页。

〔6〕 参见［日］芥川龙之介：《河童》，秦刚译，上海译文出版社2014年版；［日］妹尾河童：《窥视欧洲》，姜淑玲译，生活·读书·新知三联书店2010年版，第150页。

了什么手术；[1]

创造具有领袖气质的追随者[2]、第四波民主（从而超越所谓的"第三波"[3]）、多元流动性[4]和一个足以应对永远也不会结束的冲突——冲突即生命本身——的崭新而又遒劲有力的精神实体[5]；

与柔弱的田园诗、苍白的剧情和残缺的思想告别；与"与政治浪漫主义告别"的政治浪漫主义者[6]告别；与效用崇拜者、街头围观者和自恨自弃的"智者"告别——真正的智者左手龙泉剑，右手俄式左轮手枪，在考察时代与个人、经验与理论的辩证关联中燃烧健康的本能；

适时地走出李清照亲手布置的书房（挂有"生当作人杰，死亦为鬼雄"的条幅），陪同曾纪泽访问帝国之厄、兀鲁伯天文台、中亚细亚草原和没有了东西方之分的2103年（据说那一年西方统治的时代彻底结束[7]），旅行路上讨论他的泣血稽颡之作《拟陆士衡〈吊魏武帝

〔1〕 参见［秘鲁］略萨：《世界末日之战》，赵德明等译，江苏人民出版社1983年版，第1页。

〔2〕 参见［美］伯恩斯：《领袖论》，刘李胜等译，中国社会科学出版社1997年版，第157页。

〔3〕 参见［美］亨廷顿：《第三波：20世纪后期民主化浪潮》，刘军宁译，上海三联书店1998年版；［美］林茨等：《民主转型与巩固的问题：南欧、南美和后共产主义欧洲》，孙龙等译，浙江人民出版社2008年版；［美］福山：《政治秩序与政治衰败》，毛俊杰译，广西师范大学出版社2015年版。

〔4〕 参见［美］卡恩斯·洛德：《新君主论：全球化时代的领导力》，朱晓宇等译，上海人民出版社2007年版，第117页。

〔5〕 参见［美］托夫勒：《创造一个新的文明》，陈峰译，上海三联书店1996年版；［德］岑皮尔：《变革中的世界政治：东西方冲突结束后的国际体系》，晏扬译，华东师范大学出版社2000年版；［美］亨廷顿：《文明的冲突与世界秩序的重建》，周琦等译，新华出版社2002年版；［美］小约瑟夫·奈：《理解国际冲突：理论与历史》，张小明译，上海人民出版社2009年版。

〔6〕 参见萧功秦：《与政治浪漫主义告别》，湖北教育出版社2001年版。

〔7〕 参见［美］伊恩·莫里斯：《西方将主宰多久：从历史的发展模式看世界的未来》，钱峰译，中信出版社2011年版，第408页。

文〉》，尤其那句："壮士穷途，往往而已……"〔1〕

选对自己将要扮演的角色，否则，"就应当认为是全人类的不幸"〔2〕。

〔1〕 喻岳衡点校：《曾纪泽集》，岳麓书社2005年版，第117页。

〔2〕 ［美］汉密尔顿等：《联邦党人文集》，程逢如等译，商务印书馆1980年版，第4页。

第四辑

瘟疫、医学与帝国

一个幽灵，瘟疫的幽灵，在欧罗巴、孟买、霍普金斯[1]及世界其他地方毫无目的地游荡。为了对这个幽灵进行神圣的围剿，各政治体之间或者合作，或者吵得不可开交，全部联合起来似乎遥遥无期……

一、世界风险社会

我们能否设想，一本名为《世界风险社会》[2]的精装书籍从光华楼[3]的顶楼不慎坠落，恰好砸到路过的乌尔里希·贝克教授，导致这位刚刚莅临复旦大学准备做学术报告的德国著名社会学家一命呜呼？一颗重达 8 磅的陨星击穿白金汉宫的屋顶，将正在酣睡的英国女王伊丽莎白二世的侍女砸得血肉模糊？一位到郊区田野散步的美丽少女出于爱心

---

〔1〕 1873 年，银行家约翰斯·霍普金斯去世，留下一笔巨额遗产。根据其遗嘱，其遗产分半后分别捐赠以他名字命名的霍普金斯大学和霍普金斯医院（参见［美］约翰·M. 巴里：《大流感：最致命瘟疫的史诗》，钟扬等译，上海科技教育出版社 2018 年版，第 27-29 页；［英］罗伊·波特：《剑桥插图医学史》，张大庆主译，山东画报出版社 2007 年版，第 114 页）。霍普金斯大学（1876 年成立）是美国第一所研究型大学，拥有全球顶级的医学院和公共卫生学院。霍普金斯医院连续 21 年被评为全美最佳医院。2020 年新冠疫情期间，霍普金斯大学实时发布美国及全球疫情数据。

〔2〕 ［德］乌尔里希·贝克：《世界风险社会》，吴英姿等译，南京大学出版社 2004 年版。

〔3〕 光华楼位于复旦大学，2005 年建成，高达 142 米，被誉为"中国高校第一楼"。

帮一只受困的小鼠包扎伤口，小鼠在离开前朝她毕恭毕敬地作了一揖，却也不小心对她打了一个小小的喷嚏，导致她被不知名病毒感染，而她第二天参加了一场在大型体育馆举办的音乐会（现场有 8 万人之众），于是，一周之后，她所在的城市一批又一批人死去，接着是全国和全球不计其数的人死去？

有的好事家研究《石头记》和《索多玛 120 天》〔1〕，收获了艺术快感。

有的好事家研究社会风险和人的死法，推出一部《死亡大辞典》〔2〕，读后令人（敏感的人）胆寒、恐惧、战栗。

社会学家大多受实证精神-范式-体系支配（故又称"社会科学家"），很少性情敏感并因而具备怀疑能力（尽管他可能熟谙怀疑主义学说，能将桑塔亚纳的观点〔3〕总结得头头是道），乌尔里希·贝克教授大概是一个例外，否则，他不会很早就关注风险社会这个议题——学者选择某项研究议题看似偶然，实则从潜意识里反映了其内在性情乃至品性。贝克教授警告说，"现代性"（"第二现代性"，而非"后现代性"）正形成崭新的"风险社会"，人类"生活在文明的火山上"，"危险成为超国界的存在，成为一种新型的社会和政治动力的非阶级化的全球性危险"。他还焦虑"如何以在社会学上受过启发和得到训练的思想来把握

---

〔1〕《石头记》即《红楼梦》。《索多玛 120 天》是法国作家萨德创作的长篇小说（王之光译本，商周出版社 2004 年版），意大利著名导演帕索里尼曾将之改拍成电影（1976 年）。

〔2〕［美］迈克尔·拉尔戈：《死亡大辞典》（修订版），赵娟娟等译，新星出版社 2011 年版。

〔3〕"怀疑主义竟然属入哲学，这是人类历史中的一个意外事件，它来自众多不愉快的混乱和舛误经验。"（［美］乔治·桑塔亚纳：《怀疑主义与动物信仰：一个哲学体系的导论》，张沛译，北京大学出版社 2008 年版，第 8 页）

和概念化这些当代精神中的不安全感"[1] 也就是说，不仅技术–进步的现代性社会中处处充满风险，而且研究这种风险本身也是难以把握和概念化，亦即充满风险的[2]。

乐观主义者肯定抢白：风险与收益成正比，危与机向来并存。

这样的论调从修辞学上看当然毫无问题，实际上，贝克这位"悲观的乐观主义者"也倡议加强跨国对话、共克时艰[3]，但这注定只是一种理想性的完美设计，行动中的"世界主义"从来没有真正实现过。或许只有当风险和危机大到有可能使人类灭种，"世界主义"或者说"大同社会"才可暂时变成现实。一位科幻作家写道：

> 现在世界上已没有国家可言。在瘟疫早期，一些侥幸没有发现这种病毒的国家还在幸灾乐祸地观望，等病毒传到自己国家时又气势汹汹地指责别国采取的措施不力。然而当这种瘟疫已成燎原之势时，谁也说不出多余的话了。不管意识形态如何、国体如何，在这场瘟疫面前，人人平等。在这种情况下，世界大同成为现实，这实

---

〔1〕 ［德］乌尔里希·贝克：《风险社会》，何博闻译，译林出版社2004年版，第1–7页。

〔2〕 如果说马克斯·韦伯关注的是以学术为"志业"的"青椒"不得不面临的生活风险（"一般而言，德国学者的事业是建立在金权取向的前提下。事实上，一个身无恒产的年轻学者，要面对学院生涯的这种现实，必须承担极大的风险。至少几年之内，他必须想办法维持自己的生活"，参见 ［德］马克斯·韦伯：《学术与政治》，钱永祥等译，广西师范大学出版社2004年版，第156页），那么，贝克忧虑的则是学术研究中广泛存在的理论和体系化风险——争夺文化资本的竞争（在中国往往异化为社会资本竞争），同样残酷。

〔3〕 参见 ［德］乌尔里希·贝克：《世界风险社会》，吴英姿等译，南京大学出版社2004年版，第10页。

在是种很奇妙的现象。[1]

然而，纵使实现了行动上的"跨国协作"和"世界主义"，也未必能克服现代世界面临的所有风险，因为有些风险是无法彻底克服的（瘟疫的来袭如同太阳的升起一样不可避免）。我们必须学会同这些风险和平共处——实际上一直在共处，尽管不太和平。我们不仅要超越人类中心主义[2]，对其他生物一视同仁（病毒也是一种生物，也有生命[3]），还要超越生物中心主义[4]，将"万物"皆纳入"平等"秩序，惟有如此，我们人类的平等观才不至于陷入瓦解的困境，变成一个宇宙哲人和信士不屑的疯狂笑话[5]。

面对疯子（哈姆莱特式的疯子）的疯言疯语，莫笑，静下心来严肃地思考。

面对"致死的疾病"，不绝望是罪，绝望更是罪[6]。置之死地并非

---

〔1〕 燕垒生：《瘟疫：燕垒生科幻佳作选》，四川科学技术出版社 2012 年版，第 2 页。

〔2〕 参见［美］罗伯特·兰札等：《生物中心主义》，朱子文译，重庆出版社 2012 年版，第 7 页。

〔3〕 "有些人质疑病毒是否应该算作生命，因为它们是寄生虫，不能独立于宿主而存在。但是，包括我们自己在内的大多数生命形式都是寄生虫，因为他们食用并依赖其他生命形式而存活"，"生命通常有两个要素：一组告诉系统如何继续进展和如何复制自己的指令，一种执行这些指令的机制"，"它们根本不必和生物有关"，"我认为电脑病毒应该算作生命"（［英］斯蒂芬·霍金：《十问：霍金沉思录》，吴忠超译，湖南科学技术出版社 2019 年版，第 70-71 页）。

〔4〕 参见［美］罗伯特·兰札等：《超越生物中心主义》，杨泓等译，湖南科学技术出版社 2017 年版，前言，第 1-3 页。

〔5〕 "哲士和信士共同观察天主创造的宇宙万物。"（［意］托马斯·阿奎那：《论万物》，吕穆迪译，译林出版社 2015 年版，第 11 页）

〔6〕 参见［丹麦］克尔凯郭尔：《致死的疾病》，张祥龙等译，中国工人出版社 1997 年版，第 67-93 页。

为求苟生，而只为验证一己的真实存在。[1]

二、治理的困境

在可见的未来，风险和危机不大可能大到使人类灭种，世界大同亦不可能翩然而至。各种政治体（尤其具有文明抱负的巨型政治体）之间依然存在激烈的治理竞赛。瘟疫是生物－疾病问题，如何防疫则是医学－治理难题。

> 根据 17 世纪末颁布的一道命令，当一个城市出现瘟疫时，应采取下列措施。
>
> 首先，实行严格的空间隔离：封闭城市及其郊区，严禁离开城市，违者处死，捕杀一切乱窜的动物；将城市分成若干区，各区由一名区长负责。每条街道由一名里长负责，严密监视该街事务；如果他离开该街，将被处死。在规定的一天，所有的人都必须待在家里，违者处死。里长本人从外面挨家挨户地锁门；他带走钥匙，交给区长；区长保管钥匙直到隔离期结束。每个家庭应备好口粮。但是沿街也设立了通向各所房子里的木制小通道，这样每个人都可以收到分配的面包和酒，同时又不与发放食物者和其他居民发生联系。肉、鱼和草药将用滑轮和篮子送进各家。如果人们必须离开住所，那就要实行轮流的办法，避免相遇。只有区长、里长和卫兵可以在街上走动，另外还有在被传染的房子、尸体之间活动的"乌鸦"。

---

[1] "由于单纯的实体是以更加卓越的方式具有存在的，本质也就以更为真实、更为卓越的方式存在于它们之中。"（［意］托马斯·阿奎那：《论存在者与本质》，段德智译，商务印书馆 2018 年版，第 6 页）

后者是些人们不管其死活的人。这些"穷人搬运病人、埋葬死人、清除污物以及做许多其他的下贱工作"。这是一个被割裂的、静止冻结的空间。每个人都被固定在自己的位置上。如果他移动，就要冒生命危险，或者受到传染或者受到惩罚。[1]

封城、居家隔离、错时出行、网格化管理等举措，我们看着是不是忒熟悉？权力毛细血孔般的渗透和监控固然限制了行动自由，却也大大降低了瘟疫扩散的风险，守护了民众的身体健康。上述举措本来属于纯粹技术性的治理层面，也就是说，各个民族-政治体不管采取何种政体和意识形态，均可采取之、实施之，然而某些"自由民主政体"别有用心的政治家和舆论家却将他国（意识形态上的敌对国）纯粹的技术举措抨击为对自由和人权的压制和侵犯，由此，治理-技术问题被不合法地置换为政体-合法性问题。而当本国疫情严重、不得不采取上述举措时，这些政治家和舆论家却浑然忘了反思本国的治理缺陷，更不会质疑本国政体-政府的合法性——太多人就是这么自以为是，死不认错——是呵，"意见"本来就不是"真理"，无所谓对错。

自诩自由民主的政体就一定是自由且民主的？

何谓自由和自由主义？最低和最高标准都应是"各美其美"。一个人无权干涉他人的生活方式和审美判断，同样，一个民族-政治共同体也无权为另一个民族-政治共同体拟定关于美好生活和优良政体的准则，

---

[1] ［法］福柯：《规训与惩罚》，刘北成译，生活·读书·新知三联书店 2003 年版，第 219-220 页。

或对另一个民族-政治共同体的选择指头画脚、说三道四[1]。人与人、民族与民族之间的差异，有时比人与兽的差异还大。

英美式自由主义总是忧虑"治理得过度"（或"怀疑治理得过度"）[2]，而中国的秩序自由主义则不像英美那样过于强调个人自由，人们更关心生活的便捷和社会的安稳有序，因此中国政府的治理（管治、管理、规训）强度比英美社会稍高一些，比如说，安装有更多的监控摄像头。但中国民众并不认为这样做多么地侵犯了个人隐私，或者说，为了良好的治安和社会秩序，他们愿意付出隐私方面的代价（选择同政府配合），恰如英美民众既然选择了更多地保护个人隐私和自由就不得不付出社会治安不（太）好的代价一样。双方都没必要意气化地指责彼此。如果治理效果真的能决定政体-政府的合法性及其程度，那就看一国是否真正实现了善治[3]，而非徒逞口舌之争。

通过瘟疫这个棱镜，世界公共卫生专家（如世界卫生组织总干事、国际知名疟疾研究专家、原埃塞俄比亚外交和卫生部长谭德塞）有机会和可能看清人类的神圣组织（医疗机构、宗教、司法体系、超级大国、

---

〔1〕 "一个国家不能因为走与别的国家不同的道路而受到谴责。人类走向何方我们知道些什么！经过数百年的跋涉，对于什么是我们今天依然力争和崇尚的合乎逻辑、必定的结果，我们知道些什么！"（［西班牙］阿左林：《著名的衰落》，林一安译，花城出版社 2018 年版，第 442 页）

〔2〕 ［法］福柯：《生命政治的诞生》，莫伟民等译，上海人民出版社 2011 年版，第 281 页。关于英美式自由主义在公共卫生领域的严重局限，亦可参见 ［美］西格里斯特：《疾病与人类文明》，秦传安译，中央编译出版社 2016 年版，第 115-117 页。

〔3〕 实践和时间都在证明，中国政府治理能力的提升速度远远超越一些国外学者的预期（参见 ［美］李侃如：《治理中国：从革命到改革》，胡国成等译，中国社会科学出版社 2010 年版，第 351 页）。当然，挑战一直存在，永远存在，正如习近平总书记指出的，"这次抗击新冠肺炎疫情，是对国家治理体系和治理能力的一次大考"。关于善治，亦参见俞可平：《走向善治》，中国文史出版社 2016 年版；强世功：《双重社会转型时代的国家治理难题》，载《文化纵横》2020 年第 4 期。

各种制度下的政府体系）的虚伪、残酷、失败和无能[1]。至于指责中国政府信息不公开、不透明，则纯属无稽之谈。早在十余年前，就有负责任的美国记者指出，"2006 年，中国领导人发生了 180 度的大转弯，原先对 SARS 是秘而不宣，如今对中国境内的所有传染病几乎完全公开透明"。[2] 然而，在严重的疫情、混乱的秩序和人心面前，这种理性的声音被湮没了，民众被放大的煽动性言论和各种阴谋论（如"生物武器"云云）裹挟着往前走（民众只相信自己愿意相信的信息）——而这，在历史上往往是战争爆发的前奏。

人是容易遗忘的动物。我们生活在和平年代，成长在充满信心的治疗医学时代，忽略了时刻都在逼近的瘟疫以及更加可怕和危险的民族之间的敌意。

正统史学也要承担一定的责任。正统（主流）史学为了强调战略、谋略、实力等可预测因素以及本民族的英雄和伟大精神，而有意无意地忽略了经常是不可控的疫病改变了历史（尤其战争）进程的事实。"当流行病确实在和平或战争中成为决定性因素时，对它的强调无疑会弱化以往的历史解释力，故而史学家总是低调处理这类重要的事件。"[3] 208 年曹操败退的决定性因素并非敌人的火攻，而是疫病："时又疾疫，北军多死，曹公引归。"[4] 查士丁尼大帝不是不想恢复罗马帝国巅峰时

---

〔1〕 2020 年新冠肺炎疫情期间，某些居心不良的政客对谭德塞进行人身攻击（骂他为"黑鬼"），美国则以世界卫生组织应对新冠疫情不力为由，先是停缴会费，进而退出世卫组织。

〔2〕 [美]劳里·加勒特：《逼近的瘟疫》，杨岐鸣等译，生活·读书·新知三联书店 2017 年版，中文版自序，第 5 页。劳里·加勒特是美国著名女记者，是获得皮博迪奖、乔治·伯克奖和普利策奖三大著名新闻奖的第一人。

〔3〕 [美]麦克尼尔：《瘟疫与人》，余新忠等译，中信出版社 2018 年版，第 4 页。

〔4〕 [晋]陈寿撰，[宋]裴松之注：《三国志》，中华书局 2006 年版，第 524 页。

期的荣光，但公元 542 年爆发的"查士丁尼瘟疫"（鼠疫）使拜占庭帝国元气大伤，查士丁尼的诸多征伐计划不得不就此搁置。拜占庭的普洛科皮乌斯说，"死者的人数每天达到五千，有时甚至达到一万或更多"，"人类由于这场瘟疫几乎灭绝"[1]。据估计，当时仅君士坦丁堡死亡人数就高达 45 万人[2]。在 1812 年，与其说拿破仑的大军是败于严冬，不如说是败于斑疹伤寒："到 7 月第三周进行奥斯特罗纳战役时，已有 8 万多人病死，或是因病不能执勤。一个月内，单疾病就夺去拿破仑主力近五分之一的有生力量"，"法军在 9 月 14 日未遇抵抗就进入莫斯科，斑疹伤寒与他们同行，在过去一周已有 1 万人病死"。[3] 至于中世纪的黑死病（鼠疫，使欧洲丧失 1/3 人口）和 1918 年大流感（死亡人数保守估计在 2000 万以上，也有学者认为超过 1 亿[4]）对地缘政治和世界历史的深远影响[5]就更毋庸多说了。

---

〔1〕 ［拜占庭］普洛科皮乌斯：《普洛科皮乌斯战争史》，王以铸等译，商务印书馆 2010 年版，第 180、185 页。

〔2〕 传奇翰墨编委会：《毁灭启示录：瘟疫正在蔓延》，北京理工大学出版社 2011 年版，第 59 页。

〔3〕 ［英］卡特赖特等：《疾病改变历史》（第 3 版），陈仲丹译，华夏出版社 2018 年版，第 109、114 页。

〔4〕 参见 ［英］凯瑟琳·阿诺德：《1918 年之疫：被流感改变的世界》，田奥译，上海教育出版社 2020 年版，第 263 页。

〔5〕 中世纪的瘟疫还导致"寻找替罪羊"的运动——对犹太人进行大规模迫害和屠杀。参见 ［美］约瑟夫·P. 伯恩：《黑死病》，王晨译，上海社会科学院出版社 2013 年版，第 208 页。

三、战疫即战役

战疫即战役,是和平年代的战时治理,或曰紧急状态、例外状态。[1]

既要与瘟疫战斗,还要与各种奇谈怪论和妖魔鬼怪战斗(疫情是照妖镜)。这是一次"总体国家"必须全力以赴的"总体战"[2](在中国还是"人民战争")。

政客可以相互推诿,舆论可以相互指责,庸众可以在茶余饭后不负责任地指点江山,但真正的民族精英必须头脑冷静,认真评估自己与对手及潜在对手在此次战疫中的表现——从动员能力、远程输送到后勤保障等。

即使知己知彼亦未必能做到百战不殆,何况不知?

他者(人、族、国)是一面镜子。强大对手的存在是鞭策我族

---

[1] "正如卡尔·施米特所言,危机体现在法律应用之上时,我们应将关注聚焦到法律的产生时刻的'例外'行动之上。国内法或超国家法都由自身的例外而得到界定","控制'例外'的法律力量和运用警察力量的能力成为两个定义帝国权威模式的初始坐标"([美]迈克尔·哈特:《帝国》,杨建国等译,江苏人民出版社 2005 年版,第 17 页)。又参见[意]吉奥乔·阿甘本:《例外状态》,薛熙平译,西北大学出版社 2015 年版,第 3—43 页(第一章"例外状态作为治理的典范")。

[2] "一旦认清总体战和总体政治的本质,就不应再迟疑和急慢。迟疑和急慢会使军队和人民自食恶果,因为总体战需要民族付出最大努力的时刻何时到来,谁也不能未卜先知"([德]鲁登道夫:《总体战》,戴耀先译,解放军出版社 2005 年版,第 35 页)。又参见严鹏:《从抗疫"总体战"反思工业动员与工业文化》,载《文化纵横》2020 年第 4 期;[美]乔治·施瓦布:《例外的挑战:卡尔·施米特的政治思想导论(1921—1936)》,李培建译,上海人民出版社 2011 年版,再版序,第 11 页。

（国）永不停息地奋斗的动力。[1]

四、疾病的隐喻

战疫不过是漫长战斗的一环罢了，而战争是"政治通过另一种手段的继续"[2]。没有一个大国不是靠战争立国。"战争的指导，就像医生给病人看病一样，是一门艺术。"[3]战败的即是羸弱的，即是病夫。谁愿意被扣上"病夫"（如"东亚病夫"）的帽子呢?[4]手持双枪（火枪和烟枪——鸦片枪）的士兵绝非合格的士兵。晚清以来，鸦片枪成了国民羸弱、国家衰败的隐喻。做人并非不可以"双枪"，但要学"双枪老太婆"[5]，左手柯尔特M1911A1，右手Glock17。[6]或学左宗棠将军，左手千古《红楼梦》，右手《大清一统舆图》。

不是落后必然挨打，而是挨打了才感觉自己落后，丢掉了自信力——这是"西方的国际强权政治造成的心理障碍"，"落后与挨打的关系摆不正，就不能出有创见的思想家"。[7]想当年，原本学医的孙中山

---

[1] 中美互为"伟大对手"。"朝鲜战争是一部值得纪念的充满人类悲剧和洋溢着交战双方英雄们的英勇气概的传奇历史，是一部令人难忘的世界性的重要史诗。"（[美]约翰·托兰:《漫长的战斗——美国人眼中的朝鲜战争》，孟庆龙等译，中国社会科学出版社1993年版，第2页）

[2] [德]克劳塞维茨:《战争论》，杨南芳等译校，陕西人民出版社2001年版，第25页。

[3] [英]富勒:《战争指导》，绽旭译，解放军出版社1985年版，第1页。

[4] 参见马晓霖:《中美舆论战:从"东亚病夫"到"中国病毒"的污名化与反制》，载《华夏时报》2020年3月30日。

[5] "双枪老太婆"是红色经典小说《红岩》塑造的人物。

[6] 柯尔特M1911A1和Glock17是两款经典手枪，分别由美国柯尔特公司和奥地利格洛克公司研制。

[7] 参见相蓝欣:《传统与对外关系》，生活·读书·新知三联书店2007年版，第21、26页。

弃医从政，原本学医的鲁迅弃医从文，分别领导了近代中国的政治-军事战争和文化战争，从不曾失去自信力的他们[1]在醒悟的刹那，大概是想起了"上医医国，下医医人"[2]的古训。不做看客的先知承受着常人难以忍受的悲怆、痛苦和巨大牺牲。鲁迅战斗一生，却死于该死的肺结核（一种传染病），难道是冥冥注定？

霍布斯曾经将"利维坦"这一"人造的人"视作巨型的艺术品。其中，"主权"是整体得到生命和活动的"人造的灵魂"（也就是说，没有独立主权的国家，根本就没有灵魂，或曰自由意志）；"和睦"是它的健康；"动乱"是它的"疾病"，而"内战"是它的"死亡"[3]——说"动乱"是疾病没错，但内战未必意味着死亡。霍布斯的祖国英国不也经历过一次漫长的内战（1640年代）吗？在流了很多血（包括英王的血）、反复博弈和妥协之后，终尔走向"光荣革命"，为18-19世纪帝国的崛起砥定根基。同样地，美国内战（1860-1865）重新铸定了宪制和民主，[4]中国内战（1946-1949）使"旧邦"换新颜（一次伟大的涅槃)[5]，并开启"新命"的伟大征程——那杀不死我的东西，将使我复

---

〔1〕 参见鲁迅：《中国人失掉自信力了吗》，载《鲁迅杂文全集》，北京燕山出版社2011年版，第1103-1104页。

〔2〕 "文子曰：'医及国家乎？'对曰：'上医医国，其次疾人，固医官也。'"（《国语·晋语八》，岳麓书社1994年版，第315页）

〔3〕 ［英］霍布斯：《利维坦》，黎思复等译，商务印书馆1985年版，第1页。

〔4〕 关于美国内战与新宪政秩序的形成，参见［美］弗莱切：《隐藏的宪法——林肯如何重新铸定美国民主》，陈绪纲译，北京大学出版社2009年版，第2页；［美］雅法：《自由的新生：林肯与内战的来临》，谭安奎译，华东师范大学出版社2008年版，第542-604页。

〔5〕 参见［美］胡素珊：《中国的内战：1945-1949年的政治斗争》，王海良等译，中国青年出版社1997年版，第458-517页。

活，变得更强大。[1]

而立之年即病逝的纳兰性德（他极可能是传染病致死）不仅是"人生若只如初见，何事秋风悲画扇"的作者，还作为康熙皇帝的近侍，在出塞路上写下"山一程，水一程，身向榆关那畔行，夜深千帐灯"的豪放诗句。诗人当与王者并行。诗人是另一种王者。所谓"性德"，"王者"的"品性""大德"之意。

纳兰性德若一直活着，会找精武门的霍元甲和西点军校校长切磋武艺，或者同约翰·济慈[2]和苏珊·桑塔格讨论"疾病的隐喻"。

五、医学与殖民帝国

苏珊·桑塔格反对并极力摆脱疾病的隐喻性："我的观点是，疾病并非隐喻，而看待疾病的最真诚的方式——同时也是患者对待疾病的最健康的方式——是尽可能消除或抵制隐喻性思考。然而，要居住在由阴森恐怖的隐喻构成道道风景的疾病王国而不蒙受隐喻之偏见，几乎是不可能的。我写作此文，是为了揭示隐喻，并借此摆脱这些隐喻。"[3]

摆脱"疾病的隐喻"是可能的吗？要知道，文化界的"普罗大众"没几个读过桑塔格《疾病的隐喻》（虽然偶尔也把桑塔格挂在嘴上，以昭示自己是个优秀的读书人），而读过的，也没几个敢说自己真的读懂了。因此，之于他们，不存在摆不摆脱"疾病隐喻"的问题。桑塔格不

---

[1] 参见［德］尼采：《偶像的黄昏——或怎样用锤子从事哲学》，李超杰译，商务印书馆 2009 年版，第 5 页。

[2] 约翰·济慈（1795-1821）是与拜伦、雪莱齐名的英国诗人，因肺结核病逝于罗马（参见余凤高：《飘零的落叶——肺结核文化史》，山东画报出版社 2004 年版，第 35-40 页）。

[3] 参见［美］苏珊·桑塔格：《疾病的隐喻》，程巍译，上海译文出版社 2003 年版，第 5 页。

是救世主，救赎不了别人，她最多能使自己摆脱"疾病隐喻"而已——而这，是以她对疾病的隐喻机制进行深入探究和思考为前提的，也就是说，没有人比她更懂得疾病的隐喻机制，如此一来，还能说她摆脱"疾病隐喻"了吗？因为，入戏太深的人总是分不清戏和现实的界限，入梦太深的人总是和梦合一。放下"我执"太难。那就不必放下——有些"我执"不必放下。

文化界的"普罗大众"和偶尔看电影（《精武门》《黄飞鸿》等）的普罗大众都晓得"东亚病夫"的政治隐喻，听到《男儿当自强》的歌声也立马热血沸腾，对此，桑塔格等深怀同情心的顶尖文化精英实在不必居高临下地指指点点，毕竟，朴实的爱国心比所谓的"普世情怀"要健康多了。

桑塔格之所以想摆脱"疾病隐喻"，是因为她洞察到隐藏在隐喻背后的政治压迫和不平等机制。对此，杨念群教授也有深刻的揭示：

> "中国人的'身体'自近代以来一直被视为病弱不堪，'中医'似乎对此无能为力。西医却能通过独有的切割技术使身体从损毁状态得到复原。这种治疗方式总被比喻成整个中国社会就像一个病弱的肌体，经历了一个由弱变强的向近代蜕变的过程。遭遇表面和内部的损毁而达到治愈的状态，绝对是外科手术传入中国发生的一个结果，但这个过程绝非简单的是一个生理现象，而是承载着太多的复杂隐喻。也就是说，当西医的第一把手术刀切入中国人的身体时，它就变成了一个'现代性事件'"；"在整个 19 世纪和 20 世纪初的西方，疾病隐喻变得更加恶毒、荒谬，更具有蛊惑性，它把任何一种自己不赞成的的状况都称作疾病"；"'国民性'的隐喻话语弥散

开来，就像无孔不入的细菌一样到处渗透，国内的医疗史研究就受到这种'细菌'传播的强烈感染。"[1]

近代中国尚只是处于半殖民地位，多少享有一定的自主权，而那些沦为完全殖民地位的民族（国族）就更"凄凄惨惨戚戚"了——殖民者既彻底征服其身体，更彻底摧残（奴役）其精神。1519年西班牙殖民者科尔特斯在新大陆登陆时，带去的不仅是枪炮，还有天花病毒。阿兹特克人可不像西班牙人那样对这种来自异域的病毒具有免疫力。那些大难不死的阿兹特克人"被这种病弄得士气低落，因为这种病专杀印第安人而竟不伤害西班牙人，就好像在为西班牙人的不可战胜作宣传似的。到1618年，墨西哥原来2000万左右的人口急剧减少到160万左右"[2]。另一方面，殖民者又在殖民地引进现代医院、诊所以及实验室，扮演所谓的"恩慈的帝国角色"，担负起所谓的"文明开化使命"，让被殖民者以为，正是先进的欧洲医学减少了天花、霍乱、疟疾、鼠疫等流行病的威胁，正是源自欧洲的科学理性（以巴斯德杀菌法[3]和疫苗制造从而将细菌-微生物加以减毒的原理为代表）战胜了遍布于殖民地的"野蛮"、"落后"和"无知"。[4]

现代医学和帝国治理在本质上都是一种高明的精神催眠术。

---

〔1〕 杨念群：《再造"病人"：中西医冲突下的空间政治（1832-1985）》，中国人民大学出版社2006年版，第1-4页。

〔2〕 ［美］贾雷德·戴蒙德：《枪炮、病菌与钢铁》，谢延光译，上海译文出版社2000年版，第218-219页。

〔3〕 参见［美］玛格纳：《传染病的文化史》，刘学礼主译，上海人民出版社2019年版，第28-33页。

〔4〕 参见［英］普拉提克·查克拉巴提：《医疗与帝国：从全球史看现代医学的诞生》，李尚仁译，社会科学文献出版社2019年版，第17、265页。

真的勇士必须撕掉温情脉脉的面纱（权力压迫的政治隐喻学[1]），揭开民族意识和民族心理学深处的伤疤。

六、主体性与大转型

2020 年上半年，对病毒（疾病、瘟疫）的东方主义想象延误了欧美的抗疫时机，而中国的"援欧抗疫"则隐喻了一个全球治理的新时代和历史大转型的到来。深受孔子"恕道"和孟子"四心说"[2] 滋育的中国人当然不会政治不正确地讥讽欧洲人为"欧洲病夫"（欧洲人曾经把这个称号慷慨地馈赠给奥斯曼帝国，尽管他们在内心深处从来不曾把奥斯曼帝国看作欧洲的一部分）。欧洲是有点"老"了，但还没有老到拿不动手术刀、买不起中国产的呼吸机的程度，何况，我们也一直深受发轫于欧洲但已被我们大大拓展了的现代医学和科学理性精神的恩泽，滴水之"恩"当涌泉相报。何况，反抗压迫和不平等是为了追求解放，建构新的自我和历史主体性，即使复兴了、崛起了，强大到有能力"复仇"和"威胁"了，也绝不应"以其人之道还治其人之身"。我们属于同一个"人类命运共同体"，不是吗?! 尽管这种美好的措辞难免被别有用心的人斥责为"别有用心"，也无法使不平等的国际分工和全球政治经济秩序变得完全平等（"完全平等"不可能，违背了"自然理由"），但它确确实实展现了一个文明大国的担当。

为何是"文明大国"而非"帝国"？中国难道不是伪装成民族-国家

---

[1] 亚里士多德说："隐喻，是指以他物之名名此物"（[古希腊] 亚里士多德：《诗学》，陈中梅译，商务印书馆 1996 年版，第 149 页；译文有修正）。政治隐喻学与"指鹿为马"颇类似，但更具迷惑性，因为它是"指真鹿为假鹿"或"指假鹿为真鹿"。

[2] 四心指恻隐之心、羞恶之心、辞让之心和是非之心。参见《孟子·公孙丑上》，中华书局 2010 年版，第 59 页。

的帝国？

中国作为一个具有历史连续性的巨型文明－政治体，一直在不断地生成和自我更新之中[1]，传统的"帝国"和近代的"民族－国家"概念都不足以准确概括中国的复杂性以及内在于其中的政治－哲学的丰富性，将之归纳为"帝国－民族国家"的混合形态也不免有些简单化甚至不负责任，难道我们的想象力已经黔驴技穷，制作不出更精当的词汇了吗？沃格林曾评论道："过去的百年提供了一出很好的景观，中华文明这一宇宙论文明经历了转型的剧痛，从毫无疑问的普遍主义帝国转向其最终形式尚在不可知之数的历史阶段。"[2] 看来，只能把"最终形式"开放给未来和未来的未来。在宇宙毁灭之前，任何"历史终结论"或关于"最后定向"的想象都只是快意当前的意淫。

七、献给瘟疫－帝国的叙事诗

一位打扮成圣斗士模样的鼠先生向伍连德博士[3]哭诉他饥馑难耐，

---

〔1〕"主体化"是一个过程、一种实践性运动。福柯说，"在人类历史上，人们从未停止构建他们自己，也就是从未停止变动他们的主体性，从未停止在无限众多的系列主体当中构建自己，这些主体性永远不会结束"，也就是说，主体性在运动之中，它永远处于"摆脱"自身的过程中，"主体性"既是历史限定性的产物，也是自我创造的产物。参见〔法〕朱迪特·勒薇尔：《福柯思想辞典》，潘培庆译，重庆大学出版社 2015 年版，第 148 页。

〔2〕〔美〕沃格林：《文艺复兴与宗教改革（修订版）》，孔新峰译，华东师范大学出版社 2019 年版，第 288 页。

〔3〕伍连德（1879-1960），医学博士，中国卫生、检疫事业的创始人，中华医学会首任会长，创刊了《中华医学杂志》。他指挥扑灭了 1910 年在东北爆发的鼠疫，是世界上提出"肺鼠疫"概念的第一人，并于 1911 年主持召开了万国鼠疫研究会议。他还设计了"伍氏口罩"，让中国人第一次用口罩预防传染病。参见《鼠疫斗士——伍连德自述》，程光胜等译，湖南教育出版社 2011 年版；王哲：《国士无双伍连德》，福建教育出版社 2011 年版。

无甚可吃，感觉世界末世将临。伍连德博士却喋喋不休、言不及义地同他谈起与自己同年同月出生的爱因斯坦、拒斥法律范式的治疗家团体[1]、看似不疯癫的疯癫[2]和看似疯癫的正常人、隐藏于日记中的秘史和自由意志[3]、没有草木和灵魂因此让人安宁的城市[4]、朝占星家挥手的教堂幽灵[5]、"时疫感天地之戾气"的古语[6]、秦汉疫灾的时空分布[7]以及友爱的政治学[8]，然后趁他一不留神一棍敲死了他。

　　一位自称普林尼的骨瘦如柴的老头对同样是老头的钟南山院士[9]说，他的前世是一只中了魔法的老鼠[10]，曾经目睹被瘟疫折磨得死去

---

　　[1] 参见[法]福柯：《主体解释学》，佘碧平译，上海人民出版社2018年版，第128页。

　　[2] 帕斯卡说："人类必然会疯癫到这种地步，即不疯癫也只是另一种形式的疯癫。"（转引自[法]福柯：《疯癫与文明》，刘北成等译，生活·读书·新知三联书店2007年版，第1页）

　　[3] "再过八天我就自由了。我倒数着时间。"（[英]奥德菲尔德：《大瘟疫：伦敦女孩爱丽丝的日记（1665-1666）》，安琪译，人民文学出版社2017年版，第83页）

　　[4] 参见[法]加缪：《鼠疫》，李玉民译，漓江出版社2015年版，第5页。

　　[5] 参见[英]笛福：《瘟疫年纪事》，许志强译，上海译文出版社2013年版，第63页。

　　[6] 参见[明]吴又可：《瘟疫论》，转引自苏颖主编：《明清医家论瘟疫》，中国中医药出版社2013年版，第25页。

　　[7] 参见刘滴川：《大瘟疫：病毒、毁灭和帝国的抗争》，天地出版社2019年版，第94-102页。

　　[8] 参见[法]德里达：《友爱的政治学及其他》，胡继华译，吉林人民出版社2006年版，第13页。

　　[9] 钟南山（1936-），中国工程院院士，著名呼吸病学家。

　　[10] 参见[古罗马]普林尼：《自然史》，李铁匠译，上海三联书店2018年版，第273-281页（第28卷 人类提供的药物、魔法与迷信）。

活来的雅典军舰[1]、被幸福的劲风吹拂着的死亡之地[2]、在空旷无边的空间里失去了时间概念和诺斯替想象力的老花花公子（他"举着模糊的手势，发出梦呓般的胡言"[3]）、约阿希姆（不是19世纪的小提琴家约阿希姆[4]，更不是那位阐发"三位一体"大义的中世纪隐修士约阿希姆[5]）在魔山疗养院向一个名叫南丁格尔的女护士祖裸爽朗的左肩和凄伤的心灵[6]、数以亿计的虱子在人类处女地拓荒殖民[7]、西装革履的议员们投票反对医院国有化的议案[8]（《华盛顿邮报》的报道称他们没有接受政治献金）、一位脚穿草履的赤脚医生行走在革命之后的

---

〔1〕 雅典在伯罗奔尼撒战争中的战败与瘟疫爆发有关。"瘟疫就首先在雅典人中发生了"，"任何技术和科学都毫无办法。向神庙中祈祷，询问神谶等等办法，都无用处"，"由于瘟疫的缘故，雅典开始有了空前违法乱纪的情况"，"雅典城内和军队里面的人还是继续患瘟疫而死亡着"，"瘟疫对于军队有极严重的影响"（［古希腊］修昔底德：《伯罗奔尼撒战争史》，谢德风译，商务印书馆1960年版，第155-156、159、162页）。"在海军刚扬帆时——准确地说是刚划桨时——瘟疫就在船上流行，来势凶猛使得舰队被迫返回雅典。在伯里克利本人率舰队去埃皮道鲁斯时发生了类似的灾难"，"伯里克利这时可能也被传染，他被认为在公元前429年死于疫病"（［英］卡特赖特等：《疾病改变历史》（第3版），陈仲丹译，华夏出版社2018年版，第7页）。

〔2〕 参见［哥伦比亚］马尔克斯：《霍乱时期的爱情》，杨玲译，南海出版公司2012年版，第396页。

〔3〕 ［德］托马斯·曼：《威尼斯之死》，徐建萍译，陕西师范大学出版社2008年版，第17页。

〔4〕 约瑟夫·约阿希姆（1831-1907），匈牙利小提琴家、作曲家和指挥家。他是"德国小提琴学派"在19世纪后半期的领袖人物。

〔5〕 参见刘小枫编：《西方古代的天下观》，杨志城等译，华夏出版社2018年版，第308-337页。

〔6〕 参见［德］托马斯·曼：《魔山》，陈丽丽等译，长江文艺出版社2011年版，第205页。

〔7〕 参见［美］汉斯·辛格尔：《老鼠、虱子和历史：一部全新的人类命运史》，谢桥等译，重庆出版社2019年版，第193页。

〔8〕 参见［法］福柯：《临床医学的诞生》，刘北成译，译林出版社2011年版，第44页。

乡间小路上、一位体制内医师正撰写题为《职业的去职业化》的论文[1]、一只叫不上名字的小虫子在罗布泊引水渠[2]中快乐地游弋、一只显微镜在透明玻璃上跳舞[3]、教皇御医阿卡基亚博士在英国皇家学会大肆鞭挞专制主义性质的普鲁士研究院[4]。

曾经荣膺普鲁士研究院奖的天文学家康德说他没有一天不浪漫。[5]

我很想对死于 1918 年大流感的绘画巨子埃贡·席勒（代表作是《死神与少女》）说，我没有一刻不在维也纳。

在瘟疫时期的难眠之夜，能令人暂且舒怀和愉悦的事莫过于：听情场失意的薄伽丘讲述瘟疫时期的风流情事[6]；与薛定谔探讨猫之幽暗、帝国之熵和梵我合一的印度哲学[7]；一边看电视一边诅咒笛卡尔思想

---

〔1〕 参见［美］约翰·伯纳姆：《什么是医学史》，颜宜葳等译，北京大学出版社 2010 年版，第 21 页。

〔2〕 参见［意］卡斯蒂廖尼：《医学史》，程之范等主译，译林出版社 2013 年版，第 226 页。

〔3〕 参见［美］玛格纳：《生命科学史》，李难等译，百花文艺出版社 2002 年版，第 221 页。

〔4〕 参见［英］尼尔·弗格森：《文明》，曾贤明等译，中信出版社 2012 年版，第 65 页。

〔5〕 参见［德］海涅：《论浪漫派》，张玉书译，人民文学出版社 1979 年版，第 174 页。

〔6〕 "为希图逃避瘟疫，人们变得荒淫无度了"，"但我们应该排斥那和死亡不相上下的邪恶行为，我们只需逃到我们所有的别墅或山庄，过着我们贞洁的生活"（［意］薄伽丘：《十日谈》，闺逸译，时代文艺出版社 1996 年版，第 12-13 页）。薄伽丘《十日谈》讲的就是一群躲避瘟疫的无聊男女为打发无聊讲的形形色色的故事。

〔7〕 参见［奥］薛定谔：《生命是什么》，仇万煜等译，海南出版社 2017 年版，第 77、94 页。关于作为政治哲学概念的"幽暗意识"，参见张灏：《幽暗意识与民主传统》，新星出版社 2010 年版，第 22-71 页。关于猫的幽暗和复仇意识，参见［美］爱伦·坡：《黑猫》，载《爱伦·坡暗黑故事全集》，鹤泉译，中国华侨出版社 2014 年版，第 1-7 页。

中作为机械装置的国家[1]；假想自己已经从漫无边际的女性特质的包围中逃逸；幸灾乐祸地瞅着封闭的美国精神变得愈加封闭（四处弥漫着"陈词滥调、浅薄的废话和讽刺挖苦"，日益远离"伟大的启示、史诗和哲理"[2]）；偷窥某些默默无闻的人轻轻松松就超越了快乐原则和基于判断力批判的民族主义[3]；在梦中划破金融资本的迷网[4]，帮基督砍倒生锈的十字架[5]；在战胜焦虑、恐惧与失眠之后，重温不断革命的原理[6]，重新评估"从天下国家到民族国家"[7] 和"从民族国家到天下国家"这两种既截然有异又相互媾和的理论方向的未来。

---

〔1〕 参见 [德] 施米特：《霍布斯国家学说中的利维坦》，应星等译，华东师范大学出版社 2008 年版，第 129-140 页。

〔2〕 [美] 艾伦·布鲁姆：《美国精神的封闭》，战旭英译，译林出版社 2011 年版，第 15 页。桑塔亚纳犀利地指出，美国人"在严肃的场合会诚惶诚恐，早把自己那些见识抛在了脑后。人们所尊崇的倒是官方的那些零碎哲理，或者说是官方的那整套东西，人们习惯于继承或者说引进冠冕堂皇的'至理名言'，就像他们尊崇歌剧和艺术博物馆那样"（[美] 乔治·桑塔亚纳：《美国的民族性格与信念》，史津海等译，中国社会科学出版社 2008 年版，第 7 页）。

〔3〕 参见 [日] 柄谷行人：《民族与美学》，薛羽译，西北大学出版社 2016 年版，第 74-75 页。

〔4〕 参见列宁：《帝国主义是资本主义的最高阶段》，载《列宁选集》（第 2 卷），人民出版社 1972 年版，第 787 页。

〔5〕 《基督砍倒十字架》是墨西哥画家奥罗斯科于 1934 年创作的一幅绘画。参见 [美] 麦克尼尔：《西方文明史手册》，盛舒蕾等译，浙江大学出版社 2016 年版，第 557 页。

〔6〕 参见 [美] 索尔·科恩：《地缘政治学：国际关系的地理学》（第 2 版），严春松译，上海社会科学院出版社 2011 年版，第 91 页。

〔7〕 参见 [日] 王柯：《从"天下"国家到民族国家：历史中国的认知与实践》，上海人民出版社 2020 年版，第 7-37、318-333 页。

第五辑

欧洲公法的终结

欧洲在欧洲公法终结〔1〕之后

还在源源不断地生产法兰西思想、

德意志疯子、

哀悼自己之死的悲剧〔2〕、

贵族小姐嵌入古堡壁炉的倩影，

以及科耶夫-施米特通信〔3〕，

美国世纪终结之后〔4〕会残留些什么呢？

够老的百老汇？

够好的好莱坞？

---

〔1〕 1890-1918年是欧洲公法终结的年代。参见［德］卡尔·施米特：《大地的法》，刘毅等译，上海人民出版社2017年版，第208页。

〔2〕 "盲人参孙一边游戏一边走进坟墓；我们简短的生命只不过是一首诗。生命是人们来去匆匆的一场游戏；它以泪水开始，以哭泣结束。是的，即使在死后，当蛆虫蚕食我们已经腐烂的身体时，时间也仍然在玩弄着我们"（［德］本雅明：《德国悲剧的起源》，陈永国译，文化艺术出版社2001年版，第51页）。又参见［美］乔治·斯坦纳：《悲剧之死》，陈军等译，浙江工商大学出版社2017年版。

〔3〕 科耶夫致施米特："目标——非常不幸！——是均质的分配。任何一个——在自己的半球上——第一个达到这个目标的人，都将是'最后一个'。"参见［法］科耶夫等：《科耶夫的新拉丁帝国》，邱立波编译，华夏出版社2008年版，第158页。

〔4〕 参见［美］约瑟夫·奈：《美国世纪结束了吗》，邵杜罔译，北京联合出版公司2016年版。

够牛气的NBA？

硅胶遍地的硅谷？

拒绝华丽的华尔街？

门可罗雀的门罗故居？

超越尼采的超人（蝙蝠侠、钢铁侠）？

笑口常开的可口可乐？[1]

美国丽人艾米莉[2]用反驳的口吻

对动辄猜疑的英国绅士说：

与其从2050年看今天[3]，

不若从20500000年看2050年——

如果彼时还存在人类纪元

和作为虚无—存在主义概念的时间[4]。

---

[1] 晚年定居美国的爱因斯坦说："若是长期居住，我宁可住在荷兰而不是美国。……除了少数真正优秀的学者之外，这是一个令人厌烦的和思想贫乏的社会，很快就会使你感到焦虑。"（[美]卡拉普赖斯编：《新爱因斯坦语录》，范岱年译，上海科技教育出版社2008年版，第49页）正是遭迫害的犹太精英纷纷逃到美国，使"思想贫乏"的美国不再"思想贫乏"。

[2] 艾米莉·狄金森（1830-1886），美国著名女诗人。美国作家福克纳有著名短篇小说《献给艾米莉的一朵玫瑰花》（载《福克纳短篇小说集》，陶洁等译，北京燕山出版社2015年版，第28-40页）。

[3] 参见[英]巴里·布赞等：《时间笔记》，刘森等译，山东画报出版社2002年版，第207页。

[4] 时间以及年龄都是人为概念。对时间敏感的俄罗斯小说家蒲宁说，"要是不告诉我，我就至今对自己的年龄浑然不知——何况我还丝毫没有感到年龄的负担——从而也不会想到再过一二十年我便一命呜呼。如果我出生在荒无人烟的孤岛上，且从未离岛一步，我甚至不知道人是要死的。"（[俄]蒲宁：《阿尔谢尼耶夫的青春年华》，戴骢译，花城出版社2017年版，第1-2页）

历史法学派的基本思想

将罗马法还给活着的罗马人[1]，

而非西西里岛的逸民。

将"法经"还给《法经》的撰者，

而非奉法若经的人。

督促李耳把日耳曼语践踏。

逼迫耶林和耶林内克[2]说中国话。

让"为权利而斗争"的公民

获得权利（而非权力和荣耀）。

让尚不是宪法国家的国家

永不是宪法国家。[3]

---

[1] 参见［德］萨维尼著，［德］沃尔夫编：《历史法学派的基本思想（1814-1840年）》，郑永流译，法律出版社2009年版，第4页。

[2] 耶林（1818-1892）和耶林内克（1851-1911）都是德国法学家，前者的著述多有中译本（耶林：《为权利而斗争》，郑永流译，商务印书馆2016年版；耶林：《法权感的产生》，王洪亮译，商务印书馆2016年版）。

[3] "三月革命前，普鲁士还不是宪法国家。卡尔施泰因在1806年对此说得很清楚：'普鲁士邦国没有国家宪法，最高权力也没有在国王和人们代表会议中进行划分。'"（［德］施托莱斯：《德国公法史（1800-1914）》，雷勇译，法律出版社2007年版，第273页）

让寻找根和深泉的国族不再饥渴，

跨出技术-军事-帝国性关切的局域。[1]

劝勉新老青年中的希腊人。

假想自己是沉思法治的民主性、

民主的窳劣性的苏格拉底。

假想自己是重释《十二铜表法》

中的"奴隶"条款的解放了的奴隶。[2]

找回易卜生主义者

弄丢了的秘密史、完整史和雄性史[3]。

用苦涩的乳汁和甜蜜的泪水

浇灌有着"欧洲火药库"

和"国际法薮集之地"[4] 美誉、

体液被榨干的巴尔干。

我收到犹太少女莎乐美[5]的秋波，

---

〔1〕 参见［美］巴姆巴赫：《海德格尔的根——尼采，国家社会主义和希腊人》，张志和译，上海书店出版社 2007 年版，第 227 页；［德］赫尔曼·黑勒：《国家学的危机·社会主义与民族》，刘刚译，中国法制出版社 2010 年版，第 63 页；［意］诺尔福：《20 世纪国际关系史：从军事帝国到科技帝国》，潘源文等译，北京大学出版社 2016 年版。

〔2〕 参见［美］罗斯科·庞德：《法律史解释》，邓正来译，中国法制出版社 2002 年版，第 242-243 页。

〔3〕 参见［德］施蒂默尔：《德意志：一段找寻自我的国家历史》，孙雪晶译，天津人民出版社 2007 年版，第 96 页；［美］彼得·盖伊：《魏玛文化：一则短暂而璀璨的文化传奇》，刘森尧译，安徽教育出版社 2005 年版，第 63-138 页。

〔4〕 参见［英］马克·马佐尔：《巴尔干：被误解的"欧洲火药库"》，刘会梁译，天津人民出版社 2007 年版。

〔5〕 指《圣经》中记载的莎乐美。莎乐美爱圣约翰而不得，遂趁着为希律王跳七纱舞之际让国王杀掉了圣约翰。又参见［英］王尔德：《莎乐美》，田汉译，安徽人民出版社 2013 年版。

被第三罗马的荡妇莎乐美[1]垂涎，

然而，为了刺杀《航海条例》[2]

和"治外法权"的立法者，两者皆可抛！

---

〔1〕 指俄罗斯贵族之女莎乐美（1861–1937），一个与数位天才（尼采、里尔克、弗洛伊德等）纠缠不清的女性。参见［俄］莎乐美原著，黄宏译著：《男人的天使，自己的上帝：莎乐美传奇》，长江文艺出版社2012年版。

〔2〕 指1651年英国出台的《航海条例》。

普通认识论

将题目不像诗的诗写成诗（抒情诗）、

将客观性的空间主观化[1]、

将无意识的女人意识化[2]、

将下流的唯物主义上流化[3]、

将"人民"提升至"神"位[4]、

让剽窃者永垂不朽[5]、

向下楼梯的裸女传授穿越时空[6]的技艺、

请杜甫吃一顿肯德基、

---

[1] 参见 [德] 石里克：《普通认识论》，李步楼译，商务印书馆 2005 年版，第 307 页。

[2] 参见 [奥] 魏宁格：《性与性格》，肖聿译，北京联合出版公司 2013 年版，第 117 页。

[3] 参见 [德] 卡尔·洛维特：《从黑格尔到尼采》，李秋零译，生活·读书·新知三联书店 2006 年版，第 209 页。

[4] 参见 [德] 卡尔·洛维特：《雅各布·布克哈特》，楚人译，商务印书馆 2013 年版，第 267 页。

[5] 莎士比亚的《哈姆莱特》和歌德的《浮士德》都"剽窃"了前人的灵感。又参见 [美] 杰森·苏格拉底·巴迪：《谁是剽窃者：牛顿与莱布尼茨的微积分战争》，张菀等译，上海社会科学院出版社 2017 年版。

[6] 参见马塞尔·杜尚的油画《走下楼梯的裸女》（1912）和萨尔瓦多·达利的名作《永恒的记忆》（1931）。

劈开仅剩的一粒原子[1]、

用一阳指弹塌坚固的雷峰塔、

在摩天崖上称王称霸[2],

都算不得特别了不起的本事,

将体量中等的小国

抟成敢与帝国决战的生命体才值得钦佩。

---

[1] 参见［美］伽莫夫:《从一到无穷大:科学中的事实和臆测》,暴永宁等译,科学出版社 2002 年版,第 109 页。

[2] 摩天崖出自金庸小说《侠客行》,是"摩天居士"谢烟客隐居的地方。又参见邓正来编:《王铁崖学术文化随笔》,中国青年出版社 1999 年版,第 176 页。

数学与自然

不必言"万物皆数"[1]或"一切历史都是数学史"，

亲睹长平之战[2]的野老听了会再次心碎。

不必言"三生万物"或"跳出三界外"，

那将有愧于亚历山大、耶稣和艾薇塔[3]的英魂。

不必言"自然之书是用数学语言写的"[4]，

黎曼的初心是做立言的诗人，

---

[1] 参见［法］卡米埃尔·洛奈：《万物皆数》，孙佳雯译，北京联合出版公司 2018 年版；［美］维尔泽克：《万物皆数》，周念萦译，猫头鹰出版社 2017 年版；［英］彼得·J. 宾利：《万物皆数》，马仲文译，南方日报出版社 2012 年版。

[2] "秦使武安君白起击，大破赵于长平，四十余万尽杀之。"（《史记·秦本纪》）

[3] 亚历山大、耶稣和艾薇塔·贝隆（阿根廷的贝隆夫人）都死于三十三岁。关于贝隆夫人之死，参见蔡天新：《数字与玫瑰》（修订版），商务印书馆 2012 年版，第 44-45 页。

[4] 这是伽利略的话。参见［法］郑春顺：《星空词典》，李涵译，北京联合出版公司 2019 年版，第 297 页。

在午夜登上三维、弯曲[1]、弥漫着万有斥力的巍巍昆仑。

---

[1] "数学家在 19 世纪已经能够想象任何弯曲的多维空间，包括三维空间，例如大数学家黎曼就开创了这样的几何学说，现在叫做黎曼几何，它可以描述任何一个有长度概念的弯曲空间。黎曼的理论为爱因斯坦的弯曲时空做好了数学准备。"（李淼：《〈三体〉中的物理学》，四川科学技术出版社 2015 年版，第 42 页）又参见［美］贝尔：《数学大师：从芝诺到庞加莱》，徐源译，上海科技教育出版社 2018 年版，第 522-547 页。［美］莫里斯·克莱因：《古今数学思想》（第 3 册），邓东皋等译，上海社会科学出版社 2014 年版，第 68-74 页。

黄遵宪《九月十一夜渡苏彝士河》[1] 评注

"长河落日圆，大漠孤烟直"

"秋风清，秋月明"

"外称帝国内称天"[2] 的诗句

在胸中激荡荡出一层层阴郁浓结的云。

英夷之舰征夷之剑烽火三月的书简

列队穿过闪过飞过飞入异乡人的晚梦。

脚下的运河与九州的大水

同呼吸却不共命运。

从混沌到秩序、从秩序到混沌[3]——

参与轮回的法轮变幻了姿色。

---

〔1〕 黄遵宪《九月十一夜渡苏彝士河》："云敛天高暑渐清，沈沈鱼钥夜三更。侵衣雪色添秋冷，绕槛灯光混月明。大漠径从沙碛度，双轮徐碾海波平。忽思十五年前事，曾在蓬莱岛上行。"（黄遵宪：《人境庐诗草》，载《黄遵宪集》上卷，吴振清等编校整理，天津人民出版社2003年版，第192页；苏彝士河即苏伊士运河。1890年2月，黄遵宪从香港启程赴英国出任外交官，途径苏伊士运河）

〔2〕 黄遵宪：《日本杂事诗》，载《黄遵宪集》上卷，天津人民出版社2003年版，第8页。

〔3〕 参见唐晓峰：《从混沌到秩序：中国上古地理思想史述论》，中华书局2010年版，第286-311页。

如何重新认识中央之国[1]？

如何焊实耗散的生存抵挡[2]？

如何探索不变的"宪法精神"[3]？

难道是复活的木乃伊[4]

而非死去的法老

在聆听我的质问，低吟，心曲？

---

〔1〕 参见甘阳：《通三统》，生活·读书·新知三联书店 2007 年版，第 14 页。

〔2〕 "抵挡者不满足于他们在他们个人生存和社会生存中经验到的秩序的要求。"（〔美〕埃里克·沃格林：《求索秩序（秩序与历史卷5）》，徐志跃译，译林出版社 2018 年版，第 52 页）

〔3〕 参见〔德〕黑格尔：《历史哲学》，王造时译，上海书店出版社 2006 年版，第 113 页。

〔4〕 "英国的大炮破坏了中国皇帝的权威，迫使天朝帝国与地上的世界接触。与外界完全隔绝曾是保存旧中国的首要条件，而当这种隔绝状态在英国的努力之下被暴力所打破的时候，接踵而来的必然是解体的过程，正如小心保存在密封棺木里的木乃伊一接触新鲜空气便必然要解体一样。"（〔德〕卡尔·马克思：《中国革命与欧洲革命》，载《马克思恩格斯选集》第 2 卷，人民出版社 1972 年版，第 3 页）

不服从

宁愿把沙皇的牢底坐穿，

亦不怨恨向屠刀献吻的纯良"白痴"[1]。

宁愿下五洋巡捉暴戾的鼋鳖，

亦不在干涸的陆地上艰难地航海。

宁愿听候"非是者"的调遣[2]，

亦不与万事胜任的政客打趣。

宁愿误读世界、遭世人误解，

亦不与寻求普世伦理的世界公民[3]为伍。

宁愿伤害自己亦不错待旁人。[4]

宁愿温柔地骑跨流血的白虎[5]。

---

〔1〕 参见［俄］陀思妥耶夫斯基：《白痴》，臧仲伦译，上海三联书店 2015 年版，第 721 页。

〔2〕 参见［古希腊］柏拉图：《智者》，詹文杰译，商务印书馆 2012 年版，第 39 页。

〔3〕 参见万俊人：《寻求普世伦理》，商务印书馆 2001 年版，第 1 页。

〔4〕 参见何怀宏编：《西方公民不服从的传统》，吉林人民出版社 2001 年版，第 9 页。

〔5〕 参见钟肇鹏：《谶纬论略》，辽宁教育出版社 1991 年版，第 144 页。

宁愿眼睁睁地看着月亮变成坟墓。[1]

宁愿守护自我神化的灵修隐秘。[2]

宁愿做地理学复兴时代纵横四海的

一支绘图彩笔[3]。

宁愿与管理不了冲突的

安理会和"冲突管理小组"[4] 周旋。

宁愿与马基雅维利之前、

原汁原味的李维[5]把酒言欢。

宁愿固守死去的众神

构筑的上帝之城里，

倒一杯牛栏山[6]遥祭重启的宇宙奇点。

---

〔1〕 参见刘慈欣：《三体Ⅲ·死神永生》，重庆出版社 2010 年版，第 10 页。

〔2〕 参见［爱尔兰］杰拉德·汉拉第：《灵知派与神秘主义》，张湛译，华东师范大学出版社 2012 年版，第 53 页。

〔3〕 参见［法］保罗·克拉瓦尔：《地理学思想史》，郑胜华等译，北京大学出版社 2007 年版，第 36-40 页。

〔4〕 参见［美］路易斯·戴蒙德等：《多轨外交：通向和平的多体系途径》，李永辉等译，北京大学出版社 2006 年版，第 43 页。

〔5〕 参见［古罗马］提图斯·李维著，［意］斯奇巴尼选编：《自建城以来（第 1 至 10 卷选段）》，王焕生译，中国政法大学出版社 2009 年版。

〔6〕 牛栏山二锅头是北京名酒之一。

吠陀

我歌颂阿耆尼，他挑选异教祭司，至死保持神秘；
他赐予无头脑者财富，让屠龙英雄受苦；
他在岩石之间燃火，吸纳赌徒为徒；
他摧残"达摩无所谓"的天庭，使动摇的大地稳定。

我歌颂哈奴曼[1]，他偏离五行，控制感官，自甘为生民之奴；
他杀生，杀不杀生者，教导道德、外交、
排兵、战阵、布兵和防疫技巧；他设置圆满时代，
不弃高尚的自私、善意的诽谤、缤纷的哀怒、罪孽的佳好。

我歌颂因陀罗，他呼吸有力、壮如公牛，却不显示，
敌视的贱者、互斫的战车皆系他的投影；
他身披闪电，挥舞雷杵，
援助酿造苏摩酒者和酒神，淹没被议会和会议淹没的人。

---

〔1〕 哈奴曼，别名哈鲁曼，印度史诗《摩诃婆罗多》中的神猴，被认为是"孙悟空"的原型。

我歌颂朝霞女神[1]，她起床甚早，使黑暗显得必要；

她装饰凑近的诗行，向远方扩张；

她阔论党派、休谟、民族性和势力均衡，

以神话疗治概念，以符号救赎历史，向完美的不足发起挑战。

我歌颂普鲁沙，他有千首、千眼、千足，

却执迷于十指宽和西岭窗的空间；

他默认结集合法，请求俗夫原谅，以惩罚自己；

为赢得本生，他和蛇王约定：相互信赖，永不忕离。

我歌颂苏利耶，他对逆妻和蔼，对虐母慈祥，对贰友谦恭，

对太阳、月亮和水波一视同仁；

他衰老无力，仍是骏马；恣睢乖戾，仍守正道；

在春天走进果园时讷敏，

在寒潮降临时睿笨，

在大水退去前小心，

在有知者露丑和名满天下的年代谨慎；

既然俱卢人拒绝让出王位[2]，那就同猛光争夺娘子关和全军帅印。

当军队开入葬场、神庙、塔林和圣所，

---

［1］ 朝霞女神，印度古诗《梨俱吠陀》塑造的形象，后又出现于尼采《朝霞》之中。

［2］ "般度之子啊，不打仗，俱卢人是不会让出王位的。他们全都是自寻死路，而且死期将至。"（《摩诃婆罗多》第5篇第150章，参见崔连仲等选译：《古印度吠陀时代和列国时代史料选辑》，商务印书馆1998年版，第50页）

等于踏进荒凉而迷人的地方。

亲爱的奥瓦尔啊，正因挚爱瞻步洲的地理与居民，

我才不得不秉枪持戟，铲除，然后重新划定，四大种姓，以及文明等级。

神人类

渴望走出自身和表面的人。[1]

小心翼翼以免僭越王权的人。[2]

把本民族当作形而上学思考对象的人。

为人神而与神人斗争、

为神人而与人神斗争的人。[3]

将反常现象视为常态的反常之人。[4]

使弱者恐惧、使强者振奋的人。[5]

---

〔1〕 参见［俄］索洛维约夫：《神人类讲座》，张百春译，华夏出版社 2000 年版，第 50 页。

〔2〕 参见［俄］索洛维约夫：《神权政治的历史与未来》，钱一鹏等译，华夏出版社 2001 年版，第 240 页。

〔3〕 参见［俄］梅列日科夫斯基：《托尔斯泰与陀思妥耶夫斯基》（卷 1），杨德友译，华夏出版社 2009 年版，第 7 页。

〔4〕 参见黄忠晶等编译：《陀思妥耶夫斯基自述》，天津人民出版社 2013 年版，第 116 页。

〔5〕 参见［俄］古米廖夫：《诗的生命》，苏玲译，载王守仁编选：《复活的圣火：俄罗斯文学大师开禁文选》，广州出版社 1996 年版，第 4 页。

将 20 世纪的脚伸进 20 千纪的人。[1]

扭曲"奇迹之年"的时空、

光子、坐标和社会分工的人。[2]

永恒的无产者和漂泊者。

掌握完整知识和总体自由的通灵师。

拒绝像超人一样明目张胆地轻蔑人民。[3]

偶尔也诅咒"自由的死亡",

但"没有空气"的地下室没有窒息他。[4]

偶尔也为"无谓的奔忙"[5] 奔忙,

但大地的灰尘玷污不了他。

偶尔也控诉创作、学术和利己主义,[6]

---

[1] "这种概念对于没有哲学思维能力的人来说是根本不存在的,而有能力进行哲学思维的人,也只有当他们确实摆脱掉二元论,懂得在主客体两方之间根本不存在二元论者认为可能有的那种鸿沟的时候,才能领悟这种概念。"([俄]普列汉诺夫:《论个人在历史上的作用问题》,王荫庭译,商务印书馆 2010 年版,第 11 页)"我们现在经历的'不是结局的开始,而是实实在在的开始'。"([俄]普列汉诺夫:《跨进 20 世纪的时候——旧〈星火报〉论文集》,侯成亚等译,东方出版社 1998 年版,第 43 页)

[2] 参见[美]约翰·施塔赫尔主编:《爱因斯坦奇迹年:改变物理学面貌的五篇论文》,范岱年等译,上海科技教育出版社 2007 年版,第 29 页;[美]加来道雄:《爱因斯坦的宇宙》,徐彬译,湖南科学技术出版社 2015 年版,第 51 页。

[3] 参见刘小枫:《圣灵降临的叙事》,生活·读书·新知三联书店 2003 年版,第157 页。

[4] 参见[俄]格罗斯曼:《一切都在流动》,董晓译,群众出版社 2016 年版,第28-29 页;[俄]格罗斯曼:《生活与命运》,力冈译,广西师范大学出版社 2015 年版,第 417 页。

[5] 参见[德]莱因哈德·劳特:《陀思妥耶夫斯基哲学:系统论述》,沈真等译,东方出版社 1996 年版,第 199 页。

[6] "姑娘们,奉劝你们别嫁给作家,别嫁给学者。创作也好,学术也罢,全都是利己主义。"([俄]罗扎诺夫:《隐居及其他》,郑体武译,中央编译出版社 2015 年版,第 104 页)

但没有人比他慷慨无私——

在"健忘之林的深处"[1] 狩猎，

在天国的空地上育种和劳作，[2]

只为供养/滋养"异教的哲人"[3]、

赤足行走的圣徒[4]、

即将雄健的国民[5]、

克服了市侩习气的"无赖"[6]

以及会通内外法权的现象学家[7]。

---

〔1〕 参见［俄］洛扎诺夫：《自己的角落》，李勤译，学林出版社1998年版，第20页。

〔2〕 "天国有一个开端，世界历史从这里被给定，世界历史的主题从这里提出。"（［俄］别尔嘉耶夫：《历史的意义》，张雅平译，学林出版社2002年版，第34页）

〔3〕 参见［英］休谟：《自然宗教对话录》，陈修斋等译，商务印书馆1962年版，第33页。

〔4〕 参见［英］休谟：《宗教的自然史》，徐晓宏译，上海人民出版社2003年版，第55页。

〔5〕 李大钊在1923年说："历史的道路，不全是坦平的，有时走到艰难险阻的境界。这是全靠雄健的精神才能冲过去的。"参见邱桑主编：《艰难的国运与雄健的国民》（民国奇才奇文系列：李大钊卷），东方出版社1998年版，第88页。

〔6〕 参见［俄］梅列日科夫斯基：《先知》，赵桂莲译，东方出版社2000年版，第116页。

〔7〕 "研究国际法时，必须将之与国内法相联系。"（参见［法］科耶夫：《法权现象学纲要》，邱立波译，华东师范大学出版社2011年版，第405页）

谢谢谢林：世界进入世界时代

谢谢你，谢林！是你关于双重生命和秘密沟通的实在论哲学[1]教会我如何仅凭一双空灵的眼睛即可穿越谢尔曼将军驾驶谢尔曼坦克穿越过的阿登森林[2]。

谢谢你，谢林！是你让我省悟到，爱以及主客体的同一性都必须经由对第三者的超克才能在欢欲式的存在中呈现、变容；而这，是分崩离析或歌舞升平时代的浅薄之徒绝对难以理解的绝对综合过程。[3]

谢谢你，谢林！是你在历史科学那里为艺术赢得尊严，并给艺术家

---

[1] 参见［德］谢林：《世界时代》，先刚译，北京大学出版社2018年版，第5页。

[2] 威廉·特库塞·谢尔曼（1820-1891），美国内战中北军中地位仅次于格兰特将军的将领，著有《战争即地狱》。谢尔曼坦克，即M4中型坦克，二战时美国开发、制造的一种坦克，名字源于谢尔曼将军（以色列后来将这款坦克升级为M51谢尔曼坦克，运用于1967年和1973年的中东战争，取得辉煌战绩）。阿登森林，位于法国、比利时和卢森堡交界处，那里在二战期间曾爆发两次经典战役。第一次是在1940年5月，德军偷偷穿越阿登森林（曼施坦因计划），绕道英法盟军之后发动突然袭击，盟军被迫后撤至敦刻尔克，进而撤退到英国；第二次是在1944年12月至1945年1月，德军试图复制曼施坦因计划，再次穿越阿登森林突袭美军，但以失败告终。

[3] 参见［德］谢林：《先验唯心论体系》，梁志学等译，商务印书馆1976年版，第57-59页。

以神学下马威。[1]

谢谢你，谢林！是你揭示了"全中之全"、"无和超无"、"无根据"和"终末论"的无常真谛[2]，让未临的上帝、已老的老子和舍我其谁的舍斯托夫[3]佩服得六体投地——他们比常人多了一体。

谢谢你，谢林！是你命令黄昏亲吻黄昏，生育出普罗米修斯的黎明。

谢谢你，谢林！是你揭露了人道和道德对品性和德性的压迫机制，以及"空洞的图式化"的现象学逻辑。

谢谢你，谢林！是你让字母A意识到自己的潜能阶次。

谢谢你，谢林！是你鞭策有自我发现欲的探索者和拒绝布道的神父做逆向运动，在单向的时间中与记忆对话，并将之观念化。[4]

谢谢你，谢林！是你监督受苦者继续受苦，让他们免疫于荣耀之爱、之害。

谢谢你，谢林！是你劝谏自然笼罩不可毁灭的忧郁。

谢谢你，谢林！是在经验中止处中止的你断绝了完美国家的理论可能，将人贬低并升华为政治性存在、战争性存在。

谢谢你，谢林，你这哲人不党的表率！你生前茕立，死后恬寂。惟

---

〔1〕 参见［德］谢林:《艺术哲学》，魏庆征译，中国社会出版社1996年版，第1-10页。

〔2〕 参见［德］马丁·海德格尔:《谢林论人类自由的本质》，薛华译，辽宁教育出版社1999年版，第111页；［美］沃格林:《新秩序与最后的定向》，李晋等译，华东师范大学出版社2019年版，第247、267、292页。

〔3〕 舍斯托夫（1866-1938），俄国思想家。他曾说:"无根据，甚至是无根据颂，当我的全部任务恰恰在于要一劳永逸地摆脱伟大及不伟大的哲学体系的奠基者们可以理解的顽固强加给我的各类开端与终结的时候，还谈什么完整性呢？现代思想的立法者所确立的不可动摇的原则是:学会终结。"（［俄］舍斯托夫:《无根据颂》，张冰译，华夏出版社1999年版，第4页）

〔4〕 参见［奥地利］魏宁格:《最后的事情》，温仁百译，译林出版社2014年版，第85、101、103页。

有上帝才能与上帝平起平坐，惟有涅槃者才对涅槃者着魔，惟有灵魂才能发现灵魂。毋忧，谢林！有"21世纪的布鲁诺"〔1〕在空间之外的莽莽丛林中等你，那儿有海德格尔斩棘开路〔2〕，有谢朓〔3〕劈柴端茶，有林黛玉讲授《坛经》〔4〕和叔本华哲学〔5〕为你解闷。

　　谢谢你，谢林！是你发出了万族之约，终结了一个早该终结的纪元，督导没有世界观的世界进入世界时代。

---

　　〔1〕　1802年，谢林撰写了一部对话体著作，主角之一就是布鲁诺。参见［德］谢林：《布鲁诺》，庄振华译，北京大学出版社2020年版。既然存在"19世纪的布鲁诺"，那就一定会有"21世纪的布鲁诺"。三个布鲁诺进行跨世纪的对话。

　　〔2〕　海德格尔说："大地使任何纯粹计算式的胡搅蛮缠彻底幻灭了。"（［德］海德格尔：《林中路》，孙周兴译，上海译文出版社2004年版，第33页）

　　〔3〕　谢朓（464-499），南朝萧齐诗人。李白《宣州谢朓楼饯别校书叔云》："蓬莱文章建安骨，中间小谢又清发。"

　　〔4〕　林黛玉曾为贾宝玉讲授禅理（《红楼梦》第22回）。

　　〔5〕　"谢林的经验以支离破碎的形式，散落于后来几代人当中，在叔本华那里，有意志和涅槃的经验……"（［美］沃格林：《新秩序与最后的定向》，李晋等译，华东师范大学出版社2019年版，第300页）

剩余的时间

剩余的时间，应该去研读

时刻召唤阿甘本[1]和巴特，

然而就连他们极力取悦的

共同的上帝[2]

都没有读完[3]的《罗马书》吧！

---

[1] 关于"召唤"和"奉神旨意的使徒"，参见［意］乔治·阿甘本：《剩余的时间——解读〈罗马书〉》，钱立卿译，吉林出版集团有限责任公司 2011 年版，第 24 页。

[2] "与真理打交道，也就是与上帝打交道，与未识的、隐秘的、神圣的上帝打交道。"（［瑞士］巴特：《罗马书释义》，魏育青译，华东师范大学出版社 2005 年版，第 264 页）

[3] 阿西莫夫《终极答案》："声音说：'即使我真的无所不知，我也不能肯定自己是全知全能的……尽管我的所知是无限的，而可知也是无限的，但我又怎能确定这两个无限是可以等同的呢？潜在的知识的无限性也许无限大于我掌握中的无限性。'"